Eva Klingler
Kreuzwege

Zu diesem Buch
Eine grausige Entdeckung im Karlsruher Vierordtbad versetzt die Badegäste in Schrecken und die Polizei in höchste Alarmbereitschaft: Im Warmluftraum wurde eine Frau erwürgt.

Die Ahnenforscherin und Hobby-Detektivin Maren Mainhardt staunt nicht schlecht, als ihre überkorrekte Freundin, Kriminalhauptkommissarin Elfie Kohlschröter, sie erstmals um Ermittlungshilfe bittet. Maren lässt sich dies nicht zweimal sagen. Mit ihren bewährten Methoden – gesunder Menschenverstand, Menschenkenntnis und Intuition – begibt sie sich auf Spurensuche in der Vergangenheit des Opfers.

Eine Spur führt auf den Jakobsweg nach Speyer, wo die Ermordete, eine ehemalige Nonne, zwei Jahre zuvor der Pilgerroute folgte. Dort erfährt Maren, dass zur selben Zeit schon einmal eine Frau erwürgt aufgefunden wurde – in der Krypta einer Germersheimer Wallfahrtskirche. Maren wittert eine Verbindung zwischen den beiden Morden. Stehen sie etwa in Zusammenhang mit der kulturbeflissenen Single-Reisegruppe um den dubiosen Paul Prater?

Oder hatte die im Vierordtbad ermordete Karlsruherin einen Kunstraub entdeckt? Bei Ihren Recherchen stößt Maren auf Bilder einer verschwundenen mittelalterlichen Pilgerfigur, die darauf hindeuten, dass sich die Wege der Mordopfer tatsächlich in Speyer kreuzten. In der Krypta des Speyrer Doms laufen schließlich alle Fäden zusammen …

Die Autorin
Eva Klingler, geboren 1955, ist Journalistin und Autorin. Sie arbeitete als Redakteurin beim SWR und für verschiedene Tageszeitungen und veröffentlichte bisher 16 Romane und Krimis.

Eva Klingler

KREUZWEGE

Ein badischer Krimi

G. Braun Buchverlag

1. Kapitel

Wenn es wärmer gewesen wäre in diesem Frühjahr 2006, dann wäre Hiltrud Binder vielleicht mit dem Leben davongekommen – oder sie wäre anderswo ermordet worden. So traf es sie ausgerechnet an einem Ort, den sie zum Aufwärmen aufgesucht hatte, aber ganz sicher nicht zum Sterben …

Pfingsten stand bevor, und es war immer noch kühl. Lange hatte sich ein scheinbar endloser Winter gegen den Kalender gewehrt und Schnee auf die Autoscheiben verwunderter Karlsruher herabgeschickt, die es gewöhnt sind, dass »Winterzeit« meist einige kurze, lästige Wochen zwischen den letzten Grillpartys im Oktober und dem ersten Kaffeetrinken im Garten im März bedeutet.

Dieses Jahr traf mich das Wetter besonders hart, denn anstatt den Rollladen herunterzulassen und mir einzureden, draußen sei es schön, musste ich regelmäßig hinaus in die Realität nassglänzender Südstadtstraßen. Der Grund dafür hieß Nessie: Ein Wesen, das sich schneller einen festen Platz in meinem Herzen erobert hatte, als es bislang jemals einem Mann gelungen ist. Seit vergangenem Spätherbst war ich Miteigentümerin dieses struppigen kleinen Mischlingshundes, bei dessen Anblick selbst der hartgesottenste Hundefeind lächeln musste.

Da ich Nessie aufgrund meiner beruflichen Situation nicht ständig bei mir haben konnte – Ahnenforscherinnen finden gelegentlich Vorfahren, die nicht in Karlsruhe gelebt haben, und müssen dann über Friedhöfe streifen, an deren Toren das bekannte Schild mit dem durchgestrichenen Hund prangt – teilte sich meine Nachbarin Consuela Serrano aus der Wohnung auf der anderen Seite des Hinterhofes dieses Tier mit mir.

Nessie war eigentlich zu klein zum Teilen, denn sie wog nicht einmal soviel wie die fette Katze aus dem Hinterhof, die laut Besitzerin fünf Kilo auf die Waage brachte. Jede von uns beiden besäße also höchstens etwas mehr als zwei bellende Kilo, pflegte mein Gefährte, der Freiburger Kriminalkommissar Melchior Oberst, in einem seiner eher seltenen heiteren Momente zu sagen. Ich sprach vorsichtshalber nicht von »Lebensgefährte«, denn ob es bei uns beiden für ein Leben reichen würde, war nach wie vor höchst ungewiss.

Jedenfalls war ich froh, eine Mithalterin für Nessie gefunden zu haben. Es ist eine soziologische Ungerechtigkeit, dass gerade die besonders anlehnungsbedürftige Bevölkerungsgruppe der Singles oft keine Haustiere halten kann, da ihre Vertreter meist ganztags arbeiten. Dies galt auch für mich, die ich mich zwar nicht mehr als Single betrachten mochte, aber leider auch nicht behaupten konnte, in einer festen Beziehung zu leben – *noch* nicht, wie ich mir hoffnungsvoll einredete.

Consuela ist übrigens Kartenlegerin. Sie legt die wenig bekannten Madame-Lenormand-Karten, die sich mit ihrer feinen Bildsymbolik besonders für die gehobenen Einkommensschichten eignen, und sie tut das mit stetig wachsendem Kundenstamm und ebenso wachsenden deutschen Sprachkenntnissen, welche sie geschickt vor ihrer Kundschaft verbirgt. Einer spanisch radebrechenden Kartenlegerin traut man tiefere Einblicke in das Schicksal zu als einer, die sich anhört wie die Frau vom Edeka an der Ecke.

Nessie war uns zugefallen, als ich meinen platonischen Freund Theo, den bärtigen, etwas verschrobenen Antiquar aus der Südstadt, zu einem Flohmarkt zugunsten des Tierschutzes in Mühlburg begleitet hatte.

Der Verkauf jener Sachen, die abgegeben wurden, weil sie keiner brauchte, und die gekauft wurden, obwohl sie keiner brauchte, wurde von der kleinen, agilen Frau Trondburg organisiert, welche außerdem notleidende Tiere aufsammelte, pflegte und weitervermittelte.

Theo, der ansonsten wenig karitatives oder tierschützerisches Engagement zeigte, spendete jene Bücher dorthin, die selbst er nicht mehr an den Käufer schwätzen konnte. Frau Trondburg, die mit heilig anmutender Gier alles ergriff, was Geld brachte, nahm auch seine Spende dankbar an und verlangte drei Euro pro Band, ein Fantasiepreis, der klaglos von Leuten gezahlt wurde, die dazu beitragen wollten, dass es alle Hunde auf der ganzen Welt so gut hatten wie ihre Chrissi, Bessie oder Sissi daheim auf der Luxusschlafmatte im aktuellen Knochendesign.

In einem Käfig irgendwo zwischen Küche und Toilette – »sie sind noch zu klein für unser Tierheim« wuselten sechs schwarze knopfäugige Hundekinder herum, die dünn bellten und mit ebenso dünnen Schwänzchen wedelten. Keine atemberaubenden Schönheiten. Eher bellende Ratten. Ich betrachtete das Sixpack leidenschaftslos. Aus der Sicht einer Ahnenforscherin waren sie uninteressant: Ihr Stammbaum hatte seit Generationen keinen reinrassigen Hund mehr gesehen. Frau Trondburg, die zu jedem Tier eine farbige Geschichte bereit hielt, erläuterte, sie seien in einer Plastikwanne unter einem Zigeunerwagen gefunden worden. »Völlig verwurmt«, verkündete sie, als sei dies ein Prädikatsmerkmal. Zur Vermittlung war es das wahrscheinlich auch. Und verständlicherweise wurden die farbigen Geschichten der herrenlosen Viecher mit entsprechenden Grausamkeiten ausgeschmückt: Labrador – Kettenhaltung im Elsass. Schäferhund – lebenslang geschlagen. Zwergpudel – als Gebärmaschine missbraucht. Frau Trondburg musste Monat für Monat Tiere bei netten Leuten unterbringen, da durfte man nicht allzu zimperlich sein.

Eines der schwarzen Hundekinder hatte eine längere Schnauze als die anderen und war noch kleiner, noch zarter. Mit schräggelegtem Köpfchen sah es mich aus braunen, fast menschlich wirkenden Augen unter struppigen Augenbrauen an, als verstehe es alles.

Ich hingegen verstand gar nichts mehr. Offenbar führten unterdrückte Muttergefühle und sich gegen das kinderlose Altern aufbäumende Hormone wahre Freudentänze in meinem Inneren auf – jedenfalls überrollte mich eine Woge von Beschützerinstinkt. Und so teilte ich vom darauffolgenden Sonntag an mein Heim, mein Leben, mein Bankkonto sowie mein Schlafzimmer mit einem Hundekind namens Nessie.

Vorbei war es mit dem Ausschlafen: Nessie wollte um sechs raus. Ein Geschäftchen machen. Ein Wort, das ich früher bei meinen hundehaltenden Freundinnen ebenso wie das zum Kleinkind gehörende Bäuerchen verabscheut hatte und jetzt selbst liebevoll benutzte. Während Franziska Schönegg, die blasse und meist schlecht gelaunte junge Frau, die unter mir wohnte, gerade duschte, bevor sie sich schlafen legte, stolperte ich schon mit Nessie Richtung Grünstreifen. Mittags fuhr ich mit ihr auf dem Fahrrad in den Oberwald – es sah goldig aus, wie sie vorne im Korb saß und ihre Ohren im Wind flatterten – wo wir Rehe beobachteten und Zecken einsammelten. Auf dem Rückweg besuchten wir meinen zweiten platonischen Freund Matthias, aber er bewirtete uns lediglich durchs Küchenfenster wie am McDonald's Drive-in Autoschalter; denn wegen seines launischen Katers Herbert und dessen zarter Seele durften wir nicht in die Wohnung.

Herbert hatte natürlich ebenso wenig wie Nessie eine zarte Seele – die Viecher waren allesamt ausgekochte Gangster, darauf aus, uns Herz, Freiheit und den halben Monatslohn zu rauben.

Zwischendurch blieb Nessie ein paar Stunden alleine oder weilte bei Consuela, wenn »Mama arbeitete«. Abends gingen wir erst spazieren, dann trafen wir uns in der Kneipe mit Freunden, wo wir mit großem Hallo begrüßt wurden, denn Nessie war eine Herzensbrecherin und Türöffnerin. Vermutlich würde ich sogar in die angesagteste Frankfurter Nobeldisco kommen, im völlig uncoolen Outfit – Faltenrock und weißem Blüschen etwa – wenn sie nur ihren winzigen, struppigen Kopf schräg legte, die Ohren in verschiedene Richtungen stellte und sich dann am Knie ihres Gegenübers aufrichtete, die Knopfaugen schlau funkelnd.

So wie meine Freunde Nessie ins Herz geschlossen hatten, so musste auch Melchior, der mehr war als nur ein Freund, sie zumindest zur Kenntnis nehmen. Melchior zählte zu den Fragezeichen in meinem Leben. Wir hatten im vorigen Jahr eine kurze Liebesaffäre gehabt, die durch beidseitige Missverständnisse ein viel zu schnelles Ende gefunden hatte. Jetzt schien es so, als bewegten wir uns allmählich wieder aufeinander zu, wie zwei unbeholfene Schwimmer in einem ziemlich belebten Wellenbad – wobei andere Schwimmer immer wieder unsere Wege kreuzten.

Wenn es um Melchior ging, kannte ich oft mein eigenes Herz nicht. Er hatte mich einmal enttäuscht und verletzt, und noch immer fürchtete ich, wieder zurückgewiesen zu werden. Deshalb versuchte ich, cool zu sein, nicht zu oft anzurufen und das Gleiche auch von ihm nicht zu erwarten. Das schien ihm leider gelegen zu kommen.

Melchior war ernst und sehr konsequent. Er genoss das Leben – und offenbar auch die Liebe – nur in homöopathischen Dosen, die er sich selbst verschrieb. An seinen freien Wochenenden pendelten wir ziemlich vernünftig abwechselnd zwischen Karlsruhe und Freiburg hin- und her, um gemeinsam etwas zu unternehmen. Im Gepäck hatte ich Nessie, die zu diesen Anlässen besonders eklig riechende Kauknochen geschenkt bekam – während wir dann zusammen waren, erinnerte mich ihr dezentes Knurpseln daran, dass zumindest sie glücklich war.

Melchior beherrschte seine Gefühle konsequent. »Ich habe ein anstrengendes Berufsleben«, pflegte er zu sagen und verlangte nach Natur und Ruhe. In der Karlsruher Südstadt fühlte er sich nicht besonders wohl, und meine Freunde waren ihm suspekt.

Saß er bei mir zu Hause, so beobachtete er mich liebevoll, aber schweigend. Manchmal wurde er auch mitten in seinen Betrachtungen dienstlich nach Freiburg gerufen – in seinem Beruf eine alles schlagende Begründung, denn *dienstlich* bedeutete stets etwas Ernstes. Wir verabschiedeten uns, doch keiner sagte: »Schade!« oder gar »Ich werde dich vermissen!«.

Wenn er dann weg war, grübelte ich darüber nach, wie es mit uns weitergehen sollte. Ich wurde älter und lebte für meine vage Hoffnung – und für die Wochenenden mit Melchior. Ein Jahr vergeht schneller, wenn man immer von Freitag zu Freitag rechnet. Freitage, die angesichts meines betagten Autos oft mit einer Zugfahrt begannen. Nessie hatte sowohl Auto- als auch Zugfahren gelernt und akzeptierte Melchior gleichmütig. Sie war ein problemloses Wesen – im Unterschied zu mir, bei der sich mit der wachsenden Zahl der Jahre, in denen ich alleine lebte, ein paar Neurosen andeuteten (»Ohne das ›Heute Journal‹ kann ich nicht beruhigt einschlafen«, oder: »Donnerstags gehe ich zum Aldi, aber meine Rosinen kaufe ich nur im Alnatura!«).

Melchior, der den Beamteneid äußerst ernst nahm, sprach nur mit bis zur Unverständlichkeit anonymisierten Angaben über seine Fälle. *»In einer kleineren süddeutschen Ortschaft hat sich ein Mann ungenannten Alters mit einer nicht näher bezeichneten Waffe an einem Ort eingeschlossen, der auch von Minderjährigen aufgesucht wird.«* So etwa lautete es bei ihm, wenn ein durchgeknallter Typ von 25 Jahren, mit einem Bajonett bewaffnet, zwei Kiddies in der Pestalozzigrundschule in Teningen festhielt. Obwohl ich mehr als tatkräftig bei der Aufklärung der Rust-Morde mitgeholfen hatte, legte er offenbar wenig Wert auf meine Meinung.

Das konnte ich nicht verstehen. Sein Verhalten mochte zwar vernünftig sein – aber eigentlich sollten wir doch unvernünftig sein wie Kinder, irrsinnig und leidenschaftlich ineinander verliebt! Im Kurpark in Baden-Baden tanzen und Rentner erschrecken. Das gleiche Sweatshirt in verschiedenen Größen kaufen. Uns SMS schicken: *Gerade sehe ich einen Stern und will ihn dir schenken.* Und sollte er nicht jeden meiner Gedanken interessant finden, auch gegen die Vorschriften?

Irritiert versuchte ich deshalb bei jeder sich bietenden Gelegenheit, Einzelheiten über seine Ex-Frau aus ihm herauszuholen. Viel mehr als dass sie wenig gesprochen und immer perfekt ausgesehen hatte, war bisher nicht ans Licht gedrungen. Seine beiden Töchter lebten bei dieser perfekten Frau in ihrer Heimat Frankreich, wo sie vermutlich alle gemeinsam in perfektem Französisch wenig sprachen. Von den Mädchen kannte ich nur Fotos, auf denen sie hübsch und elegant aussahen. »Ich kann mir nicht vorstellen, morgens aus dem Bad zu kommen, und eine deiner Töchter wartet mit dem Handtuch in der Hand vor der Tür«, hatte ich einmal zu Melchior gesagt. Er hatte nicht geantwortet. Und wieder war ich unsicher geworden. Hatte ich ihn jetzt verärgert? Doch dann hatte er gelächelt und mich geküsst: »Wir werden ja sehen.«

Melchior war nicht mein einziger Kontakt zur Polizei. Da gab es außerdem noch Elfie Kohlschröter, die superkorrekte und zur Perfektion neigende Kommissarin bei der Karlsruher Kripo. Elfie verfolgte unsere zarte Liaison mit ihren regelmäßig gewarteten Zähnen knirschend. »Du bist also noch verliebt in ihn, obwohl du weißt, dass ihr nicht zueinander passt?« »Die größten Liebespaare der Welt haben nicht zueinander gepasst«, antwortete ich beinahe trotzig. »Wer denn?«, wollte sie wissen. Sie fragt immer nach. Das ist ihr Beruf. Mir fiel natürlich keines ein.

Sah man von ihrem latent schlummernden Interesse an Melchior ab, verlief unsere Bekanntschaft ohne nennenswerte Spannungen. Elfie hatte immerhin eine andere Einstellung zu meinen kriminalistischen Fähigkeiten entwickelt. Zwei Mordfälle, bei denen ich auf der richtigen Spur gewesen war, hatten in ihr eine widerwillige Bewunderung für mich wachsen lassen. »Ich muss sagen, dass du dich ganz ordentlich eingearbeitet hattest.« Strenger Blick. »Natürlich gegen jegliche rechtliche Legitimation. Und mach das ja nicht noch mal!« »Fast versprochen. Noch einmal werden mir nicht zwei Leichen in die Arme fallen!« Schweigen.

»Und wenn doch«, fuhr ich unvorsichtigerweise fort, »dann hätte ich diesmal gerne einen gut aussehenden, möglichst spärlich bekleideten Mann. Ach, und er dürfte noch ein kleines bisschen leben.« Elfie musterte mich mit Tadel.

Nach den Mordfällen im vergangenen Jahr war inzwischen Ruhe in unsere Treffen eingekehrt. Ich las von Kapitalvergehen lediglich in der Zeitung, so wie alle anderen Leute auch, und die Polizei kam wunderbar ohne mich zurecht. Keineswegs rechnete ich damit, noch einmal in ein tödliches Abenteuer hineingezogen zu werden. Man stolpert nicht mehrmals per Zufall über Leichen oder kennt beliebig viele Leute, die später in der Gerichtsmedizin enden. Immerhin erzählte mir Elfie manchmal von einem Problem im Büro – eine ganz neue Entwicklung, und zwar seit es eine zweite weibliche Kommissarin bei der Kripo in Karlsruhe gab, bisher nur »die Neue« genannt, deren Erwähnung bei Elfie ein nervöses Flattern der Augenlider auslöste.

Auch sonst gab es gewisse Veränderungen in meinem Dunstkreis. Ana, die freche kleine Tochter meiner rumänischen Freundin Raika Nitescu aus der Südstadt, war erwartungsgemäß gewachsen und nervte ihre Lehrer mit merkwürdigen Fragen – etwa, ob sich die Südstadt auch ausdehne, wenn sich doch bekanntlich das Universum ständig ausdehne, und *wohin* sie sich bitte schön noch ausdehnen solle, da ja alles bebaut sei.

Theo und Consuela mochten sich nach wie vor, hatten aber trotzdem kein Verhältnis miteinander. Dafür hatte mein Dauerverehrer Matthias jetzt angeblich eines. Hurra ... Hurra? So froh ich darüber war: Manchmal fehlten mir seine penetranten Versuche, mich in sein kitschig eingerichtetes, sanft beleuchtetes Schlafzimmer zu locken, und sei es auch nur mit Hilfe von Herbert, seinem hässlichen Kater, den er stets als Vorwand benutzt hatte. »Herbert möchte dich gerne wiedersehen«, hatte er kühn gelogen, und es störte ihn nicht, dass es keiner von uns glaubte – am wenigsten der mürrische Herbert, dem es komplett egal wäre, wenn ich vor seinen Augen tot in die Brekkies-Schüssel fallen würde.

Seit einiger Zeit hatte Matthias zu meiner Erleichterung aufgehört, mich zu umwerben. Gleichzeitig waren seine Anrufe seltener geworden. Rief ich ihn in aller Freundschaft an, tat er so, als sei ich eine Frau, die sich einem längst vergebenen Mann an den Hals wirft. Also ließ ich den Dingen ihren Lauf und Matthias seinen neuen Stolz. Gesehen hatte ich seine neue Errungenschaft noch nicht, sie spiegelte sich lediglich im Glanz des Besitzerstolzes in seinen Augen wider. »Cecilia möchte erst viel Zeit mit mir alleine verbringen, bevor wir uns mit dem Freundeskreis treffen«, verlautbarte er, die Tatsache tapfer ignorierend, dass er eigentlich keinen nennenswerten Freundeskreis besaß. Ich trug es mit Fassung, zumal ich mich gerade einer guten Auftragslage erfreute. So gut, dass ich dem schicken neuen Breuninger auf der Kaiserstraße einen Überraschungsbesuch abstattete: Strickjacke und T-Shirt begleiteten mich hinaus. In einer Tüte und bezahlt, wohlgemerkt.

Raika, die als rumänische Dichterin deutscher Volksstücke unter dem Künstlernamen Resel Nitzekuchen stets ums finanzielle Überleben rang, war entsetzt. »Du kaufst also nicht mehr bei *Jacke wie Hose*, nicht mehr Second-Hand? Sondern im richtigen Laden?« Ich gestand: »Ja, Raika, ich habe es getan. Und es hat durchaus etwas für sich, eine Bluse zu kaufen, die man *gleich* anziehen kann und nicht erst das Mottenpulver rauswaschen muss.« Es war tatsächlich so: Viele der Frauen, die ich kannte, waren alleinerziehend, arbeitslos oder Künstlerinnen und machten deshalb einen großen Bogen um das vollklimatisierte ECE-Einkaufscenter mit seinen teuren Verlockungen. Doch wie gesagt – meine Auftragslage war besser als üblich, deshalb fehlte ich derzeit im *Jacke wie Hose* als Kundin. Und es waren ganz normale Aufträge, ohne Mord und Totschlag.

Eine Abiturientin der Abschlussklasse von 1945 hatte mich gebeten, den Verbleib ihrer Mitschüler ausfindig zu machen – manche hatte ich gefunden, andere waren nur noch ein Stein irgendwo auf den Friedhöfen der Nation, womit man hatte rechnen müssen und wohl auch gerechnet hatte. Stutzig hatte mich nämlich gemacht, dass für das geplante große Klassentreffen nur ein kleiner Nebenraum im Kühlen Krug reserviert war.

Das Klassentreffen hatte stattgefunden, und ich war sogar dazu eingeladen worden. Die Damen – die übrigens selbst im hohen Alter noch Fotos herumzeigten (»mein Mann, mein Haus, mein Hund«) und noch immer neidisch auf die Nachbarbilder schielten – waren nicht kleinlich gewesen mit dem Honorar, und so freute ich mich auf ruhige Pfingsttage ohne das schlechte Gewissen, das den Freiberufler stets begleitet und zum Geldverdienen nötigt.

Melchior würde über Pfingsten keine Zeit für mich haben. An den Feiertagen hatte er Dienst und gleich anschließend eine Fortbildung in Berlin: Neue Methoden des Computerprofilings sowie

Recherche in europaweit vernetzten Datenbanken. »Wenn einer in Toulon ein Kind belästigt hat, sollte unser Kollege in Nordhorn das baldmöglichst erfahren.«

Er spürte, dass ich deprimiert war, weil ich die Feiertage alleine verbringen musste, auch wenn ich es nicht sagte. So erzählte er mir ein bisschen mehr als üblich von seinen Plänen – und sagte prompt das Falsche: »Auch eine Freiburger Kollegin vom Pathologischen Institut wird dabei sein und einen Vortrag über Fortschritte in der Forensik halten.«

»Was will die denn da? Was hat das mit dir zu tun?« Ich wollte nicht eifersüchtig klingen. Sich nur keine Blöße geben! Es fiel mir immer noch schwer, Melchior an mein Innerstes heranzulassen.

Er seufzte und beschränkte sich auf unverfängliche Fakten. »Leider werden in Deutschland immer weniger Verstorbene obduziert. Noch vor 20 Jahren waren es 15 Prozent, heute weniger als drei, dadurch bleibt jeder zweite Mord in Deutschland unentdeckt. Da brauchen wir unsere sägenden und destillierenden Kollegen schon. Sogar Fliegen und Maden haben denen etwas zu erzählen.« Wie unappetitlich, dachte ich, während ich fragend-interessiert in Melchiors Richtung blickte. Musste es ausgerechnet dieser Mann sein, Maren Mainhardt? Einer, der nur auftaut, wenn er von Fliegen und Maden spricht? Andererseits hatte er mir heute Morgen das Frühstück ans Bett gebracht – mit einer klitzekleinen Blume in einer kleinen Vase. Melchior war keiner für die ganz großen Gesten.

Jetzt vereinfachte er die Forensik für mich auf Grundschulniveau. »Sie helfen dabei, den Todeszeitpunkt bis auf die Stunde genau zu bestimmen. Auch Algen, die an Steinen kleben, Samen von Pflanzen oder ein Splitter Holz lassen auf den Tatort Rückschlüsse zu, und ein Unterarmhaar am Tatort von einem Verdächtigen, der noch nie in der Wohnung des Opfers gewesen sein will, ist der erste Schritt zu einem Haftbefehl.«

»Und damit beschäftigst du dich also in Berlin?« Ja, und es sei keine Urlaubsreise. Ein paar Tage Karlsruhe danach seien aber theoretisch möglich, hatte er in seiner wortkargen Art verlautbart. »Vielleicht«, hatte er hinzugefügt, um zu verhindern, dass ich mich einmal mehr umsonst freute.

Elfie Kohlschröter, die wahrscheinlich die Hoffnung noch nicht aufgegeben hatte, er möge erkennen, wie viel besser sie zu ihm passte, nannte seine Haltung »fair« und bewunderte seine Konsequenz: »Ich finde es gut, dass er keine falschen Hoffnungen weckt.«

Vielleicht, dachte ich, waren falsche Hoffnungen manchmal besser als gar keine. Wieder einmal schluckte ich meine Enttäuschung herunter und tat Melchior gegenüber so, als mache es mir nichts aus. So verbargen wir beide unsere Gefühle. Und wussten nicht, wen von uns beiden es mehr verletzte.

Elfie versuchte derweil, sich in der Kripo Karlsruhe nach Kräften zu profilieren, um sich für höhere Ränge zu empfehlen. Leider hatte es seit langem kein Verbrechen mehr nach ihrem Geschmack gegeben. Der Höhepunkt waren zwei Totschlagsdelikte im Wohnsitzlosenmilieu gewesen sowie ein Rentner, der auf unklare Weise verbrannt war – das war alles, was das Schicksal und ihr Chef ihr in den letzten Monaten zugedacht hatten. Neben dem normalen kriminalistischen Alltag einer Großstadt, versteht sich. Ansonsten war nichts Nennenswertes geschehen.

Bis zu dem Tag, als Hiltrud Binder umgebracht wurde.

Natürlich erfuhr ich wie alle anderen aus der Zeitung davon. Das Blatt hielt sich ziemlich bedeckt und sprach nur vage von einem Mord in einer Karlsruher Freizeiteinrichtung. Das Opfer sei eine Karlsruherin mittleren Alters. Ich hatte den Artikel zweimal gelesen. Wie gut, dass ich mich seit längerem wieder einmal mit Elfie verabredet hatte – im Wolfbräu am Werderplatz.

»Ihr habt also wieder einen Mordfall«, begann ich unser Gespräch. Nessie unternahm mehrere vergebliche Versuche, einen Stuhl zu besteigen. Elfie, die Tiere nur als Krokodile auf ihren T-Shirts mochte, betrachtete sie streng. »Du hast den Hund verzogen. Er gehört unter den Tisch.« »Nessie ist nur wenige Zentimeter groß«, erläuterte ich unnötigerweise, »und unter dem Tisch kommen unsere Beine ihr riesig vor.«

Elfie orderte das Übliche: Mineralwasser und Salat. Ich würde Melchior in nächster Zeit nicht sehen und bestellte trotzig Spaghetti mit Knoblauchöl.

»Woher weißt du das? Das mit dem Mord?«, fragte Elfie in ihrem scharfen Verhörton. Ich seufzte und kraulte Nessie an den Ohren. Sie sah andächtig zu mir hoch. Die Ohren sind ihre erogene Zone. »Es stand vorgestern und gestern in der Zeitung, Elfie. Einfach so.« »Na dann.«

Ich musste lächeln. Elfie ging mit einem geradezu unausrottbaren Misstrauen durchs Leben. Wahrscheinlich hatte sie sich bereits bei ihrer Geburt im Kreißsaal umgesehen und den Arzt gefragt: »Können Sie sich ausweisen?«

»Willst du darüber sprechen?«, klopfte ich zart an. »Eigentlich nicht«, erwiderte sie muffig, »ich wüsste nicht, wieso.« »Weil wir Freundinnen sind. Und weil ich dir bei zwei Kriminalfällen auf die Spur geholfen habe.«

»Zufälle«, erklärte Elfie und sortierte eine Tomate aus dem Salat. Sie sah mich an, ich schüttelte den Kopf. Ich mochte auch keine Tomaten am Salat, außer sie hatten eine glückliche Ehe mit Basilikum und mit Mozzarella geschlossen. Ich begrüßte die Ankunft meiner Spaghetti mit Freude. Wie sie dufteten! Singleparadies. Knoblauch satt.

»Meinst du? Melchior ist anderer Meinung. Er hat gesagt, ich sei eine sehr begabte Kriminalistin.« »*Das* hat er gesagt? Niemals.« Ich nickte. Nicken ist besser als verbal lügen. Natürlich hatte er es nicht gesagt. Lediglich hatte er nicht widersprochen, als ich es von mir selbst behauptet hatte. Melchior würde so etwas nie sagen. Er war einer, der sich die Worte sehr gut überlegte.

Elfie holte zu ihrer Standardbelehrung aus. »Es gibt keine begabten Kriminalisten. Es gibt nur solide kriminalistische Arbeit, die auf entsprechenden Hochschulen gelehrt wird. Deduktion. Fakten extrahieren, analysieren, sich die modernste Technik nutzbar machen. Sorgfältige Arbeit, Maren. Im Team.« Letzteres hörte sich verdrossen an. Ein Team war Elfie nur willkommen, wenn es aus willfährigen Untergebenen wie ihrem treuen Assistenten Bodo bestand. Sobald aber eine vergleichbar qualifizierte Frau auch nur am Besprechungsraum vorbeiging, stellten sich ihr die Nackenhaare auf. Wie bei Nessie, wenn ein unbekannter Hund ihren Weg kreuzte.

»Und was ist mit Intuition und Einfühlungsvermögen? Außerdem habe ich solide historische Kenntnisse. Erinnerst du dich?« Insgeheim dachte ich, es wäre besser, wenn sie sich nicht zu genau erinnerte. Weder bezüglich Hermann Hesse noch in der amerikanischen Historie – beides wichtige Puzzleteile in meinen zurückliegenden Fällen – war ich sonderlich bewandert gewesen. Aber vielleicht hatte ich gerade deshalb die richtigen Fragen gestellt und war schließlich auf die Lösung gestoßen.

»Historische Kenntnisse sind nur bei einem verschwindend geringen Teil unserer Fälle notwendig. Und ganz gewiss nicht bei dem Fall, den du da ansprichst.« »Ach, nein?« Elfie seufzte und musterte mich prüfend, als sehe sie mich zum ersten Mal. Ich lächelte wie auf einem Bewerbungsfoto.

»Eigentlich ist dies auch gar nicht mein Fall. Er liegt in den Händen meiner Kollegin. Dieser Neuen.« Brütender Blick in die Ferne. Dann gab sie sich einen Ruck: »Aber soviel darf ich dir verraten, Maren: Das Opfer war nicht mehr ganz jung. 66 Jahre alt. Frisch pensionierte Lehrerin. Realschule. Eichelgartenschule in Rüppurr.«

Ich lächelte unbeirrt weiter. Unter dem Tisch schnappte Nessie unbotmäßig nach meinen Füßen, die ungeduldig wippten. Mehr Infos, bitte!

»Wo ist der Mord geschehen? Gegen 18.30 Uhr hat man die Frau gefunden, in einer öffentlichen Freizeiteinrichtung – das kann alles Mögliche sein. Auf dem Fußballplatz in den Irrsinn gehetzt. In einem Fitnessstudio in den Bauchtrainer eingeklemmt. Auf dem Hundeplatz den Dobermännern als Hase vorgesetzt. Oder …« »Das reicht, Maren. Ich habe verstanden.« »… oder mit einem Tennisball erlegt!«, schloss ich.

»Es ist in einer Freizeiteinrichtung geschehen. Das muss dir genügen.« Ich kam mir vor wie in einer Quizsendung. »In einer, die ich kenne? Die ich auch schon aufgesucht habe?« »Ja.« »Öfters?« »Ja.«

Das musste ich erst verdauen. Zweimal schluckte ich. Dann sagte ich mühsam: »Wo hat sie gewohnt?« Elfie seufzte wie eine Jungfrau, die dabei ist, ihr Heiligstes an einen Hallodri zu verschenken. »In Dammerstock. Mehrfamilienhaus. Erdgeschoss.« Elfie seufzte wieder. »Schöne, gepflegte Wohnung. Alles sehr gepflegt. Bücher, Bilder, Geschirr. Ordner. Viele Kunstgegenstände und Bücher. Sie reiste gerne. In den Ferien …«, Elfie zögerte, als könne die nächste Information mir schon ungeahnte Möglichkeiten verschaffen, »war sie viel unterwegs. Sie war offenbar eine vielseitige und gebildete Person mit einem ordentlichen Lebenslauf.«

»Solche Frauen werden normalerweise nicht umgebracht. Entweder war der Lebenslauf gar nicht so ordentlich, oder es war genau dieser ordentliche Lebenslauf, der ihr den Garaus gemacht hat«, bemerkte ich und bestellte noch einen Rotwein. Elfie nahm dies mit dem üblichen tadelnden Blick zur Kenntnis. Dennoch war sie offenbar verblüfft. »Da hast du Recht«, sagte sie. »Normalerweise werden die nicht umgebracht. Tatsächlich«, fuhr sie fort, »gibt es nichts Auffälliges. Die Wohnung war ziemlich groß. Vier Zimmer. Erdgeschoss. Mit Gartenanteil. Hiltrud Binder ...« – Aha, so hieß das Opfer! Schnell speicherte ich den Namen ab und konzentrierte mich weiter auf Elfies Ausführungen, bevor sie merkte, dass sie zuviel ausplauderte – »... bewohnte drei Zimmer, im vierten hatte vorübergehend eine jüngere Freundin gewohnt, die aber jetzt seit über einem Monat nicht mehr dort lebt. Auch eine Lehrerin, die sich aber bis vor kurzem als Nachhilfelehrerin durchschlug. Jetzt ist sie wohl irgendwie im Schuldienst gelandet. An einer Privatschule in Baden-Baden. Gerlinde Höpkens.«

»War die es?«

Elfie sah mich schockiert an. »Wie kommst du denn darauf?« »Weil in fast 100 % aller Fälle das Opfer eines Mordfalls den Täter gut bis sehr gut gekannt hat. Und wie kann man jemanden besser kennen als wenn man mit ihm zusammenlebt?« »Gerlinde wurde wohl zeitnah vernommen, und die Protokolle deuten an, dass sie eine ruhige, ordentliche Person ...« »Ach, die auch? Ich wusste gar nicht, dass in Karlsruhe derart viele ruhige ordentliche Personen leben. Hat sie ein Alibi?«

Elfie sah mich verbiestert an. Erstaunlich, wie gut sie sich in einen Fall eingearbeitet hatte, der gar nicht ihrer war. Vielleicht rückte sie deshalb ungewöhnlich viele Fakten raus. »Nun, Frau Höpkens war in der Stadt unterwegs. Hat bei Karstadt eingekauft und mit EC-Karte bezahlt. Uhrzeit: 17.30. Danach sei sie einfach noch ziellos durch die Geschäfte gelaufen und habe bei Böckeler ein Eis gegessen. Zeugen hat sie leider keine.« Die unbekannte Frau Höpkens schien sich Elfies Sympathie zu erfreuen, warum auch immer. Ironisch betrachtete ich meine widerwillige Informantin. »Du weißt selbst, dass das kein Alibi ist. Sie kann um 17.30 Uhr eingekauft haben, und dann ist sie schnell an den Tatort gefahren, gegangen, geflogen, getaucht …«

»Sie besitzt gar kein Auto«, bemerkte Elfie kühl, »sie fährt Fahrrad. Sie hat kein Alibi, aber sie hat auch kein Motiv. Im Gegenteil. Schließlich hatte Hiltrud sie aufgenommen, als sie es nötig hatte. Und sie musste nicht einmal etwas bezahlen. Nur ein wenig zum Haushalt beisteuern und natürlich bei der Arbeit im Gartenanteil helfen. Es gibt auch keinerlei Anhaltspunkte dafür, dass sich die beiden Frauen nicht verstanden hätten.«

Das werden wir ja sehen, dachte ich. Plötzlich reizte es mich, dieser Gerlinde einen Besuch abzustatten. Zwei Frauen zusammen unter einem Dach – wenn es da nie Krach gibt, müssen es Heilige sein. Und was hieß das – ein wenig im Garten helfen? Unter dem Tisch seufzte mein Hund: Nessie wurde es langsam langweilig.

»Und Männer?«, fragte ich so routiniert, als unterstünde mir das Morddezernat seit Jahren. »Ich darf mit dir nicht darüber reden«, wiederholte Elfie gebetsmühlenhaft – was sie jedes Mal betont, bevor sie mit mir über einen Fall zu sprechen beginnt. Deshalb sagte ich nichts mehr dazu, blickte lediglich bescheiden nach unten. Eine weitere Gesprächspause begann, die ich mit äußerster Disziplin durchhielt – etwas, das mir erst gelang, seit ich öfters mit Melchior zusammen war.

Eigentlich bin ich ja ein anderer Typ. Ich rede schnell, gerne und manchmal zu viel. In Melchiors Gegenwart beherrschte ich mich oder versuchte es wenigstens, mit dem Ergebnis, dass wir öfter zusammen schwiegen, als mir lieb war. Zusammen, aber nicht gemeinsam, dachte ich jetzt plötzlich, während mich Elfie ebenso ernst musterte, wie er es manchmal tat. Lernten die das auf ihrer Kriposchule? Wenn ja, ist es schädlich für die Liebe …

»Also gut«, lenkte Elfie schließlich ein. »Die SoKo kommt nicht recht weiter, wie ich von Bodo gehört habe. Das Opfer hatte einen Freundeskreis, einen Kollegenkreis, Nachbarn, Verwandte, aber bisher haben sich keine konkreten Anhaltspunkte ergeben. Und, wie gesagt, sie war bereits Mitte sechzig. Torheiten wie sie junge Frauen manchmal machen«, scharfer Blick zu mir, »waren bei ihr nicht mehr drin.« Sie holte aus ihrer eleganten petrolfarbenen Handtasche einen Block und einen Stift hervor.

Auch in solchen Dingen unterscheidet sich Elfie sehr von mir: In ihren Blocks befinden sich leere, saubere Blätter, ihre Stifte sind mit ausreichend gefüllten Minen gesegnet und ihr Taschenrechner sowie ihr Handy verfügen über Batterien und Guthaben und sind somit stets einsatzfähig. »Mal schauen, ob ich alles habe – ja, die Frau war 66 Jahre alt. Sternzeichen Jungfrau. Sie lebte alleine, bis vor einem halben Jahr diese Gerlinde einzog. Sehr ordentliche Verhältnisse. Konto nicht überzogen, nur wenig Alkohol im Haus, ein bisschen Sekt, aber keiner im Blut. Und in ihrer Bar nur ein kleines Fläschchen Cognac, noch geschlossen, sowie eine angebrochene Flasche Lichtenthaler Klosterlikör, Marke Nerventrost. Den stellen die dort selbst her. Gepflegte Wohnung, die Frau selbst gepflegt. Geschmackvolle Kleider. Sie spielte in ihrer Freizeit Klavier, sie malte ein wenig in Aquarell, meist Reiseskizzen, sie las viel – anspruchsvolle Texte. Sie interessierte sich für Kunst und für Politik. Hatte mehrere Tageszeitungen abonniert, schrieb wohl auch gelegentlich Leserbriefe zu allgemeinen kommunalen Themen.«

Ich wartete. »Und?« Elfie lächelte ein seltenes Lächeln. »Das war's. Nein, doch noch etwas: Seit ihrer Pensionierung hat sie im Diakonissenkrankenhaus in Rüppurr als ehrenamtliche Helferin gearbeitet. »Was hat sie denn da gemacht?« »Sie war in der dortigen Bibliothek. Die Damen fahren Bücher auf einem Wagen zu den Patienten ans Bett. Es handelt sich um eine Gruppe von 20 Personen. Alle ehrenamtlich. Nur die Leiterin ist eine angestellte Halbtagskraft. Hiltrud hat sie vertreten, wenn sie in Urlaub war. Die war vollkommen entsetzt über das gewaltsame Ende ihrer Mitstreiterin. Frau Binder sei äußerst zuverlässig und korrekt gewesen.«

»Hört sich insgesamt nach einer langweiligen Person an. Keine Laster?« »Nein. Wie gesagt, sie war ja auch schon …« »Elfie, wir werden auch mal 66 Jahre alt. Und vielleicht haben wir auch dann noch Bedürfnisse oder Laster. Hoffentlich. Nur weil man älter ist, mutiert man nicht automatisch zur Heiligen.«

Elfie sah mich sonderbar an und beeilte sich zu sagen: »Sie hatte aber keine.«

»Gibt's nicht.« »Nicht in deiner Welt, aber draußen schon.« Draußen. Das hörte sich an, als säße ich in einer geschlossenen Abteilung.

»Keine Laster«, wiederholte Elfie. Das werden wir sehen, dachte ich und nahm mir vor, die Zeit bis zum nächsten Auftrag dazu zu verwenden, nachzuweisen, dass jeder ein Laster hatte. Einer harmlosen Passantin erzählen die Leute mehr als der Polizei. Vor allem, wenn man die richtigen Fragen stellt. Mäeutik: Hebammentechnik. Im Studium hatte ich diesen merkwürdigen Begriff gelernt. Auf gut Deutsch: Aus den Leuten durch geschicktes Fragen soviel wie möglich herausholen.

»Ist sie am Tatort beraubt worden?«

Um Elfies Mund tanzte ein amüsiertes Lächeln. »Das wäre schwer möglich gewesen, denn sie war nackt.«

»Ein Lustmord?« Jetzt war es an mir, erstaunt zu sein. Damit war nicht zu rechnen gewesen. Nackt! Bei einer Heiligen wie der oben geschilderten Person. Ich dachte an die beiden toten Frauen im Mordfall Rust. Die waren auch nackt gewesen. Allerdings auch jünger und nicht lasterfrei wie diese hier.

»Maren, das Wort Lustmord ist seit den 60er Jahren des letzten Jahrhunderts überholt. Nein, es war natürlich kein Sittlichkeitsverbrechen.« Elfie beugte sich vor, dass ihr zartfrisches Deo mir in die Nase stieg. Vorsichtig sah sie sich um, bevor sie weitersprach: »Maren, ich muss mich wirklich auf dich verlassen können.«

»Elfie! Wie lange kennen wir uns?« »Noch nicht sehr lange.« »Stimmt auch wieder.«

Pause. Dann: »Sie ist in einem öffentlichen Schwimmbad, dem Vierordtbad, umgebracht worden.«

Das Vierordtbad, vor einem Jahr renoviert, ist ein historisches Bad mit alter Jugendstilarchitektur, das man zum Wohlfühltempel umgestaltet hat und in dem man stundenlang zwischen Schwimmhalle, Sauna, Liegeräumen und Tauchbecken pendeln kann. Viele Damen im gestandenen Alter nehmen sich Zeitschriften, Häkelsachen, Nudelsalat in Tupperschüsseln und eine Freundin mit, um genüsslich den besten Teil des Tages dort zu verbringen. Ich selbst bin für solche längeren Orgien tagsüber viel zu ungeduldig. Abends dagegen ist es ungünstig, Nessie zu Consuela bringen, denn dann legt diese den schwierigeren Fällen unter ihren Kunden die Karten, wobei die Anwesenheit eines seufzenden Hundes mit einem hängenden und einem lustig abstehenden Ohr störend wirken kann. Eine schwarze Ratte, ein düster dreinblickender Papagei oder eine sich glatt ringelnde Schlange kommen da besser an. Consuela hatte das auch erkannt und sich einen Papagei angeschafft. Von einer Kartenlegerin übernommen, die in Pension gegangen war.

»Ermordet im Vierordtbad?«

Elfie nickte. »Man fand die Tote im Warmluftraum, einer Art Ruheraum. Keine Sauna. Nur 60 Grad.« »Die haben dort einen Wärmeraum? Das wusste ich gar nicht.«

»Siehst du. Das ist auch der Grund, warum man sie dort umbringen konnte. Er befindet sich zwar in unmittelbarer Nähe der beiden Tauchbecken, aber gerade weil dort auch die Saunaräume liegen, wird er wenig aufgesucht. Zum Ausruhen zwischen den Saunagängen nutzen die Badegäste lieber den großzügigen Ruhebereich. Oft steht der Raum deshalb ganz leer, und zudem ist er abgedunkelt. Aber bitte«, ermahnte mich Elfie, »du wirst keinerlei Gebrauch von dieser Information machen.« »Aber nein.« Ich hoffte, das klang treuherzig genug.

Bereits jetzt hatte ich beschlossen, dem Vierordtbad einen Besuch abzustatten. Jeder Mensch, *jeder*, hinterlässt an einem Ort, an dem er war, eine Spur. Und wenn es nur eine sehr flüchtige Erinnerung an eine sehr flüchtige Begegnung ist.

»Wie ... wie ist sie zu Tode gekommen?« Vor meinem Auge verdickte sich rotes Blut. Roch erwärmtes Blut anders als kühles?

»Kein Blut. Sie wurde erwürgt«, zerstörte Elfie mein Bild, »von hinten. Keine identifizierbaren Fingerabdrücke. Der Mörder hat wahrscheinlich das Handtuch zum Abwischen benutzt, mit dem er sie später zudeckte. Ihr eigenes Handtuch.«

»Erwürgt? In einem öffentlichen Bad?« Elfie nickte grimmig. »Offensichtlich konnte sich ihr Mörder unauffällig nähern. Und hätte dennoch jemand zufällig in diesen Raum geschaut, dann hätte er einen Mann oder eine Frau gesehen, die die Hände an den Nacken einer anderen Frau legte. Zum Massieren, hätte er vielleicht gedacht – in einem Bad nichts wirklich Verdächtiges.«

»Aber Hiltrud hätte geschrien! Es muss doch einen«, ich schluckte, »Todeskampf gegeben haben! Hätte sie nicht versucht, auf sich aufmerksam zu machen?«

»Laut Obduktion muss es sehr schnell gegangen sein. Wahrscheinlich hat sie ihren Mörder selbst erst bemerkt, als es zu spät war. Wir haben …«, jetzt flüsterte sie noch leiser, »herausgefunden, dass sie immer mit dem Rücken zum Ausgang dieses Warmluftraumes lag und an die Wand und an die Decke starrte. Dabei hörte sie Musik von ihrem teuren iPod. Händel. Wassermusik. Sehr romantisch. Und sie haben so kleine Lichtchen an der Decke. Wie Sterne.« Ich ließ die Szene einen Moment lang Revue passieren. Wie die Sterne zu tanzen begannen, als jemand die Hände um ihren Hals legte, und dann verblassten.

»War ihr Schließfachschlüssel noch da?«

Elfie warf mir einen Blick zu, den man mit einiger Fantasie und gutem Willen als Bewunderung interpretieren konnte. »Nicht schlecht kombiniert, Maren. Der Mörder hatte ihr Schließfacharmband tatsächlich weggenommen. Da sie auf ihrer Liege lag wie schlafend, war die Gefahr, dass sie sofort entdeckt würde, nicht sehr hoch. Er oder sie hatte ihr ein Badelaken über Körper und Hals drapiert. Ach – und er hatte ihr ein Buch in den Schoß gelegt. So dass es aussah, als ob sie beim Lesen eingeschlafen sei.«

»Ein Buch?« Elfie nahm einen kleinen Schluck. »Ja. Ein Buch.« Ich schöpfte Verdacht. »Elfie, was für ein Buch?« »›Sakrileg‹. Von Dan Brown.«

Ich wagte kaum zu atmen. Das war nun wirklich spannend. »Heißt das, der Mörder wollte eine Anspielung auf die Suche nach dem Heiligen Gral machen?«

»Das Buch gehörte jedenfalls nicht ihr.« Elfie drängte erneut Nessies Köpfchen zur Seite, das sich Zentimeter für Zentimeter an ihrem Bein hocharbeitete. »Sei ein guter Hund«, sprach sie. Ich zog die Augenbrauen hoch.

Im Hintergrund tauschten ein paar modisch gekleidete junge Frauen überschwängliche Küsschen aus, bevor sie sich setzten. Die Kellnerin riss gleichmütig das fettige Schild mit der Aufschrift »Reserviert« vom Tisch. Sie kicherten. Eine bekam Blumen. Ein Kollegengeburtstag.

»Sie hat das Buch sicher nicht gelesen. Soviel hat uns Marina Radek – die Leiterin der Bücherei im Krankenhaus – gesagt. Hiltrud Binder hat dieses Buch strikt abgelehnt. All das wurde natürlich nicht in die Presse gegeben. Sakrileg. Mord in einem Schwimmbad …«

Mein leerer Teller wurde abtransportiert. Elfie hatte alle Tomaten übriggelassen. »Nicht geschmeckt?«, fragte die Bedienung. Elfie gab keine Antwort.

»Das Thema des Buches mag nichts mit dem Fall zu tun haben. Vielleicht ein reiner Zufall, obwohl …« »Ja?«

Aber Elfie schüttelte nur den akkurat frisierten Kopf.

»Habt ihr der Herkunft des Buches nachgespürt?«

»An allen Besprechungen kann ich nicht teilnehmen. Ich bin ja nicht in dieser SoKo«, betonte Elfie säuerlich, »aber Kollege Bodo, den du ja auch kennst, informiert mich. Soweit ich weiß, ist das Buch relativ neu gewesen. Seine Herkunft ist schwer nachzuvollziehen. Keine identifizierbaren Fingerabdrücke – der Mörder hat aufgepasst. Und vom ›Sakrileg‹ gibt es bekanntlich ziemlich viele Exemplare, man kann es derzeit überall kaufen ohne aufzufallen.«

»Ihr müsst trotzdem in den Buchhandlungen nachfragen.« »Sicher.« Schweigen kehrte ein. Elfies Gesicht wurde muffiger. Sie hasste das, was sie da gerade tat, sah vielleicht schon die Schlagzeile vor sich. *Polizeikommissarin vertraut Südstadtschlampe Einzelheiten über einen brisanten Mordfall an.*

»Gut, Elfie«, sagte ich schließlich vorsichtig, »der Mörder oder die Mörderin hat ihr also den Schlüssel für das Schließfach abgenommen. Er wird ihn nicht als Andenken mitgenommen haben. Also hat er vermutlich den Schrank geöffnet und hat ihre Sachen gestohlen, ihr Geld und …«

»Wenn es nur das wäre!« Elfie gab sich einen Ruck. »Er hat ihr Schließfach geöffnet und ihren Hausschlüssel sowie alle Papiere gestohlen. Mit dem Schlüssel ist er in ihre Wohnung gefahren und …« »Aber das war doch ein Risiko! Bis dahin hätte der Mord längst entdeckt sein können, und die Polizei hätte ihn dort empfangen.«

»Wie denn?«, erwiderte Elfie müde. »Maren, man weiß doch ohne den Schlüssel nicht, welches Schließfach zu welchem Badegast gehört! Außerdem – wie hätte man eine nackte Tote so schnell identifizieren können ohne Papiere? Der Mörder oder die Mörderin hat sich einfach angezogen, hat dann Hiltruds Fach unauffällig aufgeschlossen, ihre Papiere und ihren Schlüsselbund entnommen, hat wieder abgeschlossen und ist mit seiner eigenen Einlasskarte hinausspaziert. Natürlich wurden alle Gäste und das Badepersonal zu den

Vorgängen befragt. Niemand hat etwas Ungewöhnliches bemerkt. Den Schlüssel von Hiltruds Fach wird er draußen irgendwo weggeworfen haben.«

Eine verblüffend einfache Idee, in die Wohnung eines Opfers zu gelangen.

»Es gab keine Möglichkeit mehr, festzustellen, um wieviel Uhr Hiltrud das Bad betreten hat. Vermutlich ihrer Gewohnheit nach um vier Uhr. Sie war dort ein regelmäßiger Gast. Sie schwamm zuerst, dann absolvierte sie verschiedene Saunagänge. Natürlich ist sie am besagten Tag dort gesehen worden, der Badewärter hat sich auch an sie erinnert. Zuletzt meint er sie gegen siebzehn Uhr gesehen zu haben. Donnerstags ist das Bad nicht überfüllt. Und wie gesagt – dieser Wärmeraum wird nicht stark frequentiert. Gefunden hat man sie also erst um halb sieben. Bis man den Notarzt gerufen hatte und dieser dann die Polizei verständigt hatte, verging wertvolle Zeit. Und selbst dann konnte man die Nummer ihres Faches nicht sofort ausfindig machen, da ja eben der Schlüssel fehlte. Es mussten zuerst alle Fächer aufgeschlossen werden. Das dauert sehr lange, denn manche Badegäste sind unter der Dusche, auf der Toilette, in der Schwimmhalle, im Bistro, in den Freianlagen. Bis dahin hatte der Mörder ausreichend Zeit. Ein guter Plan.«

»Lässt auf einen cleveren Mörder schließen.« Wir sahen uns beide an. Ich fröstelte.

»Was hat er gestohlen?« Ich musste der Versuchung sehr widerstehen, mir noch einen Wein zu bestellen. Am Ende würde Elfie wieder ganz zufällig eine Broschüre der anonymen Alkoholiker herausholen, so wie kürzlich, als ich mir nach dem Essen einen Schnaps genehmigt hatte.

»Wie gesagt – ihre Hausschlüssel waren weg und ihre Papiere. Aber sonst nichts von Wert. Ihre Ohrringe – kleine Brillanten in Form eines Kreuzes – ein goldener Ring und eine echte Perlenkette steckten vorn in ihrer Badetasche. Der Mörder hat sie nicht angerührt. Doch ihr Handy war verschwunden. Wir haben es bis heute nicht gefunden.«

»Wie habt ihr dann überhaupt herausgefunden, wer sie war?«

»Gute Frage. In einer ihrer Jackentaschen steckte ein Bibliotheksausweis. Die Stadtbibliothek hatte zu dem Zeitpunkt, als man ihn fand, längst geschlossen. Es dauerte eine ganze Weile, bis die Zuständigen alarmiert waren und über den Computer ihre Adresse herausgefunden hatten. Genug Zeit für den Mörder, ihre Wohnung zu durchsuchen.«

»War sie denn sehr wohlhabend? Besaß sie viele Wertsachen?«
»Da sie meistens alleine lebte und ihren Bekannten nur wenig Einblick in ihre weltlichen Besitztümer gegeben hatte, war das nicht allgemein bekannt. Die SoKo hat natürlich Bankauskünfte eingeholt. Sie lebte in geordneten Verhältnissen, ohne reich zu sein.« Weltliche Besitztümer, dachte ich, merkwürdiger Ausdruck.

»Es war kein Raubmord. Der Mörder hat vielleicht versucht, vorzutäuschen, dass es ihm um Diebstahl ging, aber das ist ihm nicht gut gelungen. So fand man ihre teure Digitalkamera zertrümmert auf dem Boden. Nur die Speicherkarte fehlte. Und in einem kleinen Kästchen neben der Tür, wo sie auch ihren Schlüssel aufbewahrte, lagen ziemlich offen 70 Euro. Im Badezimmer auf der Ablage befanden sich eine Uhr und zwei goldene Ketten. Dann besaß sie zwei Tassen Meißener Porzellan, Mahonienblüte, nebst Eierbechern und Brötchentellern …« »Naja. Die würde ich auch stehen lassen.«

Elfies Empörung war echt. »Nur weil du dein Geschirr auf dem Flohmarkt kaufst oder noch immer in der Mensa isst, müssen nicht alle anderen Frauen auf jegliche Esskultur verzichten!« »Stimmt nicht ganz. Ich habe Melchior kürzlich zwei Tassen geschenkt: ›Kaffee oder Liebe?‹ Darauf waren zwei …«

Elfie unterbrach mich. Beschreibungen von unserem vermeintlichen Liebesglück waren das Letzte, was sie hören wollte. Mit Melchior und mir mochte es schwierig sein und zögernd vorangehen, aber immerhin waren wir noch dabei, es zu versuchen.

»Das Porzellan ist fast einen Tausender wert, und wer sich so raffiniert Zugang zu einer Wohnung verschafft, könnte auch echtes Meißener erkennen.«

»Aber das Ganze ist doch eigentlich unglaublich! Der Mörder muss sehr kaltblütig sein. Umbringen. Wie eine Lebende drapieren. Schließfach ausräumen. In ihre Wohnung fahren. Dort ungestört alles durchsuchen. Sehr dreist.«

Elfie schwieg einen Moment. Dann kam es ein wenig hölzern aus ihr heraus: »Es war alles noch merkwürdiger. Er hat die Festplatte von ihrem Computer gestohlen. Sauber rausgeholt.« Sie seufzte.

»Die Festplatte? Rätselhaft ...« Elfie nickte finster. Das war nun wirklich einmal ein Mord für ihren wohlgeordneten Verstand und ihren gut sortierten Schreibtisch, und jetzt war sie nicht in der SoKo. Das nennt man Pech.

Ich schüttelte den Kopf. Du wirst im Wellnessbad ermordet, und dann geht jemand zu dir nach Hause und klaut deine Festplatte. Ich habe nie ein gutes Gefühl dabei gehabt, alleine in einer Sauna zu liegen. Nackt und bloß. Eine wohlfeile Beute für jeden Spinner, der eben nicht wegen des Schwitzens in die Sauna geht, sondern weil er sonst nie nackte Frauen zu sehen kriegt. Zumindest nicht so preiswert.

»War das nicht alles trotzdem sehr riskant? Zu ihr nach Hause fahren? Einbrechen? Alles durchwühlen?« Elfie malte mit dem Finger einen Halbkreis auf den Tisch. Und noch einen. Ich sah genauer hin und erahnte ein Fragezeichen. »Der Mörder könnte Hiltrud Binder seit einiger Zeit beobachtet haben. Ihre Gewohnheiten gekannt haben. Er wusste demnach wahrscheinlich, wer sie war, wo sie wohnte und dass sie alleine lebte.«

Wieder rann mir ein kalter Schauer den Rücken herunter.

»Sie lebte in einem sehr ruhigen Haus. Wie gesagt, im Erdgeschoss. Auf einem kleinen Weg konnte man von der Straße um das Haus herumlaufen und kam dann von hinten an die Terrasse, wo man aufschließen konnte. Oder man ging eine halbe Treppe nach unten und öffnete die Wohnungstür. Im Haus wohnte außer ihr noch ein Rentnerehepaar – er leicht herzkrank, sie schwerhörig – die nicht zu Hause waren, da die beiden abends um die Zeit immer an der Alb spazieren gehen. Der Ingenieur, der über ihr wohnte, arbeitet in Stuttgart. Und unter dem Dach lebt eine Studentin, die kaum zu Hause ist. Der Mörder oder die Mörderin könnte einfach den kleinen Weg entlang gelaufen sein. Selbst wenn jemand zu Hause gewesen wäre, hätte man ihn nicht unbedingt gesehen. Ein Restrisiko bleibt beim Morden natürlich immer. Sonst würde es ja jeder machen!«

Ich schwieg einen Augenblick. Dann fragte ich weiter: »Was ist mit dieser Gerlinde, die vorübergehend bei Hiltrud gewohnt hatte? Wenn der Mörder sein Opfer beobachtet hatte, musste er doch befürchten, dass sie überraschend vorbeikäme – vielleicht hatte sie sogar noch einen Schlüssel!«

»Besuche sind eher unwahrscheinlich um diese Uhrzeit, zu der viele Leute noch arbeiten oder einkaufen. Und diese Gerlinde arbeitet in Baden-Baden und kommt immer erst abends nach Hause. Nachdem sie wieder ausgezogen war, sahen sich die Frauen nicht allzu häufig. Hatte der Täter Hiltrud wirklich ausspioniert, so wusste er auch das.«

»Elfie, nach Adam Riese gibt es dafür aber noch zwei andere Erklärungen: Gerlinde selbst ist die Mörderin – oder der Mörder wusste gar nicht, dass bis vor kurzem jemand bei Hiltrud gewohnt hat. Wie lange ist das her? Fünf Wochen? Also.«

Elfie zuckte mit den Achseln. »Frau Binder galt jedenfalls als nicht besonders ängstlich. Eher resolut. Sie hatte feste Regeln im Alltag: Spazierengehen, Reinigen des Treppenhauses, Einkaufen. Und sie hat ihren Gartenanteil akribisch bewirtschaftet.«

Das Wolfbräu füllte sich. Unglaublich, wie der Laden brummte. »Stammessen ist aus!«, bemerkte lakonisch die Bedienung in alle Richtungen. Stattdessen wurden Focacce mit Auberginen bestellt. Elfie scannte die Gesichter ab.

»Sie passt nicht in euer übliches Opferschema, oder? Es gibt Frauen, die wegen Sex umgebracht werden. Die sind oft jünger. Und Rentnerinnen? Bei denen geht es meistens um Geld. Hier ist es nichts von beidem. Und das macht dir Sorgen. Obwohl – die Schwestern Burk waren auch keine klassischen Opfer.«

Elfie nahm einen Schluck aus ihrem zweiten Glas. Als Zweitgetränk wählte sie immer nur stilles Wasser. Würde ich das auch tun, müsste ich nicht bei H&M gelegentlich bei »Big is Beautiful« suchen. Wer dort sucht, muss übrigens nicht dick sein. Er passt nur nicht in das, was südeuropäisch gebaute Frauen als 40 definieren und was früher bei uns der Größe 36 entsprach.

»Aber diese beiden ermordeten Frauen, von denen du sprichst, hatten höchst zweifelhafte Männerbekanntschaften, während Frau Binder offenbar sehr ordentlich lebte, was das betraf. In ihrer Vergangenheit hatte sie ab und zu eine freundschaftliche Beziehung, zuletzt ein Techniker der Firma Siemens und davor ein Lehrer. Beide haben Alibis. Der Lehrer allerdings eines von seiner Frau, die er erst kurz nach der Bekanntschaft mit Hiltrud kennen lernte. Hiltrud oder Hilde – wie sie sich meistens nannte – hatte damals das Nachsehen.«

Noch immer konnte ich mir diese Hilde nicht so recht vorstellen. Was für eine Frau war sie gewesen? In beiden Fällen, in denen ich bisher mehr oder weniger professionell auf Mördersuche gewesen war, hatte die Lösung in der Persönlichkeit der Opfer gelegen. Sie hatten ihren Mörder durch ihren Charakter herausgefordert – die Folge waren verletzter Stolz, Gier oder der alte Hass der ewig zu kurz Gekommenen. Wer war im Fall dieser Hilde zu kurz gekommen?

»Das einzige, was unseren Leuten als ungewöhnlich aufgefallen ist, war ein Pfefferspray in ihrem Auto. Das sind solche …« »Ich weiß«, murmelte ich leise und öffnete meine Handtasche. »Ich habe auch eines dabei. In Straßburg gekauft. Da sind die Dinger billiger.« »Du?« Wir dachten beide an unser letztes gemeinsames Abenteuer zurück. In Elfies Augen las ich eine Spur von Mitleid. Ich zuckte die Achseln. »Du bist privilegiert mit deiner Dienstwaffe.«

Elfie betrachtete mein Spray von allen Seiten. Dann sagte sie. »Das ist etwas eigenartig.« »Was?« »Ich war schon lange nicht mehr in der Asservatenkammer. Aber ihres, ihres war wesentlich größer. Dreimal so groß. Ich denke deshalb, sie hat es vielleicht nicht für die Handtasche gebraucht, sondern für zu Hause. Sie hatte es ganz neu gekauft; der Kassenzettel lag noch dabei.« »Also fühlte sie sich bedroht. Aber von wem?«

Zu uns an den Tisch setzten sich ungefragt zwei pummelige Frauen und begannen *sofort* zu rauchen. Elfie begann *sofort* zu hüsteln. Sie gab mir das Spray zurück. »Ich denke nicht, dass du so etwas mit dir führen solltest, Maren.«

»Ich habe es nicht wegen mir dabei.« »Warum dann?« »Wegen Nessie. Ich weiß nicht, ob es dir schon aufgefallen ist, aber sie ist winzig klein, und im Oberwald gibt es ein paar Hunde, die sind riesig groß. Und nicht alle haben einen Charakter wie Mutter Teresa.« Nessie hatte ihren Namen gehört. Sie stellte die Ohren, die im Vergleich zu ihrem Körper sehr groß waren, zu voller Höhe auf und leckte sich das Schnäuzchen.

»Sie hatte das Spray übrigens bei Waffen Rummer in der Karlstraße gekauft. Am Tag ihrer Ermordung. Nachmittags.«

Also hatte sie gewusst, dass sie einer Gefahr ins Auge blicken würde! Wieso war sie ihr nicht ausgewichen? In einem öffentlichen Schwimmbad fühlte man sich wohl einfach sicher.

»Sie war zuvor ein paar Tage auf einem Bibliothekarinnenseminar in Herrenalb gewesen. Dort ist nichts Ungewöhnliches geschehen. Alles ehrenamtliche, meist kirchliche Bibliothekarinnen, die sie kannte. Hiltrud sei wie immer gewesen, sagen sie.«

»Hat sie Drohbriefe bekommen? Oder hat sie irgendjemandem gegenüber erwähnt, dass sie sich gefährdet fühlte? Habt ihr ihre E-Mails durchgesehen, auch den elektronischen Papierkorb nicht vergessen?«

Elfie warf mir einen mitleidigen Blick zu. »Erinnere dich: Da die Festplatte verschwunden ist, war das leider nicht mehr möglich, denn sie hat ihre E-Mails stets über Outlook abgerufen. Ihren Freundinnen und Bekannten hat sie aber nichts von einer Bedrohung erzählt. Sie war offenbar eine sehr selbstsichere und in sich ruhende Person. Und sie freute sich auf ihre nächste Reise. Sie wollte wohl noch einmal nach Santiago de Compostela.«

»Nach Santiago? Südamerika?«

Elfie zog die Augenbrauen hoch. »Maren, lebst du hinterm Mond? Sie wollte nach *Spanien*. Auf dem Jakobsweg. Santiago de Compostela ist absolut in. Dort will man irgendwann lange vor 1000 unter Zuhilfenahme eines Sterns die Gebeine des Apostels Jakobus gefunden haben. Es gibt«, jetzt kam unter dem Mäntelchen der abendländischen Bildung wieder die Kriminalbeamtin zum Vorschein, »allerdings keinerlei Beweise, dass jener gewisse Jakobus, Sohn des Zebedäus und Bruder des uns bekannten Apostels Johannes, jemals in Spanien war – weder lebend noch tot. Er verstarb nämlich in Jerusalem, wo er damals, also 44 nach Christus, rechtskräftig verurteilt und hingerichtet wurde. Einer Legende aus dem 7. Jahrhundert zufolge ist seine Leiche in einem Boot an Spaniens Küste getrieben worden, wohingegen die Kirchengeschichte behauptet, Kaiser Justinian I. habe sie einem Kloster auf dem Sinai geschenkt, von wo die Mönche sie während der islamischen Angriffe nach Spanien gebracht haben sollen. 816 wurden die Reliquien in Santiago beigesetzt.«

»Donnerwetter.« »Ja, man hat sich eingearbeitet«, erklärte Elfie gespielt bescheiden.

Staunend stand ich vor ihrem Wissen. So gut wie keine Ahnung hatte ich vom Jakobsweg oder von einem Jakobus aus Spanien, obwohl alle Welt derzeit davon zu sprechen schien.

»Jakobus und sein Bruder Johannes waren übrigens mit Jesus verwandt. Ihre Mutter, eine gewisse Maria Salome, war eine Cousine von Maria.« Seltsam, dass man bei Maria nie an jemanden dachte, der eine Cousine hatte, so wie andere Leute.

»Der Weg nach Santiago de Compostela war zu allen Zeiten etwas Besonderes. Und immer schon an feste Rituale gebunden. Und für die Mühen gab es am Ende reichen Lohn. Drei Gnadenerweise darf man nach vollzogener Pilgerfahrt von Jakob erbitten – einer wird angeblich immer gewährt.«

Wir sahen uns an, Elfie Kohlschröter und ich. Wetten, dass wir um das Gleiche bitten würden? Um *den* Gleichen.

Elfie wandte den Blick ab und dozierte weiter. »Schon im 9. Jahrhundert pilgerten alle möglichen Leute nach Santiago. Von überallher. Sogar aus so entlegenen Ecken wie aus Friesland machten sich deutsche Pilger auf zu dem Grab, das damals sprichwörtlich am Ende der Welt lag. Man muss sich die Strapazen vorstellen: Da ging es monatelang durch Feindesland. Nicht zu Pferd, das war nur was für die Reichen. Zu Fuß waren höchstens 25 Kilometer am Tag machbar, weißt du? Nicht wie heute: Schnell mal nach München zum Shoppen.«

Ich sah verlegen zu Boden. Mit meinem uralten Auto war ich manchmal auch froh, 25 Kilometer ohne besondere Vorkommnisse hinter mich zu bringen. München zum Shoppen war nicht drin für uns beide.

»Anfangs gab es kaum Herbergen. Seit dem 11. Jahrhundert wurden es mehr …«

Jetzt reichte es mir. *Ich* hatte Geschichte studiert, nicht Elfie. Sie hatte sich nach dem Abitur fürs Verbrecherjagen entschieden. Ich lächelte wissend. »Dem Hause alles wohlbekannt, Elfie. Natürlich von Mönchen oder im Auftrag von Klöstern geführte Kneipen, in denen Köstlichkeiten wie Brei, Bier und mit Glück ein Stück Käse verabreicht wurden.«

Elfie taxierte mich kühl. »Kneipen! Wie du sprichst! Ich habe mich aus Gründen, die hier keine Rolle spielen, ein wenig informiert. Natürlich gab es auf dem langen Weg auch viele nicht-kirchliche Herbergen, die oftmals mit einem kleinen oder größeren Schlafsaal kombiniert waren. Man muss sich das so vorstellen: Die Tische wurden nach dem Mahl ordentlich aufgeräumt«, wieder ein kühler Blick zu mir und den Brotkrümeln vor mir, »und einfache Betten mit Strohsäcken aufgestellt. Wassertröge zum Waschen gab es, sie wurden aber trotz Ungezieferbefall kaum genutzt!« Scharfer Blick zu Nessie, die ihr Gesichtchen über den Tischrand schob.

»Aber schön für die Pilger, dass sie unterwegs etwas zum Essen bekamen!« Ich lächelte verbindlich und versuchte, Nessie nach unten zu drücken. Sie schnappte nach mir. »Nicht immer.« Polizeiblick. »Im 12. Jahrhundert wurde ein englischer Gastwirt namens ...«, Elfie krauste die Stirn, »... der Name ist mir entfallen – verurteilt, weil er einen Tuchhändler ziemlich hässlich ermordet hat.« »Wie hässlich?« »*Sehr* hässlich!«, versetzte Elfie trocken. »Als der Tuchhändler eingeschlafen war, öffnete der Wirt eine Falltür, und der Händler stürzte in einen Trog kochendes Wasser. 60 Personen fielen ihm zum Opfer im Laufe der Jahre.«

Ich war zum Schweigen gebracht. Sechzig Leute in kochendem Wasser getötet!

»Nun ja. Die Pilgerzahlen nahmen im Laufe des späten Mittelalters jedenfalls ab. Spätestens jedoch im 16. Jahrhundert, als ganz Europa durch die Glaubenskriege erschüttert wurde. Aber wer dennoch nach Santiago gelangte, versprach sich neben der Erfahrung und der Ehre, dort gewesen zu sein, auch Heilung von allen möglichen Gebrechen.«

Ich schwieg. Pilgerwanderungen. Jetzt erinnerte ich mich. Bekannte hatten davon gesprochen – so stolz, als seien sie nach San Francisco ausgebüchst und hätten sich Blumen ins Haar gesteckt. Kalifornien war früher. Jetzt war Pilgern also der angesagte Modeurlaub für die Leute mit Abitur. Nicht meine Sache. Solange man nicht weiß, ob man überhaupt an Gott glaubt, sollte man ihn in Ruhe lassen.

»Hiltrud Binder wandelte also auf Pilgerspuren. Gerlinde Höpkens, mit der sie fahren wollte, gibt an, ihre Freundin sei voller Pläne gewesen, habe die Reise genauestens vorbereitet, wie immer.«

»Elfie – vergessen wir einmal diese Pilgerreise. Deswegen wird sie wohl kaum getötet worden sein. Sie scheint eine harmlose Langweilerin gewesen zu sein – und dennoch muss es einen Grund gegeben haben, warum sich jemand die Mühe machte, sie umzubringen. Sie ist doch Lehrerin gewesen! Die leben manchmal gefährlich. Ein Schüler, den sie hat durchfallen lassen – das kann ja schon Jahre her sein – und der sich jetzt für sein verpfuschtes Leben rächen wollte? Das Pfefferspray spräche dafür, dass sie sich latent bedroht fühlte. Ich habe gehört, viele Lehrer haben Angst.«

»Und dagegen spricht, dass der Unbekannte oder die Unbekannte zwar ihre Bücherregale und ihren Schreibtisch durchsucht hat sowie ihren PC unschädlich gemacht hat, aber keinerlei Geld mitgenommen hat. Jemand, der bei ihr irgendwann mal durchgefallen ist und danach sein Leben nicht mehr in den Griff bekam, würde doch Geld mitnehmen. Aber auszuschließen ist es nicht, da hast du Recht. Wir ermitteln auch in diese Richtung. Natürlich hat sich die SoKo auch das Wohnviertel genau angesehen. Aber in diesem Viertel hat sich bislang kein derartiger Vorfall ereignet, und unsere einschlägigen Freunde aus der Szene wissen auch nichts zu berichten … Warten wir's ab!«

»Der Mörder hat also nicht nur die Festplatte gestohlen, sondern auch den Schreibtisch und die Regale durchwühlt?« »Wie gesagt. Sie hatte für alles eine eigene Schublade. Vorbildlich geordnet. Finanzielles. Wohnungsnebenkosten. Arztbesuche. Reisen. Ideen. Anregungen. Sehr ordentlich beschriftet. Ich sagte ja, sie war eine gründliche Frau. Ein Jammer, wie die Sachen hinterher aussahen.« In Elfies Augen stahl sich ein Schimmer von Unsicherheit. Wenn sogar ordentliche Frauen, so wie sie selbst eine war, umgebracht werden konnten, dann war wirklich niemand mehr sicher. Nicht einmal sie, die ihren Alltag so perfekt durchgestylt hatte wie ihre Kleidung und ihre Termine zur Fußpflege oder zur Zahnreinigung.

»Die Schubladen wurden durchsucht, aber auch ihre Tagebücher und Fotoalben sowie ihre Handtaschen und ihre Jackentaschen. Sogar ihre Reisetasche. Auch der Traveller-Rucksack, der in der Abstellkammer hing. Das fanden wir merkwürdig. Was kann man schon in einem leeren Rucksack finden?«

Ich schwieg. Eigentlich wollte ich gern noch etwas bestellen, doch Nessies kaltfeuchtes Schnäuzchen stupste mich an. Time to go. Manchmal dachte ich, dass man einem kleinen Hund mehr Wünsche erfüllte und Launen nachsah als einem Kind. Ein Kind soll nicht verzogen werden, es soll ja später mal ein braver Steuerzahler werden. Kein Thema für den Hund. Er lebt einfach nur vor sich hin.

Also auf in Richtung Grünstreifen.

»Ich mache mir Gedanken«, sagte ich abschließend zu Elfie. »Du weißt schon …« Elfie verabschiedete mich mit einem amüsierten Lächeln. »Tu das«, erwiderte sie, »aber diesmal – no Chance! Es gibt keine Anhaltspunkte für dich. Keine Familiengeheimnisse, keine verborgenen Unglücke, keine Dichter mit versteckten Botschaften. Nichts.«

»Es gibt immer etwas.«

Elfie scharrte mit dem Fuß auf dem Boden herum. Wie ein Pferd. Sie biss sich auf die hellrosa getönten Lippen, die so perfekt zu ihrem petrolfarbenen Outfit passten. Ich war schon fast am Gehen, als sie mir leise nachrief: »Ach, eines habe ich dir noch nicht gesagt … Etwas Ungewöhnliches war dann doch an ihr …«

»Noch weitere Enthüllungen … War sie in der SM-Szene? Lesbisch? Ein umgewandelter Kerl?«

»Das nicht. Aber sie …«, Elfie sah an mir vorbei, als sie beiläufig ihre nächsten Worte sprach: »… sie war als junge Frau Nonne gewesen.«

2. Kapitel

Eine Nonne!
»Sakrileg«. Das Buch in ihrem Schoß. Es überlief mich kalt. Hiltrud Binder war eine abtrünnige Nonne gewesen.

Laut Elfies mit ausdrucksloser Miene vorgetragenem Bericht hatte sie sich nach dem Studium, Religion und Geschichte, den Zisterzienserinnen im Kloster Lichtenthal in Baden-Baden angeschlossen. Damals war sie 25 gewesen. Sie hatte als Lehrerin in der dem Kloster angeschlossenen Grundschule unterrichtet. Dann waren ihre Eltern gestorben und sie hatte Geld geerbt. Mit diesem Geld wäre sie gerne gereist, doch mehr als eine Pilgerfahrt nach Rom mit einer Gruppe weiterer Nonnen und ein Stück bis zu den Pyrenäen auf dem Jakobsweg war nicht möglich gewesen. Für alles andere wäre ein Antrag nötig gewesen, dem kein großer Erfolg auf Genehmigung beschieden gewesen wäre.

Hiltrud fügte sich – zunächst. Doch dieses Auslandserlebnis, so hatte sie engeren Bekannten später berichtet, hatte sie verändert. Plötzlich sei es ihr möglich erschienen, Gott auch außerhalb des Klosterlebens zu dienen, und sie hatte nach langem Nachdenken und nach intensiven Gesprächen mit 33 Jahren das Kloster verlassen. Später unterrichtete sie ihre Fächer an der Eichelgartenschule in Karlsruhe-Rüppurr.

»Ihr früheres Leben hat nichts mit dem Mord zu tun. Sie war eine ganz normale Frau, nur eben christlich denkend. Hier schließt sich auch der Kreis, warum sie diese Gerlinde Höpkens bei sich wohnen ließ. Menschenfreundlichkeit. Für Gotteslohn. Sie hat gesagt – so Höpkens – sie sei dafür da, Menschen am Kreuzweg des Lebens aufzunehmen und sie zu entlassen, wenn sie den richtigen Weg gefunden hätten.«

Nonne. Der richtige Weg. Ich spürte ein altbekanntes Kribbeln. Es hatte keinen Zweck, es zu leugnen: Ich war wieder von dem Virus befallen. Dem Reiz, irgendetwas herauszufinden, was die Polizei mit ihrer perfekten Maschinerie übersah. Einen winzigen Hinweis. Eine verblasste Spur, die nur eine Ahnenforscherin riechen konnte. Oder jemand, der in den Alltag der Leute hineinsah. Wieder einmal überfiel mich die Lust, mich in Dinge einzumischen, die mich nichts angingen. Anteil zu nehmen an den Dramen anderer Leute.

Dieser Virus trieb mich soweit, tags darauf Nessie ins Auto zu setzen und in die Straße zu fahren, in der Hiltrud gewohnt hatte.

Es war genau so, wie Elfie beschrieben hatte. Eine ruhige Wohnstraße in Dammerstock. Sehr schöne Bauten, sowohl Einfamilienvillen als auch Mehrparteienhäuser, wahrscheinlich aus den dreißiger Jahren. Die Fahrradeingänge neben den Häusern ließen gepflegte bunte Gärten erahnen. Ein Wohnviertel, in dem freundliche Bürgerlichkeit zu Hause war und gewiss keine Morde an der Tagesordnung waren. Aber es war wiederum auch kein Viertel, in dem man seine Nachbarn kannte und sie ganz genau beobachtete. Dafür gab es zu wenig Einfamilienhäuser und zu viele kleinere Wohnungen, in denen Singles lebten, die nicht nur Kinder und Enkel zu Besuch hatten.

»Suchen Sie was?« Ein Mann mit Hund näherte sich unfreiwillig am anderen Ende einer straff gezogenen Leine, denn sein Hund fand meinen Hund toll – und das öffnet Türen. Seit ich Nessie hatte, verstand ich, warum Inspektor Columbo sich diesen schwabbelbäuchigen laufenden Meter von Hund hielt. Hundebesitzer vertrauen einander instinktiv eher als anderen Menschen.

Deshalb versuchte ich einen Flirt mit der Wahrheit: »Ja. Ich habe von der Frau gehört, die ermordet wurde.« Die Hunde konnten sich riechen, deshalb hielt sich das Misstrauen meines Gegenübers – für einen Mann sehr klein, knubbelnasig, badisch-freundlich – in Grenzen.

»So? Die Adresse stand aber nicht in der Zeitung«, bemerkte er dennoch scharfsinnig. Man darf rüstige Senioren niemals unterschätzen.

»Das stimmt«, murmelte ich hastig. Wehe mir, wenn Elfie das erfuhr. *»An Tatorten hast du nichts verloren. Verstanden?«* Oder gar Melchior. Ich hatte bereits seine Stimme im Ohr – durchaus besorgt, aber ein klein wenig zu offiziell: *»Es wäre besser, du würdest dich etwas zurückhalten, Maren.«* Wenn ich Pech hatte, würde er vielleicht sogar noch mal den Namen Maren wiederholen. Eigentlich höre ich meinen Namen gern, doch warum hatte er eigentlich immer noch keinen Kosenamen für mich? So etwas wie »Maren-Mausi« oder »Mareneli«? Etwas Albernes, Verliebtes. Warum war er immer so vernünftig?

Der Hundebesitzer betrachtete inzwischen gerührt, wie mein Hund seinen Hund umkreiste und versuchte, ihn ins Ohr zu beißen. Ich erklärte treuherzig: »Ich kenne jemand, der mit Hiltrud Binder befreundet ist. War, vielmehr.«

Er nickte. »War eine ruhige, ordentliche Frau. Lebte eigentlich alleine, aber dann hatte sie diese Untermieterin. Die mit dem Fahrrad. Die ist aber jetzt wieder weg. Auch eine ruhige, gesetzte Person. Ich habe niemals etwas Verdächtiges beobachtet«, spulte er ab, während der Hund anerkennend zu seinem Herrchen aufblickte. »Na, sie hatte wohl manchmal Bekannte zu Besuch. Warum auch nicht?«

»Aber sicher nur Damen?«, lockte ich. »Zum Kaffeekränzchen?« Dazu ein falsches Lachen. Der Hundefreund fiel darauf herein. »Sicher. Aber nicht nur. Mal junge Leute, vielleicht ein ehemaliger Schüler, und auch gelegentlich ein gesetzter Herr. Warum denn nicht?«, fragte er sich selbst noch einmal. »Sie war ja noch nicht tot.« Dann fiel ihm auf, was er da gesagt hatte, und er stockte. »Aber das waren auch meistens angenehme Herren.«

Ich hätte wetten können, dass der Mann jeden Freitag den ZDF-Krimi ansah. Seit den Tagen des »Kommissars« war er dabei, das war sicher. »Ordentlich war sie. Ihr Auto hat sie regelmäßig gewaschen, bevor sie auf ihre Tagesfahrten ging.«

»Tagesfahrten?« Ich wich einer Mutter mit Kleinkind auf dem Dreirad aus. Nessie stieß ein drohendes Grollen gegen das Kind aus – ein Grollen, das einer Fremdsprache gleich kam, denn es schien eigentlich aus der Kehle eines sehr viel größeren Hundes zu kommen. »Psst …«, ermahnte ich sie, doch sie grollte leise weiter. Sie hasste kleine Kinder.

»Ja, die Frau Binder war sehr interessiert. Kulturell. Unternahm so Tagesfahrten. Oft – das hat sie mir mal erzählt – nahm sie sich dann ein besonderes Thema vor. Romantische Kirchen im Elsass zum Beispiel. Dann klapperte sie systematisch alle Orte ab, in denen so eine Kirche steht, fotografierte sie und schrieb sich ihre Gedanken dazu auf. Mir hat sie mal einen Ordner gezeigt. Vom Limes. Das hat sie damals interessiert. Bleibendes Kulturgut, hat sie gesagt. Manchmal fuhr sie aber auch mit dem Bus. Oder mit irgendwelchen Gruppen. Wie das solche Damen eben machen.«

»Ach!« Ich staunte. Gruppenreisen? Ich bin wahrscheinlich keine

Dame, denn so systematisch verreise ich nie. Und der Knubbelnasige wohl auch nicht, sonst hätte er nicht von »romantischen«, sondern von »romanischen« Kirchen gesprochen.

»Ja, und sie hat sehr schön gemalt und Klavier gespielt. Im Sommer konnte man ihr Spiel durchs geöffnete Fenster hören: Chopin.«

»Ach«, wiederholte ich. Jetzt überfiel mich ein Anflug von Neid gegenüber der unbekannten Ermordeten. Dieser hundehaltende Rentner wusste nicht nur sehr viel von ihr, er schien sie auch gemocht zu haben und vielleicht sogar einige ihrer Hobbys zu teilen. Chopin. Da machte es beinahe nichts, dass er es mit einem deutschen »-in« am Ende sprach. Wie Insulin. Oder Aspirin. Nachdenklich betrachtete ich ihn und registrierte einen dicken Siegelring am Finger, auf dem eine Spinne abgebildet war.

Vielleicht hatte er ihr Avancen gemacht, sie hatte abgelehnt, und dann hatte er sie … Ich betrachtete den gutmütig aussehenden Mann mit seinem gutmütigen Hund. Trotz Spinne: Die Vision, wie er eine ältere, gesittete Frau erwürgte, die in einem öffentlichen Bad auf einer Ruheliege lag, drängte sich nicht auf. Überhaupt: Hundebesitzer als Mörder? Sehr unwahrscheinlich. Was würde aus dem Tier, wenn man erwischt wurde? Ab ins Heim? Das überlegte man sich zweimal.

Nessie hatte genug von dem Gespräch und von dem Gegenhund, winselte und zerrte an ihrer Leine. »Vielen Dank. Vielleicht sehen wir uns ja mal wieder.«

»Ja, kommen Sie nur mal wieder, das ist ein netter Hund, den Sie da haben. Also, das muss ich sagen: Hunde mochte sie allerdings nicht. Da hätten wir beinahe mal ein bisschen Krach gekriegt. Sie wollte uns – Herrn Triebel und mich – bei der Polizeiwache vorne am Dammerstock anzeigen. Wir würden die Hinterlassenschaften unserer Hunde nicht ordentlich entfernen. Ich habe ihr dann gezeigt, dass ich immer Plastiktüten dabei habe. Dann hat sie es erst geglaubt. Sie wollte eine Eingabe bei der Stadt machen, dass jeder Hundebesitzer jederzeit nachweisen muss, dass er so eine komische Plastiktüte dabei hat. Ich habe keine Angst vor den Ämtern, hat sie gesagt. Ich fürchte nur Gott. Ich glaube, sie hat auch manchmal Leserbriefe an die Zeitung geschrieben.« Typisch Lehrerin, dachte ich. Belehren die ganze Nation.

»Also, wie gesagt, schauen Sie mal wieder mit dem Kleinen vorbei. Wir können ja dann zusammen an der Alb spazieren gehen.«

Na also. Es sah ganz aus, als hätte ich noch richtig Chancen bei der 60-plus-Generation. Ich musste nur Geduld haben, dann schlug meine Stunde. Ich wandte mich schon zum Gehen, als mir doch noch etwas einfiel. »Sie haben gesagt, Frau Binder habe ab und zu Bekannte empfangen. Ich gehe davon aus, Sie meinen Männ- … Herren. Und die seien *meist* angenehm oder ordentlich gewesen. Was meinten Sie damit?«

»Hm, da war einer, den fand ich merkwürdig. Also, mein Bolko hier, der hat glatt geknurrt, wie der kam. Ein größerer Hagerer mit einem Zopf. Komisch, nicht? Der hat sie wohl ein- oder zweimal nach Hause gebracht und auch mal besucht. Ich könnte mir denken, der wollte was von ihr, aber Chancen hatte der bestimmt nicht. Einmal ist er ihr nämlich bis ans Auto nach und sie hat ihn glatt stehen lassen. Gut so. Sie war ja kein Backfisch mehr.«

»Ein jüngerer Mann?« »Kann sein«, erwiderte er ausweichend. »Hat er sie bedroht?«

Jetzt sah mich das knubbelnasige Männlein scharf an. »Momentchen, Sie sind aber nicht von der Kripo, oder? Sie fragen da schon seltsame Sachen.« »Nein, ich schwöre – von der Polizei bin ich nicht.« Der Mund öffnete sich, doch die Augen blieben wachsam.

»Nein, bedroht hat er sie nicht. Ich fand den Kerl nur seltsam. Ich meine, wer hat denn heute solch einen Zopf?« »Haben Sie das auch der Polizei gesagt?« »Nein, natürlich nicht.« Er blickte mich mit verstocktem Trotz an.

»Warum denn nicht?« Der Hund wich ein Stück von uns zurück und in seine Augen trat das gleiche Misstrauen wie in die seines Herrchens. »Junge Frau, ich bin ursprünglich aus Leipzig. Wissen Sie, was das heißt?« »Nein, was denn?« »Hinter der Mauer. Da hat man der Polizei nichts erzählt. Nicht mal die Uhrzeit hätte man denen gesagt. Außerdem war an dem Mann nichts weiter Verdächtiges. Ein ganz normaler Mann. Warum sollte ich das weitersagen? Glauben Sie, ich will Ärger?«

Warum er es dann mir erzählte, blieb unklar. Und was war mit dem Zopf?

»Diese Untermieterin, die bei ihr wohnte, was für eine Frau war das?« »Ach, die hat man kaum bemerkt. Schlich immer so umher. Nicht gerade eine Augenweide.«

Aha, dachte ich und hoffte, dass man alles mögliche eines Tages über *mich* sagen würde, aber gewiss nicht das! Ein herumschleichendes Wesen.

»Also, kommen Sie mal wieder vorbei.« Ich nickte. »Klar. Mach ich.«

****

Nur eine kurze Nachricht von Melchior auf dem Anrufbeantworter. »Hoffe, es geht dir gut. Genieß deinen Tag!« Hätte er nicht mehr sagen müssen? Enttäuschung und Zweifel trieben mich hinaus auf die Straßen der Südstadt und schwemmten mich bis in Theos Laden.

Ohne Nessie, die beleidigt zu Hause geblieben war.

»Theo, hast du schon mal eine Nonne gekannt, die das Kloster verlassen hat? Oder einen Mönch?«

Das Angenehme an Theo ist, dass er sich nie wundert, gleichgültig welche bizarren Fragen man ihm stellt. Er suchte kurz in den Schubladen seines Lebens herum und förderte schließlich einen Fund zutage. »Einen Mönch habe ich tatsächlich gekannt. Benediktiner. Ein Soldat Christi, wie die Begründer des abendländischen Mönchstums ihre Leute gerne nannten. Aus Bayern sogar. Als er gerade mal ein Jahr bei denen war, hat ihn angeblich ein Mitbruder belästigt. Er hat dann Orden, Kloster und sogar Kirche verlassen. Aber das Seltsame war, dass er trotzdem ein fanatischer Papstanhänger blieb. Das, was einmal eingepflanzt wurde, wurzelt tief. Wieso fragst du? Bist du jetzt an Mönchen interessiert? Das wäre neu.«

»Nein, eher an Nonnen«, gab ich zurück. Er schwieg.

»Soldat Christi«, dachte ich. Was sind dann Nonnen: Kriegerinnen des Glaubens? Aber Kriegerinnen leben gefährlich …

****

Durch viele Stunden in Theos Laden wusste ich, wo die Regionalia standen. Baden-Baden war schnell gefunden, auch ein Bildband, darin ein Foto vom Kloster Lichtenthal, in dem Hiltrud Binder Nonne gewesen war.

»Das ist ein wunderbares Kloster. Der Hof hat mich immer angezogen. Die alten Bäume. Der kleine Fluss, der nach Schwarzwald riecht.« Theo hatte sich unbemerkt hinter mich gestellt und blickte mir über die Schulter. »Ja«, stimmte ich zu, »es strahlt Frieden aus.«

Wir blätterten um. Ein harmonisches Gebäudeensemble, ein Brunnen, viel Grün.

Ich las, dass das Kloster seit seiner Gründung durch Irmengard von Baden als Grablege der badischen Markgrafen fast ununterbrochen von Nonnen bewohnt war.

»Es ist ein eher strenges Kloster«, bemerkte Theo. »Sie folgen den Regeln des heiligen Benedikt, suchen Gott in der Einsamkeit und der Klausur und lehnen jeglichen Luxus ab. Ora et labora. Ihre schlichte Lebensweise soll den Blick auf Gott frei halten. ›Schule für den Dienst am Herrn‹, so nannte das der heilige Benedikt. Nicht meine Sache, aber dennoch – ein schöner, erhabener Ort.«

»Und ein Ort, den jemand freiwillig verlassen hat. Um zu reisen. Wenn auch an Pilgerorte – immerhin aber hinaus zu gehen. In die Welt.«

Theo schüttelte ungläubig den Kopf. Er verreiste nie und versagte sich damit ein Grundvergnügen des modernen Menschen. Aber Theo war kein moderner Mensch. Eher erfüllte er das uralte Klischee des verstaubten Antiquars. Solche wie er hatten vielleicht schon im Athen der Antike Schriftrollen aus zweiter Hand verkauft. Ich sah ihn vor mir – Theo, den zeitlosen Zeitreisenden, wie er in einer kleinen, schattigen Ecke zwischen weißen, dicht gedrängten Häusern saß. Unregelmäßig behauene Steinstufen führten im Schatten enger Gassen gegen einen tiefblauen Himmel auf eine Anhöhe hinauf, von der aus man das Meer sehen konnte. Im Hintergrund die Klänge einer Panflöte oder einer Lyra …

»Dass du nicht nach Mallorca fliegst, um inmitten von deutschen Kneipen bei Sauerkraut und Bier deinen Bart in der Sonne zu bleichen, kann ich ja verstehen, aber solche spirituellen Reisen … vielleicht kämen die in Frage?«

»Wozu? Ich habe keinen Kilometerehrgeiz. Die Leute suchen nämlich neben der angeblichen spirituellen Erfahrung auch den sportlichen Erfolg – das geht dann so: ›Ich war in Santiago de Compostela, ganz allein und zu Fuß … gut, gut, ich habe eine kleine touristenfreundliche Abkürzung genommen, aber ich war da. Hier das Foto mit der Digitalkamera. Und hier lege ich doch tatsächlich meine Finger in die Vertiefungen der berühmte Säule des Heiligen Jakobus, wie schon jahrhundertelang Menschen vor mir …‹ Nein, Maren, wenn Jakob wirklich ein Heiliger ist, dann gibt es ihn auch hier in meinem Laden. Außerdem bin ich von meinem Fünfuhrtee abhängig, das weißt du.«

»Aber die Pilger bekamen bekanntlich auch etwas zu essen, wenn sie unterwegs waren! Manche werden die Speisen neben ihrem heimischen deutschen Getreidebrei als Nouvelle Cuisine empfunden haben: französische Restaurants, spanische Bodegas …« Meine Fantasie, die sich nicht immer an historische Tatsachen hielt, gaukelte mir die Tapas aus dem spanischen Restaurant in der Bürgerstraße vor.

Theo aß keine Tapas. Und keine Sushis. Consuela hatte ihn kürzlich dazu gebracht, eine grüne Olive zu probieren. Er hatte darauf herumgekaut, als habe man ihn gezwungen, ein Ochsenauge zu essen. Jetzt zuckte er die Achseln. »Sicher. Vielleicht. Ich bin kein Spezialist, obwohl das Thema in letzter Zeit wirklich oft angefragt wird. Auf den Pilgerstraßen hat es wohl ausreichend Herbergen gegeben. Auch Kirchen. Arme gingen so durch, Reiche mussten etwas spenden. Fast jede Kirche – und davon lebt heute manches kleine Nest irgendwo in Frankreich oder Spanien – hatte dann natürlich seine Reliquie oder sein Jakobszeichen, das von den vorbeiziehenden Pilgern verehrt werden durfte. Diese Pilgerei war damals schon ein Wirtschaftsfaktor, so wie heute die Fußballweltmeisterschaft, die uns bald ins Haus steht.« Theo seufzte. Sport war für ihn ähnlich schlimm wie grüne Oliven. Nur mit Widerwillen hatte er zu Werbezwecken einen Fußball ausgeschnitten, auf Pappe aufgeklebt und in die Ecke mit den Sportbüchern gestellt.

»Der Jakobsweg war eine Institution. Heute würde man sagen – eine Plattform. Künstler aus allen Ecken Europas, auch aus Deutschland, entwickelten neue Ideen, um dem Glauben Ausdruck zu verleihen, und schmückten Kirchen und Häuser mit ihren Werken. Die Zeiten ändern sich eben nie.« Ich nickte. »Auf jeden Fall ist diese Pilgerfahrt nach Santiago etwas, das die Jahrtausende überdauert hat.«

»Tja, und die Motive wohl auch. Nicht nur der Wunsch nach spirituellem Wachstum, auch Übersättigung und manchmal das Abtragen einer Schuld ließen Leute aus aller Welt auf diesen Weg gehen. Heute ist es nicht viel anders als damals.«

Warum, überlegte ich im Stillen, hatte wohl die Tote aus dem Vierordtbad dorthin gewollt?

Das musste die Polizei erst einmal herausfinden.

Oder ich, dachte ich. Oder ich.

****

Zu Hause – mein Balkon war erstmals bewohnbar, denn die Temperaturen hatten sich entschlossen, ein wenig zu steigen – dachte ich erneut über Hiltrud nach.

Elfie hatte Recht, wenn sie mir die üblichen Erfolg versprechenden Methoden aufzählte, einen Kriminalfall aufzuklären: Modernste technische Errungenschaften, studierte Kriminalisten, die Fakten analysierten. Bei einem Banküberfall mit Todesfolge – wunderbar. Doch bei Hiltrud Binder lag die Sache anders. Da musste man nachdenken. In andere Richtungen. Und genau das würde ich tun.

Sie war nicht mehr jung. Alles andere als ein Flittchen. Lehrerin. Offenbar sehr interessiert an ihrer Umwelt. Eine korrekte, ernsthafte Person. Um zu verstehen, was sie für ein Mensch gewesen war, musste man wissen, warum sie ins Kloster gegangen war. Mit Anfang zwanzig, das hatte ich in der Studienzeit erlebt, machten viele so eine Art spirituelle Phase durch. Wenn du merkst, dass auch die eigene Wohnung, Sex mit wem du willst, eigenes Geld und die Aussicht auf ein Leben mit einem Job die Ängste und Unsicherheiten, die Fragen und Zweifel nicht zum Schweigen bringen. Aber die meisten überhören diesen Ruf. Hiltrud hatte offenbar genau hingehört. Sehr genau.

Ich hatte den Eindruck, dass Hiltrud ein Mensch gewesen war, der geradlinig lebte. Sie hatte Theologie studiert, war dann den Weg zu Gott schnörkellos weitergegangen. Bis ins Kloster.

Doch als sie reisen und ihren Horizont erweitern wollte und sich durch die Klosterdisziplin eingeschränkt sah, verließ sie die Gemeinschaft ebenso konsequent wieder.

Eine eigenwillige Frau. Eine, die die Dinge zu Ende dachte.

Ohne dass ich irgendeinen Beweis dafür hatte, kam mir plötzlich der Gedanke, dass darin das Motiv für ihren Tod liegen könnte.

****

Ich trieb mich in der Folge noch zweimal rund um Hiltrud Binders Haus herum. Diesmal ohne Hund. Nichts von Bedeutung geschah. Die Fenster ihrer Wohnung waren geschlossen. Ob die Wohnung noch versiegelt war oder ob sie observiert wurde – ich hatte keine Ahnung.

Zwei Wochen bis zum Beginn meines nächsten größeren Auftrags. Zeit genug also, um die Leere mit der Frage zu füllen, wer Hiltrud Binder wirklich gewesen war und warum jemand gewollt hatte, dass sie starb.

Ich radelte in der Südstadt los, tauschte im Vorüberradeln ein paar freundliche Blicke mit den Tieren im Oberwaldzoo, bog am Gymnasium ab und wartete schließlich um die Mittagszeit vor der Schule, an der Hiltrud Binder unterrichtet hatte.

Die Eichelgartenschule lag in der Gartenstadt, eingebettet in die Vorwäldchen des Oberwalds, und machte einen idyllischen Eindruck. Kleine Kinder mit großen rosa und türkisfarbenen Rucksäcken zottelten in Gruppen gemütlich durch die heimeligen Straßen mit den blumengeschmückten winzigen Siedlungshäuschen.

Zuviel Zeit bringt Ideen zustande. Ich hatte tatsächlich daran gedacht, meine Armbanduhr in der Tasche verschwinden zu lassen, um ein Kind nach der Uhrzeit fragen zu können. Leider suchte ich den Falschen aus. »Irgendwas nach zwölf«, sagte der Kleine, der nämlich auch keine Uhr trug. Was da an seinem Handgelenk leuchtete, war nur das abwaschbare Tattoo eines zusammengeringelten Drachens. Ein hübscher Junge mit grünen Augen.

»Danke. Na, war es schön in der Schule?« Meine Güte, Maren. Wie redest du denn? Die 60er Jahre lassen herzlich grüßen.

»Nee«, sagte der Junge sachlich.

»Habt ihr denn keine netten Lehrer?« Noch wenige Fragen, und ich war am Ziel. Vielleicht wäre ich doch eine geniale Schachspielerin geworden, wenn ich mehr geübt hätte. Aber immer wenn ich eine

Figur aufgeben musste, verlor meine Königin die Nerven und sprang unkontrolliert auf dem Feld herum.

Nessie schnupperte an dem Jungen. Er schubste sie mit dem Fuß. »Ich mag keine Hunde«, sagte er überflüssigerweise, und dann sehr unvermutet: »Eine frühere Lehrerin von uns ist zerstückelt worden.«

»Was?« Der Junge nickte emotionslos. »Die sagen bei der Polizei, sie wurde erwürgt, mit den Händen, aber mein Freund, der Tim, hat gesagt: zerstückelt. Die mussten das Schwimmbad schließen. Wegen dem vielen Blut. Es kam sogar aus der Dusche.« Ich schluckte. Nessie musterte den Jungen aus böse geschlitzten Augen. Warte, bis ich groß bin, schienen diese Blicke zu sagen. Ich hatte ihr schon mehrfach gesagt, dass diese Hoffnung vergebens war. Sie würde nie groß werden.

»Kanntest du die Lehrerin, die da …« »Zerhackt. Klar. Die hatte ich letztes Jahr in Reli gehabt. Die war ganz okay. Mehr so gerecht«, sagte der Junge und zog grußlos weiter. Ich sah ihm nach. Viel Erfahrung hatte ich ja nicht mit Kindern, aber irgendwie ahnte sogar ich, dass »mehr so gerecht« ein Kompliment aus dem Mund eines Schülers war.

Ratlos wanderte ich mit der verblüfften Nessie um die Schule herum. Wo war ihr vertrauter Grünstreifen? Vor lauter Schnuppern kam sie kaum voran. Hier mussten unglaublich viele Hunde leben. Ich selbst sah weniger Spuren als mein Hund und musste mir eingestehen, dass ich keinen Anhaltspunkt mehr fand. Mit Kollegen der Toten zu sprechen, würde schwierig sein. Ein Kind mag noch unbedarft Auskunft geben – ein Lehrer würde sofort nach meiner Legitimation fragen.

Aber vielleicht der Hausmeister.

Ich näherte mich dem Schuleingang. Freundlich, hell, modern.

Rechts stand ein Mann, entfernte Zettel von einer Art Pinnwand und heftete gewissenhaft neue daran. »Diese Nachhilfelehrer schießen nur so aus dem Boden«, murrte er. »Kann ja jeder kommen.«

»Genau. Und übrigens guten Tag. Wo ist das Sekretariat, bitte?« »Erster Stock, dann den Gang geradeaus.«

Eine Lüge nahm ihren Lauf: »Meine Nichte zieht mit ihren Eltern nach Karlsruhe, und wir suchen eine Schule für sie. Realschule«, fügte ich an. »Ich denke, diese Schule hier ist doch gut, oder?«

»Klar ist sie das. Bei uns geht es noch ordentlich zu«, brummte er.

Er war ein Schulhausmeister, wie es seit Urzeiten Schulhausmeister gegeben hat. Sie scheinen alle mit diesem bärbeißigen Gesichtsausdruck geboren worden zu sein – und mit einem Mund, der sich fast automatisch zu einem drohenden »He, du da, lass das, sonst …!« formt.

»Und hoffentlich gibt es hier nicht so viel Kriminalität«, fuhr ich fort und konnte nur hoffen, das alles war nicht allzu auffällig. Aber diese Frage erschien dem Hausmeister nicht verdächtig, vermutlich wurde sie oft gestellt. Und es kam, was kommen musste: »Nein, wir haben ganz wenig Ausländer hier.« Ach, du liebe Zeit, dachte ich.

»Und die Lehrer sind auch verständnisvoll und sicher auf dem neuesten Stand?« Die Frage gefiel ihm wiederum nicht so sehr. Sich über die Lehrer zu äußern stand weder ihm noch mir zu. »Unsere Lehrer sind in Ordnung.« Er wandte sich wieder seiner Wand zu.

Verspielt. Letzte Chance. »Ist da nicht letzthin was vorgekommen, mit einer Lehrerin von hier?«

Er erstarrte einen Moment in seinem Tun. Dann sprach er seine Pinnwand beschwörend an: »Das war tragisch. Eine Verwechslung. Bei all dem Volk, das herumläuft. Ich sage zu meiner Frau – dass solches Gesindel jetzt schon in die Schwimmbäder geht. Ich meine, das Vierordtbad ist doch nicht billig.« Eine Weile hing er diesem Gedanken nach. »Unsere Frau Binder war in Ordnung. Das muss eine Verwechslung sein. Niemand hatte was gegen sie. Niemand. Hatte eine sehr schöne Verabschiedung, als sie letztes Jahr in Rente ging.«

»Sie war sicher sehr beliebt bei den Schülern?« »Na, das können Sie groß schreiben. Immer bestens vorbereitet, eine ganz korrekte Frau war das. Manche sagten, sie sei ein bisschen übergenau gewesen. Aber sie hat halt auf die Sachen geachtet. Und wenn ihr ein Missstand auffiel, dann hat sie es auch gesagt. Niemand kann mir den Mund verbieten, hat sie gesagt, nur vor dem Herrn da oben schweige ich.«

Und jetzt hatte sie jemand zum Schweigen gebracht. Und der Herr da oben war es wohl kaum gewesen.

****

Wenn ich schon in Rüppurr war ... Wer konnte es mir verdenken, dass ich auf einen kleinen Sprung ins Diakonissenkrankenhaus schaute. Ein altes ehrwürdiges Krankenhaus. Vertrauen erweckend. Der Eingangsbereich war gerade renoviert worden und begrüßte die Kranken optimistisch.

Und ich hatte schon wieder Glück. Gleich neben dem Eingang stand eine Vitrine, in der Bücher dekorativ ausgestellt waren, die geeignet sein sollten, trübe Gedanken von der Bettkante zu stoßen. Eine schmale Frau mit früh ergrautem Haar stand davor, hatte die Tür der Vitrine geöffnet und ordnete gerade die Bildbände neu. Neben ihr stand ein Wagen mit jenen Exponaten, die sie gerade herausgenommen hatte. Ich sah Bestseller und Bücher über Gärten, über Italien und über Homöopathie.

»Guten Tag.«

Sie musterte mich kühl und ein wenig gleichgültig. »Ja?«

Frauen anzulügen ist schwerer. Ich holte deshalb unglaubhaft weit aus. »Ich wollte fragen, ob diese nette Frau hier noch arbeitet. Eine Freundin von mir hat auf der Gynäkologie gelegen, und sie hat ihr ein Buch mitgegeben. Ohne offiziellen Ausleihschein, und meine Freundin wollte es zurückbringen. Ich bin heute nur zufällig hier.« Ich versuchte jenes Lächeln, mit dem ich manchmal selbst bei aussichtslosen Fällen Erfolg habe.

Die früh Ergraute musterte mich verächtlich. »Sind Sie von der Presse? Aber da müssten Sie schon etwas besser recherchieren. Frau Binder – von der sprechen Sie ja wohl – hätte niemals, *niemals* ein Buch ohne Leihschein herausgegeben. Niemals! Und jetzt entschuldigen Sie mich bitte.«

Die Angestellte war etwa in meinem Alter. Ich fühlte mich abgekanzelt und das Ganze war mir peinlich. Dennoch überwand ich meinen Stolz. »Moment mal. Könnte ich mich noch kurz mit Ihnen unterhalten?« »Gerne«, erwiderte die Frau, von der ich annahm, dass sie jene Frau Radek war, von der Elfie gesprochen hatte. »Werden Sie krank, legen Sie sich auf Station, und schon kommt unser Wagen vorbei.«

Und damit war die Sache für sie erledigt. Ich stand nur da und sah ihr nach.

****

Das Vierordtbad in Karlsruhe ist ein historisches Juwel mitten in der Stadt. Einst ein etwas heruntergekommenes Bad, ist es heute ein durchrenovierter Wellness-Wohlfühltempel für Leute, die zwischen zwei Terminen in der Stadt Entspannung suchen.

Bisher nicht für mich. Ich bin absolut keine Wasserratte. Die Begeisterung, mit der manche Leute an Baggerseen gehen, sich dort ins Gras legen, das nicht vom Gartenbauamt schön kurz gehalten wird, über wild wuchernde Pflanzen und glitschige Steine balancieren, um sich in ein undurchsichtiges Wasser zu versenken, ist mir fremd. Wenn ich überhaupt schwimmen gehe – dann als städtischer Freibadmensch. Ein Kiosk, Toiletten, keine Hunde, angekleidete Kinder, die durch Bademeister in ihrer freien Entfaltung gebremst werden, sowie Unterstellmöglichkeiten aller Art bei Gewitter und Regen sind für mich die Grundvoraussetzungen, bevor ich nur eine Kraulbewegung mache.

Das Vierordtbad erfüllte immerhin diese Grundvoraussetzungen. Ich löste eine Karte am Eingang und nahm wohlwollend die Wärme und Sauberkeit im Umkleidebereich zur Kenntnis. Zu lebhaft waren mir noch Schwimmstunden aus meiner Kindheit in Erinnerung, wo man sich zitternd vor Kälte auf einem Steinfußboden aus dem nasskalten Badeanzug schälen musste.

Um das Schwimmbecken herum befanden sich im ersten Stock auf einer Galerie die Umkleidekabinen mit den Schließfächern. Die Schlüssel musste man herauslösen, indem man die Einlasskarte einführte. Es gab keine getrennten Bereiche für Männer und Frauen, was es dem Mörder – sollte er ein Mann gewesen sein – überhaupt nur möglich gemacht hatte, das Fach der Toten unbemerkt zu öffnen.

Ich war genau zu dem Wochentag und der Stunde gekommen, zu der auch Hiltrud Binder ins Bad zu gehen pflegte. Es herrschte mäßiger Betrieb im Becken. In der durch ein Mäuerchen abgetrennten Babyabteilung paddelte eine junge Mutter mit Baby – etwas, das ich mit äußerstem Misstrauen beobachtete. Niemand kann mir weismachen, dass diese Kinder nicht ins Becken pinkeln.

Ich schwamm ein paar Alibirunden, wobei mich die mir entgegenkommenden Gesichter knapp über der Wasserkante aufmerksam musterten. Eine Neue. Ich stellte missmutig fest, dass ich langsamer schwamm als alle zusammen, legte mich kurz in eine Sprudelmulde und genoss den Blick nach oben in die Kuppel.

So hatte vielleicht auch Hiltrud nach oben geschaut. Eine Frau, die Jahre ihres Lebens nur zu Kirchenkuppeln aufgeblickt hatte. Warum wurde man als junge Frau eigentlich Nonne? Wahrscheinlich war ich zu oberflächlich, aber ich konnte es mir einfach nicht vorstellen. Ein Leben ohne Männer. Allerdings auch ohne die damit verbunden Zeitverluste durch Heulen, Warten am Telefon – und wenn es dann läutete, hektische Last-Minute-Einkäufe von neuen Dessous und Prosecco. Und doch: Ein Leben ohne Liebe – außer natürlich der Liebe zu Gott. Und vor allem ein Leben nur mit anderen Frauen. Abends früh in die Zelle. Keine Kneipe, kein Kino, kein teures französisches Restaurant. Kein Rockkonzert in der Durlacher Festhalle. Nicht in der Spielbank in Baden-Baden alles riskieren, um das nötige Kleingeld für irdische Konsumgüter zu gewinnen. Vielleicht nicht einmal fiese Gedanken hegen wie Neid oder Hass. Als Nonne sollte ich womöglich sogar Elfie uneingeschränkt mögen.

Das war nichts für mich.

»Maren, dafür gewinnst du dort innere Ruhe. Frieden. Freiheit von der Hast des Alltags und den Oberflächlichkeiten. Einsichten ins eigene Innere.« Gelegentlich sprach ich mit mir selbst, meist in tadelndem Ton. Und ich antwortete: »Was für Einsichten kann ich bei diesen Vigilien – oder wie diese Morgengebete um vier Uhr heißen – schon gewinnen? Das ist für Erkenntnisse aller Art einfach zu früh!«

Und Hiltrud? Wahrscheinlich war ihr dieses innige Bedürfnis nach tieferen Einsichten geblieben. Und doch hatte sie auf ihrer ersten Pilgerfahrt außerhalb der Klostermauern entdeckt, dass es auch noch andere Wege gab, die zu Gott führten.

Rasch trocknete ich mich ab, zog den Bikini aus, hüllte ein großes Handtuch um mich und wanderte etwas ungelenk auf meinen Badeschuhen in den Saunabereich. Aus meinen Erfahrungen wusste ich, es würde nichts bringen, das Badepersonal auf Hiltrud Binder anzusprechen. Sicher waren sie von ihren Vorgesetzten streng ermahnt worden, keinerlei Auskünfte über den Vorfall zu erteilen. Ich würde mich lediglich verdächtig machen und am Ende noch Elfie oder ihre Kollegen von der Kripo auf den Plan rufen.

Wenn überhaupt, musste ich einen anderen Badegast finden, der sie gekannt hatte.

Ich sah mich im Saunabereich um. Am besten geeignet waren

nette, ältere Damen, die ein klein wenig einsam waren. Mann auf dem Friedhof, Kinder aus dem Haus, Hund lohnt sich nicht mehr. Die Zahl der Freundinnen ausgedünnt durch den Tod. Keine Hobbys. Die hatten sie früher nicht gebraucht, als sie noch einen Haushalt und eine Familie zu versorgen gehabt hatten … Also, eine Dame dieses Kalibers musste gefunden werden!

Ich sah mich in der Saunahalle um. In der Mitte zwei Becken. Ich streckte den Zeh in das eine. Eiskalt. Schnell zog ich ihn wieder heraus und tauchte ihn zur Belohnung in das warme Wasser im Nachbarbecken. Misstrauisch beobachtete ich den dampfenden Tümpel. Wäre ich ein Bakterium, würde ich dort und nirgends anders leben wollen.

An den Wänden Türen, die in verschiedene Saunen führten. Duschen, Fußbäder, Nischen für die Handtücher. Weiter hinten zwei Außenbereiche mit Liegestühlen, eine Waage, Sonnenliegen.

Der abgedunkelte Warmluftraum war überraschend zentral gelegen, aber kaum frequentiert: Zu groß war die Konkurrenz der weiträumigen, hellen Ruheräume in unmittelbarer Nachbarschaft mit Blick auf den schön gestalteten Außenbereich. Zögernd betrat ich den kleinen, mit Holz verkleideten Raum, den nur ein paar gedämpfte Lichtchen an der Decke notdürftig erhellten. Fünf Liegen, nur eine war besetzt. Und auf jener lag eine Dame, die geradezu den Prototyp der von mir gesuchten Person verkörperte. Graue Kräusellöckchen, Brille, eine *Frau im Spiegel* vor sich, ein mildes Lächeln auf dem freundlichen Gesicht.

»Ist hier noch eine Liege frei?« Ich deutete auf eine Bank, auf der ein Handtuch ausgebreitet lag. Die Frau ließ ihre Zeitschrift sinken, auf dessen Titelbild uns Caroline von Monaco mit verbindlichem Lächeln ansah, schick wie immer. »Aber sicher. Nehmen Sie, welche Sie wollen. Ich hab nur mein Handtuch da hingelegt. Zum Trocknen. Hier ist sowieso wenig los, vor allem seit der Sache mit der armen Frau.«

»Arme Frau?« »Ja, die Frau, die hier umgebracht wurde.« »Umgebracht?« »Ja, das war vor einer Woche. Einfach umgebracht. Hier drin. Also, manch einer geht jetzt hier nicht mehr rein.« Die Frau umfing den gesamten Raum mit einer großen Geste, als sei der Geist der Toten noch in der Luft.

Hier war keine komplizierte Fragetechnik nötig. Die Frau reagierte auf jedes Fragezeichen, wie wenn man einen Lichtschalter anknipste: »Die arme Frau. Ich habe sie eigentlich jeden Donnerstag gesehen. Nur manchmal, wenn sie im Landschulheim war oder wenn sie mal krank war, dann ging es eben nicht.«

»Landschulheim?« »Ja, die arme Frau war früher Lehrerin. Stellen Sie sich so was mal vor. Liegt hier ganz harmlos und wird erwürgt. Ich war an dem Tag ja nicht in dem Raum hier, sonst hätte der keine Chance gehabt, so laut hätte ich geschrien.« Zu allem entschlossen sah mich die Gelockte an. »Ich war draußen im Garten, da laufe ich immer zehn Runden um diesen Brunnen herum und atme ein und atme langsam wieder aus, bis ich bis zwanzig gezählt habe. Das stärkt die Lungen. Ich habe nichts Besonderes gesehen. Es waren vielleicht dreißig Leute hier, Bekannte und Unbekannte.« Sie seufzte. »Die Polizei hat mich gefragt, ob sich einer von denen, die ich nicht kannte, komisch verhalten hatte, aber ich habe wirklich nichts beobachtet. Die Leute sind ja nackt, da schaut man bei den Männern auch nicht so genau hin. Und schon gar nicht bei den jungen Männern, wissen Sie, da kann schnell was …«, obwohl es so dunkel in dem Raum war, hatte ich doch das Gefühl, dass sie errötete, »kann sich schnell untenherum was regen. Wenn eine Frau *da* hinguckt.«

Ich nickte. Klar doch. Ich hatte allerdings gar keine jungen Männer bemerkt, bei denen sich das Hinsehen gelohnt hätte, um diesen besonderen Effekt zu erzielen. Es waren nur Herren an der Rentengrenze durch die Hallen flaniert. Möglicherweise war unsere Vorstellung von jungen Männern unterschiedlich.

»War sie eine nette Frau?«

Ich rechnete mit den üblichen Lobeshymnen für Tote, doch ich sollte mich täuschen. Die Gelockte setzte sich auf und raffte ihr Handtuch um den Körper. Ein paar dicke Schweißperlen rannen ihr die Wangen hinunter. »Nein, das fand ich nicht.«

Das erstaunte mich. Mit neuem Respekt betrachtete ich die Dame. Eine klare Aussage.

Mein Gefühl sagte mir, dass es am besten war, jetzt einfach zuzuhören.

»Sie war eine richtige Meckerin. Hat immer nur gemeckert. Mal war's ihr hier drin zu warm, dann zu kalt, mal roch es nach Schweiß und dann, oh je, hat sie doch draußen auf dem Boden mal eine Nudel gefunden …« »Eine Nudel?« »Ja, wir bringen uns unser Essen mit. Für die vielen Stunden hier drin. Und im Bistro ist es vielen von uns einfach zu teuer. Na, und da mag einer mal eine Nudel aus ihrer Plastikschüssel gefallen sein. Eine Tragödie! Gleich hat sie sich beim Bademeister beschwert. Der sollte das weitergeben, sonst wollte sie sich ans Bäderamt wenden. Und dann hat sie ganz genau auf die historischen Kacheln geachtet – also, ich versteh da nichts davon, aber sie hat gesagt, dass man das Alte bewahren muss und dass sie das Bad nicht … wie hat sie sich ausgedrückt … *sensibel* genug renoviert hätten.« Die ältere Dame beugte sich zu mir, dabei rutschte ihr Caroline von Monaco vom Schoß.

»Ich habe sie bestimmt nicht umgebracht, hab sowieso Gicht in den Fingern. Aber ich denke, das war einer, dem ihr ewiges Genörgel auf die Nerven ging. Ich tippe auf einen Schüler. Die Liselotte, da hinten, ja, da draußen sitzt sie, neben der Säule, die glaubt, es war ein ehemaliger Schüler, dem sie das Leben verbaut hat. Zu mir hatte sie mal gesagt: ›Nur Noten gegen Leistung. Und Abschreiben gibt's bei mir nicht. Der da oben sieht sowieso alles, und wen ich nicht erwische, den erwischt *er*.‹«

»Der da oben?« »Na, der liebe Gott.« Die Dame wuchtete sich etwas mühsam aus ihrer Liege. Caroline sah etwas verknittert aus. Kein Wunder, sie war ja auch schon fast fünfzig.

Nachdenklich verließ ich das Vierordtbad. Es war ziemlich mild draußen. Ich setzte mich gegenüber dem Dorint Hotel auf eine Bank am Festplatz, früher Schauplatz großer Ereignisse, der jetzt durch die Neue Messe draußen vor der Stadt gewissermaßen entthront worden war. Was wusste ich jetzt eigentlich von Hiltrud Binder?

Sie war Mitte Sechzig gewesen, ehemalige Nonne, dann Lehrerin und seit vielen Jahren wieder ein freier Mensch. Kein Mann, kein Kind, kein Hund. Hatte ein Auto, reiste gerne, allerdings wohl vorwiegend an Orte, die der spirituellen Erbauung dienten. Penibel. Korrekt. Konsequent. Keine Angst vor den Behörden. Und eine Querulantin.

Würde ich mich mit ihr angefreundet haben? Die Antwort war: Nein.

Die Frage: Warum hatte sich diese Gerlinde wohl mit ihr angefreundet?

Mein Ziel: Das herauszufinden.

3. Kapitel

Am Wochenende vor Pfingsten fuhr ich nach Freiburg. Melchior holte mich am Zug ab, küsste mich auf die Wangen und drückte mich kurz und fest an sich. Keine Knutscherei in der Öffentlichkeit.

Im Schlafzimmer ließen wir die Läden herunter, und jetzt küsste er mich auf den Mund, und wir liebten uns. Doch als wir später nebeneinander lagen, fühlte ich mich nicht wirklich zu Hause. Eher wie auf der Durchreise.

Merkwürdig. Wir lebten nicht miteinander und manchmal dachte ich, dass wir auch nicht miteinander liebten. Jeder liebte für sich. Dabei spürte ich, dass Gefühle da waren. Doch keiner wollte sie herauslassen. Hatte auch Melchior Angst vor Zurückweisung, genau wie ich? Wäre ich sicher gewesen, dass es so war, dann hätte ich vielleicht mit ihm darüber reden können. Aber es gab keine Sicherheit zwischen uns.

Später saßen wir in seinem Wohnzimmer, das ebenso karg eingerichtet war wie seine Seele – so dachte ich manchmal. »Sie haben einen neuen Fall in Karlsruhe«, eröffnete ich das Gespräch. Man konnte es ja mal versuchen. Manche Männer machen direkt nach dem Sex eine Art vorübergehende charakterliche Wandlung durch.

»Ja, Elfie hat es mir erzählt.«

Jedes Mal, wenn er den Namen Elfie erwähnte, gab es mir so etwas wie einen kleinen Stich. Es klang so etwas wie Anerkennung durch, wenn er von ihr sprach. Ich selbst hatte vor meiner Abfahrt noch einmal mit ihr gesprochen und war beim Thema Hiltrud natürlich auf wenig Gegenliebe gestoßen. »Keine Details bitte, Maren. Mein Urlaub steht vor der Tür.«

Ich spürte ihre Unzufriedenheit angesichts dieser Tatsache. Elfie machte nicht gerne Urlaub. Losgelöst von ihrem Terminkalender, ihrer täglichen Disziplin und ihrem Schreibtisch wusste sie wohl nicht mehr genau, wer sie war.

»Ich habe rein zufällig mit ein paar Leuten gesprochen, die das Mordopfer gekannt haben.«

»Man gerät nicht rein zufällig in eine kleine Straße im Dammerstock«, schnappte sie, fügte aber an: »Und?«

»Diese Binder war nicht wirklich beliebt. Eine pedantische Nörglerin.« »Wenn das ein Mordgrund wäre, wäre dieses Land entvölkert«, stellte Elfie treffend fest. Daran hatte sich ein Gespräch angeschlossen, dessen Ergebnis ich Melchior jetzt mitteilte.

»Sie haben keine wirklich heiße Spur. Die Frau war früher übrigens eine Nonne gewesen. Kein Scherz – eine *echte* Nonne. Deshalb: kaum Männergeschichten. Und wenn, dann ganz harmlose Beziehungen …«

Er schüttelte den Kopf. »Maren, halte dich diesmal wirklich da heraus. Mit dieser Sache hast du nichts zu tun. Das letzte Mal war es schon gefährlich genug für dich. Diesmal gibt es keine Verbindungen zu dir, so wie bei den anderen beiden Fällen. Also.«

»Wer weiß?«, beharrte ich. »Karlsruhe ist nicht sehr groß. Jemand, den ich kenne, könnte sie gekannt haben. Und …«

»Maren, diese Frau war offenbar eine Dame fortgeschrittenen Alters, die ein ruhiges und geregeltes Leben führte. Das kannst du dir vielleicht nicht so gut vorstellen …« Danke. Das hörte sich an, als sei ich wohnsitzlos und wechselte meine Männer bei Monatsbeginn.

Dieser Samstag und Sonntag waren fürs Erste das letzte gemeinsame Wochenende mit Melchior. Danach würde er seinen Pfingstdienst haben und dann nach Berlin fahren, um sich kriminaltechnisch auf den neuesten Stand zu bringen. Als wir am Sonntagmorgen durch die stillen, friedlichen Straßen von Freiburg schlenderten, ließ er beiläufig fallen: »Hinterher spanne ich vielleicht noch ein paar Tage aus. Wenn ich sowieso in der Gegend bin. Spreewald. Oder Zingst. Der Darß. Da wo es einsam ist und man zu sich kommt und nachdenken kann. Du weißt, dass mir manche Entscheidungen nicht leicht fallen.«

Den letzten Satz überhörte ich. Das Wort einsam gefiel mir nicht.

»Fährst du ganz alleine?« Er seufzte. »Es täte mir jedenfalls gut. Aber natürlich, Maren, wenn du willst, kannst du auch mitkommen. Oder nachkommen!«

Einladungen, die von Herzen kommen, klingen anders. Deshalb würde ich zu Hause bleiben. In Karlsruhe, meinem Revier.

Zwei freie Wochen lagen also vor mir. Ohne Mann – und ohne Mordfall. Jedenfalls beharrte Melchior darauf, dass ich mich nicht weiter einmischte. Vernünftig, ernst und eindringlich. »Hörst du Maren?« »Ja, so gut wie versprochen«, sagte ich.

Kein Mordfall. Ich war fest entschlossen. Und das blieb auch so, bis ich Christian in Speyer besuchte.

****

Christian ist mein Cousin. Mütterlicherseits. Obwohl er immer einen Anzug trägt und kaum noch Haare hat, ist er in meinem Alter. Als Kinder wurden wir ständig gezwungen, bei Familienfeiern gemeinsam am Kindertisch zu sitzen oder Mensch-ärgere-dich-nicht zu spielen. Wir konnten uns nicht ausstehen.

Er war hager gewesen wie ein Spargel, hatte überall Pickel gehabt und ein bleckendes Lachen und konnte nicht verlieren, weswegen ich ihm die gelben Männchen hinterherwarf. Dafür verpetzte er mich bei seiner Mutter, die dann »Siehst du!« zu meiner Mutter sagte, woraufhin mich beide Frauen sorgenvoll musterten.

Christian lebt heute das perfekte Leben eines Mannes im besten Alter. Haus, Job, Frau, Kinder. Er ist Bankbeamter mit Funktionszulage: Stellvertreteraufgaben für den Filialleiter, mit langfristig sehr konkreten Aussichten auf Aufstieg zum wirklichen Filialleiter. Ein Leben wie aus der Wunschkartei von Matthias, wo Christian als Kandidat für viele schöne Versicherungsabschlüsse ganz vorne rangieren würde. So viel glückliche deutsche Bürgerlichkeit muss schließlich gut versichert werden.

Auf seiner Bankfiliale hatte Christian einst seine Doris kennen gelernt. Eine kleine, muntere, propere und energische Person, die gerade lange genug hübsch gewesen und geblieben war, um die Balzzeit zu überstehen.

Wir hatten seinerzeit alle noch mit Männern herumexperimentiert, die üblichen Enttäuschungen, Krisen, Trennungen und Neuanfänge durchlebt. Nicht aber Doris und Christian. Sie verlobten sich, machten Antrittsbesuche bei der Verwandtschaft, kauften eine Einbauküche, heirateten und bekamen zwei Kinder, die heute zwischen neun und elf Jahre alt waren. Oder zwischen zehn und zwölf?

Jetzt lebte diese Vorzeigefamilie also in Speyer. Sie waren nicht geschieden, die Kinder waren gelungen, wie meine Mutter seufzend feststellte, und so führten sie alle modernen Erkenntnisse ad absurdum, dass langjährige Ehen oftmals von einer Krise in die nächste taumeln, gebeutelt von Frustration, Langeweile und sexuellem Notstand, um schließlich vor dem Scheidungsrichter zum Stehen zu kommen.

Immer wieder lud mich Doris ein, sie an den christlichen Feiertagen zu besuchen – »Da muss dir doch manchmal die Decke auf den Kopf fallen!« –, nicht ahnend, dass gerade solche Bemerkungen dazu angetan waren, in mir einen Fluchtreflex auszulösen.

Dieses Jahr war ich allerdings geneigt, die Einladung anzunehmen, denn Doris' harmonisches Dasein, das für mich einer sauber gewienerten Resopalküche glich, zeigte zum ersten Mal Schleifspuren. »Wir fahren kurz nach Pfingsten in Urlaub«, verkündete sie am Telefon, »nach Regensburg. Zu meiner Schwester. Die backt dann wieder zehn Kuchen, und das Haus blitzt wie gewachst. Nie im Leben macht die das selbst. Die hat jemand – aber sie gibt es nicht zu. Also, Geschwister sind nicht immer eine reine Freude. Unsere beiden haben auch immer Streit. Wer kann das besser, wer jenes? Wer kriegt was? Wenn es einer dann bekommt, hat es der andere plötzlich auch gewollt. Geschwister sind wirklich …«

»Die Hölle, das sind die anderen«, unterbrach ich sie mechanisch, weil ich das bei dieser Gelegenheit immer sage. Es kommt auch immer gut an, denn nach kurzem Nachdenken kann sich jeder unter dem Satz etwas vorstellen. Die anderen – das ist die Kollegin, die Chefin, der Nachbar, und in Nessies Fall Lux, ein kleiner roter Hund vom Grünstreifen, der ihr immer nachstellte.

»Wer sagt das?« Das war immer mein großer Moment. War ich gebildet! »Jean-Paul Sartre«, tropfte es von meinen Lippen. »Na, siehst du!«, meinte Doris, aber ich war mir nicht hundertprozentig sicher, ob sie wusste, wen ich da zitiert hatte. Nach kurzer Pause drängte sie: »Komm uns also besuchen, Maren, ja? Da kann ich bei dir Kräfte sammeln, bevor ich zu meiner perfekten Schwester fahre.«

Donnerwetter. Doris musste als Kind Taktgefühl mit der Pipette zu sich genommen haben. Dennoch packte ich eine Wochenendreisetasche. Die Tasche schien mich vorwurfsvoll anzusehen. Klar, ich wäre auch lieber mit Melchior irgendwohin gefahren, doch der Herr brauchte Ruhe und Zeit zum Nachdenken. Gut. Ich vielleicht auch! Und Speyer war bekanntlich ein schöner Ort. Es würde mir gut bekommen, ein paar Tage den Straßenstaub der Südstadt von den Schuhen zu schütteln. Nessie allerdings würde den Urlaub vielleicht nicht genießen. In einem von Theos antiquarischen Hundebüchern hatte ich jedoch gelesen, es sei gerade für den heranwachsenden Hund gut, andere Situationen kennen zu lernen als die vertraute Spazierrunde.

Nessie wollte aber nicht laut Hundebuch leben. Als ich ihre Spielsachen und ihren Korb zusammenpackte, fing sie an zu zittern und zu heulen. Ihr Heulen drang bis über den Hof zu Consuela, die prompt herübereilte, Karten »speziell für den Hund« auslegte und behauptete, er sei besser zu Hause, besser vor allem bei *ihr* aufgehoben. So blieb Nessie zwei Tage bei Consuela und deren neuem Papagei Nimbus (Nessies große Liebe, denn Consuela hatte dem Vogel die Worte: »Guter Hund Leckerli« beigebracht), und ich fuhr alleine nach Speyer zu Christian und Doris. Doris war immerhin eine vorbildliche Hausfrau und Mutter, und ich hätte nichts dagegen, mich ein paar Tage mit Leberknödeln und Saumagen mästen zu lassen.

Speyer war für mich sowieso eine besondere Stadt. Ohne dass ich es begründen konnte, hatte mich dieses Städtchen immer schon angezogen. Unwillkürlich drängte sich mir bei Speyer allerdings auch der Gedanke an Maulbronn auf. Obwohl zwischen den engen, ein wenig geheimnisvollen Klostermauern inmitten eines merkwürdig leblos wirkenden Ortes und der heiteren fröhlichen Stadt Speyer mit ihren weiten Plätzen und romantischen Straßen ein großer Unterschied klaffte, so waren es doch beides Orte, an denen der Glaube an Gott ein mächtiges, ewiges Zeugnis geschaffen hatte. Es mochten andere gewesen sein, die diesen Glauben in Stein gehauen hatten, aber mir gefielen diese Sinnbilder abendländischer Stabilität und Tradition, die zu sagen schienen: »Egal, welches Chaos du auch aus deinem Leben machst, Maren – wir stehen noch, wenn du schon längst auf dem Rüppurrer Friedhof für Unruhe sorgst!« Der Gedanke tröstete mich.

An einem heiteren Frühsommertag fuhr ich also in bester Laune nach Speyer – und schwor mir, an das Wort Mord nicht einmal zu denken. Woher hätte ich wissen sollen, dass es schon in der Luft lag, als ich auf die mächtigen Türme des Domes zufuhr?

****

Thomas Mann hatte einst gesagt »München leuchtet«. Aber Speyer leuchtete auch. Und wie. Es empfing mich so, wie ich es erwartet hatte: Bunt, frohgemut, lebendig.

In der blitzsauberen Vorstadt Richtung Rhein, in der die Familie meines Cousins lebte, war alles wie gehabt. Mein Cousin selbst sah allerdings nicht aus, als habe er allzu sehnsüchtig auf mich gewartet. Er grüßte mich mit einer laschen Umarmung und bemerkte eher lakonisch: »Na, sieht man sich ja mal wieder!«, bevor er sich an einen jener geheimnisvollen Orte zurückzog, an die sich Männer bei Besuch immer zurückziehen. Ich packte ein paar preiswert erstandene Mitbringsel aus (»Wäre doch nicht nötig gewesen!«) und bewunderte dann pflichtschuldig Doris' Kinder (»Sind die aber groß geworden!«). Meine Güte, wie originell.

Es gab Kaffee, dazu Erdbeerkuchen mit Sahne. Doris war proper wie immer. Rundlich und zupackend-hausfraulich, mit kleinen braunen Dauerlöckchen und großen braunen Augen, stand sie auf zwei kraftvollen Beinen selbstbewusst und ordentlich angezogen in ihrer Welt. Dennoch eröffnete sie mir zwischen zwei Gebäckstücken rosig und selbstzufrieden: »Manchmal beneide ich dich.« Unglaubhaft fügte sie an. »Du führst so ein interessantes Leben. Ich gehe morgens in die Stadt, kaufe ein, dann koche ich, gebe meinen Kindern kostenlosen Nachhilfeunterricht, zusätzlich der Garten, das Haus, die Großeltern – und abends koche ich wieder.«

Lauernd auf Widerspruch suchte sie in meinem Gesicht nach andersgearteten Gefühlen. Und sie wurde fündig. »Aber ihr esst *zusammen*«, entgegnete ich, »ihr seid eine Familie. Ich sitze oft alleine vor dem Fernseher, oder ich muss ins Wolfbräu gehen, wenn ich ein Gegenüber haben will.«

»Du hast aber jetzt einen Freund?« Wieder schlecht verhohlene Sensationslust. Ich dachte an den fernen Melchior. War er mein Freund? Wollte ich ihn überhaupt als Freund? »Freund« bedeutet etwas anderes als »Liebhaber«.

Ein Liebhaber ist etwas für einen Sommer oder auch für mehrere – ein Freund hält auch im Winter durch. So einer bringt dir ein lustiges Stofftier ins Krankenhaus, eines, das man oben ans Bett klemmen kann. Niemals würde Melchior ein solches Tier in die Hand nehmen. Er würde mir höchstens ein Buch bringen. Etwas Ernstes.

Aber Doris, die ihr Idyll gefunden hatte, wollte ich wirklich nicht mit dergleichen behelligen.

So nickte ich und versuchte glücklich auszusehen. Die Kinder baten darum, aufstehen zu dürfen. Da sie bereits mit der Klinke in der Hand an der Tür warteten, war das wohl eine eher rhetorische Bitte.

Später kam Christian dazu. Es war unklar, aus welchen Winkeln des Hauses er gekommen war, aber er stahl sich mit gutmütigem Schmunzeln ins Zimmer. »Na, habt ihr Kaffee getrunken? So schön wollte ich es auch einmal haben. Na, Cousine, wie laufen die Geschäfte? Deine Mutter erzählt meiner Mutter ja allerhand von deinen – Aktivitäten.« Er ließ offen, was er meinte, und ich gedachte, nicht mehr zu sagen als nötig.

»Ja, man schlägt sich so durch. Mal läuft es, mal weniger.« »Wem sagst du das! Uns macht das Online-Banking und das ganze Internet auch ganz schön zu schaffen. Zwei Arbeitsplätze sollen wir in den nächsten Jahren einsparen.«

Er setzte sich neben seine Frau, die ein wenig zur Seite rutschte. Und schon kam, was kommen musste. »Und, sind wir bald mal zu einer Hochzeit eingeladen?«

»Ihr seid die ersten, die es erfahren werden.« »Hahaha, das glaube ich aber nicht! Du hast es immer schon mit der Wahrheit nicht so genau genommen.«

Doris fixierte mich mit neuer Skepsis. Christian hinterließ diese Worte im Raum, bevor er wieder verschwand: »Ich lasse euch zwei Damen mal alleine, ihr habt euch bestimmt viel zu erzählen. Frauensachen. Bei Freundinnen stören wir Mannsbilder doch nur!«

Doris freute sich. »Dein Cousin ist so verständnisvoll. Wirklich! Ich spiele jetzt Tennis. Zweimal die Woche. Da komme ich erst nachmittags zum Einkaufen, aber glaubst du, er hat *einmal* was gesagt. Nie! Richtig klasse.« Die Ehe mit Christian war wahrscheinlich für Doris wie ein lebenslanger Film aus den 60er Jahren. Klasse eben!

»*Meine* besten Freunde sind sowieso Männer!«, sagte ich, um sie zu schockieren. Doch sie war nicht schockiert, sondern informiert. Mit gekrauster Stirn eröffnete sie mir: »Ich glaube nicht an eine Freundschaft zwischen Mann und Frau. Da ist immer etwas Sexuelles beigemischt. Du weißt, was ich meine. Entweder macht er sich noch Hoffnungen, oder es war mal was. Aber ganz ohne …? Nein.«

Ich dachte an Theo und Matthias. Vielleicht hatte sie sogar Recht. Von meiner Seite war es Freundschaft, aber die beiden hatten lange genug auf mehr gehofft – oder taten es insgeheim noch immer.

»Mama, was machen wir heute noch? Eis essen?« Die Kinder waren hereingestürmt, ignorierten mich und klebten mit sehnsüchtigen Blicken an ihrer Mutter. Ich kam mir ausgeschlossen vor. »Nein, heute ist doch die Maren da. Ihr wisst doch, die Maren ist die Cousine vom Papa. Wir gehen zum Essen mit ihr.« Doris strich den Kindern tröstend über die Köpfe. »In die Altstadt. Wir genießen den Sommerabend im Biergarten.«

»Männer erlaubt?« Christian war wieder erschienen. Er war offenbar nicht davon abzubringen, dass zwei Frauen nur Frauengeheimnisse miteinander besprachen. Ich hingegen unterhalte mich auch ganz gerne mal über Politik und Zeitgeschichte oder Dinge wie die Mehrwertsteuererhöhung oder die umkippende Bevölkerungspyramide.

»Klar. Die Kinder bleiben zu Hause, du kommst mit!«, erklärte Doris mit jener knappen Entschiedenheit, die ich häufig bei Frauen beobachtete, die es geschafft hatten, langjährige Ehen aufrechtzuerhalten. »Wir brauchen schließlich jemand, der zahlt.« Lachend stupste sie mich an. »Nicht wahr, Maren, so macht man das doch, oder?«

Wofür hielt sie mich? Madame Pompadour?

Speyer war abends friedlicher als am Tage. Wir parkten hinter dem Dom, liefen an der mächtigen Seitenfront entlang und kamen zum Vorplatz des Domes. Christian klopfte stolz an den überlebensgroßen Domnapf. »Wenn es etwas zu feiern gibt, wird er auch heute noch mit Wein gefüllt.« Ich bückte mich und versuchte, die Inschrift zu entziffern, die auf der Bronzetafel zu Fuß des Napfes stand. Später waren mir nur noch die Worte in Erinnerung geblieben, dass er Schuldigen Zuflucht gewährte.

Der Platz war ruhig. Die Bustouristen waren inzwischen verschwunden, zurück blieben nur diejenigen, denen die Stadt eine ganze Nacht wert war. Oder sogar mehr. Im Schatten alter Bäume, welche die Gastwirtschaft unweit des Domes mit dem sinnigen Namen »Domnapf« beschützten, wanderte mein Finger die Speisekarte hinunter zu Pfälzisch-Deftigem. Doch dann wanderten meine Augen über Doris' schwellende Formen, und schon rutschte mein Finger ab in Richtung Salate.

»Wenn man älter wird, wirkt das allzu Schlanke dürr und hager«, scherzte Doris launig, als habe sie meine Gedanken erraten. »Und *ich* muss ja keinen Mann mehr einfangen.« Ich zuckte zusammen und sah mich in Doris' Vorstellungen mit einem Lasso Kerle über eine Pferdekoppel scheuchen. »Und meine Kinder habe ich auch schon.« Das kam mit Stolz.

Die Wirtin erschien. Handschlag, Begrüßung, Vorstellung. Man war hier offenbar bekannt. »Das ist die Cousine vom Christian. Aus Karlsruhe. Sie lebt alleine. Ich dachte, wir bieten ihr mal deftige Hausmannskost.«

Ich bestellte Leberknödel bei der Wirtin, die sich daraufhin leutselig zu uns setzte. Wer sich in der Kneipenkultur auskennt, weiß, dass dies die höchste Auszeichnung ist.

»Maren ist Ahnenforscherin«, stellte mich Doris weiterhin unbekümmert vor, »aber wenn sie so weitermacht, gibt's mal bei ihr selbst nichts zu forschen. Sie hat noch keine Kinder.«

Mir blieb die Sprache weg. Fast konnte man neidisch auf Doris werden. Diese muntere Dreistigkeit musste angeboren sein. Und Christian begleitete jedes ihrer Worte mit einem zustimmenden Nicken. »Eigentlich ist sie also Ahnenforscherin, aber im Nebenberuf löst sie Mordfälle. Kein Spaß. Im Ernst.« Doris lachte, als sie das Wort Ernst sagte.

Die Wirtin, eine drahtige Frau mit einem geschäftstüchtigen kleinen Gesicht und ständig im Restaurant umherhuschenden Augen, ließ diese einen kleinen Moment lang mit Interesse auf mir ruhen.

»Tatsächlich? Dann können Sie ja auch unseren Mordfall hier lösen.« »Dazu ist es zu spät«, meinte Doris und prostete mir mit ihrer Weißweinschorle zu. »Ich habe in einem Krimi gelesen, die Spuren erkalten bereits nach der ersten Woche, und unser Fall ist schon zwei Jahre alt.«

Jetzt wurde ich aufmerksam. »Ein Mordfall – hier bei euch in Speyer?«

Ich sah mich um. Der Platz lag so friedlich da, beschienen von der frühen Abendsonne. Doch wie ich spätestens seit meinem Abenteuer in Maulbronn wusste, hatte das nichts zu sagen. Mörder interessieren sich wenig für die Würde eines Weltkulturerbes, den Frieden eines Platzes oder einer Kirche.

Wie wenig, das wurde mir prompt offenbart. »Es ist nicht zum Weitererzählen, Maren. Behalt es für dich. Sie haben das damals in der Presse totgeschwiegen …« »Wer – *sie*?« »Die Leute von der Tourismusinitiative Speyer und Südpfalz, und die Kirche und die Polizei. Offiziell wegen Nachahmern oder Anhängern von Teufels- oder Gralskulten. Oder Leichenschändern. Ich denke aber, der wahre Grund war der Fremdenverkehr. Es wäre einfach zu schädlich gewesen. Doch in der Stadt hat es sich natürlich herumgesprochen.«

Die Wirtin hatte Doris aufmerksam zugehört und deren Vortrag nickend begleitet. Immer wieder blickte sie sich dabei aufmerksam in ihrem Kneipenreich um, so als entgehe ihr Lebenswichtiges.

»Doris, wovon redest du?«

Doris beugte sich vor. Hinter ihr wartete geduldig ein Kellner, einen Teller mit Saumagen in der Hand. Sie flüsterte, sich dabei umschauend, als lebe sie in einem totalitären Staat und jeder könnte ein Spitzel sein: »Eine Speyrer Bürgerin ist ermordet worden. Nicht hier in Speyer, nicht in unserem Dom. Stellt euch vor, es wäre unten bei den Kaisern geschehen! Das wäre ja wirklich rufschädigend gewesen! Aber die armen Germersheimer haben sich natürlich auch nicht gerade gefreut. Die Tote ist in ihrer Wallfahrtskirche gefunden worden. In der Krypta.«

Ich fühlte das vertraute Kribbeln. »Davon habe ich noch niemals gehört.« »Eben. Wie ich sagte – sie haben den Tatort verschwiegen. Obwohl es natürlich trotzdem ein paar Leute mitbekommen haben.«

Ich hielt die Luft an. Ein Mord in einer Krypta unweit von Speyer! »Wer …«, ich räusperte mich und zwang mich, dadurch mein Interesse nicht gar zu sehr zu zeigen, »war die Tote denn?« »Eigentlich …«, bemerkte die Wirtin. Dann unterbrach sie, stand unvermittelt auf und strich sich das Pfälzer Dirndl glatt. »Guten Tag, Frau Doktor.« Eine sehr alte Dame nickte hoheitsvoll, ließ sich an einem Tisch nieder und winkte den Kellner herbei. Ohne einen Blick in die Speisekarte zu werfen, gab sie ihre Bestellung auf, jedes Wort durch einen Schlag mit dem Stock unterstreichend. Die Wirtin wandte sich nervös an uns: »Ich muss die Frau Doktor begrüßen, entschuldigt mich.«

»Eine Ärztin?« »Nein«, lachte Doris, »dies hier ist die Pfalz, Provinz, wenn du so willst. Das ist lediglich die Witwe eines gewesenen Herrn Doktor. Man weiß in einer Kleinstadt, was sich gehört.«

»Bei uns in der Südstadt weiß man das auch. Nur, dass der Benimmkodex aus zehn verschiedenen Kulturen zusammengesetzt ist.« Doris nickte. »Jeder soll leben wie er denkt, und ohne Kinder ist man sicher in der Großstadt auch ganz glücklich. Wir aus Speyer fahren gerne nach Karlsruhe zum Einkaufen.« Wenn sie jetzt sagt: »wegen Kinderkleidern«, gibt es einen weiteren Mord, aber diesmal *direkt* in Speyer, dachte ich und sagte schnell: »Aber zurück zu der Frau. Wer war sie und wie wurde sie gefunden?«

Christian schüttelte den Kopf. »Maren! So warst du schon als Kind. Du hast immer Ärger gesucht.«

»Ach ja?«, fragte ich erfreut. Das hatte ich vergessen. Doris lachte. »Na, Familie unter sich. Aber dich hat ja das Mörderfieber wirklich erwischt.« Sie war allerdings ebenso begierig darauf, weiterzuerzählen. »Gefunden hat sie der Kirchendiener, der abends die letzte Runde in der Kapelle macht, wenn die Krypta abgeschlossen wird. Sie lag hinter dem Altar. Rechts und links in dem Raum sind solche Grabschlitze – oder wie sagt man zu diesen Dingern? Früher waren da wohl die sterblichen Überreste von Mönchen drin. Wie in einer Schublade. Der Kirchendiener dachte erst, es handele sich um eine Betrunkene, die müde wurde und sich hinter den Altar gelegt habe. Doch als er sie anfasste, merkte er, dass sie ganz steif war. Sie war erwürgt worden.«

»Erwürgt!« Ich dachte an die Frau im Vierordtbad. Zwei erdrosselte Frauen. An einem öffentlichen Ort. Zwei Frauen, die da lagen, als schliefen sie. Ein seltsamer Zufall!

»Ja«, bekräftigte Doris zufrieden, »erwürgt! Laut Polizeiberichten angeblich am späten Nachmittag. Die Kirche ist zu diesem Zeitpunkt oft total leer. Die dortige Krypta ist kein viel besuchter Ort. Das alles hat man natürlich nur unter der Hand erfahren. Dieses Versteck hinter dem Altar funktionierte übrigens nur, weil diese Niedermeyer so klein und zart war. Also, der Mörder muss ihren Körperbau sehr gut gekannt haben. Kein Wunder bei den zahlreichen Männerbe …«

»Doris!«, ermahnte ihr Mann sie sanft. Ich unterbrach ihn aufgeregt: »*Niedermeyer*? War das ihr Name? Du *kanntest* sie?«

Doch Doris plapperte bereits munter weiter: »Egal. Ich hätte da jedenfalls nicht hingepasst. Hinter den Altar. Die Hälfte hätte seitlich rausgeguckt.« Lachen.

»Sag, du kanntest sie?«, hakte ich nach, »Was für eine Frau war sie?«

Doris nahm einen Schluck, bevor sie antwortete. »Das hat ja alle hier in Speyer so aufgeregt und natürlich auch geängstigt. Eigentlich war sie eine ganz normale Frau. Eine Geschäftsfrau. Sie hatte ein Café in der Altstadt, es ist ein Galeriecafé mit Bildern und so alten Sachen. Sehr hübsch. Außerdem besaß sie noch ein Haus mit Ferienwohnungen und kleinen Appartements. Alin Niedermeyer.«

»Hört sich eher bayerisch an.« »Speyer gehörte ja auch lange Zeit zu Bayern. Vielleicht gab es bayerische Vorfahren in ihrer Familie.« Ich nickte. Natürlich. Eigentlich wusste ich das. Ich hatte gelegentlich Kundschaft aus der Pfalz gehabt. Die Freude über die von mir freigelegten bajuwarischen Wurzeln hatte sich je nachdem allerdings in Grenzen gehalten.

»Wie alt war die Frau?«

»Die Niedermeyer?« Doris dachte angestrengt nach. »Sie wird Anfang Vierzig gewesen sein. Beinahe unser Alter. Meine Güte.«

»Und ihr Vorname war Alin?«, musste ich schon wieder nachhaken.

»Ja, Alin. Ohne ›e‹ hinten. Etwas frivol, nicht wahr?«

»Und der Täter? War die Gerichtsverhandlung schon?« Man könnte in den freien Stunden eine Gerichtsverhandlung besuchen … Ich kenne Rentner in Karlsruhe, die das als Morgenbeschäftigung betreiben. Manche ältere Damen sitzen zufrieden mit ihrem Strickzeug in den hinteren Reihen öffentlicher Verhandlungen und lassen das Leben an sich vorüberziehen. Das Böse, sorgsam abgeschirmt von Polizeibeamten, wird mit leisem Kopfschütteln betrachtet, wird zur Dummheit. »Wie kann man sein Leben so kaputtmachen!«, seufzen sie und stricken die Ferse für Enkeles Söckchen.

Doris sah mich mit leichtem Erstaunen an. »Gerichtsverhandlung? Wieso?« »Doris!«, mahnte Christian wieder sanft, diesmal ohne Anlass.

»Nun, Mörder werden bei uns im Allgemeinen in Gerichtsverhandlungen verurteilt.«

»Man hat den Mörder nicht gefasst.«

»Nicht? In der ganzen Zeit nicht?« »Nein. Das hat hier für viel Wirbel und Ängste gesorgt. Kannst du dir denken, wie geredet wurde? Frauen können nicht einmal mehr alleine in die Kirche gehen! Kannst dir auch denken, dass man Kritik an der Polizei geäußert hat. Sie hatten in Mainz extra eine SoKo Alin gebildet, aber nach einem halben Jahr hat man die wohl sang- und klanglos aufgelöst. Hier in Speyer gab es kaum einen, den man nicht befragt hat. Sogar ich wurde angerufen, weil ich in ihrem Laden mehrfach eingekauft hatte und mit Scheck bezahlt …«

»Angerufen? Kam denn keiner bei euch vorbei?«

»Das ist nicht wie im Fernsehen!«, belehrte mich Doris. »Die hatten nicht genug Leute, um alle Befragungen persönlich durchzuführen.« »Geld für alles, aber nicht für die Sicherheit unserer Bürger«, warf mein Cousin bieder ein. Ich ignorierte ihn. »Aber da könnte ja jeder anrufen!«

»Nein, nein, du wirst gebeten, zurückzurufen. Bei einer nachprüfbaren Nummer der Kriminalpolizei in Mainz.«

Ich ließ einen Rettich krachend in meinem Mund verschwinden. »Und konntest du helfen?«

Doris dachte einen Moment lang nach. Sie nippte an ihrem Glas. »Ich hatte ab und zu einen Kaffee bei Alin getrunken. Nettes kleines Café war das. Sie machte einen ordentlichen Kuchen und bot kleine Snacks. Ich glaube, die hatten früher mal eine Kneipe. Die Vorfahren, meine ich. Waren immer mal Wirte drunter gewesen, und einige waren Bäcker. Ganz früher haben die sogar fürs Kloster gebacken, sagt man. Die Alin hatte wirklich guten Kuchen.« Doris' Augen verschleierten sich. Jetzt bedauerte sie den Tod der Alin Niedermeyer wirklich. »Sie hatte das Café mit einer Kunsthandlung kombiniert. Nannte es ›Alles Altes‹. Hatte so kleine Sachen auf den Regalen. Geschenke, Hochzeitspräsente. Bilder. Antiquitäten. Solche Dinge. War aber nicht ganz billig. Wenn ich nur an diesen Nostalgiekinderwagen mit Pralinen gefüllt denke …«

Vage erinnerte ich mich, dass Doris immer ein wenig geizig gewesen war. »Und wie war sie als Mensch? Was hatte sie an sich, dass man sie umbringen wollte?«

Am Nachbartisch ließ sich ein Paar mittleren Alters in Wanderkleidung nieder. Christian beugte sich vor und wies mit dem Kinn auf die Gruppe. »Jakobswegtouristen. Die werden wirklich immer mehr. Ich habe gelesen, es sind 10 Millionen im Jahr, die nach Santiago reisen, davon über 200 000 Pilger. Sinnsuche und Gotteslohn beim Wandern, auch durch die Pfalz. Die holen oft hier bei unserer Bank noch mal Geld am Geldautomaten, bevor sie in die Wildnis ziehen. Die Zeiten sind vorbei, in denen man fast ohne Geld bis nach Spanien kam und wieder zurück. Ganz früher, im Mittelalter, hatte man ja diese Muschel. Doch mit der Zeit haben immer mehr Gangster und Gauner einfach auch Muscheln an sich gehängt, und da wurde erlassen, dass man einen richtigen Ausweis zeigen musste.« Letzteres kam zufrieden im Glauben an die vergangene Rechtsstaatlichkeit.

»Muschel?«

»Ja. Ich habe doch früher mal Mineralien gesammelt, weißt du noch?« Christian sonnte sich im Glanz der Bewunderung seiner Doris.

Das musste ich verdrängt haben. »Nein.«

»Da waren auch manchmal Muscheln dabei. Also, diese Kamm-Muscheln hat man etwa seit dem 11. Jahrhundert an Hut oder Mantel geheftet. Und dann hattest du sozusagen Anspruch auf ein Essen in den Gastwirtschaften entlang der Route. Brot, Wein, Käse, Eier. Aber, wie gesagt, das wurde von manchen ausgenutzt. Wie heute die Sozialhilfe, die sie ja jetzt Hartz IV nennen.« Doris sah so erschrocken aus, als reiße schon die Erwähnung des Wortes sie und die ihren ins Elend.

»Aber wieso überhaupt eine Muschel?«

Christian legte Messer und Gabel zur Seite. Oh je. Er hatte immer schon einen Hang zum Dozieren gehabt. Hätte ich doch nur nicht gefragt. »Das ist eine Legende. Als das Schiff mit dem Leichnam des Apostels in die Ria von … irgendwas, ich glaube, Padron, einlief, wollte ihm so ein frommer Ritter entgegeneilen, versank aber dann mit seinem Pferd im Fluss. Santiago hat ein Wunder bewirkt, der Ritter tauchte wieder auf, ganz mit Muscheln bedeckt.«

»Schön«, sagte ich beinahe ehrfürchtig. Ein schönes Bild.

Christian war Banker und sah die Dinge anders. »Gut, man muss natürlich sehen, dass die Muschel da unten ein preiswertes Naturprodukt ist. Und da gab es 100 galizische Händler, die hatten sozusagen das Monopol darauf, diese Dinger zu verkaufen. Das hat der Papst angeordnet, damit nicht alle möglichen anderen Leute Muscheln verkauften oder sich einfach mit ihnen schmückten und damit Leistungen erschlichen.«

Doris war sichtlich weniger an den Pilgern interessiert als an der toten Frau Niedermeyer. »Na, also, Maren. Mal zurück zu der armen Alin. Was hat ihre Person mit ihrer Ermordung zu tun? Ich meine, man hat doch nichts Besonderes *an* sich, um umgebracht zu werden!« Es klang falsch aus ihrem Munde. Nach ihrer Meinung hatte die unbekannte Tote gewiss mit ihrem Lebenswandel zu ihrer eigenen Ermordung beigetragen.

Oh doch, dachte ich, man hat etwas an sich. Irgendetwas hatte es im Leben oder im Besitz der Alin Niedermeyer gegeben, das jemand anderes haben wollte. Oder sie hatte etwas gewusst. Vielleicht hatte sie jemanden beleidigt. Abgewiesen. Verletzt.

»Sie war sehr attraktiv, zumindest wurde das gesagt, ich meine, sie war natürlich ein anderer Typ als ich, zum Beispiel. Dünn, ziemlich elegant, immer stark geschminkt. Ich denke mal, sie war sehr ehrgeizig und in ihren Laden geradezu vernarrt. Aber wenn man keine Kinder und keinen Mann hat, dann bleibt einem ja auch sonst nicht viel, oder? Sag du doch mal!« Ich musste noch einen Wein bestellen, um dieses Satzanhängsel zu überhören. Meine Mutter war mit ihrer Schwester eng verbunden. Es würde Konflikte hervorrufen, wenn ich Christians Frau eine Flasche Mineralwasser über ihr mütterliches Haupt schütten würde.

»Also keine – Familie?« Ich stellte diese Frage eigentlich nicht gerne. Sie ließ anklingen, dass allein stehende Frauen grundsätzlich einen unsolideren Lebenswandel führten, der sie eher den Weg eines Mörders kreuzen ließ. Doris sah zu Christian hin. Dann schüttelte sie den Kopf. »Sie war unverheiratet. Hatte wohl vor Jahren mal einen Lebensgefährten gehabt, aber daraus ist nichts geworden. Sie hat dieses Thema immer umgangen. Oder sagen wir mal so – es war kein Thema für sie.«

Dann wäre sie eine Ausnahme unter sämtlichen allein stehenden Frauen um die Vierzig gewesen, dachte ich, wenn *das* für sie kein Thema war. Man kommt damit zurecht, vielleicht sogar gut, aber ein Thema ist es trotzdem.

»Sie hatte viele Interessen: Walking, Jogging, ihr Auto, ihre Katze …« Die Tierschützerin in mir erwachte: »Was ist jetzt mit der Katze?« Doris, die ihre fehlende Tierliebe durch wirksame Hinweise auf ihre Mutterpflichten vom Tisch zu wischen pflegte, zuckte die Achseln. »Lebt bei Alins Schwester. Bei der Marion Strauß. Der Mann war Jurist in Mainz bei einer großen Kanzlei und ist jetzt in der Politik. Hohes Tier. Ich kenne sie vom Elternbeirat. Die Familie hatte schon zwei Katzen. Da fiel die Katze von Alin nicht weiter auf. Ich denke, das Vieh ist dort sowieso glücklicher. Haustiere gehören in eine richtige Familie.« Ich atmete tief durch und dachte an Nessie.

»Lebt die Schwester auch in Speyer?«

Christian nickte. »Klar. Wie gesagt, das ist eine alteingesessene Familie. Sie haben ein altes Haus in der Herdstraße. Innenstadt. Nicht weit vom Dom. Ein Häuschen, voller Winkel und Ecken. Schwer zu putzen, was meinst du, Doris? Und wenig Platz für eine Familie mit drei Kindern. Vor Jahren haben sie deshalb renoviert und den Keller ausgebaut. Den Kleinkredit hatten sie von uns!«

Doris holte Luft und übernahm: »Und unsere Janine war mal dort zum Kindergeburtstag eingeladen. Der Älteste der Strauß-Kinder malt und schreibt. Geht auch ins Künstlerische. So ein Stiller, der viel liest und in Mainz Geschichte studiert hat. Jetzt schreibt er an seiner Doktorarbeit. Unser Peter kennt ihn und findet ihn cool. Er hat ihm mal Lateinnachhilfe gegeben. Und die Marion selbst, das ist eine ganz Nette.« »Aha.« Das war ein hohes Lob aus Doris' Mund. Was sollte ich dazu sagen?

»Hatte man der Frau was gestohlen? War es ein Raubmord?«

»Ja, es sickerte durch, dass ihr Geldbeutel mit Ausweis und ihr Schlüssel wohl verschwunden waren. Den hatte sie immer in der Tasche. Sie trug immer so schicke, riesige Handtaschen mit allerlei Krimskrams drin, aber man konnte bei dem Ding eigentlich nicht erkennen, dass es ein Geldbeutel war. Er sah aus wie ein altmodisches Schminktäschchen. Bestickt, mit einem Kettchen dran. Hinten war ein Extrafach für Schlüssel und EC-Karte eingenäht. Ich kenne es auch nur deshalb, weil sie mir mal mit einer Ein-Euro-Münze im Supermarkt ausgeholfen hat. Für den Wagen … Maren, du kaufst wahrscheinlich im Feinkostladen ein. Bei kleineren Portionen geht das ja auch.«

Da war sie wieder, diese diffuse Mischung aus Neid und freundlicher mütterlicher Anteilnahme. »Mitnichten«, erwiderte ich und dachte an meinen Kontostand. Ich hatte quasi einen Dauerauftrag bei Aldi.

»Jedenfalls war das alles weg, und da sie keine regelmäßige Kirchgängerin war und sie dort keiner kannte, dauerte das an dem Abend eine ganze Weile, bis man überhaupt wusste, wer sie war. Konnte man nur über die Registrierungsnummer ihres Handys herausfinden, glaube ich. Sonst war ja alles gelöscht durch das Wasser. Da hatte der Typ doch tatsächlich genug Zeit, ihre Wohnung zu durchsuchen. Alles war rausgerissen und die Schubladen aufgemacht. Gespenstischer Gedanke, was? Genau wie die Sache mit dem Handy …«

»Das Handy?«, lockte ich.

Christian drückte warnend Doris' Arm, doch es war zu spät. Es musste gesagt werden: »Es lag im Weihwasserbecken in der Kirche«, flüsterte Doris. »Es schwamm im geweihten Wasser! Das weiß ich von einer anderen Mutter. Ihre Tante macht in der Kirche dort den Blumenschmuck.«

Ein Handy im Weihwasserbecken …

Eine Frau mit dem Buch »Sakrileg« auf dem Gesicht …

Ich fröstelte, obwohl es nicht kalt war. Alins Wohnung war durchsucht worden. Während sie tot in der Krypta lag. Wie eine kalte Welle überlief mich ein weiterer Schauer. Erwürgt. Wohnungsschlüssel gestohlen. Und dann alles durchwühlt. Genau wie bei Hiltrud Binder.

Ich dachte, dass jemand entweder sehr genau in der Handtasche der Toten herumgesucht hatte, die laut Doris voller Krimskrams war – erstaunlich bei einem Mörder, der üblicherweise wenig Zeit hatte – oder dass jemand gewusst hatte, wie ihre Geldbörse aussah. Und dass ihr Schlüssel darin zu finden war. Das hieß, dass er sie gekannt hatte.

Reine Spekulation, Maren Mainhardt! Ich brauchte mehr Fakten.

»Wie kam sie denn in diese Kirche? Nach Germersheim? Ihr habt doch hier selbst einen einzigartigen Dom. War sie denn eine Wallfahrerin?«

Doris musste nicht lange nachdenken: »Also mit Wallfahrten hatte die Alin mit Sicherheit nichts im Sinn. Da soll man schließlich das

Materielle vergessen und nur auf sich selbst zurückgeworfen werden, und das wäre nicht ihre Sache gewesen. Die Alin war sehr geschäftstüchtig und liebte teure Sachen. Vor allem, wenn sie sie geschenkt bekam, obwohl sie ja nach dem Tod ihrer Eltern einiges geerbt hat. Und religiös? Wir gehen fast alle mal in den Dom, wenn wir Sorgen haben, und beten. Für uns Speyrer ist es ein besonderer Ort. Damit wachsen schon unsere Kinder auf. Aber Alin hatte nicht viel mit der Kirche im Sinn. Das hat sie auch bei jeder Gelegenheit betont. Wenn es das alte Judenbad noch gäbe, hat sie gesagt, dann würde ich lieber dort hingehen. Da wird man beim Beten wenigstens noch sauber.«

»Judenbad«, schnaubte Christian, der immer einen leicht bigotten Zug an sich gehabt hatte.

»Speyer ist multikulturell«, gab ihm Doris etwas überraschend zurück. »Maren weiß, wie bunt eine Vorfahrenreihe hier bei uns in der Pfalz sein kann, nicht wahr?« Endlich sprach sie mich als das an, was ich war, und ich musste ihr Recht geben. »Ja, natürlich. In vielen Familien gibt es beispielsweise jüdische Vorfahren, die irgendwann im 19. Jahrhundert evangelisch geworden sind und oft auch ihren Namen geändert haben. Die sind schwer nachzuverfolgen, aber es gibt sie. Oder vielmehr – es gab sie.«

Wir schwiegen alle.

Dann sah Doris auf ihre praktische Familienuhr mit den großen Zeigern. »Du bist sicher längere Kneipenstunden gewöhnt, Maren, du als Single, aber ich denke, wir bezahlen. Wir können ja zu Hause noch quatschen.«

Ich seufzte. Quatschen. Das hörte sich an, als sei sie in einem Film aus den frühen 90ern stecken geblieben. Vermutlich war sie damals das letzte Mal ohne ihren Mann ausgegangen. Wir bezahlten und traten hinaus auf den weiten Platz vor dem Dom.

Hier und da standen noch kleine Gruppen, erhellt von den Strahlern, die das mächtige Gebäude geschickt beleuchteten. Die Bäume, die in dem kleinen Park neben und hinter dem Kirchenbau standen, reckten ihre Äste in den warmen Frühlingswind. Neben den Ausmaßen des Domes wirkten sie wie eine ausschmückende Kulisse. Friede umgab den Dom wie eine schützende Hülle.

»Dass man an einem Ort wie eine Kirche jemanden umbringt«, murmelte ich leise, nur für mich selbst. Doch dann dachte ich an die

Nibelungen, für die ich mich immer schon interessiert hatte. Auch da waren Kirchenstufen zum Schauplatz der Explosion menschlicher Emotionen geworden. Nein, korrigierte ich mich, *weiblicher* Emotionen unter Schwägerinnen. Mittelalterlicher Zickenkrieg. »Hatte sie eigentlich eine Schwägerin?«, fragte ich spontan.

»Wer?« »Die Ermordete. Alin … irgendwas.« »Niedermeyer. Nein, sie war ja unverheiratet und hatte nur diese eine Schwester. Sie hatte also nur einen Schwager. Ein feiner, zurückhaltender Mann. Und zwei Nichten und einen Neffen. Warum fragst du?«

»Nur so. Könnte es jemanden geben, der ihr etwas neidete?«

Und schon kam, was kommen musste. Doris brauchte nicht allzu lange nachzudenken. »Einer kinderlosen allein stehenden Frau … das glaube ich nicht. Was sollte man ihr wohl neiden? Ihr Geld vielleicht? Geld ist doch nicht alles.« Da hatten wir es mal wieder.

»Den Mörder wird man sicher niemals finden.« Hastig sprach Doris weiter. Das Thema schien ihr zu gefallen. »Vielleicht ein Sexualstraftäter, der bei der Vergewaltigung gestört wurde …«

»Sexualstraftäter rauben keine verzierten Täschchen«, sagte ich. »Da spricht die erfahrene Kriminalistin«, spottete Christian gutmütig. »Maren, der Mord ist zwei Jahre her und die in Mainz sind ziemlich gute Kriminalisten, was man so hört. Mit den allermodernsten technischen Möglichkeiten. Ich denke, die Alin Niedermeyer, die ruht für immer. Mitsamt dieser Mordgeschichte.«

Abends lag ich in meinem Gästebett, das für meinen verzärtelten Geschmack zu hart war, und ließ die Fakten Revue passieren.

Eine Frau wird in einer Kirche in Germersheim umgebracht, und zwar in der Krypta. Eine Frau aus Speyer. Selbst wenn sie zum Beten in eine Kirche hätte gehen wollen, warum nach Germersheim und nicht nach Speyer in den hauseigenen Dom, den sie sicher viel besser gekannt hatte?

Ich konnte mir lebhaft vorstellen, wie Speyrer Schulkinder mit der Geschichte des Doms gequält wurden. Selbst ich hatte Bilder von den Kaisergräbern aus dem Schulbuch in Erinnerung. Konkret wusste ich allerdings wenig über diese Gräber. Wie üblich stellte ich bei meinen Kriminalfällen – obwohl dieser hier nun wirklich nicht mein Fall war und, so schwor ich mir, es auch nie werden würde, schließlich lag er schon Jahre zurück! – einen eklatanten Mangel an historischen Kenntnissen fest. Obwohl ich Geschichte studiert hatte und als Ahnenforscherin ganz schön herumkam in der deutschen Vergangenheit, glänzte die Landkarte meines Allgemeinwissens mit derart großen weißen Flecken, dass ich Günther Jauchs vielsagendes Grinsen beinahe vor mir sah: »Speyrer Dom? Na? Na? Keine Ahnung von den Kaisergräbern, watt? In der Weltgeschichte herumreisen, aber deutsches Kulturgut: Fehlanzeige!«

Ich sah mich in dem mir zugewiesenen Gästezimmer um. Gut organisiert wie Doris war, gab es hier auch ein Regal mit touristisch gefärbter Literatur rechts neben dem Bett. Wenn ich schon in Speyer war, konnte ich mich ebenso gut ein wenig einlesen. Ein dünner Band mit dem Titel »Speyer – 2000 Jahre Stadtgeschichte für Eilige« zog mich magisch an.

Der Dom. Einmal mehr lernte ich: Romanisch. Einer der Größten aus dem 11. Jahrhundert. So schön das auch klang, irgendwie hatte ich das schon mal gehört. Öfters sogar. In Frankreich, wo man von bedeutenden Kathedralen umzingelt wird, ist beinahe jede eine der »plus belles, plus grandes et plus …« Man kann es sich aussuchen. Die sind noch raffinierter ausgeleuchtet als unsere ostfränkischen Dome und mit Klangbildern untermalt, und sie sehen alle aus wie der Zweitwohnsitz Gottes auf Erden – mindestens aber eines Papstes.

Um 1030 hatte Konrad II. mit dem Bau in Speyer begonnen; die Krypta aus dem Jahr 1033 war bis heute als einziger Teil der ursprünglichen Bauten noch erhalten. Die Krypta wurde damals offenbar schon als Meisterwerk angelegt. Der Benediktinermönch und spätere Bischof Reginbald von Speyer versammelte dafür die größten Künstler seiner Zeit und holte die besten Handwerker. Nachdem er die Krypta eingeweiht hatte, starb er. Heute würde man sagen: Managerkrankheit. Wenn der Terminkalender leer ist, fällt der Manager in sich zusammen.

Der Rest des Doms fiel über die Jahrhunderte Einstürzen, Brand und Plünderung zum Opfer. Napoleon allerdings hatte die komplette Vernichtung des Domes damals offenbar verhindert. Wie auch in Maulbronn – nur geschah es in Speyer durch die einfallenden Franzosen – wurde tüchtig säkularisiert und immer wieder geplündert, beispielsweise Ende des 18. Jahrhunderts.

Soweit die übliche Kirchengeschichte.

Gespenstisch war, was über die Glocken von Speyer geschrieben stand: Sie zeigten in alter Zeit jedes Mal an, wenn die Sterbestunde eines Kaisers gekommen war. Auch wenn er noch so weit entfernt starb, begannen sie von selbst zu läuten, ohne dass jemand sie anschlug. Als der von allen verlassene Kaiser Heinrich IV. inkognito nach Speyer kam und dort starb, fing die große Kaiserglocke im Dom an, schwer und geheimnisvoll zu läuten, und alle anderen fünfzig Glocken der Stadt stimmten mit ein. Als dann aber sein Sohn, der verräterische Heinrich V. starb, da hörte man angeblich nur die Armesünderglocke von selbst läuten und keine der anderen Glocken war zu hören.

Tolle Geschichte. Allerdings stand im gleichen Absatz, sie sei nur eine Sage. Schade. Sonst hätte man doch annehmen können, angesichts eines Mordes hätten die Glocken wie irre gebimmelt, um Ungerechtigkeit zu verkünden. Ich gähnte. Es war elf Uhr. Eigentlich interessierte mich jetzt noch die Krypta, doch ich befand mich hier in einer ordentlichen Familie. Bis mittags ausschlafen würde mir nur wieder Bemerkungen wie »Ja, Maren wenn man Kinder hat, geht so was gar nicht …« eintragen. Deshalb legte ich das Buch zur Seite und drehte mich um. Der Pfälzer Wein drehte sich mit mir um, ebenso wie das deftige Essen.

Erst als ich schon fast eingeschlafen war, fiel mir auf, dass ich nichts von Melchior gehört hatte. Ich sprang auf, kramte nach meinem Handy und kontrollierte, ob er mir eine liebevolle SMS geschickt hatte, deren Grundton in etwa lautete: »Vermisse dich, mein braunlockiger Engel mit den Honigaugen.«

Und tatsächlich war eine SMS von ihm da. »*Wünsche dir eine gute Nacht. Melchior.*«

Von braunlockigem Engel stand da nichts. Es musste am Handy liegen.

4. Kapitel

Der Frühstückstisch bei Christian und Doris war reichlich bestückt, sowohl mit Essen aller Art als auch mit Kindern. Nicht nur mit den beiden, die zu dem Ehepaar dazugehörten, sondern auch noch mit zwei anderen Kindern. »Wir gehen ja morgen in Urlaub, da wollen sich die Kids natürlich noch mal verabschieden.« Die anderen Kinder waren zwei hübsche blonde Mädels, die sich sehr wohlerzogen verhielten. »Kann ich noch ein Brötchen haben?« »Nein, lass Britta, wir teilen es uns.« »Da hast du Recht.« Wohlgefallen verbreitete sich am Tisch.

»Das sind übrigens Alin Niedermeyers Nichten«, flüsterte mir Doris zu. »Sie heißen natürlich nicht Niedermeyer, sondern Strauß. Wie der Vater der beiden.«

Doris' Kinder begannen sich unter dem Tisch zu treten. Sogar ich, die ich nicht gerade Spezialistin in Sachen Kinder bin und meine liebe Not habe, von Ana – der vorlauten Göre meiner Freundin Raika alias Resel Nitzekuchen – respektiert zu werden, bemerkte, dass sich die Geschwister nicht grün waren. Kein Wunder, denn die beiden waren höchst unterschiedlich. Es ist schon Pech, wenn das Mädchen dem Vater und der Sohn der Mutter wie aus dem Gesicht geschnitten ist.

Ich rang mir ein paar peinlich tantenhafte Worte ab: »So und jetzt geht's also in den Urlaub. Na, da seid ihr froh, dass wieder Ferien sind, was?«

Die Kinder machten sich nicht die Mühe zu antworten. Recht hatten sie.

»Du hast mal wieder deine Frühstückssachen nicht abgeräumt!«, bemerkte Janine giftig zu Peter, »Und wir müssen gleich los.« »Muss ich auch nicht. Mama macht es für mich, wenn ich nachher mein Fahrrad einpacke!«

»Wieso denn das?«, schrie Janine schrill und stemmte die Arme in die freiliegende Taille. Ihr Funkelstein im Bauchnabel glitzerte erbost. Für ein Mädchen ihres Alters ein gewagter Schmuck, fand ich. Leider sah sie bereits jetzt aus wie die Xanthippe, die sie einmal werden würde. »Was hat dein Fahrrad mit dem Tisch-Abräumen zu tun? Du kriegst alles, einfach alles, nur weil du dich einschleimst.«

Der Junge, Peter – man hatte bei dem Mädchennamen auf gut verkäufliche Exotik und bei ihm auf solide Aussprechbarkeit auch im angelsächsischen Raum gesetzt – lächelte siegesgewiss. Ich hätte ihn als Bruder auch nicht leiden können. Janine hatte schlechte Karten in dieser Familie. Die Mutter vergötterte den Sohn, weil er ihr Abbild war, und der Vater vergötterte ebenfalls den Sohn, weil er ein Sohn war und ein Fußballspieler und weil er aussah wie die Mutter, die er mal geliebt hatte und vielleicht sogar noch liebte. Boys will be boys.

Durch meine Ahnenforschungen mit den Gesetzmäßigkeiten einer Familie vertraut, ahnte ich, dass sie sich nie wirklich mögen würden. Ihre gegenseitige Abneigung würde bleiben. Sie würde später in kultivierten und mit bösen kleinen Spitzen gespickten Neid ausarten. Manchmal sogar in Hass.

»Wir helfen, den Tisch abzuräumen«, sagten die Mädchen Britta und Selina Strauß, und ohne viel Federlesens begannen sie Geschirr hinauszutragen. Ich beobachtete ihre graziösen, selbstverständlichen Gesten, und erst nach einer Weile fiel mir wieder ein, dass sie die Nichten der Frau waren, die in der Germersheimer Kirche ermordet worden war. Als sie sahen, dass ich sie beobachtete, sagte die ältere der beiden: »Wir haben auch einen Bruder. Aber der ist nett. Er ist älter als wir, und er kann uns beschützen.«

»Vor was denn?« »Vor schlechten Leuten«, sagte die Kleinere ernsthaft. »Zum Beispiel vor Mördern!«

****

Irgendwann waren die Besucherkinder gegangen. Doris war vorübergehend beim Einkaufen gewesen und trat jetzt wieder herein. Sie kam mitnichten aus dem Supermarkt, so wie unsereins kurz vor einer Reise (Sonderangebote: Sonnenmilch und Orangensaftgetränke aus der Plastikpackung) – nein, sie kam frisch vom Markt. Mit einem Korb am Arm, aus dem Obst und anderes frisches Zeug herauslugte und jede Menge Gesundheit verhieß.

»Na, habt ihr euch vertragen?«, rief sie in die Runde. Und dann kam das Unvermeidliche. »Kinder, denkt dran, dass die Maren so zwei freche Teenies nicht gewöhnt ist. Nicht, dass die den Schock ihres Lebens kriegt.« Dazu ein herzliches, gutmütiges Lachen. Dankeschön. Weltferne Gestalten wie ich erschrecken beim Anblick von Personen unter 21, so dass sie sich niemals mehr erholen und direkt ins Pflegeheim müssen, welches ihnen ja sowieso droht.

»Hey, lass mich einfach in Ruh'!«, gab Janine zur Antwort. Sie wirkte genervt. »Du weißt, dass ich vor meinem Konzert heute Abend keinen Stress haben kann. Und morgen auch noch der beknackte Urlaub.«

»Ich will nur …« Doch das Mädchen steckte sich die Kopfhörer ihres MP3-Players in die Ohren und war damit für die Umwelt verloren.

Doris wandte sich mir zu. Keineswegs besiegt, nein, triumphierend. »Da siehst du mal, was dir erspart geblieben ist«, sagte sie und lachte verschmitzt dazu. Und doch hatte ich zum ersten Mal das Gefühl, dass ihr Lachen nicht ganz echt war.

****

Später ging ich alleine in die Stadt. Heimlich, als täte ich etwas Verbotenes, hatte ich in dem im Haushalt meines Cousins herumliegenden Telefonbuch von Speyer nach Alins Adresse geschaut. Es gab eine Alin Niedermeyer in einer Straße, deren Name mir nichts sagte und die vermutlich etwas außerhalb lag. In der Karmeliterstraße fand sich eine Alin Niedermeyer mit dem Untertitel: »Café Alles Altes«. Wirklich ein origineller Name für ein Café. Obwohl der Laden vermutlich gar nicht mehr existierte. Man konnte ja diesem Etablissement mal einen unverbindlichen Besuch abstatten.

Was war es eigentlich, was mich an diesen Orten so anzog, an denen Ermordete gelebt hatten? Es waren doch eigentlich ganz normale Häuser. Suchte ich nach einer Aura des Bösen oder Verhängnisvollen, die das Opfer schon zu Lebzeiten umgeben hatte und die auf das Haus, in dem es gewohnt hatte, abgefärbt hatte? So, wie man in den Mauern von Stratford das Genie suchte, ihm nachzuspüren versuchte, trotz aller Zweifel, ob Shakespeare dort wirklich gewirkt hatte?

Die Karmeliterstraße war nicht breit, auf der einen Seite gesäumt von bürgerlichen Häusern, auf der anderen Seite drückten sich kleinere Gebäude wie schutzsuchend aneinander, als laste die Bürde der Vergangenheit auf ihnen. Doch im hellen Sonnenschein eines Samstagmorgens wirkte alles freundlich und gepflegt. Viele Häuser waren mit Blumenkübeln geschmückt oder mit Rosen verziert, die sich an ihnen hinaufrankten und der Stadt sowie der ganzen Gegend etwas Südländisches verliehen. Vielleicht noch ein Erbe aus den langen Jahren, in denen die Franzosen hier regiert hatten.

Zu meiner Überraschung gab es das Café noch, sogar unter seinem ursprünglichen Namen. Ein kleines feines Geschäft, ein wenig im englischen Stil gehalten mit seiner grün-golden lackierten Tür und den Fensterrahmen im gleichen Stil. Im Schaufenster waren auf ebenfalls grünem, ganz leicht verschlissenem Samt, der mit napoleonischen Bienen verziert war, zwei Bücherstapel sowie mehrere Stiche, ein Kaffeeservice und etwas Schmuck, der nach Jugendstil aussah, drapiert. Diese Dekoration und die zwei Stufen, die man nach oben gehen musste, verhinderten vielleicht den Eintritt von Touristenscharen, die nur auf ganz billige Souvenirs aus waren. Wer hier hereinkam, war bereit, mehr als einen Euro auszugeben. Drinnen ein gemütlicher Raum mit Holzdielenboden und Tiffanylampen, eine Kuchentheke, eine alte Schaufensterpuppe in Dienstmädchenkleidung der Jahrhundertwende.

Ich hatte vor einiger Zeit begonnen, alte Puppenmöbel zu sammeln. Provisorisch hatten sich die wenigen Stücke, die ich besaß, in einem von mir mehr schlecht als recht als Zimmer angemalten Schuhkarton eingefunden. Ein Schreibtisch, ein paar Tische und ein winziges altmodisches Telefon auf einem dreibeinigen Tischchen.

Ganz in der Ecke der nostalgischen Auslage neben den schönen bemalten Gebäckdosen (Handarbeit!), stand ein Puppenkinderhochstuhl in weiß, vielleicht aus der Zeit der Jahrhundertwende. Der Vorletzten natürlich. Das Stühlchen mochte mir als Vorwand dienen.

Als ich das Café betrat, ertönte keine Glocke, sondern es ging nur eine größere Deckenlampe an, woraufhin eine schlanke, dunkelblonde Frau aus dem Hintergrund des Raumes trat.

»Guten Tag. Nehmen Sie bitte Platz. Sind Sie alleine?« Sie lächelte, und ich bemerkte, dass sie zwar makellose, aber ziemlich gelbe Zähne hatte.

Von den etwa zehn Tischen waren vier besetzt. Eine Gruppe älterer Damen mit Rucksäcken, drei Wanderer, ebenfalls mit Rucksäcken, ein junges Mädchen mit einer jungen Katze in einem Korb und zwei Männer, die über Papieren gebeugt saßen. Die abwesende Miene, mit der sie die Kaffeetassen zum Mund hoben, und die zur Seite geschobenen, halb leer gegessenen Teller ließen ihren Status als Stammkunden erahnen.

Ich wies auf den kleinen weißen Stuhl, erzählte von meinem Hobby, alte Puppenmöbel zu sammeln, obwohl ich gar keine Kinder hatte. »Viele Menschen, die Puppenhäuser bauen, haben keine Kinder. Es hat wohl etwas mit dem Wunsch zu tun, selbst Kind zu bleiben«, erklärte die Frau mit einer Lebensweisheit, die mir allzu hausgemacht schien. Einer der beiden Männer am Stammkundentisch lächelte ihr anerkennend zu. Ich vermutete sofort, dass ihre Verbindung mehr als geschäftlich war. Vor allem, da sie dankbar zurückstrahlte.

Die Frau vor mir war in allem der totale Durchschnittsmensch. Nicht hübsch, nicht hässlich und ganz unauffällig angezogen. Taubenblauer Pulli, beige Hose.

»Ich war vor längerer Zeit schon einmal hier, aber ich glaube, da war eine andere Dame im Laden. Ihre Chefin?« »Sie meinen sicher die Alin Niedermeyer«, die hellbraunen Augen blieben ausdruckslos, »das war meine Freundin. Sie ... ist tot. Sie ist gestorben. Ich führe den Laden an drei Tagen in der Woche weiter. An den anderen Tagen habe ich meinen Enkel. Mein Sohn ist geschieden.«

Ich bemühte mich um einen bedauernden Gesichtsausdruck sowohl angesichts des Todes als auch der Scheidung und folgte ihr an die Schwelle des kleinen Büros, wo sie einen Ordner holte. Offenbar um die Herkunft des Hochstühlchens nachzuschauen. »Pirmasens, etwa 20er Jahre. Letztes Jahrhundert.«

»Das tut mir aber Leid. Sie schien mir noch gar nicht so alt. Ihre Freundin, meine ich.« »War sie auch nicht. Ein Unfall«, erklärte die Frau freundlich, aber kurz. Es war klar, dass sie nicht mehr erzählen wollte.

»Noch ein Kaffee, Petra.« Der ältere der beiden Männer, die so geschäftig an ihrem Tischchen saßen, näherte sich uns und bemerkte: »Ich schenke ihn mir auch selbst ein.« »Du sollst nicht soviel Kaffee trinken, Tristan.« »Kaffee ist der Alkohol des Tages, meine Schöne«, sagte der Mann zu der Frau. Sie strahlte und wurde dadurch zumindest hübsch. Er mochte Mitte, vielleicht auch schon Ende Vierzig sein, und eigentlich war auch er nichts Besonderes, aber irgendetwas hatte er an sich, das mir auffiel – um es vorsichtig auszudrücken. Ich hätte auch sagen können: *anzog*. Es gibt diese Männer, bei denen du das Gefühl hast, sie schon ewig zu kennen, die etwas verführerisch Vertrautes ausstrahlen. Er war etwas größer als der Durchschnitt, auf eine jungenhafte Art schlaksig, mit einer kräftigen Nase, braunen lebendigen Augen, die herausfordernd blickten, dunkelblondem Haar mit ein paar dunkleren Strähnen darin, das sich auf seinem Kopf wie Stroh aufstellte. Im linken Ohr hatte er einen kleinen Ring. Sein Mund war zu einem ironischen Grinsen verzogen. Er war sehr braun gebrannt, aber nicht wie Melchior, der von Natur aus einen dunkleren Teint hatte. Nein, die Haut dieses Mannes verriet viele Aufenthalte im Freien. Insgesamt hatte er etwas Vitales und Angrifflustiges an sich und war damit so ziemlich das genaue Gegenteil von Melchior.

Der Jüngere wirkte ruhiger, ein schmaler junger Mann mit hellbraunem Haar, das sich ein wenig krauste, und freundlich-intelligenten blauen Augen, die alles aufmerksam beobachteten. »Soll ich übernehmen?«, scherzte er jetzt. »Petra, du weißt, ich kann bedienen. Hab ich schon als Kind manchmal machen müssen.«

»Bernd, du bist bekanntlich ein Multitalent«, erwiderte sie, »danke, aber ich habe heute keine Verabredung zum Essen. Du musst also nicht deine Mittagspause opfern.«

Ich musste fragend ausgesehen haben. Obwohl sie mich eigentlich gar nicht kannte, übernahm Petra deshalb so etwas wie eine offizielle Vorstellung: »Das ist der Neffe meiner verstorbenen Freundin, Bernd Strauß, und sein Chef – Lokalredakteur Tristan Viviers von der ›Rheinpfalz‹.«

Aha. Die ›Rheinpfalz‹ war eine Zeitung, die meine Pfälzer Freunde im Karlsruher Exil gerne lasen.

»Gestatten: *Der* Spezialist für Speyer, zumindest im Augenblick.« Viviers deutete eine ironische Verbeugung an. »In Zukunft übernimmt diese Rolle wahrscheinlich dieser ewige Student und zukünftige Doktor hier.«

Der so angesprochene Bernd sah seinen Chef mit Bewunderung an. Ich nickte. Die Herren nickten zurück. Eine kleine Pause entstand. Im Hintergrund verlangten die Damen in Wanderstiefeln nach ihren Rechnungen. »Getrennt, bitte, ja, Fräulein?«

»Wir wollten gerade einen kleinen Stadtspaziergang machen. Fotos machen für unsere Rubrik *Speyer: die bunten Seiten*. Überall da, wo uns etwas auffällt. Ein Hund, der im Hochsommer ein Eis aufschleckt, eine Japanerin, die beim Fotografieren fast in den Brunnen fällt, eine Nonne, die andächtig zum Dom hinaufschaut. Wir wollen die Stadt auf meine Weise zeigen. Auch wenn es meinem Chef nicht immer gefällt.« Viviers lachte ein breites und kehliges Lachen. Und betrachtete mich ungeniert.

»Wer sind *Sie* denn nun eigentlich? Sie sehen aus wie ein echter Zufallsgast. Wollen Sie mit auf unseren kleinen Inspektionsgang? Oder reicht ihnen das vom Tourismusbüro verordnete Speyerbild?«

»Mein Name ist Maren Mainhardt.« Kaum hatte ich es gesagt, bereute ich es schon. Nachdem es mir im letzten Jahr gelungen war, bereits bei meinem zweiten Kriminalfall hilfreich zu sein, hatte ein Karlsruher Szeneblatt Wind davon bekommen und einen ziemlich schrägen Artikel über mich veröffentlicht. Andere Regionalzeitungen hatten sich das Schmankerl nicht entgehen lassen und in ihren Sparten »Buntes und Vermischtes« eine kleine Notiz mit einem höchst unschmeichelhaften Bild von mir gebracht. »Miss Marple lebt in Karlsruhe im Multikultiviertel. Ihr Hobby: Mörder fangen.«

Doch Viviers zeigte keinerlei Erkennen. Hastig legte ich eine neue Spur: »Ich habe mich für dieses Hochstühlchen interessiert. Aber ich werde es mir noch mal überlegen und bei Gelegenheit wieder hereinschauen.«

»Wohnen Sie in Speyer?« Mit mildem Blick sah Petra von einem zum anderen. »Dann könnte ich Sie anrufen, wenn es etwas Neues an alten Puppenmöbeln gibt.« »Nein, ich komme aus Karlsruhe.«

Tristan schaute mich interessiert an. »Über den Rhein. Eine andere Welt.« »Nicht so sehr. Es sind doch nur ein paar Kilometer über die Brücke. Obwohl, wenn es die nicht gäbe …«

Viviers Lachen war ansteckend. »Oh, dann ginge es auch. Du erinnerst dich, Bernd, welches Foto wir kürzlich abgedruckt haben. Im Februar 1929 war es so kalt, dass der Rhein zufror. Massenweise liefen die Leute per pedes zu euch nach Baden rüber. Und 1945, nach dem Sieg, überquerte de Gaulle den Rhein auf einer Pontonbrücke. Es geht also alles.«

Ich krauste die Stirn. Wie schaut man, wenn man Ahnung haben sollte, aber keine hat? Ich bemühte mich um ein wissendes Nicken. Viviers grinste. »Keine Ahnung, was? Ich glaube, bei Ihnen wird eine kleine Lektion über die Pfalz fällig.«

Der junge Mann mischte sich ein: »Vorsicht«, sagte er mit einer angenehm ruhigen Stimme, »mein Chef ist bekennender Lokalpatriot.«

»Das stimmt. So wie du, mein Freund.« Viviers lachte. »Aber wir haben auch allen Grund. Vielleicht haben wir irgendwann die Chance vertan, mit Speyer unser deutsches Paris zu schaffen. Selbst die Bayern, die uns seit 1816 regiert haben, nannten die Pfalz den ›Garten Deutschlands‹. Im Laufe der Jahrhunderte hat nicht nur einer gesagt, unser Speyer hätte das Zeug zur Hauptstadt. Hochwichtige Reichstage mit Tausenden von Besuchern. Früher Sitz des Reichskammergerichts. So bedeutend wie heute euer Bundesverfassungsgericht in Karlsruhe. So viele Kaiser unter hübschen massiven Steinplatten. Dazu ein Dom wie ein Weltwunder.«

Der jüngere Mann nickte dazu. Man hätte meinen können, er wolle sich nur bei seinem Chef beliebt machen, doch ich sah das gleiche Funkeln in seinen Augen. Noch ein Lokalpatriot also.

»Das haben Badener und Pfälzer gemeinsam«, sagte ich in dem Versuch, ebenfalls historische Leidenschaft in meine Stimme zu zaubern, »wir genießen das Land, in dem wir leben.«

Viviers musterte mich unverhohlen von oben bis unten. Er sah mich an, wie man eine *Frau* ansieht. Natürlich mag ich dieses Taxiertwerden nicht, doch bei ihm hatte es nichts Chauvinistisches, sondern erinnerte mehr an die offene Frechheit eines Straßenjungen.

»Also, gehen wir. Machen wir einen kleinen Stadtrundgang. Aber rechnen Sie nicht mit dem Üblichen! Ich hoffe, Sie können mir folgen, denn wir werden Haken schlagen wie Hasen. Zeigen Sie mal Ihre Füße und Ihre Schuhe. Sandalen. Sehr gut. Nicht, dass Ihnen Stöckelschuhe nicht gut stehen würden – bei *den* Beinen! – aber auf unserem historischen Pflaster knicken Sie damit dauernd um.«

Wir begannen natürlich am Dom. Ich wich einem Motorrad aus, legte die Hand über Augen und sah nach oben. Mächtig. Wuchtig. Und er wirkte überraschend modern. Viviers betrachtete ihn fachmännisch und liebevoll, als sei er sein Werk. »Ich glaube, dazu muss ich nicht viel sagen. Steht alles in den Führern. Wir stehen in Speyer auf uraltem Boden: Um 500 taucht der Name Spira das erste Mal auf, um 1000 beginnt der Bau der Stadtmauer, um 1030 legt Konrad II. den Grundstein zum Gotteshaus, die Maximilianstraße als Achse der erweiterten Stadt wird gebaut.«

»Da war Karlsruhe noch ein Sumpf«, murmelte ich.

Tristan wies die breite Straße hinunter. »Im Mittelalter hieß sie ›unter den Kremen‹, was ›bei den Verkaufsbuden‹ bedeutet. Sie ist unser Zentrum und historischer Ausgangspunkt. Auf dieser Straße hat sich alles Wichtige abgespielt. Das erste Kino gab es hier im Jahr 1907, und obwohl Hitler natürlich Gefallen an einer so urdeutschen kaiserlichen Stadt wie Speyer fand und sie gerne zum Nationalen Heiligtum erklärt hätte, wurde von den Alliierten zum Glück nur die Maximilianstraße Nummer 99 und 100 bombardiert: Sitz der NSDAP. Heute sitzen dort Bürgermeister und Stellvertreter. In Nummer 99 hat übrigens noch früher die Schriftstellerin Sophie von La Roche gewohnt, die im 18. Jahrhundert eine Frauenzeitschrift herausgab. Heute ist das Haus ein Ort der Kunst.«

»Ach was?« Ich blickte die breite Straße hinunter. Sie hätte selbst in München nicht provinziell gewirkt. Lebhaft und freundlich. Viele Läden, Cafés, Restaurants.

»Man kann sich geradezu vorstellen, wie sich die Jakobspilger mit ihren breiten Hüten und ihrem Stock an den Verkaufsbuden entlang schleppten und hofften, etwas zu essen geschenkt zu bekommen. Sie hatten ja eine Art christlich verbrieften Anspruch auf Verpflegung«, warf Bernd Strauß ein.

»Wenn sie die entsprechenden Muscheln hatten, oder?« Einmal im Leben hatte Christian mir mit seinen Belehrungen etwas Gutes getan. Aus einem Grund, dem ich im Moment noch nicht nachspüren mochte, wollte ich bei Tristan nicht allzu unwissend erscheinen.

»Nun ja«, meinte Viviers wegwerfend, »das mit den Muscheln, deren verwitterte Spuren man ja hier und da an Gebäuden zu erkennen meint, glaube ich nicht so recht. Auf dem Hinweg zumindest werden die guten Leutchen aus der deutschen Provinz wohl keine mit sich geführt haben, bestenfalls auf dem Rückweg. Woher hätten sie sie in unseren Breiten bekommen sollen? An Mahlzeiten kannten die nur Rüben, Kohl und Getreidebrei. Jene hübschen Muscheln, mit denen man die Kräutersuppe auflöffeln konnte, gab es erst unten. Als Trophäe, wenn sie tatsächlich dort gewesen waren. Und ob sie dann überhaupt direkt durch Speyer kamen, um hier ihre Muscheln zu lassen …«

Ich staunte: »Ist es denn nicht sicher, dass die Jakobspilger im Mittelalter durch Speyer kamen? Speyer lag doch auf ihrem Weg?« Bernd nickte. »Ich denke schon.«

Viviers lachte sein herausforderndes Lachen, das zum Mitlachen ansteckte. »Hört euch unseren jungen Wissenschaftler an«, und klopfte Bernd kraftvoll auf den Rücken, »du kannst sofort Journalist werden. Examen bestanden. Ein bisschen denken, ein bisschen glauben, und das Ganze mit den passenden Worten würzen. Nein, mein junger Freund, einen hundertprozentigen Beweis gibt es nicht, obwohl wir und die Touristen zu gerne einen hätten.«

Bernd schien mürrisch. »Denk doch an den heiligen Jost vom Königsplatz!«

»Der heilige Jost, eigentlich Jodokus, ist der Schutzpatron aller Pilger – und nicht nur derjenigen, die nach dem fernen Santiago de Compostela zogen. Übrigens ein sehr interessanter Heiliger, angeblich ein bretonischer Prinz, der so fromm und gut war, dass ihm Fische und Vögel wie zahme Haustiere aus der Hand fraßen. Vergiss nicht, die Speyrer haben ihre Wallfahrt lieber nur bis nach Aachen unternommen. Von dort aus starteten allerdings im Mittelalter viele deutsche und polnische Pilger, die dann die sogenannte Unterstraße nahmen. Oder die frommen Speyrer zog es nach Köln zu den Heiligen Drei Königen, und wer es sich leisten konnte von den hohen Domherren, ging nach Jerusalem. Topographisch gesehen hätte der mittelalterliche Jakobsweg wahrscheinlich eher nah bei Speyer vorbeigeführt, durch die Kaiserslauterner Senke.«

»Wo steht denn diese Figur?«, hakte ich nach, um das Gespräch nicht in einen offenbar von beiden als vergnüglich empfundenen Historienstreit ausarten zu lassen. »Steinern ruht er sich aus von seinem jahrhundertelangen Dienst an einer Straßenecke des Königsplatzes in unserem hochverdienten Historischen Museum. Eine Kopie befindet sich noch an Ort und Stelle, an der Fassade eines Hauses am Königsplatz. Das Original hat die Zerstörung unserer Stadt von 1689 durch meine werten Vorfahren überlebt. Sonst haben sie nicht viel verschont: Die Inneneinrichtung des Doms wurde mutwillig zerstört, die Grabbeigaben verschwanden, geplündert, die Domumgebung wurde systematisch in Trümmer gelegt. Wenn man lange genug grub, konnte man dort unter dem Schutt später noch Trümmer gotischer Kleinarchitektur finden.«

»Du lenkst ab, Tristan. Wir haben durchaus Hinweise auf den Jakobsweg. Vergiss nicht das Relief von …« Bernd brauchte den Satz nicht zu Ende zu sprechen. Sein Chef unterbrach ihn mit einer Handbewegung: »Ach, du weißt doch selbst.«

»Ja?«, warf ich ein, doch ich bekam keine Antwort. Inzwischen standen wir an einem wunderschönen Brunnen. Eigentlich interessierte mich das Thema wenig, aber es war zumindest amüsant, den beiden zuzuhören.

»Übrigens ist das hier der Jakobsbrunnen, der aber auf den alttestamentarischen Jakob Bezug nimmt.« Viviers klopfte gutgelaunt und respektlos an den Stein. Dann wandte er sich wieder mir zu.

»Dieses Relief, von dem Bernd sprach, ist eine Darstellung auf einem Stein, gefunden in der Umgebung der Jakobuskirche, welche wir ins 13. Jahrhundert datieren, die aber leider nicht mehr existiert. So wie das gesamte mittelalterliche Speyer nahezu vollständig untergegangen ist. Es stellt eine Figur dar, rechts und links von ihr knien ein Mann und eine Frau, welche eine Krone empfangen. Angeblich die Krone der Pilgerschaft – man nennt das Werk deshalb Pilgerkrönung. Aber für mich ist der gute Mann Jesus und kein anderer.«

Bevor ich mich einschalten konnte, hatte sich bereits ein für mich unverständliches heiliges Feuer in den Augen des jungen Mannes entzündet. Aber ich hatte bei meiner Arbeit oft erlebt, dass Stadthistoriker ihre Sache mit glühender Liebe verfolgten.

»Und, Tristan, vergiss nicht den Bericht aus reformatorischer Zeit, über Anpöbelungen einer Gruppe von Pilgern in Speyer – höchstwahrscheinlich Jakobspilger.«

Viviers zuckte lässig mit den Schultern. Sein spitzbübisches Gesicht nahm einen ironischen Ausdruck an. »Ich vergesse ihn nicht, obwohl seine Authentizität sehr zweifelhaft ist. Es gibt tatsächlich keinerlei schriftliche Belege, dass der Jakobsweg ursprünglich durch Speyer gegangen ist. Nur Anhaltspunkte. Für unsere Tourismusverwaltung hier in Speyer mag das eine ziemlich wichtige Frage sein, aber für den einzelnen Pilger, der durch Speyer kommt, zählt das nicht. Er ist sowieso auf dem Weg alleine mit seinen Gedanken und schafft sich Schritt für Schritt seinen eigenen Jakobsweg. Aber ich habe langsam den Eindruck, dass wir zwei Speyerpatrioten unsere attraktive Reisegenossin langweilen.«

Attraktive Reisegenossin. Natürlich ein abgegriffenes Kompliment aus der Machospielkiste, und doch hört man sowas hin und wieder ganz gerne. Ich habe eingefleischte Feministinnen lächeln sehen, wenn jemand »schöne Frau« zu ihnen sagte. Ich dachte flüchtig an den ehrlichen Melchior, der nur Komplimente machte, wenn er sie auch so meinte.

»Wenigstens die Jakobuskirche könntest du als Lokaljournalist noch etwas ausführlicher erwähnen.« Bernd hatte mit Geschichte offenbar genau das richtige Studienfach für sich gewählt. »Nach der Zerstörung 1689 stand sie noch in Teilen als Ruine. Die Stadt, das muss man sich vorstellen, hat den Bauplatz an die jüdische Gemeinde verkauft, die in die restlichen Mauern hinein eine Synagoge gebaut hat.«

Ich horchte auf. Auch die St.-Markus-Kirche in New York, deren Gemeindemitglieder beim Untergang des Ausflugsdampfers General Slocum vor mehr als hundert Jahren so grausam ums Leben gekommen waren, war später eine Synagoge geworden … Schnell verdrängte ich die Erinnerung an jenes Unglück, dessen tragische Spätfolgen mich im letzten Jahr beinahe das Leben gekostet hatten.

Inzwischen waren wir weitergelaufen, und plötzlich sah ich den Dom wieder vor mir. Ihm entging man nicht in Speyer. Und ich entging meinen Gedanken nicht: Die Erinnerung an die vergangenen Mordfälle hatten mir die tote Alin Niedermeyer wieder ins Gedächtnis gerufen. Ermordet in einer Krypta! War der Mörder ein Verrückter? Ein Fanatiker? Aber wenn der sakrale Ort eine Bedeutung für ihn gehabt hatte – warum hatte er Alin in der Germersheimer Kirche getötet? Warum nicht hier im Dom? Das wäre doch noch spektakulärer gewesen!

Dafür, ermahnte ich mich selbst, könnte es eine sehr einfache Erklärung geben: Der Mörder kam vielleicht aus Germersheim. Warum sollte er nach Speyer fahren, um zu morden? Außerdem war die Speyrer Krypta, so wie ich sie in Erinnerung hatte, zwar recht weitläufig, aber vermutlich wesentlich belebter als ein Kirchlein in Germersheim …

»Jedenfalls«, unterbrach Tristan meine Gedanken, »wurde diese Straße hier zu Ehren des bayerischen Königs in ›Maximilianstraße‹ umgetauft.«

Ich nickte. Kein Wunder hatte ich an München denken müssen, als ich vorhin die Läden entlang geblickt hatte.

»Da schauen Sie mal – am linken Domportal grüßt uns ein Brezelverkäufer, nachempfunden dem seinerzeit schon legendären Brezelverkäufer Ferdinand. Die Brezeln sind Speyers Nationalgebäck – das Brezelfest gibt es schon seit Urzeiten. Im Juli findet es wieder statt – gehen wir zusammen hin? Vielleicht?«

Ich mag gar keine Brezeln, dachte ich ketzerisch. Aber es könnte sein, dass ich diesen Mann hier mit seiner Begeisterungsfähigkeit mag. »Und der Wein«, murmelte ich.

»Ja, Sie haben Recht, aber wir haben nicht nur Wein. Im Mittelalter war unsere Stadt im gesamten Abendland bekannt und berühmt. Grund genug für den ersten Bierbrauer, 1438 aus Bamberg nach Speyer zu kommen, um uns beizubringen, dass zum Saumagen auch Bier gut schmeckt.« »Bier?« »Ja, ganz proletarisch. Früher wurde viel Hopfen rund um Speyer angebaut. Sekt kelterte man erst ab der Mitte des 19. Jahrhunderts. Also, Sie sehen, es ist ein bodenständiges Völkchen hier, gastfreundlich und lebensfroh.«

Wir liefen weiter durch Speyer, das in der Pfingstsonne glänzte und anmutig mit seiner Vergangenheit kokettierte.

Mittelalterliche Gässchen. »Hier in der Pfaugasse gab es früher eine Elendsherberge.«

»Für Sozialhilfeempfänger?«

Bernd lachte verhalten, und ich kam mir schon wieder unwissend vor. Bernd war ein sympathischer junger Mann und er konnte nichts dafür, aber seit ein paar Jahren reagierte ich empfindlich darauf, wenn jüngere Leute über mich lachten oder etwas besser wussten. Ob dies bereits das Alter war? Schon bevor ich Vierzig war, wurde ich wunderlich?

»Das war eine Herberge für die Fremden.«

Natürlich. Da hätte ich drauf kommen können. E-lend. Nicht aus dem Land. »Auch für die Jakobspilger?«, fragte ich, denn wieder strich eine Gruppe wanderlustiger Figuren im besten Vorruhestandsalter an uns vorbei. Einer hatte eine Landkarte umgeschnallt, die gegen Regen in Plastik eingeschweißt war. Ein Stück Weg war säuberlich mit einem leuchtend roten Filzstift markiert.

»Selbst wenn Speyer keine offizielle Station des mittelalterlichen Pilgerweges gewesen wäre ...« »Was nicht erwiesen ist!«, unterbrach ihn Bernd. Viviers lachte gutmütig und fuhr fort: »... gab es natürlich Pilger, die durch unsere Stadt kamen. Im Mittelalter hatte Speyer übrigens auch schon 15 000 Einwohner, ein munteres Städtchen, in dem noch bis in das letzte Jahrhundert hinein Ziegen und Hühner auf den Straßen herumliefen. Die Gäste werden auch in Speyer irgendwo untergekommen sein. Mit ihrem Gepäck waren sie ab dem 16. Jahrhundert immer häufiger eine willkommene Beute für Wegelagerer, deshalb war ein ordentliches Dach über dem Kopf bestimmt kein Fehler. Im Kloster St. Magdalena, das von Dominikanerinnen bewirtschaftet wird und bis ins Mittelalter zurückgeht, hat man gewiss auch Pilger beherbergt. Gehen wir mal in die Hasenpfuhlstraße. Noch ein romantisches Stück Alt-Speyer.«

Bernd lief ein Stück voraus, deutete hier auf ein Haus, wies dort auf eine Sehenswürdigkeit hin. Die Erklärungen dazu kamen gut gelaunt von Tristan. Die beiden waren ein gutes Team.

Enge Winkel. Südländisch anmutende Straßenecken, an denen Feigenbäume wuchsen. Höfe, in denen es wie im Dschungel wucherte. Ein Park, der heiter und weitläufig war. Kleine Buchhandlungen, versteckte Lädchen mit Maronenmarmelade und Weinkartons. Und dann wieder das Stadttor »Altpörtel«: »Mit 55 Metern eines der höchsten und bedeutendsten mittelalterlichen Stadttore.«

»Früher diente er als Gefängnis.« »Ein Jammer, an einem so malerischen Ort einzusitzen«, bemerkte ich. Langsam regte sich Hunger und Durst in mir. Und Doris und Christian würden sich allmählich fragen, ob ich den Dom lebend wieder verlassen hatte.

»Gräuel und gewaltsame Todesfälle sind bekanntlich kein Privileg unserer Zeit«, sagte Tristan Viviers leise. »Da hat es einige auch in Speyer gegeben.« Dann berührte er Bernds Schulter leicht. Der trat zur Seite.

»Aber wohl nicht im Dom zu Speyer? Zumindest zum Sterben sucht man sich hierzulande lieber eine andere Kirche aus?«, fragte ich. Das war vielleicht taktlos, aber manchmal bringt einen nur Provokation weiter.

Bernd reagierte nicht, aber Viviers sah mich scharf von der Seite an. In seinem Blick lag eine Spur Sarkasmus. »Oh, auch im Dom wurde gestorben. Noch unter der bayerischen Herrschaft wurde die Vierungskuppel im nazarenischen Stil neu ausgemalt. Für die biblischen Figuren standen auch Speyrer Bürger Modell – vielleicht können Sie herausfinden, ob einer meiner Vorfahren darunter war. Jedenfalls stürzte 1846 der Maler Johann Schraudolph vom Gerüst herunter auf den Steinboden und war tot.«

»Mord?«, erkundigte ich mich vorsichtig. Bernd war ein wenig zur Seite gegangen. Er machte auf mich einen sehr sensiblen Eindruck. Der Tod seiner Tante mochte noch nicht verwunden sein.

»Wohl nicht«, sagte Tristan, »wie kommen Sie darauf?« Ich zuckte nur mit den Schultern, denn meine Gedanken waren bereits weitergewandert. Als Viviers von der Vierungskuppel und den Speyrer Bürgern gesprochen hatte, hatte er auf meinen Beruf angespielt. Woher wusste er, dass ich Ahnenforscherin war? Ich hatte nicht erwähnt, womit ich mein täglich Brot verdiente.

»Speyer ist also doch ein friedliebender Ort?« »Natürlich gab es Morde und Untaten bei uns. Wie überall. Entdeckte und unentdeckte. Sogar Blutbäder. Zu Beginn des Jahres 1924 wurde der Präsident der Autonomen Pfalz, die 1923 ausgerufen worden war, im Wittelsbacher Hof getötet, wobei zwei Attentäter, ein weiterer Separatist und ein Zufallsgast sterben mussten.«

Bernd nickte. Er kannte die Geschichte auch. Das war klar. Doch er wirkte noch immer bedrückt. Viviers legte ihm wieder kurz mit einer beschützenden Geste die Hand auf die Schulter. »Schluss mit diesem Thema. Obwohl – einen letzten Vorfall muss ich noch erwähnen. Zumal manche Speyrer Morde legendär sind, und zwar im Sinne des Wortes.«

»Meinst du die Sache mit Herzog Ernst?« Bernd hatte durchgeatmet, und sein Gesicht hatte wieder Farbe. Tristan nickte. »Wir hatten doch mal eine Serie: ›Mittelalter in Speyer‹, weißt du noch?«

Bernd nickte und übernahm: »Herzog Ernst, Kaiser Ottos Stiefsohn, wird von Pfalzgraf Heinrich bei seinem Stiefvater verleumdet, der behauptet, Ernst plane eine Rebellion. Heinrich wird daraufhin vom Kaiser mit der Bestrafung des vermeintlich abtrünnigen Stiefsohnes beauftragt. In die Enge getrieben, überfällt Ernst seinen Stiefvater sowie den Pfalzgraf anlässlich eines Hoftags in Speyer. Er tötet Heinrich, bedroht Kaiser Otto, kann entkommen und wird unter Reichsacht gestellt. Ernst flieht in den Orient, erwirbt dort Ehre und vielleicht auch Geld. Später kehrt er zurück, und am Weihnachtstag erfleht er Gnade vom Stiefvater, die ihm gewährt wird. Das Ganze ist uns überliefert als Versepos, aus dem 12. Jahrhundert. Man hat den Stoff bis in die Neuzeit gerne wiedergegeben.«

Eine interessante Geschichte. Der verleumdete Sohn, der schuldlos das Vertrauen seines Vaters verliert, rächt sich am intriganten Gegenspieler und muss fliehen … Aber ich an seiner Stelle, dachte ich, wäre lieber im Orient geblieben. Meine Gedanken schweiften ab und gaukelten mir üppig bunte Bilder aus 1001 Nacht vor.

Ein Fehler – denn sonst hätte ich vielleicht schon viel früher einen wichtigen Hinweis entdeckt. Einen Baustein zur Aufklärung eines Mordes …

Als nächstes zeigte man mir eine Kirche, die gegen die Übermacht des Domes trotzig ihren Turm in den Himmel reckte. »Die protestantische Gedächtniskirche, Denkmal der Speyrer Protestation im Jahre 1529. Um 1900 mit internationalen Spenden gebaut. Sogar das protestantisch-preußische Kaiserpaar beteiligte sich.«

»Und die Häuserzeile ist, wie alte Fotos zeigen, fast unverändert seit dem 19. Jahrhundert, nur die Treppenaufgänge an den Häusern sind verschwunden – ein Tribut an die moderne Zeit.« Tristan lächelte bedauernd.

»Hier wohnen wir«, bemerkte Bernd. Ich sah das Straßenschild. Herdstraße.

»Hat Ihre … Tante auch hier gelebt?« »Nein, nein, sie hatte eine Wohnung etwas außerhalb der Altstadt, Richtung …« »Was wissen Sie denn eigentlich von seiner Tante?«, unterbrach Tristan. Es war, als stelle er sich schützend vor seinen Praktikanten.

Ein schlechtes Gewissen überfiel mich. Sehr feinfühlig, Maren Mainhardt!

»Ich weiß nur, dass sie tot ist«, sagte ich leise. »Und, dass sie – ermordet wurde. Tut mir sehr leid. Und ich weiß, wo es geschah. In einer Kirche sollte so etwas nicht passieren …«

Bernd senkte den Kopf. Tristan Viviers legte ihm kurz die Hand auf die Schulter. Dann wandte er sich an mich und sagte leichthin:

»Der Tod sucht sich seinen eigenen Platz. Diesmal war es eben eine alte Kirche in Germersheim. Aber – wie gesagt – auch die Steine in unserem eigenen Dom werden schon genug Schlimmes gesehen haben im Laufe der Jahrhunderte …«

»Eine so alte Stadt hätte tausend Geschichten zu erzählen«, bemerkte ich, dankbar um die Ablenkung, »ein kollektives Gedächtnis, das fortlebt. In den Mauern, in den Steinen. Unter der Oberfläche. Ich denke, das macht die Faszination von Speyer aus.«

»Ja. In Karlsruhe«, bemerkte Viviers und deutete mit einer weit ausholenden Geste auf die Häuser vor uns, »da läuft man nur auf Asphalt. In Speyer laufen wir auf unserer eigenen Historie. Unter der Stadt läuft seit Urzeiten der Speyerbach hindurch. Speyer ist durchlöchert wie ein Schweizer Käse von Fundamentresten, auf denen die Häuser im 17. Jahrhundert aufgebaut wurden. In einer solchen Stadt erleben Sie immer Überraschungen, wenn Sie tiefer graben.«

»Denke nur an die Brücke«, warf Bernd ein, »die Salzturmbrücke. Als sie die 1910 abgerissen haben, stieß man auf etliche vermauerte Grabsteine des Alten Jüdischen Friedhofs.«

»Das Judenbad«, sagte ich ganz spontan, »das würde ich gerne noch sehen!«

In Sichtweite des Domes, und doch eine andere Welt. Schlicht war der Ort. Und feierlich. Und traurig in seiner Verlassenheit. Ich stieg die steile Treppe hinunter zur ältesten und besterhaltenen Mikwe Deutschlands. Hier hatten sich Frauen und Mädchen nach Geburt und Menstruation rituell gereinigt. Die Treppe führte bis zum Grundwasserspiegel hinab. Das Grundwasser musste ordentlich kalt gewesen sein. Ich hasste kaltes Wasser. Doch der Gedanke an das warme Vierordtbadwasser war mir im Moment auch nicht angenehmer.

»Bis in die dreißiger Jahre wurden hier im Hof noch Stangenbohnen angepflanzt«, schmunzelte Tristan Viviers, »meine Großmutter hat davon berichtet. Die Pfälzer haben sowieso ein langes Gedächtnis. Es ist ein traditionelles Völkchen.«

Das hatte ich auf der Herfahrt gesehen. Alte Männer, die die Straßen fegten, viele klein und hutzelig, mit faltigen gutgelaunten Gesichtern. Frauen, die an Hoftoren lehnten, die Kittelschürze umgebunden. Anders als in Karlsruhe. Heimeliger.

Wir verließen das Judenbad. Wenige Touristen nur hatten sich mit uns zusammen in dem schmucklosen Innenhof aufgehalten. Manchmal würde ich gerne hinter ein Gesicht schauen, hinter ein Leben, und all die Erfahrungen und Vorfahren und Geschichten kennen, die einen Menschen genau zu diesem Zeitpunkt an diesen Ort schicken. Nicht umsonst hatte ich mir meinen Beruf ausgesucht.

Tristan Viviers warf einen Blick auf seine Armbanduhr. »Es wird Zeit! Junger Mann, vergiss nicht die Vernissage im Rathaus – und heute Abend das Konzert der Musikschule! Das Konzert der Blockflötenschüler«, wandte er sich lachend an mich, »Anfängerklasse, ist bei unseren Praktikanten besonders gefragt. Wer das überlebt, kann getrost Journalist werden. Obwohl sich angeblich Amnesty International schon für diese Ausbildungspraxis interessiert. Hör dir mal stundenlang Flötenmusik von Kindern an. Folter!«

Der junge Mann verzog jetzt das Gesicht in gespieltem Schmerz. »Hattest du mir nicht einen Traumjob versprochen?«

»Beende deine Promotion, dann wirst du bei uns Redakteur und später Lokalchef. Und damit *mein* Chef. Ich habe nämlich nur Realschulabschluss. Alles andere war Eigenarbeit. Also, Bernd – nun mach da hinten noch ein Foto von dem Neufundländer mit der kleinen Blondine, fürs Samstags-Echo, und dann komm noch mal zu uns zum Verabschieden. Wir sitzen da hinten auf der Bank. Abtreten.«

Bernd lachte und zog ab.

»Na, das würde Ihnen sicher nicht gefallen«, keuchte ich, denn Viviers legte ein ordentliches Tempo vor, »der Lehrling als Chef?«

Tristan sah mich überraschend ernst an. Hinter dem Humor in seinen Augen verbarg sich ein Ausdruck, den ich nicht deuten konnte. »Ein falscher Gedanken in Ihrem ansonsten nicht nur hübschen, sondern offenbar auch klugen Kopf. Das würde mir tatsächlich nichts ausmachen. Der Stab wird nur weitergereicht. Das Leben ist eine Generationenkette, die einem sowieso nach und nach aus der Hand gleitet. Man kann sie nicht festhalten, es ist, als sei sie mit Seife geschmiert. Hier bei uns in Speyer begegnet man auf Schritt und Tritt der Erinnerung an Menschen, die einst mächtig waren, die sogar Reiche regiert haben, und die dann am Ende doch abtreten mussten, als ihre Zeit gekommen war. Ob sie wollten oder nicht.«

Ich nickte. Das einzige, was mir von seinen Ausführungen noch im Ohr klang, war »hübscher, kluger Kopf«. Wieder reichlich abgedroschen. Und doch – wie lange hatte mich Melchior nicht mehr so genannt?

Es war jetzt unglaublich viel los in Speyer. Touristengruppen sprenkelten die Stadt wie bunte Pünktchen. Vor uns fand eine Führung mit kostümierter Führerin statt; die mittelalterlich gekleidete junge Frau wies auf die umstehenden Gebäude, während sie alles auf französisch erläuterte.

Erneut lief eine Gruppe von Leuten an uns vorbei. Die meisten waren mittleren Alters und bewegten sich gemessenen Schrittes voran. Sie trugen festes Schuhwerk und Wanderkleidung, und bei fast jedem baumelte ein Wassergefäß am Rucksack.

»Und immer wieder Jakobswegwanderer«, bemerkte Viviers, setzte sich auf eine sonnige Bank und klopfte rechts neben sich auf das Holz. »Setzen Sie sich noch kurz zu mir. Mein Gott, nicht so weit weg, ich werde meinen Arm schon nicht um Sie legen. Außer Sie wollen es.«

Ich blieb sitzen, wo ich war. Er zuckte mit den Achseln. »Sie haben einen Freund, hm? Und Sie wollen ihm treu sein. Ich hoffe, er dankt es Ihnen.«

Das hoffte ich allerdings auch. War er das, Melchior: Mein Freund? Ich warf einen schnellen Seitenblick auf Tristan, der sich zurückgelehnt hatte und die langen Beine von sich streckte. Er legte die verschränkten Arme in den Nacken und beobachtete gelassen das Treiben vor uns.

»Es nimmt wirklich wieder zu. Auf alten Wegen zu neuen Erkenntnissen kommen. Die Pfalz als Therapie. Die Jakobspilger waren früher übrigens bekannt für ihre chronische Müdigkeit. Eine Anspielung darauf finden Sie in dem bekannten Liedtext ›Frère Jacques, dormez-vous?‹ Immerhin sind es von Köln aus 2500 Kilometer bis nach Santiago. Zu Fuß braucht man dafür 12 Wochen. Die Hauptrouten sind gut gekennzeichnet, alle 15 bis 25 Kilometer eine Pilgerherberge. Heutzutage kein Thema. Mehr als 20 000 gehen den Weg jetzt jedes Jahr.«

»Und alle nach Spanien?« »Manche bleiben in der Pfalz hängen. Nicht alle gehen den Weg zu Ende. Im Mittelalter wurde die Pilgerreise übrigens auch als Strafe für leichtere Vergehen verhängt.

Jakobsweg: zwei Tage, drei Tage. Und das war fast überall möglich. Die Jakobswege überziehen Europa ja wie ein Spinnennetz«, lachte Viviers, »aber eigentlich schafft sich jeder, der Richtung Santiago geht, theoretisch seinen eigenen Jakobsweg. Nach christlicher Auffassung befindet sich sowieso jeder Mensch auf einer inneren Pilgerreise zu Gott. Auch wenn er auf dem Holzweg ist ... Sie kennen das geflügelte Wort.«

»Was meinen Sie?«

»Viele Pilgerrouten verliefen damals – und verlaufen auch heute noch – auf den alten Römerstraßen. Kam man von der gepflasterten Straße ab und landete irgendwo im Wald, war man eben auf dem Holzweg. Das war damals nicht gerade lustig. Andererseits ist es immer wieder erstaunlich, wie wenig sich die Zeiten geändert haben. Zum Beispiel die Wirte. Um die Pilger vor betrügerischen Gastwirten zu schützen, gab es sogar ein Gesetz von einem gewissen Alfons dem Weisen – nomen est omen – aus dem 13. Jahrhundert: Kein Pilger durfte gezwungen werden, etwas in einer Wirtschaft zu verzehren. Er durfte sein mitgebrachtes Essen selbst in der Küche zubereiten. Stellen Sie sich *das* mal in Speyers Nobelrestaurant ›Backmulde‹ in der Kapuzinerstraße vor!«

Bernd kehrte kurz zurück, um sich zu verabschieden. Er gab mir eine feingliedrige Hand. Ein netter Kerl – man konnte nur hoffen, dass er eine Partnerin fand, die seine Feinfühligkeit nicht ausnutzte.

»Gut«, sagte der junge Mann, »ich muss mich beeilen, Chef. Die Vernissage im Rathaus.« Viviers lachte wieder. »Mein Gott, wie schön, einen Stellvertreter für diese albernen Kunsttermine zu haben. Und, Bernd: Nicht mehr als ein Foto und dreißig Zeilen. Und den Bürgermeister will ich nicht auf dem Bild sehen – den haben wir oft genug im Blatt.«

»Wird gemacht.« Mit einem unsicheren Lächeln verabschiedete sich Bernd Strauß endgültig von mir.

»Die Tante zu erwähnen war wohl nicht sehr geschickt«, sagte ich etwas kleinlaut, als Bernd gegangen war. Viviers streckte sich aus. »Nein. Natürlich wussten Sie ohnehin über seine Tante Bescheid, nicht wahr? Sie sind auch nicht rein zufällig in das Café gegangen?«

»Aber ich sammele ...«

Viviers musterte mich eindringlich. »Sie sammeln Mordfälle,

meine Liebe. Maren Mainhardt. Ich habe einen Kollegen bei den Badischen Neuesten Nachrichten. Ich weiß, wer Sie sind. Sie sind mit Kripoleuten befreundet und klären als Nebenjob Mordfälle auf. Aber was wollen Sie in Speyer? Bernds Tante ist seit zwei Jahren tot. Bisschen spät, um hier herumzuschnüffeln, oder?«

Ich sprang auf. Er machte keine Anstalten, aus Höflichkeit ebenfalls aufzustehen, und sah mich stattdessen halb interessiert, halb belustigt an.

»Auch wenn es unwahrscheinlich klingt: Ich bin hier bei meinem Cousin und seiner Frau zu Besuch. Sie hat mir zufällig von dem Mord an einer Frau aus Speyer in Germersheim erzählt. Ich hatte wirklich niemals zuvor etwas davon gehört.«

»Ja, sie haben es ziemlich klein gekocht, damals. Teufelskulte könnten Geschmack an einer Krypta als Mordort finden. Vielleicht könnte noch jemand auf die gleiche Idee kommen und unsere hiesige Krypta zweckentfremden. Man bedenke: 17 Särge, der älteste 950 Jahre alt – und der gute Konrad, der Domgründer, hat nun wirklich jedes Recht, hier auch in unserer Zeit in Frieden zu ruhen …«

»Es ist eben nur …« Ich zögerte. Tristan erinnerte mich an meinen früheren Französischlehrer. Leidenschaft für eine Sache, gepaart mit Humor. Und Angriffslust.

»Was?«

Ich setzte mich wieder, ein Stück von ihm entfernt. »In Karlsruhe ist vor kurzem eine Frau umgebracht worden. Ebenfalls an einem ziemlich … öffentlichen Ort. Sie wurde auch erwürgt. Ebenfalls eine alleinstehende Frau, unbescholtene Bürgerin. Da stellt sich natürlich die Frage, ob es sich um den gleichen Täter handeln könnte. Oder die gleiche Täterin«, fügte ich sicherheitshalber hinzu.

Jetzt hatte ich mich weit vorgewagt. Glaubte ich wirklich, die zwei Morde hatten etwas miteinander zu tun? Außer einer vagen Ahnung hatte ich keinerlei Hinweise. Und es lagen zwei Jahre dazwischen …

»Ich habe davon gehört«, antwortete Tristan langsam, »im Schwimmbad, nicht wahr? Auch kein Ort, den man öffentlich breittritt, möchte ich meinen. Schließlich geht man in ein Schwimmbad ganz gerne unbewaffnet. Ohne alles sozusagen.« Ein Grinsen, das seine Anzüglichkeit nicht verbarg.

Ich dachte wieder an Melchior, der sehr streng aufgewachsen war. Ein Saunabesuch war nicht sein Ding: »Tut mir Leid, aber ich habe mich nie gerne nackt vor anderen Menschen gezeigt. Ich finde, der Körper ist etwas sehr Privates.« Tristan hingegen konnte ich mir sehr gut dort vorstellen … Hastig fuhr ich fort: »Jedenfalls ist diese Vermutung der eigentliche Grund, warum ich in diesem Café gelandet bin. Nichts weiter. Jetzt muss ich wirklich gehen. Es gibt Abendessen bei Christian und Doris. Und morgen fahre ich wieder nach Hause.«

»Schade.« Viviers stand auf. »Haben Sie mit der Kripo in Karlsruhe über den Fall gesprochen? Legt man dort Wert auf ihren Rat?«

»Das nicht gerade.« Ich hustete. »Nicht direkt.« Ich dachte an Elfie. »Doch ich könnte mir denken, dass man sich für meine Überlegungen interessieren wird. Aus alter Verbundenheit sozusagen.«

Viviers nickte. »Wissen Sie, Maren – ich habe Bernd gern, sehr gern. Ich kenne seine Familie seit langem. Aber seine Tante Alin war eine affige, neidische, geldgierige kleine Person. Kein Wunder, dass es kein Mann mit ihr aushalten konnte. Und wahrscheinlich auch keine Frau auf Dauer. Nicht einmal die Katze schien mir besonders traurig über Frauchens Verlust. Wobei ich sagen muss, von ihrem Gewerbe und von der Stadt Speyer hatte Alin eine Menge Ahnung. Ich persönlich denke, sie hat jemanden übers Ohr gehauen, der keinen Spaß verstand. In ihrer Café-Galerie ein Bildchen umdatiert, ein kleines Porzellanengelchen zum einmaligen Fund erklärt, obwohl es da, wo es wirklich herkam, noch ein paar Geschwister hatte, die koreanisch sprachen.«

»Deshalb bringt man keinen um«, gab ich zurück. »Für einen Mord braucht es ein stärkeres Motiv.« »Sie müssen es ja wissen«, kam es kühl zurück. Tristan stand auf. Gemeinsam liefen wir wieder in Richtung Dom.

»Waren Sie schon im Historischen Museum?« »Nein, aber ich werde bestimmt irgendwann hingehen.« Viviers sah mich abwägend an.

»Wissen Sie, ich habe kein Interesse, in Ihre Fußstapfen zu treten, aber ich befürchte, dass der Mord an Alin mit ihren Bekanntschaften zu tun hatte.« »Männergeschichten?«, tastete ich mich vorsichtig vor. Er zuckte die Achseln. Sein Mund war schmaler geworden. »Wie gesagt, ich kenne die Alin seit vielen Jahren. Wir waren auf der gleichen Schule, sie, ihre Schwester, meine Brüder und ich. Alin war damals ziemlich begehrt – rauchte, trug enge Röcke, tief ausgeschnittene Blusen und Netzstrümpfe mit Löchern an der Seite, die ihre schlanken Bein hinauf geradewegs ins Paradies zu führen schienen … Aber die Alin gab sich gern launisch. Besonders liebreizend war sie nie. Sie hat viele Männer eingefangen, aber es waren nur Geiseln. Sie konnte ihre Gefangenen nicht halten. Sie sind ihr immer wieder entkommen.«

Mit einem gewissen verständnisvollen Bedauern dachte ich an die Verstorbene. War auch Melchior nur meine Geisel? Versuchte ich, ihn mit einer Liebe zu fesseln, die er gar nicht mehr wollte?

»Und ihre Schwester?«

Viviers studierte die Öffnungszeiten des Historischen Museums. »Marion ist ein ganz anderer Mensch. Kaum zu glauben, dass sie Schwestern waren.« Ruhig fuhr er fort: »Wir haben früher ziemlich viel Spaß miteinander gehabt. Nun ja, das ist alles lange her. Fast ein ganzes Leben … Ich bin übrigens Witwer«, kam es dann unvermittelt. »Meine Frau ist wenige Jahre nach der Hochzeit an einem Herzinfarkt gestorben. Sie war herzkrank, deshalb kam es nicht vollkommen überraschend. Im Badezimmer. Manche sagen: ein schöner Tod. Die haben allerdings nicht an mich gedacht.«

»Das tut mir sehr Leid. Dann haben Sie auch keine Kinder?« Aus irgendeinem Grund war mir das nicht unrecht. Auch wenn es merkwürdig klingt – ein Witwer ist etwas anderes als ein geschiedener Mann. Unschuldig allein.

»Eine Tochter. Sie lebt in Mainz. Arbeitet beim Fernsehen.« Er grinste wieder. »Apfel – Stamm. Na, wem sage ich das.«

Ich sah auf die Uhr. Meine Güte. Es war schon vier. Christian und Doris mussten mich für sehr unhöflich halten.

»Ich muss jetzt wirklich gehen. Es ist schließlich mein letzter Abend, und wahrscheinlich richtet die Frau meines Cousins ein richtiges Familienessen für mich aus. Damit ich mal ordentlich esse.«

Er krauste die Stirn und sah plötzlich nicht mehr ganz so jung aus. »Sie sagen das so ironisch. Sind Sie denn ein Familienmensch? Ich vermute, dass sie keine Familie haben. Aber einen festen Partner haben Sie?«

»Ja, eigentlich schon.«

»Eigentlich?«

Ich sah ihm direkt in die Augen.

»Ja. Das ist übrigens die Antwort auf beide Fragen.«

Wir hatten Adressen ausgetauscht, Tristan Viviers und ich.

In guter Stimmung tauchte ich deshalb bei Christian und den Seinen auf – aber nur, um die Familie entgegen meiner Erwartung im Aufbruch anzutreffen. Der ganze mit Schuhen und Mänteln sowie allerlei Familienzubehör ausgestopfte Flur war voll Leben.

»Es ist schade, dass du so spät kommst, aber ich verstehe das – der Rhythmus einer Familie muss dir ganz schrecklich starr vorkommen. Du bist ja viel mehr Freiräume gewohnt, nicht wahr?«

»Wo geht ihr hin?« »Du kommst natürlich mit. Gehörst ja mit zur Familie. Und hinterher essen wir zwei noch eine Kleinigkeit und lassen die Kinder mit Papa nach Hause fahren.« »Hinter – was?« »Dem Konzert der Jugendmusikschule.«

Bernd Strauß' dienstliches Flötenkonzert.

Ich hatte Musik, die von Kindern gemacht wurde, noch nie ertragen können – weshalb ich auch die mir als Kind aufgezwungene Flöte nicht lange zum Flötenunterricht genutzt, sondern kurzerhand im nächsten Sandkasten vergraben hatte. Mit dem gewünschten Ergebnis: Meine Oma, die über die musikalische Früherziehung ihrer Enkelin gewacht hatte, verkündete erbost: »Jetzt gibt es aber keine neue Flöte mehr. Dass du da nur Bescheid weißt!« Daraus hatte ich gelernt, dass man auch auf Umwegen sein Ziel erreichen kann.

»Oh, Doris, ich kann auch im Haus warten.« »Ach, was, komm doch mit. Für dich ist es doch auch schön, mal was mit der Familie zu unternehmen.«

Das saß wieder passgenau. Ich betrachtete die eifrig an ihren Kindern herumnestelnde Doris. Diese ständigen Hinweise auf ihre Kinder, die sie im Gegensatz zu mir vorweisen konnte, hatten etwas Zwanghaftes, wenn nicht sogar Lächerliches.

»Na gut, dann komme ich mit. Ich wollte schon immer hören, wie Kindern Flötentöne beigebracht werden.«

»Bitte. Für die Jugend ist das etwas Besonderes.« Mein Cousin hatte noch nie Humor gehabt und schob uns alle autoritär in Richtung Auto. Nicht Auto – Familienkutsche, natürlich.

Unterwegs plapperten die Kinder durcheinander. Schweigend sah ich aus dem Auto hinaus auf die Stadt Speyer, die auch außerhalb der Altstadt friedlich und schön war. Gepflegt. Unwillkürlich zog ich einen Vergleich mit Maulbronn, wo das Kloster nur ein Juwel in einer reizlosen Fassung war. Hier hingegen bildeten die Stadt und der Dom eine Einheit.

»Wie viele Einwohner hat Speyer eigentlich?«

»Ungefähr fünfzigtausend!«, antwortete Christian und fügte streng an: »Und die meisten davon sind ordentliche Leute.«

Schweigen breitete sich im Auto aus. Die Kinder schienen ihren Gedanken nachzuhängen.

Der Auftrittsort der Musikkinder war leider nicht die evangelische Kirche selbst, sondern ein Gemeindesaal in deren Nähe, der so steril aussah wie die meisten Gemeindesäle. Wahrscheinlich mussten diese Räumlichkeiten eine Art emotionale Neutralität wahren, durften nicht zu fröhlich aussehen, falls eine Beerdigungsgesellschaft dort Kaffee und Kuchen zu sich nahm. Es kann nicht immer Gemeindekinderfasching sein. Der Raum war optimistisch reich bestuhlt, doch alleine die Eltern der Flötenkinder sorgten dafür, dass die kleinen Künstler nicht vor leeren Rängen saßen. Hier und dort füllte eine Großmutter entstehende Lücken. Sympathischerweise wurde im Vorraum gerade eine Art Büffet aufgebaut, welches neben Brezeln und Kuchen auch Wein bot. Man war unverkennbar in der Pfalz. Ich setzte mich neben die stolzen Eltern.

Bernd Strauß kam so spät, dass die ersten schrillen Töne einer C-Flöte bereits den Raum durchdrangen. Ich fühlte, wie angesichts der schiefen Klänge das Lächeln auf meinem Gesicht gefror. Ich bekam Zahnweh.

Immer wieder drehte ich mich unauffällig nach Bernd Strauß um und suchte seinen Blick, doch er hatte mich offensichtlich nicht bemerkt. Konzentriert starrte er abwechselnd auf sein Blöckchen und auf den Programmzettel, der Schlimmes verhieß.

Neben ihm stand eine Frau, die mit amüsierter Gelassenheit den Raum musterte und dem Gefiepse auf der Bühne offenbar zumindest etwas Menschliches abzugewinnen vermochte.

Sie war älter als ich, vielleicht um die fünfzig. Nicht schlank, eher üppig, doch das passte zu ihr. Blond, mit breiten, flachen Wangenknochen und, soweit ich es aus der Entfernung sehen konnte, blauen Augen. Wüsste ich es nicht besser, hätte ich, die unverbesserliche

Ahnenforscherin, sie für eine Frau aus dem Baltikum, jedenfalls nicht für eine Pfälzerin gehalten. Eine Aura von Wärme umgab sie, eine Ausstrahlung von echter Mütterlichkeit, nicht von dieser betulichen Muttershow, die Doris vor mir aufführte, um mich einen Mangel spüren zu lassen, den ich im Grunde nicht empfand. Ich lehnte mich zurück und freute mich darauf, diese Frau kennen zu lernen. Mit diesem Gedanken ertrug ich tapfer das unvermeidliche Programm und stand sogar den stolzen Applaus der Elternschar durch. Als er endlich verebbte, stand ich auf und ging zu Bernd hinüber.

Der schien zunächst eher erstaunt als erfreut. »Sie hier? Mama, das ist Maren Mainhardt. Wir haben uns heute zufällig getroffen und waren dann noch mit Tristan unterwegs. Wir haben ihr Speyer aus unserer Sicht gezeigt. Sie kommt aus Karlsruhe.« Bernd schien mir nicht ganz bei der Sache, was bei einem Mitarbeiter der Lokalpresse im Dienst verständlich war. Seine Augen wanderten hin und her, wahrscheinlich um kein gutes Fotomotiv zu verpassen.

»Frau Mainhardt, das ist meine Mutter.«

»Strauß. Freut mich.«

»Mainhardt. Mich auch.«

Die Frau nickte, musterte mich langsam und lächelte mit schönen geraden Zähnen. »Und, gefällt es Ihnen bei uns in Speyer, Frau Mainhardt? Gegen Karlsruhe muss Ihnen unser Städtchen wie die Provinz schlechthin erscheinen.« »Nein, nein, es ist wunderbar hier. Wenn ich mir eine Kleinstadt aussuchen könnte, in der ich leben wollte, käme Speyer in die engere Auswahl.«

»Das ist schön.« Sie schenkte mir wieder einen warmen Blick. »Der Dom und die alten Gassen haben wirklich etwas Magisches, finde ich. Es ist ein besonderer Ort. Die Seele fühlt sich wohl. Unsere Familie lebt schon seit vielen Generationen in Speyer. Offenbar hat es auch meinen Vorfahren hier gefallen, als sie sich einst in Speyer niederließen.«

»Also auch ein Ergebnis des Völkergemischs?«

»Ja«, lächelte sie, »in Speyer gab es alles!«, und zuckte die Achseln auf eine nonchalante Weise. »Was haben wir nicht im Geschichtsunterricht gelernt – ich erinnere mich noch an all die Uniformen, die wir gezeichnet haben, und an diese bunten Pfeile im Geschichtsbuch, die ihre Wanderungen anzeigten: Kelten natürlich, Römer, Alemannen, Franken, karolingische und merowingische Herrscher, Habsburger, Salier, Staufer und Wittelsbacher …«

»Das war mal wieder die falsche Reihenfolge, Mama«, unterbrach ihr Sohn und verpackte seine Digitalkamera sorgfältig. Sie lachte. »Jetzt nimmt er seine alte Mutter mit und muss sich dafür noch genieren. Aber ich habe nicht Geschichte studiert, so wie er. Ich bringe die Völker eben manchmal durcheinander. Ich glaube, im Rückblick auf ein paar tausend Jahre macht das nichts mehr, oder?«

Bernds Mutter war das, was man früher etwas antiquiert »eine bezaubernde Frau« genannt hatte.

Man hätte sie als Frau gerne zur Freundin, Männer wünschten sich vermutlich so eine Ehefrau, und als Kind war man froh, eine solche Mutter zu haben.

»Werden Sie noch lange bleiben?« »Nein, ich fahre morgen früh zurück.«

Sie nickte. »Eine Familie, die auf Sie wartet? Oder ihr Beruf?« »Letzteres.«

Ein freundliches Achselzucken. »Beides ein gutes Argument. Ist es nicht herrlich, in Zeiten zu leben, wo es einer Frau freisteht, aus welchem Grund sie dringend nach Hause muss?«

Darüber hatte ich noch nie nachgedacht.

»Ich lese gerade einen wunderbaren Roman: *Die preußische Ehe* von Elizabeth von Arnim. Da weigert sich eine Pastorenfrau, nach sechs Geburten weiterzugebären, und kämpft gegen die Vorurteile ihrer Umgebung an. Ganz zu schweigen von ihrem Mann mit seinen angestammten Rechten.« Sie machte eine kleine Pause. »Unglaublich geistreich, dieses Buch. Ich werde es Ihnen nach Hause schicken, wenn ich fertig bin.«

Ich dachte an den Moment, wenn ich morgen meine Wohnungstür in Karlsruhe aufschließen würde. »Wegsein macht keinen Spaß, wenn dich keiner vermisst. Und Kinder sind da vielleicht geeigneter als ein Beruf.« Bernds Mutter schüttelte den Kopf. »Kinder vermissen dich nicht. Kinder *brauchen* dich. Das ist ein kleiner Unterschied, der ganz schön Nerven kostet.«

Um uns herum schubste und drängelte sich alles um Getränke und Brezeln, es erklang Lachen, Gespräche und Grüße wurden ausgetauscht.

Marion wurde ernster. »Ich glaube nicht daran, dass die angeblich so armen Frauen, die keine eigene Familie haben, einsamer sind als andere. Zum Schluss endet sowieso jeder alleine, und vielleicht ist es schmerzhafter, wenn man es nicht gewohnt war. Und wenn man zu viele Erwartungen an die anderen hat. Ich habe das auch immer zu meiner Schwester gesagt. Sie hatte sich für einen anderen Weg entschieden, aber er war deshalb nicht schlechter.«

»Ich habe von Ihrer Schwester gehört.« War mein Ton taktvoll genug gewesen? Leise genug?

»Mama, die Greiners fragen, ob wir noch was trinken gehen. Kommst du mit?«, unterbrach ihr Sohn und winkte dem Veranstalter einen Abschiedsgruß zu. Er wirkte angespannt. Wahrscheinlich hatte er bereits den Artikel im Kopf, den er schreiben musste. Ich kannte das aus meiner Studienzeit. Ewig ein schlechtes Gewissen, weil daheim die Bücher warteten. »Gern«, erwiderte sie unkompliziert, und zu mir: »Maren, möchten Sie auch mitkommen?«

»Danke!«, murmelte ich, »Danke für das Angebot. Nein, ich kann nicht, ich muss zu meinen Gastgebern. Sie haben recht wenig von mir gehabt, seit ich hier bin.«

Aus dem Augenwinkel sah ich, dass sich Doris daran machte, ihren Nachwuchs zu sortieren und zum Aufbruch zu blasen. Während sie den Mantel ihrer Tochter zurechtzupfte, in einer leicht gebeugten Haltung, tauschte sie fachkundige Blicke mit einer anderen Mutter aus. Janine verdrehte genervt die Augen.

»Das verstehe ich. Vielleicht sehen wir uns wieder. Ich wollte demnächst nach Karlsruhe kommen und in die Kunsthalle gehen. Das ist ein Ort, an dem ich zu mir selbst finde. Ich liebe Museen. Vielleicht treffen wir uns dann mal auf eine Tasse Kaffee? Wenn Sie Zeit haben.«
»Gerne«, antwortete ich und hatte es selten so ernst gemeint.

****

Wir sind schon sehr lange zusammen, mein Auto und ich. Deshalb nehme ich seine Wünsche ernst.

So registrierte ich sein Widerstreben, auf die B 9 zu fahren, die uns mit der Schnellstraße ohne große Umwege auf den Zubringer nach Kandel gebracht hätte. Lieber zockelten wir die Landstraße entlang. Durch kleine Dörfer. Römerberg und so weiter. Rechts die zarten graublauen Linien der Pfälzer Berge, links ab und zu ein Baggersee. Irgendwo musste der Rhein sein. Felder. Fruchtbares Land. Schmucke Dörfer.

Dann Germersheim. Wie magisch folgten mein Auto und ich dem einzigen Kirchturm, den wir auf Anhieb entdecken konnten, und kamen zum Stillstand vor dem üblichen Ensemble in der Pfalz: Gartenwirtschaft, Platz, Kirche und Brunnen.

Am Brunnen – ein Jakobspilger natürlich. Nicht besonders schön. Die Gartenwirtschaft aber sah einladend aus. Die Kirche – eine Pilgerkirche, an den Eingangstüren jene stilisierten Muscheln, über deren Bedeutung ich inzwischen einiges erfahren hatte. Die ganze Szene wirkte friedlich, beinahe französisch anmutend.

Die vordere Türe der Kirche war geschlossen. Ich sah jedoch, wie eine ältere Frau mit einer Blumenvase, aus der nur noch ein paar vertrocknete Stängel hervorlugten, die Kirche durch eine Seitentür verließ. Schnell trat ich näher.

»Gehen Sie nur rein. Der Herr Pfarrer nimmt gleich die Beichte ab«, eröffnete sie mir. Beichte? Ich bin evangelisch. Wir beichten nicht. Wir tragen die Erbsünde mit uns herum bis zum Schluss. Manche behaupten, wir Protestanten seien deshalb so sauertöpfisch.

Im Inneren der Kirche sah es gemütlich aus. Sie war reich verziert mit allerlei Säulen, Figuren, reliefartigem Wandschmuck. Rechts und links die Beichtstühle, vorne der Altar, der von einem geschnitzten Bogen überspannt wurde.

»Kommen Sie zur Beichte?«, fragte mich der Pfarrer, der irgendwo hinter einer Säule gestanden haben musste.

»Nein, nein, ich …« »Ist schon gut«, besänftigte er mich. Er war noch verhältnismäßig jung, sehr kräftig, mit wenig Haar und einem Bart. Normalerweise hätte ich ihn mir gut am Baggersee oder auf einer Party denken können – in der schwarzen Soutane wirkte er mittelalterlich und mächtig. »Gott erpresst keine Geständnisse.«

»Dann ist es gut«, sagte ich, »außerdem bin ich evangelisch.«

Er lächelte. »Wir machen hier keine Unterschiede, wenn *Sie* auch keine machen.« Aha. Ein rhetorisch geschulter Gottesdiener. Ob Hiltrud auch so gewesen war: Geistreich mit geschliffenen Worten? Bevor ihr jemand das Wort für immer verboten hatte?

»Sind Sie auf dem Jakobsweg?«, erkundigte sich der Pfarrer. Offenbar hatte er Zeit. Am liebsten hätte ich gefragt: »Haben Sie keine andere Kundschaft außer mir?«, doch ich machte lediglich eine unbestimmte Handbewegung. Gegenüber kirchlichen Würdenträgern bin ich immer gehemmt. Eigentlich will ich frech und frei sein, atheistisch und superkritisch. Sehen, wie sie unsicher werden angesichts meiner Beweislast, dass es Gott und Jesus und all das andere nicht gegeben hat. Zumindest nicht so, wie sie es uns erzählen – man hat ja schließlich sein »Sakrileg« gelesen und glaubt jetzt zu wissen, dass Jesus verheiratet war und Kinder hatte. Doch kaum stehe ich vor jemandem, der sein Leben dem Glauben gewidmet hat, werde ich stumm und verlegen.

»Unsere Kirche ist eine Bettelordenskirche der Serviten. Ursprünglich aus dem 14. Jahrhundert, doch nach einem Brand zerstört und im 17. Jahrhundert wieder aufgebaut.«

»Wer waren denn die Serviten?«

»Im 13. Jahrhundert gründeten ein paar Kaufleute diesen Mariendienerorden in Florenz. Während der Reformation wurde er in Deutschland aufgelöst. Später durften sie zwar wieder Klöster haben, aber durch die Säkularisierung nach der Französischen Revolution wurden die deutschen Klöster wieder aufgelöst. Im 19. Jahrhundert gab es erneut Klostergründungen, sogar in den USA. Seit den 50er Jahren gibt es wieder ein Kloster im Ruhrgebiet. Es ist heute ein Missionsorden.«

Ruhig und freundlich hatte mir der Pfarrer die Dinge erklärt, dabei waren wir langsam durch die schöne Kirche gelaufen.

»Diese Kirche hier ist eine Station auf dem Jakobsweg. Die Serviten haben sowieso eine enge Beziehung zu diesem Weg. Und seit Menschen nach Spanien pilgern, hatten sie auch das Bedürfnis, darüber zu schreiben.« Er lächelte. »Bis heute übrigens. Ich war kürzlich in einer Buchhandlung und habe gesehen wie viele Bücher es jetzt gibt, die über die Erfahrungen von Menschen berichten, die nach Jakobus suchten.«

Ich antwortete nicht. Bisher hatte ich mich nicht besonders für Pilgerwegserfahrungen interessiert.

»Schon im 14. Jahrhundert haben wir von dem französischen Geistlichen Aymeric Picaud im Codex Calixtinus einen wunderbaren Reiseführer zu den Jakobswegen überliefert – ein beinahe modern wirkendes Werk. Er gibt Tipps, wo man gut essen kann, was man vermeiden soll, und warnt vor Schleppern, Gaunern und Dirnen.« Wieder lächelte der Priester. »Unter den schriftlichen Zeugnissen deutscher Pilger ragt das unseres Servitenbruders Hermann Künig aus dem Kloster Vacha an der Werra hervor. Er warnt vor der Bosheit der Wirte, informiert über Zollstationen oder Geldwechselstuben und nennt Werkstätten, wo man sich die Schuhe reparieren lassen kann. Und das 1495.«

Ich schwieg. Der Priester fuhr fort: »Die Zeiten scheinen sich nicht sehr geändert zu haben, glaube ich. Auch heute lauern noch Gefahren in der Welt. Wenn auch andere.«

Ich sah ihn an. Wäre Hiltrud im Kloster geblieben, dann würde sie noch leben, dachte ich. Er blickte mich abwartend an als spüre er, dass ich noch etwas fragen wollte. »Wo ist in dieser Kirche die Krypta?«

Er runzelte die Stirn. »Ich muss Sie Ihnen aufschließen. Seit einiger Zeit halten wir die Krypta geschlossen.«

Wir schwiegen beide einen Moment.

»Seit dem Mord?« Jetzt war es ausgesprochen. »Sie wissen davon?« Der Pfarrer stieß einen kleinen Seufzer aus. Auf seiner Stirn bildeten sich Schweißperlchen. »Ich dachte, im Laufe der Zeit sei die Sache in Vergessenheit geraten. Es hat unserer Kirche eine höchst zweifelhafte Berühmtheit beschert. Obwohl die Presse den Ort geheim gehalten hat. Aber in Germersheim und sogar bis nach Speyer hat es sich natürlich herumgesprochen.«

»Ich kann Sie beruhigen. Nicht bis zu mir. Nicht bis nach Karlsruhe. Ich kenne lediglich jemanden, der davon wusste.«

»Aha. Die Verstorbene hatte aber wohl keine Familie.« »Eine Schwester, Nichten und Neffen sind keine Familie?«

Der Pfarrer lächelte. »Schon. Aber keine eigene Neugründung, wenn Sie so wollen.« Ich dachte an die Armee meiner Freundinnen, die tatsächlich alle froh waren, wenn sie an Weihnachten zu ihren Geschwistern fahren konnten. Mit Neugründungen von Familien sah es nicht gut aus in diesem Land.

»Haben Sie die Frau persönlich gekannt?«, erkundigte ich mich. Der Pfarrer schüttelte den Kopf. »Nein. Sie kam ja nicht von hier, wie Sie wissen, sondern aus Speyer. Zudem war sie – wie ich gehört habe – sowieso keine eifrige Kirchgängerin.«

»Wieso kam Sie dann wohl hierher?«

»Ich weiß es nicht.«

»Kann ich die Krypta bitte sehen?«, bat ich. Er schmunzelte. Schade, ein netter Mann. Leider verloren für Neugründungen. »Natürlich, jeder hat Anspruch auf die Orte, an denen Gott wohnt.«

Wir stiegen einige Stufen nach unten; dort es war kühl und nicht sehr geheimnisvoll, eher als ob man in eine Einliegerwohnung im Untergeschoss ging.

Links an der Wand eine Heiligenfigur, gegenüber eine alte Grabplatte. Rechts die Krypta. Ein langgezogener Raum in gedämpftem Licht mit kleinen Fenstern am Ende. Ruhig, ordentlich, sauber und friedlich. Weit hinten ein bescheidener Altar. Rechts und links Einschübe in der Wand, längliche Nischen.

»Dort hat man die bestatteten Gebeine der früheren Klosterbrüder gefunden, als man den Raum hier restauriert hat. Die ältesten waren die der bereits erwähnten Serviten aus dem 13. Jahrhundert.« Die Nischen waren leer und wirkten sauber gefegt. Vermutlich restauriert. Dennoch haftete dem Raum etwas seltsam Beunruhigendes an. Gerade weil er so sauber und so scheinbar modern war. Doch vielleicht empfand ich das nur, weil ich wusste, was hier geschehen war.

»Und hier …« Ich räusperte mich. »Ja. Man hat sie erst am Abend gefunden. Der Kirchendiener wollte die Krypta abschließen, nachdem er überprüft hatte, dass kein Besucher mehr drin war. Dabei fiel ihm auf, dass die Kerzen auf dem Altar etwas schief in ihren Leuchtern standen, und hat sie gerade gerückt. Als er hinter den Tisch schaute, hat er sie entdeckt.«

Ich betrachtete den Altar. Er war nicht besonders groß. Man konnte sich aber hinter ihm zusammenrollen und verstecken, so wie man sich als Kind unter dem Esstisch der Oma versteckt hatte. Als habe er meine Gedanken geahnt, bemerkte der Pfarrer mit einem leisen, traurigen Lächeln: »Sie war sehr klein und sehr zierlich. Sonst wäre es nicht gegangen. Sie hat hinter dem Altar gelegen wie ein schlafendes Kind. Nur nicht so friedlich.« »Hatte niemand sie gesehen?« »Nein, tagsüber oder auch am Nachmittag kann hier jeder hinein, ohne gesehen zu werden. Die Kirche wird von vielen Touristen und Jakobspilgern besucht. Ein einzelner oder ein Paar fallen hier nicht auf. Eine schreckliche Tat! Mord ist immer ein Verstoß gegen die Gebote des Herrn, aber in seiner eigenen Wohnung ist es noch schlimmer: Es ist ein Bruch des Gastrechts. Ein Sakrileg.«

Dann sah er mir wieder voll ins Gesicht. »Es wird nicht ungesühnt bleiben. Ein Mörder ist lebenslang gezeichnet. Man trägt sehr schwer an so einem Verbrechen. Er kann nicht einfach zurück in die Gemeinschaft derer, die unschuldig sind. Wer mordet, zerstört sich dabei selbst. Vielleicht wird er am Ende noch einmal morden.«

Ein Sakrileg, hatte er gesagt …

»Ich fürchte«, sagte ich leise, »er hat bereits ein zweites Mal gemordet.«

Erst im Auto fiel mir ein, dass ich vergessen hatte, nach dem Handy im Weihwasserbecken zu fragen.

5. Kapitel

Karlsruhe empfing mich frühsommerlich heiter. Leider hatte sich die Sonne nicht bis in die Häuserschluchten der Südstadt und damit in meine Wohnung durchkämpfen können – dort war es überraschend kühl.

Ich riss die Fenster auf, ließ die Sonne herein und machte dann meine Routinegänge. Computer hochfahren – auf diese ganz besondere einzige E-Mail warten, die alles verändern würde ... Jedes Mal, selbst nach einer kurzen Abwesenheit, träumte ich von solchen bahnbrechenden E-Mails, und ich wurde jedes Mal enttäuscht. Ähnlich verhielt es sich mit dem Anrufbeantworter und der guten alten Briefpost.

Zumindest hatte ich Post. Briefe, die zunächst zu schönen Hoffnungen Anlass gaben – leider trugen sie Stempel, die Ungutes verhießen. Amt für Öffentliche Ordnung. Stadtbibliothek. Alles geldwerte Verstöße meinerseits gegen irgendwelche Regeln.

Die von jedem beklagten Rechnungen. Und eine provozierende Urlaubskarte von Matthias, die mich neidisch machen sollte. Ziel verfehlt. Ich gönnte ihm sein Glück.

E-Mails hatte ich auch zwei erhalten. Die erste war von einer Freundin, die zweite stellte einen Auftrag in Aussicht, der unpassenderweise mit dem Mord in Rust in Zusammenhang stand. Eine Offenburger Familie hatte den Fall und seine Auflösung verfolgt und war so auf mich als Ahnenforscherin aufmerksam geworden. Nun wünschte man sich anlässlich der Verehelichung der Tochter einen witzig gemachten Stammbaum der Familie. Ich beschloss, mich bald mit ihnen in Verbindung zu setzen. Familie Reutlinger aus Offenburg.

Das Lämpchen am Anrufbeantworter blinkte dreimal. Gutes Zeichen. Drei Anrufe.

Der erste war von meiner Mutter und stellte einen Routineanruf dar, denn er endete mit den Worten: »Hoffentlich machst du nicht wieder diese Dummheiten.« Danke, Mama.

Der zweite war von Elfie und ließ mich hoffen, dass genau diese Dummheiten wieder auf mich zukämen. Sie wollte sich mit mir treffen.

Und der dritte Anrufer verlangte mit einer frech-fordernden Stimme ebenfalls nach einem Treffen mit mir. Tristan Viviers würde morgen in Karlsruhe sein – eine Versammlung bei der Gewerkschaft Verdi, verbunden mit einem »längst fälligen Besuch in eurem riesigen Einkaufscenter« – und bat um die Ehre einer gemeinsam eingenommenen Tasse Kaffee.

Ich fühlte einen Anflug von Triumph. Er hatte mir gefallen, und ich hatte ihm offenbar auch gefallen.

Erst als ich mir eine Tasse Kaffee aufgebrüht und den Knochen ausgepackt hatte, den ich unterwegs für Nessie gekauft hatte, fiel mir auf, dass Melchior gar nicht angerufen hatte. Kurz erwog ich, seine Handynummer zu wählen, doch dann überlegte ich es mir anders. Ich wollte nicht aufdringlich sein. Und auch bei Tristan beherrschte ich mich. In einem Punkt hatte ich dazugelernt, wenn es auch mühsame Lehrjahre waren: Ich rief niemanden sofort und unverzüglich zurück. Jedenfalls keinen interessanten Mann.

In Ruhe trank ich meinen Kaffee, dann lief ich die Treppen hinunter und auf der anderen Seite des Hinterhofs wieder hoch. Consuela war zu Hause, doch sie legte den langen braunen Finger auf den Mund.

»Pssst. Habe noch Gast. Wartest du in der Küche?« Nessie stieß schrille Freudenschreie aus, als sie mich sah, und sprang so hoch wie ein Gummiball oder wie ein Spielzeugtier mit einer Sprungfeder. Sie schleckte mir das Gesicht ab, sie versuchte mit ihren kleinen schwarzen Pfoten an meinen Knien hochzurennen. Die Wiedersehensfreude eines Hundes schlägt einfach alles. Ich reichte ihr hastig den Knochen Pfälzer Herkunft, den ich ihr mitgebracht hatte, um ihr Gequietsche zu unterdrücken, so lange Consuela noch Kundschaft hatte. Gast. Sie nannte sie immer ›Gast‹. Schön eigentlich.

Jetzt hörte ich die Tür gegenüber. Eine Frauenstimme sagte: »Und Sie meinen, dass es diesmal klappt?« »Chancen sind da«, antwortete Consuela mit ihrer rauen Stimme, die sich anhörte, als ratterte ein Eselskarren über staubige spanische Straßen, »müssen aber ergriffen werden.« Die Frau bedankte sich für diese Weisheit und ließ zweifelsohne ein nettes Sümmchen liegen.

Consuela kam in die Küche zurück und wurde zu meiner Enttäuschung von Nessie so frenetisch begrüßt, als sei sie tagelang weg gewesen, genau so wie ich – ihre einzig wahre Retterin aus dem tristen Tierheim.

»Eine Frau mit Liebeskummer?«

Consuela nickte.

»Ohne Kummer aus Liebe oder Wunsch nach Liebe hätte ich keine Gäste. Diese da wünscht sich sehr einen Mann, auch wenn er dann Kummer bereitet. Hauptsache Mann. Gibt Anzeigen auf ...«

Ich tat so, als gehe mich das nichts an, dabei hatte ich auch schon manchmal daran gedacht. Und Elfie auch. Das hatten wir einander nach einem gemeinsamen Abend mit ausreichend Erdbeerbowle gestanden. Consuela zuckte die Achseln: »Männer soll man nicht suchen. Sie sind keine Pilze. Sie kommen oder dein Leben hat eine andere Bestimmung. Meine Meinung, aber mit der – keine Gäste. Und kein Geld.«

Ich nickte. Wahrscheinlich hatte sie Recht. Ich dachte an Melchior, der mir im Augenblick so fern schien. Vielleicht sollten manche Dinge wirklich nicht sein. Hätten wir besser nicht mehr versuchen sollen, uns aneinander anzunähern, nachdem unsere kurze Affäre im letzten Sommer schon wieder zu Ende gewesen war, bevor sie richtig begonnen hatte? Konnte man auf Missverständnissen wirklich eine neue Liebe aufbauen?

Nessie konnte sich nur schwer entscheiden zwischen den drei attraktiven Dingen, die sie umgaben: Mir, Consuela und dem Knochen. Letztendlich entschied sie sich vernünftigerweise für den Knochen und nagte hingebungsvoll an dem übelriechenden Ding herum.

»Was macht der Mord?« Ich erschrak. »Welcher?«

Consuela zog amüsiert die schwarzen, balkendicken Augenbrauen nach oben. »Gibt es schon wieder mehrere?« »Nein, nein!«, gab ich hastig zurück. »Für mich gibt es gar keinen. Keinen einzigen. Ich denke, die Kripo wird diesmal ganz gut ohne mich fertig.«

Consuela begleitete mich zur Tür. »Das glaube ich nicht«, sagte sie mit jener Ruhe, die sie immer dann ausstrahlte, wenn sie die Kraft ihrer Intuition hinter sich wusste. Und entließ einen zögernden Hund und eine verunsicherte Maren.

Am Fuß der Treppe begegnete uns eine Frau, vielleicht um die sechzig. Sie hielt einen Zettel in der Hand, auf den sie immer wieder blickte – als sie uns bemerkte, verstaute sie ihn rasch in ihrer Handtasche und musterte uns höchst misstrauisch. So wie ihr Gesicht aussah, hatte ich den Eindruck, dass ihr das Misstrauen zur zweiten

Natur geworden war. Consuela hatte es auch nicht immer leicht mit ihrer Kundschaft.

Um noch einen kleinen Spaziergang zu machen, lief ich mit Nessie, die vor lauter Schnuppern kaum vorankam, bei Theo vorbei. Der stand vor seinem Laden und studierte seine Auslagen.

»Hammer und Helbling, dieses alte Traditionsgeschäft, macht zu. Stattdessen eröffnet eine neue Buchhandlung. Manchmal frage ich mich, ob mein kleiner Laden und ich nächstes Jahr noch da sein werden.«

Nessie setzte sich auf den Boden und sah unverwandt zu ihm hoch. Bei viel Fantasie hätte man den Blick als tröstlich auffassen können. »Der Hund irritiert mich. Er sieht deprimiert aus«, sagte Theo. »Vielleicht sollte ich mehr Erotika ins Schaufenster stellen.«

»Geht nicht. Denk an die Schulkinder. Theo, bleib wie du bist. Du hast deine Stammkundschaft, und reich willst du sowieso nicht werden – die beste Voraussetzung, auch nicht arm zu werden.«

»Du hast Recht. Erotika sind nicht gut. Aber religiöse Bücher gehen zur Zeit wie warme Semmeln. Gral, Turiner Leichentuch, Bibel, Pilgerrouten und -orte, Lourdes, Klöster, romanische Kirchen im Elsass. Lothringen, Cluny, Burgund … der Mensch auf der Suche nach dem Sinn aus zweiter Hand.«

»Hast du auch etwas über die Jakobswege?«

»Klar, da kriege ich derzeit auch immer wieder was rein. Liegt voll im Trend. In einer Zeit, in der man sich virtuelle Welten am Computer schafft, wächst offenbar die Sehnsucht nach echter Hitze, Mückenstichen, wunden Füßen, Durst und dem spirituellen Aha-Erlebnis.«

Ich schwieg.

»Es gibt viele Leute, die den Weg gegangen sind und sich mehrere Führer gekauft haben. Und wenn sie dann zurück sind von der Reise ans *Ende der Welt*, wie man früher gesagt hat, dann werden sie überaus mitmenschlich und schenken mir die Bücher. Schließlich sind sie ihre Bitten glücklich losgeworden, haben Aufschub für ihre Fragen oder gar Klärung erhalten und sind spirituell bestens versorgt. Im Mittelalter machten die wohlhabenden Leute es sich übrigens einfacher: Sie schickten kurzerhand einen Ersatzpilger.« Er kicherte in seinen struppigen Bart hinein. »Das wäre die ideale Pilgerform für mich.«

Für mich vielleicht auch, dachte ich. Noch immer keine Nachricht von Melchior. Wenn das so weiterging, brauchte ich keinen Ersatzpilger, sondern einen Ersatzmann.

****

»Morgen habe ich keine Zeit. Heute. Ich biete dir heute«, verkündete ich Elfie mit leisem Triumph in der Stimme. Elfie war gewöhnt, dass ich mich nach ihrem Terminplan richtete. »Morgen bekomme ich Besuch, aus Speyer.«

»Speyer?« Es klang, als hätte ich einen Gast aus dem Kongo angekündigt. »Gut, wir sprechen noch darüber. Treffen wir uns im ›Il Vino‹.«

Ich verdrehte die Augen. Das »Il Vino« im ECE-Center war Elfies neuestes Lieblingslokal. Wer dorthin ging, musste sich mit ihr einen italienischen Vorspeisenteller teilen, der 6,80 Euro kostete und fatalerweise tatsächlich gerade knapp für zwei Frauen reichte, die auf ihre Linie achten wollten. Aber sich mit Elfie einen Vorspeisenteller zu teilen, hieß *wirklich* teilen. Bis auf die letzte Kaper.

Als ich eilends herankeuchte, saß sie schon triumphierend auf einem der Hocker an der Weinregalwand. Mit Tüten und Taschen beladene Käufer und Käuferinnen liefen vorbei und musterten das ›Il Vino‹ skeptisch. Mit den ganzjährig gebräunten Männern und Frauen, die schick angezogen auf den Barhockern klebten, winzig kleine Proseccogläschen vor sich und Designerhandtaschen unter dem Tisch, erschien es den Besuchern aus dem Umland wie eine Theaterkulisse. Essen würden *sie* jedenfalls woanders.

»Hallo, ich habe schon bestellt. Vorspeisenteller?« »Was sonst!«

Elfie sah wieder aus wie aus dem Ei gepellt. Diesmal in Beigevariationen, einer Farbe, die sie mehr denn je wie einen Prototyp der jungen Businessfrau aus dem Hamburger Loft aussehen ließ.

Ich bewundere Frauen, die immer gut gekleidet sind. Ich für meinen Teil kämpfe vergebens gegen meine Neigung an, mir an ein und demselben Tag ein grünes T-Shirt für 6,95 Euro, einen roten Pullover mit Kaschmiranteil – heruntergesetzt – und diese blaue Hemdbluse zu kaufen: Drei Kleidungsstücke, in denen ich drei verschiedene Frauen sein könnte. Elfie war immer Elfie: aus einem Guss. Und deshalb passte auch diese echte Perlenkette an ihrem Hals immer zu allem. Ich wusste, dass sie noch eine ebenso echte Goldkette besaß, die auch universal einsetzbar war. Mit ihr wirkte selbst eine Jeans operntauglich.

»Was gibt es Neues im Mordfall Vierordtbad?«, erkundigte ich mich. Es hatte sich nicht bewährt, bei Elfie um die Dinge herum zu reden. Sie wurde nicht zugänglicher, gleichgültig ob ich vorher das Wetter und die Nahostpolitik streifte oder gleich zur Sache kam.

»Ich habe Urlaub. Wahrscheinlich sogar zwei Wochen. Oder noch mehr.« Das klang schlecht gelaunt. Leute, die sich über Urlaub freuten, sahen anders aus.

»Das ist keine Antwort. Einen Erdbeerprosecco bitte.« Missbilligung glänzte in Elfies Augen. Sie trank tagsüber keinen Alkohol, denn Kriminalkommissarinnen sind fast immer im Dienst. Schließlich könnte genau hier vor ihren Augen jetzt ein Fememord geschehen, der ihre ganze nüchterne Aufmerksamkeit erforderte. Ich zerbröselte eine Brotscheibe und wartete auf eine negative Antwort wie: »Das geht dich nichts an, du weißt ja, dass …« und so weiter. Doch sie sagte erstmal nichts.

»Der Fall«, kam es schließlich missmutig aus dem Mund der Urlauberin, »liegt, wie du weißt, in den Händen dieser neuen Kollegin, Karina Ix, die stellvertretende Leiterin der SoKo geworden ist. Sie hat das Sagen.«

»Warum nicht du? Und du hättest mir ruhig ihren Namen verraten können. Frau X! Also Elfie!«

»Sie heißt *Ix*«, erwiderte Elfie knapp, »I-x. Ein wirklich seltener Name.«

Das würde ich mir merken. Sollte ich jemals einen Roman schreiben, würde ich meine Hauptfigur Ix nennen.

»Als die Tat geschah, war ich gerade mit dieser Schlägerei unter jungen Mädchen in der Waldstadt beschäftigt und war damit nicht frei. Nur dass die Schlägerei inzwischen längst aufgeklärt ist, der Mord aber nicht.«

»Wie ist denn diese Kollegin so? Fräulein XYZ?«

»Karina Ix. Der Name ist Programm. Eine ganz undurchsichtige und ehrgeizige Person. Mit guten Kontakten. Der Vater war Richter und ihr Mann ist Anwalt. Dr. Markus Ix.«

»Oh, je. Konkurrenz tut weh. Und dann hat sie auch noch einen

Mann. Mit Doktortitel. Wie unsympathisch.« »Und ich habe diesen unnötigen Urlaub! Ich glaube übrigens nicht, dass sie die Richtige für den Fall ist.« »Warum nicht?«

Unser Vorspeisenteller erschien und machte, wie immer, den allerbesten Eindruck. Wurst und Schinken sprachen ebenso italienisch wie die zahlreichen verschiedenen Käsestückchen, die allerdings leider sehr klein waren. Elfie inspizierte den Teller auf seine Teilbarkeit. »Hätten Sie ein schärferes Messer, prego?«, sprach sie den Kellner an, der erstaunt ihrem Wunsch gehorchte. Elfie griff nach dem Messer wie ein Chirurg nach seinem Besteck und zerteilte die einzige Artischocke, die auf dem Teller lag, mit gerichtsmedizinischer Genauigkeit in zwei gerechte Teile.

»So«, erklärte sie befriedigt, »die Tomaten kannst du haben. Die mag ich nicht – dafür nehme ich ein Stückchen mehr von dem Peccorino. Danke.«

»Warum ist sie nicht die Richtige für den Fall?« »Sie ermittelt zu sehr an der Oberfläche. Mehr will ich dazu im Moment nicht sagen. Und dann … weil es wieder so eine ganz bestimmte Sache ist.« Elfie zögerte, grübelte und gab dann nach. Was jetzt kam, fiel ihr sichtlich schwer: »So ein Fall für dich. Ich sage es ungern, aber … mit einem Hintergrund, einem Vorspiel, das man nicht auf den ersten Blick sieht. Das spüre ich, irgendwie.«

Verblüfft starrte ich sie an. »Auf so ein Geständnis aus deinem Munde muss ich noch einen Prosecco trinken!«, verkündete ich und winkte den ergebenen Kellner heran. »Wie kommst du darauf? Und seit wann spürst *du* sowas?«

Elfie zuckte die Schultern und stellte arithmetische Berechnungen an, um die Aufteilung des Parmaschinkens in Angriff zu nehmen. »Ich nehme etwas weniger, da du den Fettrand haben kannst.« Ich starrte sie an und sah meinen Schinkenanteil aufgeteilt, bis sich die Fasern um ihr Messer rankten. »Jetzt reicht's«, sagte ich grimmig, »jetzt pass mal ganz gut auf, was ich mache.«

Sie ließ das Messer sinken. »Camero«, sprach ich energisch in die Gruppe der an der Bar herumstehenden Bedienungen hinein. Drei italienische Gesichter wandten sich um. »Noch einen Vorspeisenteller, bitte. Einen ganzen. Und zwar für mich alleine!« Einer der Kellner grinste und verschwand in der Küchenecke.

»Ich sage dir was – im Vierordtbad hat jemand eine Frau umgebracht: Gut, sie war etwas älter als wir beiden Hübschen. Aber time goes by, auch für uns. Umgebracht auf eine Weise, die zu denken gibt, denn er, der Mörder, hat ebenfalls nachgedacht. Es war eine äußerst clevere Methode, ungestört in ihre Wohnung zu gelangen und dafür zu sorgen, dass *sie* zumindest diese Wohnung niemals mehr betreten wird. Anstatt Parmaschinken aufzuteilen wie weiland der Papst die Welt, solltest du dafür sorgen, dass Frau Ix bei *deiner* Beförderung *deine* Urkunde bestaunt und *dir* in Zukunft den Kaffee kochen muss!«

Elfie sah beeindruckt und ein wenig verlegen aus. Doch sie wusste, dass ich Recht hatte. Schließlich hatte ich in den Jahren unserer Bekanntschaft ein gewisses Geschick darin entwickelt, manchmal die Dinge ins richtige Licht zu rücken.

»Du hast Urlaub, ja? Zwei Wochen? Also, klären wir einen Mord auf. Wir beide ausnahmsweise mal zusammen anstatt gegeneinander. Wie wär's?«

Der zweite Vorspeisenteller, *mein* Vorspeisenteller, erschien. Zum Zeichen, dass ich es ernst meinte, zündete ich die Friedenspfeife an, indem ich ihr meine Artischocke auf den Teller legte. Elfie lächelte. Und als sie sie auf die Gabel spießte und verzehrte, wusste ich, dass wir dieses Mal auf der gleichen Seite standen.

****

»Also, was wisst ihr, was ist inzwischen bekannt?«

»Nicht viel mehr, als ich dir damals bereits gesagt habe. Sie war eine vollkommen normale Frau, die die sechzig hinter sich hatte. Gesund. Wohlsituiert. Normal eben. Natürlich abgesehen von der Tatsache, dass sie als junge Frau vorübergehend in einem Kloster war. Aber es gibt keine Hinweise, dass diese Tatsache für ihren Tod verantwortlich sein könnte. Natürlich waren die Ix-Leute im Kloster in Baden-Baden, wo man sich erwartungsgemäß sehr bedeckt gehalten hat. Die SoKo hat inzwischen mit einer weiteren ehemaligen Nonne gesprochen, die Hiltrud noch gekannt hat. Sie sei sachlich und korrekt gewesen. Gläubig, aber nicht fanatisch. Im Kloster galt sie damals als Spezialistin für die Pflege der Kunstgegenstände und für

Führungen. Natürlich hat man da aufgehorcht. Im Kloster könnte es das eine oder andere Wertvolle geben. Aber da ist niemals etwas vorgekommen. Keine Diebstähle, keine Mitschwestern, die sich bereichert haben, nichts. Das ist das Deprimierende. Man hat alles durchsucht und alle befragt. Ihre Eltern leben nicht mehr – sie waren Beamte. Relativ gutes Verhältnis. Hat noch eine Schwester und einen Bruder. Die waren seinerzeit wohl froh, dass Hiltrud aus dem Kloster ausgetreten und wieder in der Welt angekommen war. Der Bruder ist Tierarzt, verheiratet; das Verhältnis zu Hiltrud war gut. Ihre beiden Nichten, Zwillinge – ebenfalls gutes Verhältnis. Ehemalige Kollegen sagen, Hiltrud war einigermaßen beliebt. Sie galt als durchschnittlich in jeder Hinsicht. Sie trank nicht, aß vernünftig, offenbar liebte sie Kuchen. Deswegen ging sie regelmäßig schwimmen – um sich die winzigen Fettpölsterchen abzutrainieren, die man ab sechzig kaum noch loswird.«

Ich bin noch nicht einmal vierzig, dachte ich. Ich werde sie noch los und werde mir deshalb nachher noch ein Eis gönnen.

»Was hatte sie für Freunde?«

»Ein paar Frauen im mittleren Alter, Lehrerinnen meistens, oft ebenfalls alleinstehend oder verwitwet. Manche davon frühpensioniert. Und diese Gerlinde, die vorübergehend bei ihr wohnte. Und dann ist da noch ein Maler, der in Weingarten ein Atelier hat. Unverdächtig. War zur Tatzeit nachweislich in der Toskana. Hiltrud liebte offenbar die Malerei, hat sich auch selbst ein wenig mit Aquarellieren beschäftigt. Nicht, dass sie ein herausragendes Talent gehabt hätte. Auf ihren Reisen hat sie viel fotografiert, das waren dann auch die Motive, die sie in den winterlichen Monaten nachgemalt hat …«

»Sie ist viel gereist, sagst du. Könnte sie da vielleicht ungute Bekanntschaften gemacht haben? Ein Drogenkurier? Oder sich in Thailand junge Kerls gekauft?«

Elfie sah mich wieder mit der alten, mir bereits sattsam bekannten Strenge an.

»Maren! Eine ehemalige Nonne? Ich habe dir doch neulich schon gesagt: Sie war an Kulturreisen interessiert! Sie hat etliche solcher Fahrten unternommen, so zum Beispiel mit Hirsch-Reisen oder anderen Kulturreiseunternehmen. Damals, als sie gerade erst wieder in Freiheit war, um es mal so auszudrücken, ist sie wohl auch mal mit einer Freundin alleine losgezogen: Sie war in der Toskana, in Rom, in Jerusalem – aber in letzter Zeit nicht mehr. Es war einfach alles seriös, was sie getan hat. Die letzte Fahrt hat sie sogar mit der katholischen Frauengemeinschaft zusammen unternommen. Ab einem gewissen Alter …« Elfie räusperte sich, und ich vernichtete den Peccorino gewalttätig, weil ich wusste: Sie hatte Recht. Wir alleinstehenden Mädels mochten ja heute noch von einem Mann zum nächsten ziehen, aber irgendwann würden wir alle beim Adventsbasar der Kirche enden und froh sein, wenn wir gehäkelte Ohrenwärmer an junge Familien verkaufen konnten.

»Sie fuhr nach Sélestat. Schlettstadt, im Elsass. Humanistische Bibliothek.«

»Danke. Dem Hause bekannt.« – »Natürlich. Ich vergaß.«

»Aber jemand hat sie ermordet. Nicht zufällig, kein spontanes *Run-and-Hide*-Verbrechen, sondern gut geplant. Dafür muss es einen Grund geben. Es gab irgendeinen Winkel in ihrer Seele, den ihr noch nicht durchleuchtet habt.«

Elfie schwieg. Sie zermahlte den letzten Rest Brot zwischen ihren regelmäßig gewarteten Zähnen. Entweder wusste sie, dass ich Recht hatte, oder sie verheimlichte etwas vor mir.

Ich entschied mich nach Kenntnis ihrer Persönlichkeit für letzteres. »Du verheimlichst etwas vor mir.« »Nein. Hast du eigentlich in letzter Zeit etwas von Melchior gehört?«

Das war ein strategischer Fehler gewesen, denn ich war aus dem Alter raus, in dem ich solche Fragen als Anlass für einen heiteren Dialog unter Freundinnen, die den gleichen Mann gut fanden, ansah. Ich mochte mit ihr nicht darüber sprechen. »Melchior und ich sind dabei, uns …«, ich suchte nach einem passenden Wort, »neu zu begegnen.«

»Hoffentlich verpasst ihr euch unterwegs nicht!«, bemerkte Elfie nüchtern. Ich überging ihren Einwurf.

»Du willst, dass ich dir helfe, damit Frau Ix dich nicht bei deinem Chef aussticht, doch du erzählst mir nichts. Oder nicht alles. Was war mit ihr? Hat ihr nackter Körper Peitschenspuren enthüllt? Abartige Piercings in Kreuzform? Tätowierungen aus der Satanistenszene? War sie Stalkerin oder wenigstens Stalkeropfer? Ehemalige Stasimitarbeiterin? Jüdin, Nazitochter, heimliche Hisbollahmilizin …«

»Meine Güte, Maren, hör auf. Das ist geschmacklos. Nicht mit unseren heiligsten Werten, bitte.« »Ich wusste gar nicht, dass diese Dinge zu unseren heiligsten Werten gehören.«

Die italienischen Kellner schnappten offenbar von unserer Konversation mitten in einem Konsumtempel nur ein paar Worte auf und warfen sich gegenseitig besorgte Blicke zu. Nicht allzu diskret raschelten sie mit der Rechnung herum. Sie wollten uns loswerden.

Ich spürte das, und da ich mich nicht gerne aufdränge, verzichtete ich auf den Espresso und bestellte stattdessen mit meinem badischen Akzent »il conto«.

»Also, gut«, murmelte Elfie, als wir die Rolltreppe bei H&M hochfuhren – nicht weil wir dort einkaufen wollten, sondern weil es uns irgendwie so hineingespült hatte in die bunte Welt der Kleidchen unter 20 Euro. »Sie war bei einer Art Singlereisegruppe oder Freizeitbörse eingeschrieben. Kein Heiratsinstitut, nur eine lose Gruppe, die sich trifft und kulturelle Veranstaltungen besucht. Sie nennen sich Kul2r. K-u-l, dann die Ziffer 2, englisch two ausgesprochen, dann das ›r‹. Auf dem Programm stehen Museen, oder mal Kino. Zugelassen sind nur alleinstehende Damen und Herren gestandenen Alters mit höherem Bildungsabschluss. Keine zwanzigjährigen Discomäuse«. Strenger Blick. Ich sah bescheiden und zugleich erfreut zu Boden. »Das heißt, du könntest auch dazugehören.« – »Du nicht?«

»Ich bin etwas jünger. Das Ganze gibt es gegen Gebühr. Aber das haben wir nicht in die Presse gegeben. Wo ist eigentlich dein Hund?«

»Bei Consuela. Wir teilen uns Nessie sozusagen. Schon vergessen? Anders hätte sich eine berufstätige Karrierefrau wie ich keinen Kinderersatz dieser Klasse leisten können. Ein Hamster wäre das Äußerste gewesen, aber solch ein Hund ist schon mehr. Er versteht dich wirklich.«

Ich unterbrach mich schnell. Wenn ich ein Haustier brauchte, das mich verstand – was war mit Melchior? Nessie konnte keine liebevollen SMS schreiben. Melchior hingegen … Ich seufzte. Gerade jetzt hätte ich sehr gut eine brauchen können. Aber da konnte ich lange warten!

»Ja, ja. Wir leben in einsamen Zeiten.« Elfie untersuchte eine blaugrüne Hose im Cargoschnitt. Nicht ihr Stil. Sie würde niemals zu ihrer Perlenkette passen. »Keine Religion mehr, die echten Werte weg. Es ist so: die Verstorbene war seit einem Jahr bei dieser Singlereisebörse eingeschrieben. Gegen Jahresgebühr. Ziemlich viele Aktivitäten. Kostete 100 Euro im Vierteljahr. Diese Organisation selbst gibt es schon seit zehn Jahren in Karlsruhe, und bis jetzt ist nie was nennenswertes vorgekommen. Keine Einträge in unseren einschlägigen Datenbanken.«

»400 im Jahr? Um einen Kerl zu finden, der mit mir durchs Museum wandert?«

Elfie ließ ab von der Hose. »Ihre Kartei ist voll«, erklärte sie sanft. »Vor allem mit Frauen zwischen 40 und 60. Auf der anderen Seite, bei den Herren, sieht es nicht ganz so günstig aus, aber das sagen sie uns – der Kripo – und nicht den Kundinnen, versteht sich.«

»Wenn sie so viele Frauen haben, könnten sie vielleicht lesbische Kulturausflüge vermitteln.«

»Maren«, ermahnte mich die zur Kommissarin geronnene Vernunft. »Diese Frauen suchen nicht nur das reine Vergnügen. In dem Alter. Sie suchen einen Mann, um nicht alleine zu sein. Emotional versorgt zu sein. Und um einen repräsentativen Mann an ihrer Seite zu haben. Das finden sie kaum bei einer anderen Frau. Theaterbesuche. Gepflegte Geselligkeit. Vielleicht Bridge. Teure Restaurants.«

Alice Schwarzer würde sich auf ihrem Schreibtischstuhl umdrehen, wenn sie das hörte, doch wahrscheinlich hatte Elfie sogar Recht. Ein graues Bild von der Zukunft erschien vor meinem Auge. Schrullige Rentnerinnen mit Goldringen an der Hand, mit Theaterprogrammen wedelnd, die sich um einen einzelnen Rentner stritten.

»Gut. Kehren wir zurück zu der Verstorbenen. Sie war doch Lehrerin. Gibt es da einen Zusammenhang? Vielleicht hat sie ihre Schüler ungerecht behandelt? Oder ausländische Kinder benachteiligt? Eine islamfeindliche Bemerkung gemacht? Gerade als Nonne.«

»Wohl eher nicht. Sie galt nicht als extrem religiös engagierte Pädagogin. Eher als sehr korrekt. Nicht übermäßig persönlich, aber immer gut vorbereitet. Es gab keine Klagen, keine Lobpreisungen. Dies ist das einzig Auffallende an ihr. Ihre Durchschnittlichkeit in *allen* Bereichen. Eine ganz durchschnittliche, alleinstehende Frau wird umgebracht. Sie besaß nicht viel, nichts wirklich Wertvolles. Sie war in einem Alter, in dem die größten Dummheiten bereits gemacht sind, gehörte der bürgerlichen Bildungsschicht an, und es gab keine finanziellen Bewegungen auf dem Konto, die auf verborgene Leidenschaften oder Süchte schließen lassen ... Sie wurde einfach nur irgendwann erwürgt.«

»Genau wie die Frau in Speyer?« »Wie bitte?« »Die Frau in Speyer. Nur, dass die noch jünger und noch nicht ganz und gar über jegliche Dummheiten hinweg war.«

»Was weißt du von einer Frau in Speyer?«

Die Freundin war verschwunden, hervor trat die Polizistin Elfie. Ich beschloss, trotzdem Freundin zu bleiben. »Steck die Dienstwaffe wieder ein, Elfie. Am Wochenende habe ich meinen Cousin in Speyer besucht. Er lebt dort mit seiner Familie. Und ... nun ... man erzählte mir von einem ungelösten Mordfall in Speyer. Vor Jahren. Auch eine alleinlebende Frau. Auch im mittleren Alter. Auch kein Motiv erkennbar. Ebenfalls erwürgt. Und auch an einem sehr unpassenden Ort für einen Mord.«

»Wann genau soll das gewesen sein?«, ließ Elfie fallen. Die fehlende Erregung in ihrer Stimme war für mich, die ich sie ja nun doch ein paar Jahre kannte, ein Zeichen, dass sie von der Mordsache Niedermeyer, oder wie auch immer die Ermittler den Fall nannten, zumindest schon gehört hatte. Über Landesgrenzen hinweg sozusagen.

Bevor ich antworten konnte, piepste mein Handy, und links unten auf dem Display erschien das magische, das lang ersehnte Briefchen-Symbol. Eine SMS. Von Melchior. »*Hoffe, es geht dir gut. Hier viel Arbeit, aber man lernt dazu. Liebe Grüße. Dein Melchior.*«

Ich las den Text nur kurz, beschloss ihn später noch einmal zu lesen, zu genießen, vor allem den Schlusssatz. Mein Melchior.

Elfie beobachtete mich lauernd. »Melchior? Wie geht es ihm in Berlin?« »Woher weißt du überhaupt, dass er in Berlin ist?«

Sie lächelte überheblich. »Die Fortbildung war ausgeschrieben. Ich hatte kurzfristig auch überlegt, teilzunehmen, aber es hätte sich mit meinem Urlaub überschnitten, und das sieht die PV nicht gerne.« Inzwischen wusste ich, dass PV die Personalverwaltung war. Das sind dann die Momente, in denen ich froh bin, dass ich in keinem festen Arbeitsverhältnis stehe. Ich habe die Freiheit, Urlaub zu machen, wann ich will. Allerdings habe ich auch die Freiheit zu verhungern.

»Elfie, ich nehme an, du kennst den Fall Niedermeyer. Findest du das nicht sonderbar? Zwei Frauen im mittleren Alter, alleinstehend, an einem öffentlichen Ort erwürgt. Schlüssel gestohlen. Wohnungen durchsucht. Kein Raubmord, keine Vergewaltigung. Keinerlei Anhaltspunkte. Nur, dass die eine in einer Krypta umgebracht wurde – und die andere, eine ehemalige Nonne, das Buch ›Sakrileg‹ im Schoß liegen hatte. Der Mörder wurde im Fall Alin Niedermeyer nie gefunden und bei Hiltrud Binder sieht es offensichtlich auch nicht nach einem Durchbruch aus. Gibt es das wirklich so oft in Süddeutschland?«

Elfie betrachtete zuerst eine beige Strickjacke und dann den Inhalt ihres Geldbeutels. Ich konnte mir denken, was jetzt in ihr vorging. Ich hatte anfangs die halbe Artischocke gegessen und auch ein wenig Wurst und sogar einen Hauch Käse. Eine Kaper und mindestens eine Olive. Und das hatte sie jetzt alleine bezahlt. Wie das intern verrechnen? Zumal ich ihr von dem zweiten Teller eine Artischocke geschenkt hatte. Trotzdem: Es war teurer gewesen als der übliche geteilte Teller. Konnte sie da heute überhaupt noch etwas ausgeben? Zu mir gewandt sagte sie schließlich widerwillig: »Du hast Recht. Der Computer spuckt bei einem Kapitalverbrechen automatisch ähnliche Fälle aus. Das ist heutzutage normal. Reine Routinearbeit. Diese Vernetzungen werden angezeigt und es wird natürlich je nach geographischer Lage auch vernetzt ermittelt.«

Es ist gar nicht so einfach, heute Mörder zu sein, dachte ich. Du musst auf so vieles achten. Keine Spermien, Fingernägel, Haare oder Hautschuppen hinterlassen. Aufpassen, dass kein Wurm an der Leiche nagt und damit die Tatzeit so sicher meldet, als trüge er eine Uhr. Deine Mordmethode möglichst variieren und deinen Psychiater oft wechseln. Keine SMS, keine gespeicherten Telefonnummern hinterlassen. Und deinen Charakter kriegen die Profiler sowieso heraus: Muttersöhnchen, sexuell verklemmt, züchtet vermutlich Bonsais und war vor acht Jahren wahrscheinlich in Ägypten im Urlaub.

Wo sind die altmodischen Mörder bei Agatha Christie geblieben, die die Tatzeit so herrlich mit einem nassen Badeanzug oder einem begonnenen Bridgespiel vertuschen konnten?

»Gab es gemeinsame Lebenskreise der beiden Frauen? War die Speyrer Tote auch Mitglied in diesem Singlekulturkreis? Das wäre doch ein Hinweis …«

Elfie bremste meine Begeisterung mit einem Hochzucken ihrer eigens dafür gezupften Augenbraue.

»Stopp! Darüber weiß ich nichts. Sieht aber nicht danach aus. Ich vermute, als der Computer die Ähnlichkeit des Falles ausspuckte, hat man das überprüft. Und wenn doch … Bodo ist in der SoKo. Er wird mich auch im Urlaub informieren.« »Dein ewiger Kriminalassistent schwärmt für dich, glaube ich.«

»Welch altmodisches Wort«, bemerkte Elfie graziös, ohne die Tatsache abzustreiten.

»A propos Computer: Weshalb hat der Mörder Hiltruds Festplatte mitgenommen? Vielleicht stand er in E-Mail-Kontakt mit ihr? Eine Internetbekanntschaft? Kann man das nicht nachprüfen?«

»Was in der Richtung getan werden musste, ist getan worden. Und auf einer Festplatte kann bekanntlich alles gespeichert sein, was das Leben eines Menschen ausmacht.«

»Das heißt, mit seiner Festplatte löschst du auch ihn aus.«

Elfie sah auf ihre zur Kleidung passende Uhr. Sie musste ein ganzes Uhrenmuseum zu Hause verwalten. »Das führt zu weit, Maren. Also ich werde mir das überlegen. Mit dieser Zusammenarbeit, meine ich. Zu gegebener Zeit werde ich mich melden.«

»Wenn ich nicht da bin, hinterlass' mir bitte eine Nachricht«, gab ich ihr noch mit auf den Weg. »Ich habe in der nächsten Zeit einige … Verabredungen!«

****

Die erste meiner Verabredungen erwartete mich am Abend in einer Weinstube unweit des Theaters, die den Beinamen »pfälzisch« trug. Ich hatte mich mit Nessie zu Hause ein wenig ausgeruht und dabei ziellos nachgedacht, doch meine Überlegungen schienen alle ins Nichts zu führen. Deshalb war ich froh um die Abwechslung. Ich leinte Nessie an, die verdrossen aus ihrem Korb kroch und mich mit einem Blick ansah, als wolle sie sagen. »Können wir nicht mal zu Hause bleiben?«

Kurz bevor wir gehen wollten, läutete das Telefon. Schon am Klingeln hörte ich, dass es nur Matthias sein konnte. Ich nahm nicht ab. Deshalb sprach er auf den Anrufbeantworter. »Na, wie geht's dir denn? Uns geht's jedenfalls glänzend. Melde dich doch mal. Einer von uns ist immer zu Hause. Außer, wenn wir gerade nicht abnehmen können.« Vielsagende Pause. Ich grinste. Matthias hatte es noch nicht aufgegeben. Er hoffte immer noch, ich würde eifersüchtig auf die Frau, die seit kurzem jenen Platz in seinem Leben innehatte, den ich jahrelang verschmäht hatte. Dennoch beschloss ich, ihn später zurückzurufen. Irgendwo in meinem Hinterkopf geisterte eine Idee umher, die ich noch nicht richtig packen konnte …

Nessie schnupperte sich ihren Weg durch die Südstadt. Wenn es stimmen sollte, dass Gassi gehen für Hunde wie Zeitungslesen ist, lebten wir in der Südstadt in einem reinen Zeitschriftenladen.

Tristan Viviers, der uns bereits einen Tisch besetzt hatte, stand mit einer lässig-charmanten Geste auf, half mir aus meiner Strickjacke und wies auf den Wein, der vor ihm stand.

»Darf ich Ihnen auch einen Grauburgunder bestellen? Und dann vielleicht die Schlachtplatte?«

Ich sah mich um. »Haben Sie sich hier in ein Stück Heimat gerettet? Außerhalb der Pfalz würden Sie wahrscheinlich zu Staub zerfallen, so wie Vampire beim Anblick von Knoblauch oder eines Kreuzes.«

Er grinste. »Ich liebe meine Heimat, das ist nur zu wahr. Zerstört und vernichtet und immer wieder aufgeblüht. Wir Pfälzer sind einfach nicht umzubringen.«

»Ich würde es Ihnen gönnen. Leider trifft das nicht auf alle Bürger der Pfalz zu«, bemerkte ich vielleicht nicht besonders taktvoll gleich zu Beginn unserer Verabredung. Kein Wunder, dass es mit den Männern nie so recht klappt. Männer wollen heitere Gesprächspartnerinnen mit perlendem Lachen. Keine Frauen, die sie auf Morde ansprechen, bevor sie die erste Schorle bestellt haben.

Er ging sowieso nicht darauf ein. »Speyer ist eine Heimatstadt, auf die unsere Leute stolz sind. Nächstes Jahr erscheint mein Buch über die Pfalz, ›Kreuzweg der Kulturen‹ – geplant ist eine Buchpremiere mit mittelalterlichem Essen und Musik. Kommen Sie?«

Ich freute mich über die spontane Einladung. Aber die Realität ließ mich vorsichtig sein.

»Bis nächstes Jahr ist es eine lange Zeit. Mittelalter – Sie verstehen darunter natürlich die Zeit vor der Zerstörung Speyers durch die Franzosen?«

Mit charmantem Tadel drohte er mir mit dem Zeigefinger. »Ich dachte, Sie sind Ahnenforscherin, Historikerin und Spezialistin für längst vergangene Mordfälle. Und dann eine solche Frage. Das tröstet uns Realschüler. Natürlich die Zeit davor.«

Ich seufzte. »Meine sogenannten Mordfälle haben sich leider bisher nicht an den Lehrplan der Universität Mannheim gehalten. Zwischen Hesses Schulzeit in Maulbronn und dem New York der Jahrhundertwende klafft ein riesiger Abgrund. Und jetzt auch noch Speyer.«

»1689 …«, erwiderte er und bestellte gut gelaunt zweimal die Schlachtplatte – irritiert bemerkte ich, dass er der Kellnerin nachsah – »war die Zerstörung Speyers durch die Franzosen. Die waren nicht gerade zimperlich damals. Sie haben sogar das keimende Korn auf den Feldern abmähen lassen und die Vorräte verbrannt, um die Bevölkerung auszuhungern. Die Speyrer Bürger wurden vertrieben, viele sind ausgewandert. Beispielsweise nach Amerika.« »Ich weiß.«

»Später gab es auch Sympathien für die Franzosen. Die Ideen der Revolution haben dem freiheitsliebenden Pfälzer Völkchen ebenso gut gefallen wie die französische Lebensweise. Unter Napoleon wurde Speyer dann von den Franzosen besetzt. Daher wohl auch mein Name: Ein pfälzisches Mädchen fand den Feind offenbar recht reizvoll – hoffe ich jedenfalls für sie. Nach der Niederlage Napoleons mussten wir neu aufgeteilt werden, wurden den Bayern zugeschlagen und bekamen das wenig schmeichelhafte Beiwort ›Nebenland‹. Ich glaube, viele wären lieber französisch als bayerisch geblieben – zumal aus Speier mit ›i‹ wegen der griechischen Neigungen von Ludwig II. von Bayern dann eins mit ›y‹ wurde. Ich habe mal einen Verein gegründet, um die Schreibweise wieder rückgängig zu machen, aber wir haben nicht die erforderliche Mindestanzahl von sieben Leuten erreicht.«

Er lachte über sich selbst. Etwas, das Melchior nicht oft tat.

Leider nicht. Doch hatte ich mich damals nicht auch deshalb in ihn verliebt, weil er so ernst und unergründlich gewesen war? Das konnte sich doch nicht geändert haben – oder doch?

»Ja, man spürt den französischen Einfluss noch überall in der Pfalz«, bestätigte ich, »und Speyer … ich muss sagen – ein interessantes Örtchen. Offen gestanden hatte ich mir über die Stadt bisher nie Gedanken gemacht. Der große Dom, den jeder kennt, und das war's dann auch schon.«

»Örtchen! Speyer ist weit mehr als das! Früher wurde die Stadt sogenannte ›Metropolis Germaniae‹ genannt. Aber natürlich: Unser Dom ist unser spirituelles Zentrum. Wenn ich alleine sein will, wenn ich nachdenken muss, dann zieht es mich in den Dom. In die Krypta. Sie ist für mich etwas Besonderes. Rückzug von der Welt. Die Konzentration auf das Wesentliche. Einen Frieden wie dort findet man nirgends. Ein Ort, zum Sterben schön.«

Er sah meinen prüfenden Blick. »Darauf brauche ich noch ein Glas. Nein, nein, meine Liebe. Ich habe unsere geschäftstüchtige und scheinbar so lebenslustige Alin nicht umgebracht. Ich konnte sie zwar nicht besonders gut leiden, aber das wäre wohl kein ausreichender Grund. Außerdem lebe ich zu gerne in Freiheit, denn im Allgemeinen werden die Mörder in diesem Lande erwischt, denke ich. – Also, die Krypta. Der richtige Platz, um eine Auseinandersetzung mit Gott zu führen, die er allerdings an so einem Ort immer gewinnt. Und das geht nicht nur mir so. Sogar Erzfeinde konnten sich dort in die Augen sehen. Zentrum und Sozialdemokraten schlossen 1899 in der Krypta zu Speyer ein sensationelles Bündnis, das sie ebendort mit Handschlag besiegelten.«

Ich dachte an Maulbronn. »Was ist es nur, das diese Orte zu so etwas Besonderem werden lässt?«

Die Schlachtplatte kam vielleicht etwas unpassend an dieser Stelle. Ich fühlte, wie meine Jeans schon beim Anblick der Würste und Fleischstücke zu eng wurde. Wenn ich nicht aufhörte, so viel zu essen, würde mich Melchior nach seiner Rückkehr nicht mehr wiedererkennen. Melchior war ein Asket. Aß und trank maßvoll. Anders als Viviers, der die Schlachtplatte mit einem beinahe zärtlichen Blick musterte.

»Sie sind steingewordene Macht. Es ist so, als stecke diese Macht in jedem einzelnen Staubkorn. Sie sind Ausdruck eines Willens. Ich glaube, ich herrsche, ich zeige. Das ist eine Dynamik, die heute noch spürbar ist. Architektur ist steingewordene Weltanschauung. Da macht unser Dom keine Ausnahme. Konrad II. und seine Nachfolger wollten die Macht und die Herrlichkeit der deutsch-abendländischen Kaiser zeigen. Man spürt das noch in der Kaisergruft, bei den Steinsärgen mit den schweren Steinplatten. So etwas vergeht nicht.«

Ich dachte an das Bild vom Kloster Lichtenthal in Baden-Baden, das mir Theo gezeigt hatte. Dort gab es auch eine Gruft. Mir schien, als sei ich in letzter Zeit nur noch von Grablegen, sprich von nobel Bestatteten, umgeben. »Seit wann liegen die Kaiser da, wo sie heute liegen?«

»Seit 1906. Acht Herrscher. Wenn ich eine Zeitreise machen könnte, dann wäre ich gerne bei der Öffnung der Kaisergräber am 23. August 1900 dabei gewesen. Es muss ein gigantischer Moment gewesen sein, als sie den Sarkophag mit den Überresten von Konrad II. aufmachten. Leider war der Leichnam des Kaisers zu Staub zerfallen.«

»Die anderen auch? Heißt das, man besichtigt da unten nur Staub, der unter Steinplatten liegt?«

»Aber nein. Mehr Respekt vor unseren teuren Toten, bitte. Der Körper Heinrichs IV., der 1106 in päpstlichem Bann in Lüttich starb, war beispielsweise noch gut erhalten. Sein Sohn ließ ihn nach Speyer überführen und in der noch ungeweihten Afrakapelle bestatten. Erst 1111 wurde der Bann aufgehoben, und er kam in die Krypta. Das zeigt auch, welchen Rang diese Stadt früher hatte. Deshalb hieß Speyer im Mittelalter auch ›sancta spira‹. Gehen wir einmal zusammen hin? In den Dom? Ich zahle Ihre Rechnung nicht, ohne dass sie mir einen Termin gegeben haben – Dombesichtigung und danach eine *richtige* Schlachtplatte, von der man satt wird. Nicht so eine Vorspeise wie das hier.«

Ich kämpfte noch mit meinem Leberknödel. Wie blieb der Mann eigentlich so schlank? Er war ein unruhiger Typ. Immer in Bewegung, immer auf dem Sprung. »Noch einmal zu Alin. Die Krypta in Germersheim ist ja bei weitem nicht so bekannt. Ich zumindest hatte noch nie von ihr gehört. Und jetzt war ich dort, auf dem Rückweg …«

»Stimmt. Obwohl das Kirchlein auch sehr interessant ist. Wenn wir Jakobswegführungen auf der Pfälzer Südroute machen, ist Germersheim die erste größere Etappe. Deshalb bin ich auch gelegentlich dort. Doch ich muss ganz ehrlich gestehen, dass es mir lieber ist, Alin hat ihr Leben dort ausgehaucht und nicht bei uns in Speyer. Als Lokalpatriot wäre mir unsere Krypta als Tatort nicht recht gewesen. Da verstehen wir keinen Spaß.«

»Wir Speyrer, meinen Sie?«

»Wir von der Gesellschaft *Speyer damals.* Alles unverbesserliche Lokalpatrioten. Zurück zu unserer Frage: Die Kirche in Germersheim gehört natürlich auch zu unserem kulturellen Erbe. Sie liegt auf jeden Fall mit an der Südroute der neu beschilderten Jakobswege.«

»Wissen Sie, was Alin Niedermeyer nach Auffassung der Polizei überhaupt dort gemacht hat?«

Viviers zuckte die Achseln. »Viele Leute gehen in die Krypta, wenn sie alleine sein wollen.«

»Nur, dass sie nicht alleine war. Mit ihr war ein Mörder dort.«

Viviers nickte.

»Aber warum Germersheim?«

»Das weiß ich auch nicht. Denn es stimmt schon. Alin ist wie viele Speyrer ab und zu in unsere hauseigene Krypta gegangen. Ich sage das nicht gerne, aber ich erinnere mich, dass sie sich dort sogar mit Verehrern getroffen hatte. Und soviel ich weiß, kannte sie niemanden in Germersheim. Die Ermittlungen der Polizei haben ergeben, dass sie sich für den Tag im Café hat vertreten lassen. Wohin sie aber fahren wollte und was sie getan hat, hat sie nicht gesagt, und es stand auch nichts in ihrem Terminkalender. In ihrem Auto fanden sich ebenfalls keine Hinweise. Sie hatte wohl keinen Beifahrer gehabt. Keinen Anhalter mitgenommen. Die letzte Tankquittung war eine Woche alt und stammte aus Speyer.«

Ich hörte zu. Mir kam plötzlich ein seltsamer Gedanke. Germersheim lag direkt auf halber Strecke zwischen Karlsruhe und Speyer. Wenn ihr Mörder aus Karlsruhe gekommen war, wäre Germersheim, wo weder sie noch er bekannt gewesen war, ein möglicher Treffpunkt gewesen. Hörte sich weit hergeholt an. Doch in Karlsruhe lebte vielleicht auch der Mörder von Hiltrud Binder …

Viviers zuckte die Achseln.

»Das Ganze ist kein Ruhmesblatt für unsere Gegend. Deshalb hat man die Sache wohl vertuscht. Seit die Jakobswege wieder in Mode sind, kommen auch junge Leute und Touristen aus aller Welt durch die Stadt. Ein Mord in einer Wallfahrtskapelle wäre kaum eine gute Werbung.«

Ich bestellte mir noch ein Wasser. Der Prosecco vom Mittagessen beschwerte sich über das Sauerkraut, mit dem er gezwungen war, sich den Magen zu teilen.

»Ich glaube, das wäre nichts für mich, dieser Jakobsweg. Zu weit. Ich bin leider nicht sehr sportlich. Und mit dem Auto darf man ihn wohl kaum abfahren.«

»Er ist aber wunderschön. Nehmen wir jetzt mal die Nordroute:

Mehr als hundert Kilometer, sechs Etappen, von Speyer bis nach Kloster Hornbach, dessen Umgebung man Pirminiusland nennt, da es vor mehr als 1200 Jahren von Pirminius gegründet wurde. Man geht meistens auf Waldpfaden und Wirtschaftswegen. Sehr ruhig.«

»Verläuft man sich da nicht?«

Tristan schüttelte den Kopf. »Wir vom Speyrer Jakobsweg-Verein haben die Wege neu gekennzeichnet. Eine silberne Muschel auf blauem Grund.«

»Sind Sie ihn denn schon einmal bis ans Ende gegangen? Den Jakobsweg? Bis nach Santiago?«

Sein vitales Gesicht, das so viel Lebensfreude auszustrahlen vermochte, wurde ernster. »Ja, ich bin ihn einmal gelaufen. Vor vielen Jahren. Ich musste mir damals über einiges klar werden. Zu dieser Zeit war ich noch ziemlich allein auf weiter Flur. Heute machen sie ihn ja sogar mit dem Motorrad. Ich bin noch auf wunden Füßen gelaufen.« Seine Augen ließen mich los und betrachteten ein Bild in seiner Erinnerung.

»Und?«

Kühl, beinahe abweisend, antwortete er: »Danach habe ich die Ausbildung bei der Zeitung begonnen. Ich wusste, was ich tun musste.« Ich hatte das Gefühl, dass er mir das Wichtigste verschwiegen hatte.

Tristan stellte sein Glas mit einem harten Klang auf den Tisch. Die Kellnerin betrachtete ihn von weitem aufmerksam. Er brachte es fertig, ihr ein Lächeln zu schenken, ohne mich dabei aus den Augen zu verlieren.

»Wenn wir aber gerade davon sprechen: Ich werde nächste Woche eine kleine Führung machen. Ein Teil des Pfälzer Jakobswegs. Bernd Strauß kommt auch mit. Schließlich muss er ja seine Kenntnisse irgendwann anbringen können. Lust mitzukommen? Obwohl ich dann diese Beine leider wieder nicht in Stöckelschuhen sehen werde.« Jetzt grinste er wieder.

Ich seufzte. Dieser Tristan Viviers war zweifellos ein interessanter Mann, aber tagelanges Wandern machte mich nur mürrisch und nicht sonderlich erotisch. Außerdem gab es Melchior. Er fuhr alleine weg, ich fuhr alleine weg. Wo blieb da die Beziehung?

»Mal sehen.« Er nickte und machte keinen Versuch, mich zu überreden. Das überraschte mich, und es gefiel mir.

»Erzählen Sie mir noch etwas von Alin Niedermeyer?«

Mit ironischem Gesichtsausdruck entgegnete er: »Ich habe das Gefühl, wir sitzen zu dritt am Tisch. Immer noch auf Mördersuche? Ich sage Ihnen, daran haben sich zahllose Hobbydetektive auch bei uns in Speyer die Zähne ausgebissen. Aber wenn Sie es durchaus wünschen: Alin ist, wie Sie wissen, die Schwester von Marion Strauß, Bernds Mutter. Es gab nur diese zwei Geschwister. Alin hat sich allerdings immer für was Besseres gehalten, und wenn man die beiden gekannt hat, als sie noch jung waren, dann schien das zumindest auf den ersten Blick auch zuzutreffen. Alin war die Hübschere von den beiden. Sie war kokett, flirtete gerne, spielte mit den Herzen der Männer auf eine sehr gekonnte Weise. Ihrer Wirkung war sie sich sehr wohl bewusst, denn sie hat sich früher selbst manchmal Scarlett genannt. Nach der Schönen in ›Vom Winde verweht‹, die allen Männern den Kopf verdreht.«

»Und doch den einen nicht bekommt, den sie will«, bemerkte ich. Tristan blickte auf, sagte aber nichts.

Verständnislos schüttelte ich den Kopf. Auch ich war bekennender Fan von Scarlett O'Hara, aber ich würde mich niemals mit ihr vergleichen.

Tristan spielte mit seinem Weinglas. »Und sie war ehrgeizig. Unter dem Sohn des Chefarztes wollte sie nicht heiraten. Und da hat sie tatsächlich auch einen aufgetrieben. Der junge Kerl war ihren Verführungskünsten hilflos ausgesetzt. Das Geschäft schien gemacht, als der Knabe von seinen Eltern hastig woandershin verheiratet wurde. Dann hatte sie einen Weingutbesitzer aus dem Burgund an der Angel. Warum der abgesprungen ist, weiß ich nicht. Danach waren immer wieder andere Kandidaten im Gespräch. Ein Autodesigner aus Stuttgart und ein Schriftsteller aus Hamburg. Zu dem hätte sie allerdings am wenigsten gepasst, denn unsere Alin war alles andere als eine Frau des Geistes. Das Materielle war ihre Leidenschaft. Die hat ihr wohl auch geholfen, ihre Schwester beim Erbe übers Ohr zu hauen.«

»Wieso denn das?« »Das alte Haus für die Schwester, die ja Familie hatte, das Sparbuch und die Äcker vor der Stadt für Alin. Sie kannte die Pläne der Stadtverwaltung und wusste, dass hier ausgewiesenes Bauland war, für das sich ein riesiger Möbelmarkt interessierte. Damit hat sie ordentlich abgesahnt.«

»Und das Haus? Meinen Sie ihr Elternhaus in der Herdstraße?«

»Ja. Sie hat überall behauptet, das Haus sei schließlich historisch und könne restauriert und damit zu einem Schmuckstück ausgebaut werden. Sogar ein Sachverständiger hat das bestätigt. Doch Marion und ihr Mann hatten kein Geld, um es zu restaurieren. Und was unter den Mauern im Erdgeschoss gefunden wurde, stellte sich letztendlich nur als verschüttetes Geröll, Schotter, Baureste von früher und Schrott heraus. Das Anwesen war im 17. Jahrhundert schwer beschädigt und schlecht, sehr schlecht wieder aufgebaut worden. Minderwertige Bausubstanz unter dem mehrfach neu aufgetragenen Mörtel. Marion hatte drei Kinder, also konnte sie das Haus sehr dringend brauchen. Sie hat es inzwischen notdürftig umgebaut – Partykeller, Arbeitsraum und so weiter. Alin aber hat einen Haufen Geld bekommen und damit das Café mit Galerie gegründet. Sie hat zwei Ferienwohnungen gekauft und zuletzt einen Internethandel mit Speyer-Andenken und Domschnickschnack eröffnet. Insgesamt hat sie mit all dem bestimmt nicht schlecht verdient. Doch das hat die Kripo damals alles durchleuchtet. Ihre Vereine: Tennisclub, die Partei – sie war in der CDU – die Freunde und Bekannten … Nirgendwo ist ein echtes Mordmotiv aufgetaucht. Das heißt, wenn man den Neid und das Misstrauen mancher Frauen nicht zum Mordmotiv ausbauen will.«

Dazu hätte ich ihm einiges sagen können, doch ich hielt den Mund. Er deutete mein Schweigen falsch. »Und falls Sie auch nur an so etwas denken – Marion hat ihre Schwester trotz allem sehr gemocht. Alin war eben doch ihre einzige Schwester und die Tante ihrer Kinder. Und das Geld? Das bedeutet Marion nicht allzu viel. Nein, geldgierig ist sie wirklich nicht. Wenn sie ihre Musik hat, ihre Bücher und ihre Kinder, dann ruht sie in sich. Ich glaube, Marion könnte tagelang von einem Brot und ein paar Äpfeln leben. Schlimmer wäre es, wenn man ihr den Benutzerausweis der Stadtbibliothek wegnähme.«

Ich lächelte und dachte an die Frau, die mir auf Anhieb sympathisch gewesen war. Der Verlust meines Bibliotheksausweises wäre auch bei mir schlimm, zumal ich ständig in dieser Bedrohung lebte. Stichwort: Mahngebühren.

Tristan fuhr fort: »Nein, Alin gehörte trotz allem dazu, wurde immer einbezogen. Hatte sie Freundinnen zu Besuch, konnten sie bei Marion wohnen, und Alin hat sich durchaus auch manchmal revanchiert, indem sie auf Haus und Hof aufgepasst hat, wenn die Familie im Urlaub war. So wie damals vor zwei Jahren bei dem Umbau, wo sie wohl eine echte Hilfe war. Nein, nein – Familie ist Familie. Marion ist da ziemlich konsequent. Sie ist … etwas Besonderes. Obwohl, vielleicht auch nicht! Sie ist eben eine waschechte Pfälzerin, und die geben noch etwas auf die Familie.«

Und wieder dieses freie Lachen, das Lust machte, mitzulachen.

Aber meine Gedanken waren woanders: Kein Mordmotiv. Wie bei Hiltrud. Aber das war natürlich kein Beweis dafür, dass es sich im Falle der beiden so unterschiedlichen Frauen um ein und denselben Mörder handelte.

Eine letzte Frage blieb noch, dann musste ich nach Hause. Unterm Tisch berührte mich schon mahnend die kalte Schnauze von Nessie. Ihr reichte es. Sie wollte auf ihren Grünstreifen. Wer wusste schon, welche Gerüche sich da mittlerweile eingefunden hatten.

»Alin war also jahrelang Single gewesen. Hatte sie vielleicht einen engen Freund, einen neuen Partner? War sie kurz vor ihrem Tod frisch verliebt?«

Tristan verzog das Gesicht. »Nein, soweit ich weiß, gab es niemanden. Sie hat natürlich immer wieder Männer kennen gelernt. Sie war nicht gerade eine Nonne.«

Tristan sah an mir vorbei. Mich überkam das vage Gefühl, dass er mir nicht alles erzählte.

Er nahm einen Schluck und fuhr fort: »Soweit ich weiß, ist sie auch manchmal nach Karlsruhe gefahren. Hat sich in Bars gesetzt oder war im ZKM. Obwohl ich nicht glaube, dass sie sich ernsthaft für Kunst interessiert hat. Ich meine, sie hatte ein gewisses Kunstverständnis – vor allem, was den möglichen Profit betraf – und zeigte sich gerne bei Vernissagen. Aber sie hat die Kunst nicht wirklich geliebt, verstehen Sie, was ich meine?«

Ich war gedanklich noch bei der Nonne. Deshalb hörte ich bei seinem letzten Satz nicht hin. Mal wieder ein Fehler.

»War sie einsam?«

Viviers schüttelte den Kopf. »Vielleicht. Doch wer ist das nicht manchmal? Sie hatte ja ihre Katze und ihr Café. Dort hat sie viele Leute kennen gelernt.«

»Lief das Café gut?«

»Ja, eigentlich schon. Sie hat ganz geschickt auf gehobene Flohmarktatmosphäre mit exklusivem Touch gesetzt. Die Preise waren auch exklusiv. Letztendlich war das Ganze mehr ein Trödelladen. Sie besaß ein Geschick im Einkaufen auf Flohmärkten drüben im Elsass, und sie war recht clever beim Aufpolieren von Sachen. Das musste ich ihr immer zugestehen.«

Er lachte. »Sie konnte sich eben auch selbst ganz gut aufpolieren.« Betrachtete mich. »Anders als Sie. Sie haben das nicht nötig. Wissen Sie, dass Sie sehr attraktiv sind?«

Und er strich mir mit dem Zeigefinger flüchtig über den Unterarm. Ich zog den Arm wie beiläufig weg.

»Und wenn sie, ohne es zu wissen, etwas Wertvolles besessen hat? Irgendein Bild, das in Wirklichkeit von van Gogh war?«

Viviers griff nach meiner Hand und drückte sie für einen kleinen Moment etwas zu fest. »Hallo, hallo. Der Alltag liest sich nicht wie bei Agatha Christie. Nein, das glaube ich nicht, und das gäbe auch keinen Sinn, denn niemand hat in ihrem Geschäft etwas durchsucht oder gesucht. Weder direkt nach ihrem Tod noch später. Es ist auch niemals dort eingebrochen worden. Weder als sie noch lebte, noch danach.«

»Aber ihre Wohnung ist doch durchsucht worden. So habe ich die Frau meines Cousins verstanden.« »Dort hatte sie aber niemals irgendwelche Sachen aus ihrem Laden. Sie pflegte einen sehr nüchternen Einrichtungsstil in ihrer Wohnung.«

»Und doch gibt es eine Leiche. Und noch immer stellt sich die Frage, warum sie umgebracht wurde.«

Viviers ließ sich Zeit mit einer Antwort. »Letztendlich war es vielleicht doch eine Männergeschichte. Einer, dessen Herz sie auf dem Gewissen hatte. Vielleicht ein Zurückgewiesener. Alin konnte sehr verletzend und sehr spöttisch sein. Oder ein Verrückter. Ein falsches Wort an einem so symbolträchtigen Ort wie dieser kleinen alten Krypta …«

Und ein ebensolcher Irrer hat in Karlsruhe zugeschlagen, dachte ich. Eine ältere Frau, nackt in einem öffentlichen Bad. Keine Scarlett O'Hara. Eine Ex-Nonne. Solide bis in die Gesundheitsschuhe. Und die Wohnung hat er auch durchsucht. Sogar bis in die Festplatte ist er eingedrungen. Doch die zwei Frauen waren so unterschiedlich. Irgendetwas hier passte nicht. Irgendetwas stimmte nicht.

Ein Schaudern überlief mich. Ich kannte das doch auch: Man

lernt einen Mann kennen. Er ist charmant. Witzig. Wirkt vollkommen solide. Und zuerst geht alles gut, doch dann schälen sich langsam Eigenschaften heraus, die eben nicht mehr so nett sind. Und dann versucht man den Absprung zu schaffen. Zunächst auf die freundliche Weise, dann später deutlicher. Mir war das bisher immer gelungen. Das Schlimmste war, dass ich einmal meine Handynummer hatte ändern müssen. Die Gefahr bestand bei Melchior und seinen zaghaft-nüchternen SMS-Texten gewiss nicht. Und auch sonst … zumindest war ich bei ihm sicher, dass er kein Frauenmörder war. Vielleicht hatten auch Alin und Hiltrud versucht, einen aufdringlichen Verehrer loszuwerden, und im Unterschied zu mir war es ihnen eben nicht gelungen. Allerdings schienen die schicke Alin und die biedere Hiltrud nicht in dasselbe Beuteschema eines potentiellen Verehrers zu passen … Sollte die Ähnlichkeit der Fälle doch bloß Zufall sein? Irgendetwas Wichtiges musste ich übersehen haben …

Tristan und ich verabschiedeten uns herzlicher, als ich es geplant hatte. Nämlich mit einem Kuss auf den Mund, der so überraschend kam, dass ich mich nicht einmal wehren konnte – wenn ich gewollt hätte.

»Sie sind eine ganz Nette!«, stellte Viviers fest. »Wie wär's mit dem ›Du‹ zwischen uns? Es gibt Dinge, die sagen sich so schlecht mit einem ›Sie‹ davor. Ich heiße bekanntlich Tristan. Mit zweitem Namen sinnigerweise übrigens Bastian. Und du heißt Maren. Hoffentlich taucht dahinter nicht noch eine Anneliese oder Irmel auf.«

Bastian. Ein fröhlicher Name für ein sonniges Gemüt. Viviers war aber keine schlichte Frohnatur. Er war witzig, sarkastisch, clever, frech und charmant. Doch es steckte mehr dahinter. Was? Ich hatte Angst, es herauszufinden.

Hoffentlich kein Mörder, dachte ich und fühlte seine Hand auf meinem Rücken.

****

Nessie schnarchte leise neben mir. Ich lag auf dem Rücken und sehnte mich nach dem fernen Melchior, der nur ein freundschaftliches »Schlaf gut!« auf dem Anrufbeantworter hinterlassen hatte. Wie sollte es mit uns weitergehen?

Melchior war bereits verheiratet gewesen und litt noch immer seelisch unter den Folgen. Seine Frau war die große Liebe seines Lebens gewesen. Er hatte zwei beinahe erwachsene Kinder. Wo blieb da ein Platz für mich? Vergeudete ich nicht meine Zeit mit ihm? Ich rief mir unsere erste Begegnung in Erinnerung – und unsere erste gemeinsame Nacht. Das Gefühl, es sei Liebe gewesen. Und die darauf folgende Enttäuschung. Eine Kette ewiger Missverständnisse ... Keine gute Basis für eine Lebenspartnerschaft. Aber wollte ich überhaupt heiraten? Natürlich war die Ehe eine altmodische Lebensform, aber irgendwie auch nett. Jemand, der gesetzlich verankert *deiner* ist. Würde ich jemals eine Ehefrau werden? Ich näherte mich jenem runden Geburtstag, den Frauen mit seltsam gemischten Gefühlen feiern. 40. Letzte Chance für Kinder. Für eine Ehe, die ein Leben lang hält. Noch sind die Eltern fit, aber bald sucht man im Telefonbuch schon nach Adressen von ›Betreutem Wohnen‹. Eine Zeit neuer Verantwortung würde beginnen.

Schwierig, aus Mainhardt einen Doppelnamen zu machen.

Gleichaltrige Männer, die unverheiratet sind – und die nicht einsitzen oder aussehen wie der Mann, der den Sportplatz saubermacht – gibt es praktisch nicht. Die Ehemänner, die sich trennen, wissen warum – und vor allem für wen.

Also was machen Mädels wie Elfie und ich? Und Alin? Und Hiltrud, die längst kein Mädel mehr war, aber eine Frau, die sicher auch noch Sehnsüchte gehabt hatte?

Zeitungsannoncen verfassen oder beantworten oder im Internet Profile abgleichen, um da wie dort nichts Passendes zu finden. Oder gar ein Heiratsinstitut aufsuchen und Tausende von Euro zahlen, um in einer Kartei als Leiche zu enden?

Leiche? Partnersuche? – Wie hatte Elfie gesagt hieß diese Singlegruppe, mit der Hiltrud verreist war? Kul2r.

Ich fuhr auf. Wo war mein Telefonbuch?

Wie üblich konnte ich es eine Ewigkeit lang nicht finden. Durch das Gerumpel meiner Suchaktionen wachte Nessie auf und sah mich böse an. Ihre Ohren standen wie zwei riesige Dreiecke ab.

Also ab ins Internet. Ich rief Suchmaschinen auf. Kulturreisen. Kul2r.

Es gab erstaunlich viele Einträge von der Art: »Singles Culture.

Wir bieten Singles bis 30 jede Menge Fun und Action sowie Communication bei Excursions nach Italien.«

Das konnte es nicht sein. Dafür musste man seine Kindheit mit Ronald McDonald verbracht haben oder Anglistik in den oberen Semestern studieren. Da blinkte die Anzeige auf, nach der ich gesucht hatte. Ich klickte auf die Homepage.

»Kul2r« inzwischen in dreißig Städten in Deutschland. Bestimmt auch in Ihrer Nähe.

Ich folgte dem Link »Süddeutschland«. Dort hieß es: »Lernen Sie niveauvolle und moralisch anspruchsvolle Damen und Herren bei kleinen Tages- und Wochenendausflügen in die nähere Umgebung kennen. Beim Besichtigen einer romanischen Kapelle und einem anschließenden Glas Wein im Elsass können Interessen und Gefühle zusammenwachsen. Rufen Sie unsere Zentrale in Mannheim an ... Keine Scheu. Ist es nicht Zeit, dass Sie ihr Wissen und vielleicht auch ihre Seele mit anderen teilen?«

Kul2r. Origineller Name. Allerdings nur für Leute verständlich, die des Englischen mächtig waren. Sicher kein Problem für die Gesellschaftsschicht, die vom Reiseveranstalter zur Zielgruppe auserkoren war: Gut situierte Männlein und Weiblein, die einander staunend vor dem hundertsten Barockaltar ihres Lebens näher kommen sollten.

Hiltrud war zwar Nonne gewesen. Aber wahrscheinlich trotzdem nicht gefeit vor den Anfechtungen des Leibes. Sich auf den ganz gewöhnlichen Heiratsmarkt zu werfen, kam für sie als pensionierte Religionslehrerin vielleicht nicht in Frage, aber unter dem Schutz von Kirchenportalen und Marienbildchen niveauvolle moralisch gefestigte Herren kennen zu lernen, konnte nichts Verwerfliches sein.

Ich persönlich fand die Aussicht auf moralisch gefestigte Herren, die sich im Widerschein des Osterfeuers für mich entflammten, nicht ganz so prickelnd, aber mit der anderen Sorte Herren hatte ich bisher auch nicht viel Glück gehabt.

»Wie wäre es: Wir bilden uns fort und suchen dir nebenbei endlich einen Papa. Aber diesmal einen mit Kultur!«, sprach ich zu Nessie, die ihre Riesenohren langsam wieder einfuhr, um sich mit einem misstrauischen Seitenblick wieder zusammenzurollen.

Nahmen wir einmal an, es gab einen Zusammenhang zwischen dem Schwimmbadmord und dem Kryptamord, wie ich beide Todesfälle privat etwas respektlos nannte; dann musste es etwas gegeben haben, das die beiden Frauen verband. Ein gemeinsames Interesse. Ein Mensch, den beide kannten. Konnte Kul2r das verbindende Element zwischen den beiden gewesen sein? Die Polizei würde das zwar bereits untersucht haben. Aber ich wusste aus eigener Erfahrung, dass ihr durchaus etwas entgehen konnte. Die Polizei ging professionell an die Sache heran. Routiniert und emotionslos. Aber Partnersuche – das war etwas fürs Gefühl.

Alin war zwar nicht kulturbesessen gewesen, und sie schien mir auch nicht gerade die Sorte Frau gewesen zu sein, die sich für freilaufende Kunstlehrer oder Religionslehrer interessiert hatte. Aber man würde sehen.

Ich würde mich zunächst auf Hiltrud konzentrieren. Kul2r bot auch Tagesausflüge nach Speyer an. Das hatte ich auf der Homepage gesehen. Vielleicht würde es sich lohnen, der Sache nachzugehen.

Vielleicht fiel dabei ein interessanter Kunstlehrer für mich ab. Mit diesem Gedanken schlief ich ein.

6. Kapitel

Am anderen Morgen schien die Sonne. Die Strahlen fielen so günstig in die Südstadt ein, dass sogar Theos stets finsterer Laden davon erhellt wurde. Zu meiner grenzenlosen Überraschung saß er vor seinem Antiquariat auf den Treppenstufen. Wie im Süden.

Theo und ich gehen manchmal abends was trinken, aber meistens besuche ich ihn in seinem Geschäft, so dass ich ihn überwiegend im Dunkeln oder Halbdunkeln sehe. Dies wirkt sich günstig auf meinen Eindruck von seinem Alterungsprozess aus. Theo scheint ewiges Leben verhießen.

Jetzt bei grellem Tageslicht bemerkte ich, dass er – wie wir alle – älter geworden war. Vielleicht war es aber auch nur die Sorge um sein kleines Geschäft, das ihn altern ließ.

»Kaffee?«, fragte er. »Nein, danke, Ich frühstücke heute mit Matthias. Im Karstadt, oben.«

Theo verzog das Gesicht.

Auf der anderen Straßenseite lief Raika Nitescu vorbei, neben ihr Tochter Ana, die wie üblich mit selbstgerecht strenger Miene eher schritt als kindlich hopste. Raika winkte uns zu, Ana streckte lediglich die Hand aus, imitierte einen Revolver und machte: »Paff, paff.«

Der orientalisch gekleidete Mann, der vor einem Trödelladen stand, warf mir scharfe Blicke zu. Nessie bellte Ana an. Es war unglaublich, welche Laute aus diesem winzigen Hund hervordrangen. Ein geschrumpfter Wolf.

»Südstadt pur«, stellte ich fest.

»Ja. Hast du neuerdings was dagegen?«

»Nein. Theo, hast du schon mal von einer Single-Kulturreise-Organisation gehört, die Kul2r heißt? Mit einer 2 in der Mitte?«

»Klar«, sagte Theo. »Die Herrschaften, die da mitfahren, haben schon ab und zu bei mir was gekauft. Sind meistens Frauen, Typ Lehrerin oder gehobene Verwaltungsangestellte. Oder auch Juristinnen mit Prädikatsexamen. Nicht mehr taufrisch und mitunter sehr gesprächig. Kaum aus dem Laden zu kriegen.« Theo grinste. »Irgendwie haben sie vergessen zu heiraten, und jetzt fällt es ihnen kurz vor Schluss wieder ein. Was hältst du davon, wenn ich ein paar alte Bibeln ins Schaufenster stelle? So mit Kerzen drum herum? Diese Bibelsachen gehen im Moment total gut.«

»Und du sagst: nur Frauen?«

»Woher soll ich das wissen?«, entgegnete Theo lakonisch. »Ich vermute, die Männer, die sich auf so was einlassen, sind dabei weniger beständig. Entweder finden sie gleich jemanden, mit dem sie preiswerter alleine verreisen, oder sie sind abgeschreckt von dem kulturellen Bienenfleiß der Damen.«

»Aber die Leute, die hinter dieser Organisation stehen, die kennst du nicht?«

»Doch, da war auch mal einer da und hat mir Werbezettelchen gebracht. Nicht mehr jung, bestimmt auch schon um die 60, sah aber irgendwie aus wie ein ewiger Student, der die Weisheit der Welt mit sich herumträgt. Ein kleiner, verlebt aussehender Typ mit sanfter Stimme. Und seine Mitarbeiterin, glaube ich. Praktikantin. Jung, blond und planlos. Warum interessiert dich das? Du hast schon wieder diesen investigativen Blick drauf. Mit ein paar Leuten für Geld Kulturreisen zu machen, ist kein Verbrechen, oder?«

»Vielleicht doch«, sagte ich.

»Wie meinst du das? Du bist doch nicht etwa wieder hinter einem Mörder her? Maren, sag bloß … die Sache im Schwimmbad? Sieh dich vor! Irgendwann geht das mal schief, und dann ist deine saubere Freundin von der Polizei vielleicht nicht rechtzeitig zur Stelle. Du solltest als Ahnenforscherin zu Fuß auf den Friedhof gehen und nicht selbst im Sarg dorthin getragen werden.«

»Sehr einfühlsam, Theo. Aber diesmal liegt der Fall anders: Elfie wünscht meine Mitarbeit. Sie hat nämlich endlich eingesehen, dass es Dinge gibt, die sich nicht allein mit dem Fahndungscomputer und mit neuesten DNA-Techniken lösen lassen.«

Theo sah mich skeptisch an. Noch skeptischer wurde er, als ich mir einen Führer von Speyer kaufen wollte.

»Speyer hab ich nicht mehr viel. Das wird stark nachgefragt in letzter Zeit. Eben vor allem wegen der Jakobswege. Es muss nicht jeder nach Santiago de Compostela laufen, ein Stückchen durch die Pfalz tut es auch fürs kleine Seelenheil. So etwas nannte man früher übrigens den ›billigen Jakob‹. Möchtest du etwa auch auf den Spuren des Apostels Jakobus des Älteren auf der kulturellen Rennstrecke Europas wandeln?«

»Nein, nein. Als die Fee neben meiner Wiege die Gaben ausgeschüttet hat, hat sie bei W wie Wandern aufgehört.« »Aber bis zum Wein hat sie es dann noch geschafft?«, warf Theo spitzfindig ein.

»Nein, das ist A wie Alkohol. Ernsthaft, Theo, auf diesen Weg bringt mich keiner. Ich wandere höchstens mit Nessie durchs Beiertheimer Wäldchen vom Minigolfplatz bis zum Bahnhof, und wenn wir gut drauf sind auch zurück.«

Theo lachte. Dabei legte sich sein Gesicht in tausend Falten. »Du bist fast noch schlimmer als ich. Consuela will mich zwingen, am Wochenende mit ihr nach Worms zu fahren. Auch über den Rhein. Aus irgendeinem Grund interessiert sie sich für das Nibelungenlied. Will Kriemhilds Gefühlen nachspüren. Dabei ist das alles unbewiesen. Ein Ort macht Geschichte mit einer Sage.« Theo schüttelte den Kopf. »Mir sind historische Orte lieber, wo man auch etwas Echtes betrachten kann. Ein Ort, an dem was Echtes ausgebuddelt wird, ist mehr wert in den Reiseführern, zwei Sterne, drei … Aber Worms – oder meinst du, den Streit vor der Kirche gab es wirklich?«

Ich dachte an den Neid unter Frauen, den ich seit meiner Kindheit kannte. Dann dachte ich an die Gattin meines Cousins und erwiderte mit tiefster Inbrunst: »Damals war es vielleicht vor der Kirche. Heute könnte es eine Disco sein. Oder etwas anderes. Eine Beförderung. Ein bestimmter Mann. Niemand kann so hassen wie eine Frau, die neidisch ist. Aber du kannst Worms auch ohne Überprüfung des Wahrheitsgehaltes des Nibelungenliedes genießen.«

Theo seufzte. Seinen Laden verlassen und über den Rhein fahren – das war fast Unmenschliches von ihm verlangt.

»Darf ich Nessie kurz bei dir lassen? Ich bin wie gesagt mit Matthias im Karstadt verabredet, und da kann ich sie nicht gut mitnehmen.« Theo und Nessie musterten einander aus kleinen Äuglein hinter struppigen Bärten. Noch etwas Übermenschliches wurde von Theo verlangt: Einen richtigen lebendigen Hund hüten. Einen, der haarte, bellte und pinkeln musste und nicht nur als Bild in einem seiner Bücher das Köpfchen schief legte.

Theo seufzte. Was tat man nicht alles für eine Frau, von der man sich viele bittersüße Jahre lang eingebildet hatte, man sei in sie verliebt?

»Also gut, aber nur kurz.«

****

Übermenschliche Rechenkunststücke verlangte auch das Selbstbedienungsrestaurant von Matthias. Der Frühstücksteller sollte 3,25 Euro kosten und beinhaltete sechs Teile. Jede weitere Zutat machte 60 Cent extra. Mit seinen langen dünnen Beinen strich Matthias an der Theke entlang. Intensive Berechnungen wurden angestellt, ob es sich lohnte, dass wir uns einen Teller teilten und die interessanten Teile zukauften oder ob jeder … »Es kann nicht sein, dass ein kleines Stück Butter genauso viel zukostet wie eine Scheibe Räucherlachs. Da muss man mitdenken.«

»Matthias«, unterbrach ich ihn genervt und versuchte, seine spinnenbeinigen Umrundungen des Frühstücksangebotes zu unterbrechen, »sonst bist du auch nicht so sportlich. Bleib einfach stehen und lass uns frühstücken. Ich denke, du hast Karstadtaktien? Also, schädige den Konzern nicht durch allzu kleinliches Nachrechnen.«

»Da hast du Recht.« Matthias entschied sich, zwei Lachsscheiben so aufeinander zu legen, dass man annehmen konnte, es handele sich um eine einzige Scheibe.

Um den Argwohn der Dame an der zentralen Kasse zu lähmen, wies Matthias großzügig auf seinen Kaffee hin. »Ich habe eine Extraportion Milch genommen. Ist das in Ordnung?«

»Das schon«, meinte die Kassiererin ungerührt, »aber die Scheibe Lachs da, die muss ich Ihnen zusätzlich berechnen.«

Muffig saß er mir kurz darauf gegenüber. »Denk an deinen Aktienkurs, Matthias. Wie geht es übrigens deiner Freundin?« »Gut!«, sagte er herausfordernd. »Sehr gut. Sie ist eine Woche unterwegs. In *Kassel*.«

Matthias tat so, als verberge sich eine geheimnisumwitterte Metropole hinter dem Wort Kassel. Ich ließ den Ort zunächst unkommentiert.

»Melchior ist auch unterwegs. In *Berlin*.« »Warum bist du denn nicht mitgefahren?«, fragte er lauernd. Matthias wartete nur auf ein Krisenzeichen in unserer Beziehung. Wäre ich wieder alleine, was würde er dann mit der Unbekannten in Kassel machen?

»Keine Zeit. Ich warte auf einen Auftrag aus dem Offenburger Raum.« »Okay«, nickte er, als benötige ich dafür sein Einverständnis.

»Matthias, ich hätte eine Bitte. Du hast doch ab und zu ein paar freie Stunden?«

So etwas durfte man einem Mann in der Versicherungsbranche nicht sagen.

»Nein, keine Zeit. Mein Laden brummt im Moment. Du glaubst nicht, wie viel Kontakte ich zu aktivieren habe!« Da war es wieder. Matthias' erklärtes Lieblingswort. Sein Leben bestand aus immerwährenden Gelegenheiten und Kontakten.

»Doch, doch – das glaube ich gerne. Ich hatte dich nur fragen wollen … Weißt du, es gibt da eine Freizeitorganisation namens Kul2r. Könntest du dich vielleicht dort als Interessenten ausgeben?«

»Wieso sollte ich das tun?« Sein Erstaunen war echt. »Du weißt, ich bin nicht besonders an Kultur interessiert. Ich habe meine Wohnung in der Gartenstadt, meinen Kater Herbert, meine Freundin und mein Auto. Und wie du weißt, sammele ich alte Aufnahmen der Fischer-Chöre, so wie ich mich auch gelegentlich dem Modelleisenbahnbau und meinem Aquarium widme. Daneben bleibt mir wenig Zeit. Und die werde ich gewiss nicht mit Kultur verbringen.«

Entsetzt wich ich zurück. Seine kurze Zusammenfassung hatte mir noch einmal vor Augen geführt, wie spießig Matthias wirklich war.

»Ja, ich weiß, aber … ich müsste da einiges herausfinden. Die Frau, die im Vierordtbad umgebracht wurde, war Mitglied bei Kul2r. Vielleicht weiß man dort etwas über sie, das man der Polizei nicht auf die Nase bindet. Oder möglicherweise gibt es unter den anderen Leuten bei Kul2r einen, der Dreck am Stecken hat. Weißt du, Matthias, es herrscht ein ziemlicher Frauenüberschuss in dieser Gruppe. Und da dachte ich, dass du als attraktiver junger Mann …«

Matthias schälte sein Ei mit seinen dünnen Fingern. Tadelnd betrachtete er mich. »Maren, du hast bei mir eine Lebensversicherung abgeschlossen – wenn auch leider zu einem sehr niedrigen Betrag – die bei deinem 60. fällig wird. Als dein Versicherungsagent muss ich dich dringend bitten, mit diesen Mörderspielen aufzuhören. Sonst lohnen sich die Beiträge nicht für dich, die du bereits eingezahlt hast.«

»Ach, Matthias. Du willst mir also nicht helfen.«

»Nein. Es würde mir sowieso nicht gelingen, ein glaubhaftes Interesse für Reisen an Orte zu heucheln, die mehr oder weniger aussehen wie Karlsruhe, nur dass sie irgendwo eine schlecht begehbare Stadtmauer aus dem 12. Jahrhundert haben. Weißt du wie viel mehr eine Kugel Eis kostet, nur weil sie im Schatten dieser Stadtmauer auf das Tütchen geklebt wird? Eine historische Sehenswürdigkeit am Ort, und die Preise steigen. Ich war einmal in Rothenburg ob der Tauber. Weißt du, was da ein Bier gekostet hat? Und das ist sogar in Franken.«

»Ja und?«

»Na, wo man extra hinfährt, weil das Bier so billig ist. Nein, tut mir Leid. Und außerdem bin ich jetzt liiert. Meine Partnerin würde es merkwürdig finden, wenn ich mich in die Hände einer Organisation begebe, die Paare zusammenbringt. Und bei solchen Gruppen gibt es auch immer schwarze Schafe: Witwentröster, Singlejäger, die nur aufs Geld aus sind und ihre Opfer betrügen. Und die haben meistens schon eine Rechtsschutzversicherung, die sie also leider nicht mehr bei mir abschließen können. A propos … Ich habe da zufällig ein Angebot dabei … Moment mal, gilt aber nur noch kurze Zeit …«

»Ach Matthias«, sagte ich nur noch einmal.

****

Unterwegs zu Theo bekam ich eine SMS von Melchior. *»Berlin würde dir gefallen. Trotzdem freue ich mich auf ein paar Tage Stille nächste Woche. Dein Melchior«*

Vielen Dank, Melchior, dachte ich. Aber das Wort: *vermisse dich* vermisse ich.

Nessie hingegen begrüßte mich wieder einmal, als sei ich jahrelang fort gewesen. Gemeinsam gingen wir nach Hause, Nessie zu ihrem Wassernapf und ich zu meinem Anrufbeantworter.

Der verkündete nur Gutes. In drei Wochen sollte ich mit dem Offenburger Auftrag beginnen. Ein zweiter Anruf bezog sich auf eine Ahnenchronik, die ich vor vier Jahren für eine gut situierte Familie aus Baden-Baden erstellt hatte, die mich nun baten, sie zu aktualisieren, da sie inzwischen drei Enkelkinder und eine neue Schwiegertochter hinzugewonnen hätten. »Selbstverständlich werden wir Ihre Mühe wie üblich entlohnen, liebe Frau Mainhardt. Die Daten schicken wir Ihnen wie immer als pdf-Datei zu.«

»Gerne doch«, antwortete ich dem Gerät. Und zu Nessie: »Dein Futter ist gesichert. Die haben damals gut und pünktlich bezahlt!«

Es piepste noch mal. Und eine angenehme, gelassene Stimme sprach ohne Stocken.

»Hallo, Frau Mainhardt, hier spricht Marion Strauß. Erinnern Sie sich? Wir haben uns in Speyer kennen gelernt. Am Samstag bin ich zufällig in Karlsruhe. Hätten Sie wohl Zeit für eine Tasse Kaffee?«

Mein Privatleben entwickelte sich ja richtig rasant! Und zwar in alle möglichen Richtungen. Ich freute mich, dass Marion sich tatsächlich gemeldet hatte. Man gibt andauernd irgendwelchen Leuten seine Telefonnummer, aber letztlich melden sich nicht viele. Ich rief zurück und sagte ihrem Anrufbeantworter zu. Den positiven Schwung ausnützend, wählte ich gleich danach die Mannheimer Telefonnummer von Kul2r. Besetzt. Beim zweiten Versuch lief ein mit einer freundlichen Männerstimme besprochener Anrufbeantworter. Erst beim dritten Mal, eine Kaffeelänge später, meldete sich eine seriöse Männerstimme: »Prater. Kul2r. Schön, dass Sie anrufen!«

Ob er jeden so begrüßte? Auch Leute von der Telekom oder von den Zeugen Jehovas?

»Hallo, mein Name ist …« Verdammt. Nicht rechtzeitig genug einen Tarnnamen ausgedacht. »Franziska«, stieß ich schließlich hervor. »Ja?«, ermahnte mich die Stimme freundlich.

Ich zögerte. Heute Morgen hatte ich mich mit der jungen Frau, die unter mir wohnte, wegen der BNN gestritten. Ich holte sie morgens als erstes, da sie immer bis mittags schlief. Seit neuestem aber nahm sie irgendwelche positiv stimmenden Medikamente ein und war schon um sieben Uhr wach. Man musste vielleicht erwähnen, dass die Zeitung uns beiden nicht gehörte, sondern abonniert wurde von Herrn und Frau Schlinks, die berufstätig waren und sie erst abends scheinbar ungelesen aus ihrem Briefschlitz zogen. Franziska behauptete nun, ein Vorrecht auf die Schlinks-BNN zu haben, weil sie mir früher, als sie sich selbst noch ein Abo leisten konnte, gnädig *ihre* Zeitung zur Verfügung gestellt hatte.

Jetzt konnte sie mir wenigstens ihren Namen leihen. »Franziska Schönegg«, murmelte ich ins Telefon, »und ich bin Single.« Er musste mich für eine komplette Idiotin halten.

»Das ist doch gar kein Problem«, meinte die sanfte Stimme. »Und Sie möchten gerne kleine Kurzreisen machen? Und dabei in nette Gesellschaft geraten?«

»Ja, sehr gerne.« Und möglichst auch überleben, setzte ich in Gedanken hinzu. Das war eigentlich ungerecht, denn noch gab es keinerlei Hinweise, dass Kul2r etwas mit Hiltruds Tod zu tun hatte. Ebenso gut hätte ich Hirsch-Reisen verdächtigen können. Dennoch … Ich hatte da so ein Gefühl. Und diesem Gefühl wollte ich nachgehen.

»Wo wohnen Sie denn, verehrte Franziska?« Ich gab keine Antwort – weil ich normalerweise auf den Namen Maren reagiere und nicht auf Franziska.

»Wir sprechen uns alle nur mit Vornamen an«, ermahnte er mich sanft. »Es erleichtert so manches.«

Was erleichterte es denn, dachte ich. Das Ins-Bett-Hüpfen?

»Aber ja. Das macht nichts. Du kannst mich ruhig duzen.«

»Gut. Ich bin der Peter. Also, Franziska, wo wohnst du?« »In Karlsruhe! …Peter«, fügte ich hastig an. »In Karlsruhe, Franziska«, wiederholte er zufrieden, »da haben wir ein Büro. Es befindet sich am Gutenbergplatz. Kennst du denn den Gutenbergplatz?«

»Natürlich. Ein schöner Platz.«

»Gerne«, sagte er so, als hätte ich bereits mit diesen Worten einen Vertrag mit ihm abgeschlossen. Und dann, als sei ich therapiebedürftig – wahrscheinlich waren das auch einige seiner Klienten – »Du magst also schöne Plätze. Wir haben eine Fahrt nach Nancy anzubieten. Place Stanislas. Das sagt dir sicher etwas. Hotel, Reiseleitung, Essen alles inklusive.« Letzteres kam mit einem deutlich sachlicheren Unterton.

»Das hört sich gut an.«

»Ja. Am besten suchst du gleich morgen unser Büro auf. Es wird von meinem älteren Bruder Paul geleitet, du bist also in besten Händen. Er ist sehr kunstbewandert und betreut meistens unsere Ausflüge in die Pfalz und ins Elsass. Warte, ich gebe dir die genaue Adresse. Bist du eigentlich noch berufstätig?«

Noch berufstätig. Ich schluckte. Das hatte mich noch keiner gefragt. Meine Nachbarin Franziska war meines Wissens noch nie wirklich berufstätig gewesen, aber jetzt musste sie eben daran glauben »Ja, doch.«

»Fran-zis-ka Schönegg. Ein interessanter Name. Ich kannte mal einen von Schönegg. Verwandt?« Ich mag ja nach allem möglichen aussehen, aber ganz bestimmt nicht wie eine »von«, und Peter Praters Bruder würde mich bald persönlich kennen lernen. Also stritt ich adelige Querverbindungen sicherheitshalber ab.

»Nein, der Name stammt von ... ganz entfernten Vorfahren. Ich, ich bin durch und durch – bürgerlich.«

»Na siehst du«, tröstete mich Peter über meine niederen Wurzeln hinweg.

Als ich den Hörer schließlich auflegte, starrte mich Nessie unverwandt von unten herauf an. Ich tippte mir an die Stirn.

»So sehr Single kann man gar nicht sein, dass man sich ernsthaft in die Hände von Peter dem Sanften begibt. Aber: *Wat mut, dat mut.*«

****

Der Gutenbergplatz ist tatsächlich einer der schönsten Plätze von Karlsruhe, und besonders schön ist er, wenn Markt ist. Schließt man die Augen, atmet tief ein und lauscht, so könnte man annehmen, man sei in Südfrankreich. Aroma pur. Ziegenkäse, Kräuter, Oliven. Ich hatte noch ein wenig Zeit, schlenderte müßig an den Ständen vorbei. Junge Mütter, die aussahen wie Werbefiguren der Initiative »Akademikerinnen, kriegt nette Kinder!« schoben flott gekleidet ihre Fahrräder, bestückt mit süßen Kleinen in farbenfrohen Kindersitzen, und kauften biologisch aufgezogenes Gemüse ein, das sie gutgelaunt in rustikale Körbe verstauten. Plastik war hier mega-out. Hinterher ging es noch ins Gutenberg, einen Kaffee trinken mit einer ebenso flott aussehenden anderen jungen Mutter. In zwei Jahren, wenn die Kleinen größer waren, würde man wieder stundenweise als Anwältin oder Architektin, als Kunsthistorikerin oder vielleicht als Ärztin arbeiten. So zum Spaß, denn nötig hatte man es nicht.

Das Viertel war deutlich edler als meine heimische Südstadt – schöne alte Wohnungen mit großen Schiebetüren, echten Holzdielen und Stuckdecken. Durch die schmalen, hohen Fenster sah man gut bestückte deckenhohe Bücherregale. Hier war das Bildungsniveau sicher höher als in anderen Stadtteilen Karlsruhes, und neben den jungen Familien wohnten hier gewiss auch ein paar gut verdienende Singles. Deshalb war die Lage für ein gehobenes Single-Freizeitunternehmen auch nicht schlecht gewählt.

Erster Stock. Ein buntes fröhliches Schild mit zwei klug aussehenden Fröschen mit Lesebrillen, die einen Sonnenschirm über sich hielten: »Kul2r. Reisen-lieben-lernen«

Sehr gut, der Slogan. Alles geschickt gemacht. Eine junge Frau, Typ dürre Praktikantin, machte mir auf. Ich stellte mich mit meinem selbstgewählten Vor- und Nachnamen vor. »Frau Schönegg!«, wiederholte sie. Ich nickte.

»Franziska«, ermahnte ein Mann sie mit warmer, weicher Stimme aus dem Hintergrund und zu mir gewandt: »Die Lise ist neu hier. Hallo, ich bin der Paul«, setzte er hinzu.

Lise, die wahrscheinlich irgendwann gelernt hatte, dass es eigentlich höflich war, Leute, die man nicht kannte, mit Nachnamen und »Sie« anzureden, zog sich verwirrt an ihren Praktikantenplatz zurück, während ich mit Paul, Peters Bruder, dessen Familienname mir zunächst ein Geheimnis blieb – ich konnte nur vermuten, dass er auch Prater hieß – in ein fröhliches Büro trat. An den Wänden verhießen bunte Poster Reisefreuden in die nähere Umgebung. Vor blauem Himmel grüßten mich der Mannheimer Wasserturm, das Straßburger Münster, die Porta Nigra in Trier sowie eine Straßenszene aus Colmar, hinterlegt mit einem Riemenschneideraltar. Daneben hing eine Landkarte, gespickt mit Fähnchen. Ein Fähnchen steckte mitten in der Stadt Speyer. Ich mochte nicht gar zu auffällig hinschauen, doch Germersheim sah ich nicht.

Schreibtische gab es zwar, aber nicht für mich. Paul und »Franziska« nahmen ganz locker in einer Sitzecke Platz.

»Franziska, möchtest du etwas trinken? Wasser, Kaffee oder ein Gläschen Prosecco?« Paul zwinkerte mir so verräterisch zu, als habe er mir gerade Heroin angeboten.

»Danke.« Ich musterte ihn. Kein Mann, der meine Gefühle zum Leben erweckte.

Er war etwa sechzig. Höchstens mittelgroß. Schmal, fast schmächtig, der Hals schon faltig, aber von einem seidenen Tuch bedeckt. Er hatte einen ziemlich großen Kopf, der aussah, als ob darin angestrengt nachgedacht würde. Dunkle Augen, die unstet und suchend hin- und herflackerten. Ein angestrengt freundlicher Mund. Angestrengt? Ja: dies hier war ein Mann, der sich zu sehr bemühte, freundlich, höflich und kundenorientiert zu sein. Was Matthias tatsächlich zur zweiten Natur geworden war, schien bei ihm nur aufgesetzt sein. Nicht jeder verkauft gerne. Und schon gar nicht sich selbst.

»Danke schön, aber ich habe schon …«

»Ja, du hast schon gefrühstückt, nicht wahr? Ohne dir zu nahe zu treten, vielleicht alleine?« Paul trug Jeans und ein schwarzes Hemd.

»Nein, nicht alleine. Mit …«

Die mephistophelisch gezeichneten Augenbrauen von Paul wanderten ein wenig nach oben. Sein lauernder Blick wurde ernster. »Franziska, du weißt schon, dass wir eine Freizeiteinrichtung für allein lebende und alleinstehende Menschen sind. Wir vermeiden den modernen Ausdruck Singles, denn was soll an dem Wort ›alleinstehend‹ falsch sein?«

»Da habe ich mir noch keine Gedanken gemacht«, musste ich zugeben.

»Siehst du? Noch ein Schluck Biosaft? Von der Reichenau. Klosteräpfel.«

»Ach?« Für mich sah das Zeug aus wie ganz normaler Apfelsaft. Ich bin da misstrauisch: Kürzlich hatte ich auf dem Markt beobachtet, wie ein Biohändler, dem die Zucchini ausgegangen waren, im benachbarten Supermarkt einen Beutel ökologisch unkorrektes Gemüse gekauft, hinter seiner Bude mit Erde bekleckert und dann in seine Auslagen drapiert hatte. Ich fand das schade. Wir alle wollen gerne an etwas glauben. Etwa, dass beim Biobauern auch Bio drin ist. Man konnte irgendwie verstehen, was die Menschen auf den Jakobsweg trieb. Zumindest existierte *der* nachweisbar seit tausend Jahren. Zwar nicht unbedingt in Speyer … meine Gedanken, die genau so wenig konsequent an der Leine gehen wie Nessie, verirrten sich. Ich folgte ihnen nicht. Ein Fehler.

Paul beobachtete mich inzwischen milde.

»Ja, wir versuchen, konsequent zu sein. Heimische Kultur verstehen und fördern. Nicht in Länder reisen, in denen wir nur eine polierte Oberfläche sehen, sondern den Dingen auf den Grund gehen. Ich möchte auch erwähnen, dass wir christliche Werte nicht ablehnen. Ich denke, auch du stehst den Errungenschaften unserer abendländisch-christlich geprägten Kultur positiv gegenüber?«

Hoffentlich ist das Ganze kein deutschnationaler Verein, dachte ich, wenngleich Paul eher gespenstisch als rasserein aussah. Eilig gab ich vor, sehr abendländisch und sehr christlich zu sein. In Wirklichkeit wäre ich allerdings ganz gerne im Orient geboren. Ich stelle mir gerne vor in einem Harem zu leben, wo man zwar einen Liebhaber hat, ihn aber nicht jeden Tag um sich haben muss, und wo man sich ständig mit Oliven und Datteln voll stopfen kann und mit Rosenöl einreiben lässt. Wo man bei Hitze schön brav hinter den Mauern des Serails bleiben kann, anstatt wie die moderne, alleinlebende abendländische Frau abends noch in der Schlange bei Aldi zu schwitzen.

Paul betrachtete mein sehnsüchtiges Mienenspiel mit sanfter Vorfreude.

»Wir sind kein Heiratsinstitut und betreiben auch keine offizielle Partnervermittlung, aber wir möchten, dass die Menschen, die zu uns kommen, mit uns reisen und bei uns jemanden kennen lernen, auch damit rechnen können, dass der andere Mensch ebenfalls alleinstehend ist. Sonst würde das ja alles keinen Sinn machen, nicht wahr?«

»Nein«, sagte ich, »nein. Ich habe mit meinem Hund gefrühstückt. Ist ein Hund okay?«

Pauls Augenbrauen begaben sich wieder in ihre Ausgangsposition.

»Hund ist ganz wunderbar«, sagte er.

7. Kapitel

»Du warst *wo?*«, fragte Elfie. Erregung, Ärger und Unsicherheit, wie sie sich jetzt verhalten sollte, ließen ihre Stimme zittern. »Du bist dort gewesen wegen Hiltrud Binder, nicht wahr?«

»Ja. Und wer weiß. Vielleicht hatte ja auch Alin Niedermeyer etwas mit diesem Verein zu tun. Könnte man das überprüfen?«

»Das habe ich selbstredend bereits getan«, erwiderte sie kühl wie immer. »Mein Kollege hat das längst erledigt. Fehlanzeige. Alin Niedermeyer ist defintiv *nicht* mit Kul2r gereist. Sie hat laut Freunden und Verwandten wohl überhaupt keine solchen Fahrten innerhalb Deutschlands unternommen. Mallorca. Teneriffa. Zweimal USA. In Paris war sie. Und in London zum Weihnachtsshopping. Gelegentlich ist sie nach Luxemburg gefahren, um Kleider zu kaufen.«

»Schade.«

Elfie schien heute keine Lust zu haben, ihre üblichen Spielchen zu spielen – »Eigentlich habe ich ja im Augenblick keine Zeit für dich!« – Spielchen, die dazu dienten, eine Hierarchie zwischen uns herzustellen. Stattdessen fragte sie eifrig: »Hast du Zeit?«

Ich nahm an, dass die Konkurrenz von Frau Ix ihr gewaltig zusetzte. »Sicher. Du weißt, ich bin derzeit Strohwitwe.« Sie stieß einen merkwürdigen Laut aus. »Um Strohwitwe zu sein, müsste man ja wohl erst einmal verheiratet sein, oder?« Und wieder hatte sie einen Restaurantvorschlag parat. »Gehen wir ins ›Walhalla‹?«

Seit neuestem hatte Elfie eine Vorliebe für griechisches Essen entwickelt. Früher hatte sie Zaziki gemieden wie die Sünde und sich geschüttelt, wenn sie ein Lamm nur auf der Weide stehen sah. Seit einiger Zeit aber vertilgte sie erstaunliche Mengen von eingelegten Auberginen, gegrillten Zucchini und löffelte sogar dieses rosa Fischrogenzeug, von dem *ich* garantiert Durchfall bekäme.

Das »Walhalla« war noch leer, als ich eintraf. Aber natürlich wartete Elfie bereits. »Musstest du den Hund mitbringen?« »Ja, Nessie kann nicht immer zu Consuela. Die hat außerdem Kundschaft. Vielleicht schaut sie nachher noch mal rein. Sollten wir länger sitzen, kann sie die Kleine dann mitnehmen.«

»Hat diese Consuela eigentlich inzwischen ein Gewerbe angemeldet?« »Keine Ahnung. Lass sie in Ruhe, Elfie. Sie ist in Ordnung. Denk dran, dass sie uns beim letzten Fall geholfen hat. Ohne sie wäre ich auf manches nicht gekommen. Consuela kann Dinge sehen, die wir nicht begreifen.« »Glaube ich nicht.« »Doch. Sie sagt, die Karten zeigen nicht die Zukunft, wie die meisten Leute glauben. Sie zeigen, was heute ist, und deuten auf eine mögliche Entwicklung. Die Richtung, in die du gehen könntest, aber nicht gehen musst.«

»Dumme sterben nicht aus. Aber solange sie diesen Hund manchmal nimmt, soll es mir recht sein.«

Nessie sah Elfie, stellte ihre Nackenhaare und zeigte, dass sie seitlich lange Zähne hatte. Wäre sie ein Kampfhund, hätte Elfie schon längst einen Wesenstest angefordert. »Psst, Liebes … lass Elfie in Ruhe. Setz dich, Nessie. Der Wirt bringt uns einen Ouzo und dir Wasser.«

»Mir auch Wasser, bitte«, bestellte Elfie.

»Wie der Hund?«, grinste der Kellner.

»Na hören Sie!« Der Kellner hörte, aber es war ihm egal. Während wir warteten, sortierte Elfie ihre Vorwürfe gegen mich.

»Erstens: Wieso gehst du einfach dahin und …«

»Weil ich eine sehr kulturinteressierte Person bin, und weil ich, solange Melchior weg ist, Single bin. Obwohl man mich dort ›Alleinlebende‹ nennt. Ich entspreche der Zielgruppe, außer dass ich vielleicht ein paar Jährchen zu wenig habe, aber die kommen ja bald automatisch dazu.«

Nessie versuchte, auf die Eckbank zu gelangen. Meine Hand und ein Polizeihundeausbilderinnenblick von Elfie hielten sie vorübergehend davon ab.

»Zweitens: Wie war dein Eindruck?«

Ich versuchte, mich so genau wie möglich an den Besuch bei Kul2r zu erinnern. »Elegant – verspieltes Büro, nobles Haus aus dem 19. Jahrhundert. Ich hatte Kontakt zu einem Mann, dem Chef der Karlsruher Niederlassung, und einer Praktikantin. Paul …«

»Paul?«

»Man duzt sich dort, Elfie. Paul selbst könnte auch aus dem 19. Jahrhundert entlehnt sein. Man würde sich nicht wundern, ihn im Samtanzügchen mit Manschetten zu sehen. Kein junger Mann mehr, bestimmt um die sechzig, nicht sehr groß. Aber eitel. Strähniges dunkles Haar, vielleicht gefärbt, und intensiv forschender Blick. Mir schien, er hat eine ganz leichte Behinderung am Arm. Er hat angeblich vor vielen Jahren Mediävistik und Romanistik sowie Völkerkunde und noch irgendwas studiert – ob er einen Abschluss hat, konnte ich nicht überprüfen, das wäre dann eure Aufgabe. Er spricht schönes reines Deutsch, aber für mich wirkt er wie eine Figur aus dem Theater.«

Das Mineralwasser kam. Elfie drehte die Flasche mit scharfem Blick hin und her. »Naja«, sagte sie schließlich, als sei es der falsche Jahrgang. Ich verdrehte die Augen.

»Aha. Und wie geht es vor sich in diesem Unternehmen?

»Man unterschreibt einen Vertrag, immer für ein Jahr. Adresse, Telefonnummer, E-Mail wird notiert. Es kostet inzwischen 100 Euro im Vierteljahr. Dafür bekommt man regelmäßig Angebote für Kulturtrips zugeschickt und erhält einen Rabatt auf die Reisen. Als neues Mitglied darf man ohne den Vierteljahresbeitrag an einer Schnupperreise teilnehmen – zum vollen Reisepreis, versteht sich. Außerdem gibt es einen monatlichen Stammtisch im Restaurant ›Gutenberg‹, wo sich Mitglieder treffen können und neue Unternehmungen gemeinsam buchen oder sich frei für irgendeine Aktion verabreden können.«

Das Essen kam. Nachdenklich betrachtete ich Elfies grellbunten Vorspeisenteller, den der Kellner vor ihr auf den Tisch stellte. Elfie sortierte die Oliven nach schwarz und grün.

»Wenn ich ganz ehrlich bin, finde ich die Idee eigentlich gar nicht so schlecht. Viele alleinstehende Frauen haben Probleme, eine Reisegenossin zu finden. Meinst du nicht?«

Elfie hackte auf ihren Schafskäse ein und gab keine Antwort.

Rückwirkend gesehen hätte mir das vielleicht auffallen sollen. Aber ein einzelner Puzzlestein bringt einem nicht weiter. Erst wenn man mindestens drei vor sich hat, bekommt man eine Ahnung vom Bild.

»Hier, ich habe dir ein zweites Exemplar ihres Prospektes mitgebracht. Kannst du dir ja auch mal anschauen. In dreißig Städten und Orten, überwiegend in Süddeutschland, gibt es inzwischen kleine Filialen. Manche sind nur einen Tag in der Woche besetzt. Nur in Mannheim, Karlsruhe, Freiburg und Stuttgart gibt es richtige Büros. Die meisten Kulturtrips gehen immer nur zwei, maximal drei

Tage lang und führen in die nähere Umgebung der einzelnen Wohnorte, sind aber weit genug, um eine Hotelübernachtung zu erfordern. Wir wollen nicht vergessen: Man soll hier einen Partner kennen lernen. Und das geht besser am Abend. Wenn man etwas trinken kann, und sei es auch nur die milde Milch der Erkenntnis. Obwohl mir Paul erklärt hat, man biete unter anderem auch Fahrten nach Worms an, ›Auf den Spuren der Nibelungen‹, und nicht nur dort halte man sich an das höfisch-ritterliche Gebot der *mâze*. Als er das gesagt hat, sah er aus wie Hagen von Tronje persönlich.«

»Hm. Finde ich eigentlich sehr vernünftig. Ich trinke im Urlaub ohnehin nicht mehr als sonst.«

Oh je, dachte ich. Und notierte im Geiste: Kein Urlaub mit Elfie. Lieber mit Raika oder Consuela. Melchior trank auch kaum Alkohol. Wahrscheinlich hatte er Angst, dann seine wertvolle Beherrschung zu verlieren. Eigentlich mag ich Leute, die sich auch einmal gehen lassen können.

»Fest steht, dass Hiltrud in dieser Singlereisebörse eingeschrieben war – und, wie wir jetzt wissen, Alin nicht. Dort kann also die Verbindung zwischen den beiden Frauen, wenn es eine gab, nicht liegen.«

Wir schwiegen.

»Übrigens hat er mich schon recht deutlich gefragt, ob mir das nicht zu teuer erscheint, die Jahresgebühr, es gäbe da manchmal Klagen von Leuten, die meinten, hochklassige Kulturorganisation sei umsonst zu haben. Ich habe ihm dann hoffentlich glaubwürdig versichert«, ich seufzte in der Erinnerung an die große Überwindung, die mich genau diese Lüge gekostet hatte, »dass es mir finanziell sehr gut gehe, seit ich von einer Tante geerbt hätte und schließlich sei ich ja auch alleine …«

»Und?« »Das hat er mit einem sehr wohlwollenden Lächeln quittiert.«

»So wie Hiltrud vielleicht. Die Frau, die bei Hiltrud gewohnt hat, ist übrigens ebenfalls Mitglied bei Kul2r. Gerlinde Höpkens. Ich habe ihren Namen auf der Anmeldungsliste für die Fahrt zum Straßburger Weihnachtsmarkt gesehen, die er mir gezeigt hat, um mir zu beweisen, wie weit im Voraus sie ausgebucht sind.«

Elfie sah nicht sehr überrascht aus. Das mit Gerlinde hatte sie durch ihre Informanten natürlich gewusst. Wir kämpften mit ungleichen Waffen.

Dennoch – selten waren wir uns so einig gewesen wie in dem Verdacht, dass mit Kul2r etwas nicht stimmte.

****

Nessie und ich genossen den milden Abend auf dem Balkon. Es war niedlich, wie der Hund sein Köpfchen an mein Knie schmiegte. Nessie liebte es, mit mir alleine zu sein. Dass im »Walhalla« außer Consuela später noch Raika mit ihrer Tochter zu uns gestoßen waren, hatte ihr gar nicht gefallen. Consuela war in Ordnung, aber vor allem Ana mochte sie nicht. Wenn ich nicht hinsah, hielt sie ihr ein Pommes Frites hin, und kaum schnappte Nessie danach, zog Ana ihn schnell weg. Ihrem fiesen Kinderintellekt hilflos ausgeliefert, fiel der Hund immer wieder aufs Neue darauf herein.

»Gibt es schon Ergebnisse in dem Mordfall mit dieser Frau im Vierordtbad?«, erkundigte sich Raika in Richtung Elfie, die ihr anfangs als Kommissarin sehr suspekt gewesen war. Consuela lächelte vielsagend, so als wisse sie natürlich ganz genau, dass es keine Ergebnisse gab. Ihr allwissender Blick war ihr größtes Kapital.

»Ich bin nicht mit dem Fall betraut«, erwiderte Elfie schmallippig und verdrehte den Kopf hektisch nach dem Kellner. Hier waren für ihren Geschmack zu viele von *meinen* Bekannten am Tisch.

»Jedenfalls traut man sich kaum noch ins Schwimmbad«, meinte Raika finster. »Sie haben es ja nicht veröffentlicht, aber es hat sich herumgesprochen. Ein merkwürdiger Ort, jemanden umzubringen. Man fühlt sich sicher in einem Schwimmbad. Irgendwie hat man das Gefühl, dort wacht jemand über einen – es ist eine staatliche Institution. So wie eine Schule oder eine Kirche. Jemanden in einem Wellnessbad umzubringen ist ein Tabubruch.«

Elfie und ich tauschten einen Blick. Schule oder Kirche? Wir hatten dafür bisher keinen Beweis, aber wenn wir annahmen, Alin Niedermeyer und Hiltrud Binder waren dem gleichen Mörder ins Garn gegangen, dann hatte dieser Mörder jedenfalls keine Hemmungen, an Orten zu töten, die anderen heilig waren.

In diese Gedanken vertieft, saß ich später auf meinem Balkon.

Nahmen wir also tatsächlich einmal an, bei beiden Frauen handelte es sich um den gleichen Täter. Beide Wohnungen waren durchsucht worden. Was hatte der Mörder dort gesucht? Es konnte natürlich alles Mögliche gewesen sein. Dinge, die beide Frauen besaßen und die er aus irgendeinem Grund in seinen Besitz bringen musste.

Aber warum schlug er erst zwei Jahre später wieder zu? Das ergab keinen Sinn. Jemand, der eine Frau in einer Kirche erdrosselt, hat keine Skrupel, gleich noch mal zuzuschlagen.

Und hatte er das gefunden, nach dem er suchte? Oder würde es weitere Morde geben?

Das Telefon läutete, und diesmal war es tatsächlich Melchior. Mit der üblichen ruhigen Stimme überwand er zumindest die räumliche Distanz von Karlsruhe nach Berlin. Man lerne viel hier in seinem Kurs und treffe Kollegen, meist männliche, denn in dieser Hierarchiestufe gebe es kaum noch Frauen. Berlin sei hektisch, laut und immer noch werde überall gebaut. »Dir würde der Umtrieb hier nichts ausmachen, Maren, du bist eine Großstadtpflanze, aber ich brauche einfach mehr Ruhe und Natur um mich herum.«

Ich wollte lieber über unsere Gemeinsamkeiten als über unsere Unterschiede reden. Ungeduldig gab ich deshalb zurück: »Dann geh halt in den Park. Berlin soll ein paar davon haben, was man so hört.«

»Ein Park ist nicht das Gleiche. Das ist gestaltete Natur. Ich meine das Ursprüngliche und Archaische.« »Komm nach Karlsruhe. Wir machen es uns ruhig und gemütlich. Und ...«, ich versuchte, meine Stimme sexy klingen zu lassen, »wir können es uns auch sehr – archaisch machen. Ich hätte da ein paar Ideen.«

»In deiner Südstadt?«, erklang es zweifelnd. »Das glaube ich nicht. Dort findet man vielleicht viele Kneipen, aber bestimmt keine Ruhe und Einkehr.« Natürlich ging er nicht auf mein unmoralisches Angebot ein. Viviers hätte ich es nicht zweimal unterbreiten müssen, dachte ich.

»Einkehr? Bist du zum Mönch mutiert?«, fragte ich heiter, obwohl ich mich gar nicht so heiter fühlte. Melchior war noch nie besonders lebenslustig gewesen. Es war, als habe er eine Sperre im Innern, die ihn zurückhielt, wenn sein Leben zu fröhlich zu werden drohte.

»Zumindest hat ein Mönch innere Werte, an die er sich halten kann. Und was machst du sonst so? Bist du – vorsichtig?«

Es klang besorgt und eigentlich auch liebevoll, aber dennoch war da etwas an seinem Ton, das mir nicht gefiel. Und was meinte er damit, »vorsichtig«? Er schien zu ahnen, dass ich mich mit den Morden beschäftigte – entgegen seinem ausdrücklichen Wunsch. Aber woher konnte er das wissen?

Ein unangenehmer Gedanke keimte in mir auf.

Doch ich schob ihn ganz weit weg.

****

Dieses Klingeln kannte ich. Früher, bevor er seine »feste Freundin« gefunden hatte, war Matthias morgens regelmäßig mit Brötchen vor meiner Tür gestanden. Meistens zu früh. So auch heute wieder. Offensichtlich profitierte ich von der Abwesenheit seiner »Festen« im fernen Kassel.

Überhaupt schienen derzeit alle abwesend zu sein.

Die alte Frau von gegenüber machte die Tür einen Spalt auf, warf mir einen tadelnden Blick zu – *dauernd neue Männer* – und ließ ihre Katze in den Hausgang schlüpfen. Sie würde unten bei den Briefkästen so lange warten, bis jemand sie hinaus ließ, und den Tag dann auf den Straßen der Südstadt verbringen, so wie viele andere Katzen auch. Nessie hatte ihren leisen Schritt bis in ihren Schlafkorb vernommen und schoss wie ein Pfeil zur Tür, was Matthias wohlwollend als freudige Wiedererkennung wertete.

»Na, kleiner Hund«, sagte er onkelhaft und tätschelte ihr Fell, »geht's dir gut?«

Wäre Nessie eine Figur in einem Comic, erschiene jetzt ein Fragezeichen über ihrem Kopf. Was sollte ein Hund bitte schön auf diese Frage antworten?

»Komm rein. Ich bin noch nicht angezogen.« – »Macht nichts. Ich bin versorgt. Und daher immun.« Er lachte selbstgefällig.

Brötchen hatte er zumindest dabei. Wenn er jetzt noch Nessie ausführte, konnte er ruhig wieder öfter vorbeikommen. »Was gibt's denn, Matthias?«

»Ich kann dir helfen. Ich kenne jemanden, der mit dieser Hiltrud zusammen eine Kulturreise gemacht hat.« »Ach ja?«

»Aber er ist jetzt verheiratet, deshalb hat er sich nur sehr mühsam daran erinnert. Er möchte aus diesem Grunde auch anonym bleiben.« Innerlich verdrehte ich einmal mehr die Augen.

»Er sagt, da sind vor allem Frauen, aus besseren Kreisen, so Bildungstussis, kurz vor dem Verfallsdatum, die nach allem schnappen, was sich bewegt. Die meisten sind Lehrerinnen oder so was in der Art. Er hat zwei Kapitallebensversicherungen empfehlen können.«

Empfehlen hieß bei Matthias eigentlich immer verkaufen, nur hörte es sich anders besser an.

»Ja und?«

»Es sei ganz interessant gewesen, obwohl die viele Kultur ihm dann auf die Nerven gegangen ist. Immer nur um Altäre rumschleichen und Bilder anschauen, von denen eines wie das andere aussieht. Oder sich bei Vernissagen herumdrücken, wo es nichts zu essen gibt, was satt macht. Das war auf Dauer nichts für ihn.« Obwohl ich Matthias und seinen Kumpels aus der Versicherungsbranche mental nicht besonders nahe stand, ging es mir ähnlich.

»Und die Damen waren meistens schon Fallobst!«

»Matthias!«

»Aber er sagt, der geschniegelte Rentnertyp, der die Führungen macht und dem der Laden in Karlsruhe untersteht, der kann es gut mit dem Zellulitegeschwader und techtelt ganz schön mit ihnen rum. Und er fährt nicht schlecht damit. Die eine oder andere dehnt den Begriff Kultur schon ein bisschen weiter aus, Richtung Boudoir, oder wie diese alten Mädchen das so nennen. Sagt mein Freund.«

Hoffentlich musste ich den Freund von Matthias niemals kennen lernen. Für manche Männer sollte man sich eine extragroße Dose Pfefferspray anschaffen.

****

Nach all dem vielen Gerede und dem Herumsitzen in Kneipen, fühlte ich ein intensives Verlangen nach Grün. Nach Einsamkeit und Natur. Bei mir als Stadtkind sind das immer nur kurze Sehnsüchte, die sehr schnell vorübergehen und meistens durch einen Besuch im Oberwald abgedeckt werden können. Wanderungen durch die einsame Ardèche von Zeltplatz zu Zeltplatz liegen mir ebenso wenig wie Touren in den Alpen von Hütte zu Hütte oder Halligaufenthalte, die über den Kauf-Stopp des Fahrgastschiffes hinausgehen. Natur darf bei mir gerne gestaltete Natur sein, und wenn ein Kiosk und eine Polizeistation, eine Tankstelle und eine Buchhandlung in der Nähe sind, bin ich nicht böse.

Nessie und ich radelten über die Brücke in den Oberwald. Das heißt, ich radelte und Nessie saß steif in dem eigens für sie angeschafften Korb. Ihre Ohren flatterten leise im Wind, aber trotz mehrfachem »Mach-schön-Schlafi!« wollte sie sich nicht entspannen, sondern kniff die Augen zusammen und feindete jeden entgegenkommenden Hund aus ihrem Korb heraus kläffend an.

Auf einer Bank am Rande eines Maisfeldes ließ ich mich nieder, befreite Nessie aus ihrem Korb und studierte die Unterlagen von Kul2r.

»Sessenheim: Wo Goethe sein Herz verlor.« Eintagestour mit Mittagessen im sterneverdächtigen *Au Boeuf*.

»Baden-Baden: Wo Dostojewski sein Geld verlor.« Zwei Tage. Eine Übernachtung in einem Hotel der oberen Mittelklasse.

»Maulbronn: Wo der Esel Wasser suchte.« Da blätterte ich schnell weiter.

Es gab Bretten: »Luthers Helfer: Wo der Glaube neu entstand.« Und Knittlingen: »Heimat des Zauberers: Wo ein Märchen begann.«

Es gab Pforzheim, zwei Tage und ohne »Wo …«, stattdessen »Schmuck und mehr.«

Es gab Bodensee, drei Tage. Titisee, zwei Tage. Freiburg.

Und Speyer: »Der wahre Jakob. Mittelalterliches Speyer: Faszinierende Station auf dem Weg zum Gotteslohn.«

Eine Übernachtung war möglich, aber nicht verbindlich und nicht im Preis inbegriffen. Kosten: 199 Euro. Mit Essen und Getränken. Verhießen wurde ein Rundgang durch Speyer, der Besuch des Doms und des Historischen Museums; eine Erläuterung der Lebensweise im Mittelalter sowie ein Vortrag über die Jakobswege. »Spiritualität leben. Inneren Frieden finden.« Dazu natürlich der gemeinsame Restaurantbesuch.

Der Preis überstieg fast ein wenig meine Möglichkeiten. Andererseits – wer wollte nicht inneren Frieden finden?

»Und du?«, fragte ich Nessie, die mit einem mürrischen Gesichtsausdruck neben mir hockte und eine wenig nahrhafte Ameise mit ihren Blicken verfolgte. »Gehst du wieder zur Tante Consuela? Für einen Tag? Nicht traurig sein.«

Mistvieh. Anstatt traurig zu sein, wedelte sie mit dem Schwanz und sah mich froh an. Mistvieh. Zur Strafe musste sie zu Hause bleiben, wenn ich mich mit Marion Strauß traf.

****

Die Frau, die ich eigentlich kaum kannte und die mir doch so vertraut schien, als sei sie eine langjährige Freundin, stand an der Pyramide mit der ihr eigenen Gelassenheit und wartete auf mich. Sie trug ein Kleid, das knapp unter dem Knie endete und das sie ein wenig zu matronenhaft erscheinen ließ. Ihre Lippen waren geschminkt, die intensiv graublauen Augen auch. Ihr dichtes blondes Haar schimmerte wie eine Wolke in der Frühsommersonne.

Als ich kam, nahm sie meine Hände, hielt mich ein Stück von sich weg und sagte: »Wie reizend Sie aussehen! Dagegen komme ich mir wie eine plumpe Pfälzer Kartoffel vor. Sie müssen mit mir einkaufen gehen. Sofort! Ich brauche ein etwas zum Anziehen für all die offiziellen Anlässe, die jetzt wieder auf mich zukommen. Sie werden mich wunderbar beraten. Danach lade ich Sie zum Eis ein.«

Anlässe? Vor meinem geistigen Auge sah ich glanzvolle Auftritte bei Bällen und würdevolle Defilees im Dom. Als ob sie meine Gedanken erraten hätte, schüttelte sie den Kopf.

»Ach, manches Mal sind diese Einladungen und Verpflichtungen eher lästige Dinge. Seien Sie froh, dass Sie das alles nicht mitmachen müssen. Unsere Jüngste hat Konfirmation. Der beste Freund meines Sohnes Bernd heiratet demnächst, und wir – mein Mann und ich – sind auch eingeladen. Bernd kennt ihn schon seit Kindergartentagen. Ich wünschte, mein Herr Sohn würde auch eine Familie gründen, aber er wird wahrscheinlich später einmal zu den Männern gehören, die mit ihrem Beruf verheiratet sind. Nicht, dass er nicht die Gelegenheit dazu hätte«, sagte sie lächelnd, »manchmal rufen schon Frauen für ihn an, aber bisher … na ja … er ist eben anderweitig engagiert.«

»Engagiert? Wie sein Vater?«, fragte ich.

»Oh, ja«, antwortete sie mit einem warmen Unterton und wandte sich zum Weitergehen, »die gleiche Leidenschaft wie sein Vater. Gut, und unsere Tochter Selina hat Klassentheater, und danach steht natürlich auch ein Umtrunk mit den Eltern an. Und mein Mann ist in verschiedenen Vereinen aktiv. Wenn er mal da ist, könnte er sich unverzüglich in mehrere Personen aufteilen. Immer unterwegs. Bei uns passiert ständig etwas. Die Pfälzer haben außerdem immer was zu feiern. Sie wissen ja ...«

Nein, dachte ich. Ich weiß es eben nicht. Und ganz anders als bei meinem Cousin und seiner aufdringlich mütterlichen Frau fühlte ich einen kleinen Stich des Neides. Marion war eine attraktive Frau. Sicher, sie war ziemlich rundlich, doch bei ihrer Wärme und Lebendigkeit fiel das kaum auf. Sie war so lebendig wie Tristan.

Wir mussten drei Läden durchkämmen, bevor wir ein schwarzes T-Shirt mit dezenten, ebenfalls in schwarz gehaltenen Pailletten fanden.

»Oh, Danke«, sie schenkte der Verkäuferin ein freundliches Gesicht. »Sie haben mich sehr gut beraten, und das Geschäft hier kann man wirklich nur weiterempfehlen.« Die Frau, vermutlich eine 400 Euro-Kraft, schaute erstaunt. Dann strahlte sie über das ganze Gesicht. Marion war eine Frau, die es genoss, anderen eine Freude zu machen. Ich mochte sie. Und deshalb beschloss ich, ehrlich zu ihr zu sein.

»Ich muss Ihnen etwas sagen, was Sie vielleicht überraschen wird und von dem ich Sie ...«

»Oh, ich weiß. Ich habe es gehört. Sie haben der Polizei mit Ihren ahnenforscherischen Methoden schon mehrmals geholfen, einen Mord aufzuklären.«

Ich schluckte und räusperte mich. »Ich möchte nicht, dass Sie denken ...«

»Aber«, sie legte mir eine Hand auf die Schulter, »nein, nein, ich bin nicht böse und auch nicht misstrauisch. Es ist nur so – die Polizei hat damals wirklich alles versucht. Jeden befragt, mit dem Alin zu tun hatte. Es fand sich einfach kein Motiv. Und keine Spuren.«

Ich habe es gehört, hatte sie gesagt. Sie wusste also Bescheid über mich. Woher hatte sie die Information? Ich blickte in ihre traurigen Augen und wagte sie nicht zu fragen. Das konnte warten. Stattdessen bat ich leise: »Erzählen Sie mir von Ihrer Schwester.«

Marion holte tief Luft, dann berührte sie kurz meine Hand. »Haben Sie eine Schwester?« »Ja. Aber sie wohnt weit weg. Ich sehe sie nicht sehr oft.« »Und wenn Sie sich begegnen, verstehen Sie sich dann gut?«

Ich dachte nach. »Wir stehen uns nicht allzu nahe. Aber es gibt ein Band zwischen Geschwistern. Eine Geborgenheit, die man fühlt, wenn man zusammen ist. Etwas, das man nicht erklären kann. Ich habe das in meinem Beruf oft erlebt. Familien, die bis aufs Blut zerstritten sind, Brüder, die sich ein Leben lang nicht mehr angeschaut haben; und wenn dann einer von ihnen stirbt, dann steht der Hinterbliebene am Grab und weint. Mit dem Bruder oder der Schwester verlässt einen unwiderruflich ein Stück kollektiver Erinnerung einer Familie. Vielleicht nimmt man dabei auch ein Stück weit Abschied von sich selbst.«

Marion nickte langsam. Mit einer grazilen Geste strich sie sich das Haar aus dem Gesicht.

»Alin war die jüngere von uns beiden. Doch eigentlich war sie immer *vor* mir da. Bei allem. Gut in der Schule und sehr erfolgreich bei den Jungs. Sie hat bei uns in der Tanzstunde Misswahlen eingeführt und ist prompt Miss geworden, natürlich. Und unsere Mutter, die konnte sie um den kleinen Finger wickeln, wie man so sagt. Unsere Mutter war immer sehr stolz auf Alin. Wie sie sich anziehen konnte, wie sie sich bewegte und wie sie sich schon als Kind Ziele steckte – es war von Anfang an klar, dass sie ihr Leben selbst in die Hand nehmen und sich etwas eigenes aufbauen wollte – na ja, sie hat ja dann auch das Geschäft gekauft, und das lief recht gut.«

»Sie hatten ein gutes Verhältnis zu ihr. Sie und auch Ihre Kinder?«

»Ja, schon. Oh, natürlich gab es ab und zu Streit, oder sagen wir: Diskussionen. Vor allem mit meinem Mann und mit Bernd, zum Beispiel wenn es um Stadtpolitik ging. Wir lieben alle unsere Heimatstadt sehr. Bernd ist ja Historiker, aber ich vermute, er will langfristig zur Zeitung oder in den Fremdenverkehr. Da hatten sie manchmal schon verschiedene Auffassungen: kein Massenbusbetrieb, sanfter Tourismus und diese Dinge, aber eigentlich waren das fruchtbare und gute Diskussionen. Jedenfalls hat Alin unsere Kinder gewiss sehr geliebt, wo sie doch selbst … na ja …« Taktvoll ließ Marion den Satz ausklingen.

»Und sie war hilfsbereit, immer für uns da. Wenn wir nach Mainz oder Karlsruhe ins Theater gehen wollten, hat sie die Kinder genommen, als sie noch klein waren. Und als wir vor Jahren den Partykeller unten ausbauen ließen, der eigentlich für die Kinder zum Feiern gedacht war – obwohl Bernd dann prompt seine gesamte Computeranlage dort installiert hat –, hat sie den Umbau überwacht, als wir im Urlaub waren. Bernd kam dann zwar früher als wir nach Hause, aber so ein junger Mann hat doch andere Interessen und zudem nicht den Überblick. Sie hatte sicher genug Arbeit mit der Beaufsichtigung der aufwändigen Renovierungsarbeiten. Und wir konnten den Keller nicht einmal mehr gemeinsam einweihen. Denn kurz danach war sie tot.« Marion schwieg einen Moment. Traurig fügte sie an: »Wissen Sie, Alin war nicht gerade einfach, aber sie war in Ordnung.«

»Dachten alle so?«

Marion ließ sich Zeit mit der Antwort, dann hob sie mit einem kleinen Lächeln die Schultern.

»Na ja, sie konnte schon manchmal recht schnippisch sein. Giftig, sagen manche. Alin hatte eine scharfe Zunge, und wenn sie mit einer anderen Frau aneinander geriet – im Tennisclub oder bei einer Einladung – konnte sie ziemlich deutlich werden. Manchmal auch mir gegenüber. Manche haben behauptet, sie sei neidisch auf mich gewesen, weil sie keine Familie hatte, aber das glaube ich nicht. Alin wollte nicht unbedingt eine Familie. ›Die hab ich ja dann mindestens zwanzig Jahre um mich herum‹, hat sie immer gescherzt, ›Und weiß ich heute, was ich in zwanzig Jahren mache?‹ Sie probierte gerne viele Dinge aus. Traf neue interessante Leute.«

Marion sah an mir vorbei als betrachtete sie einen Ort, an den ich ihr nicht folgen konnte. Deshalb sah sie auch nicht mein skeptisches Gesicht. Ich bezweifle, dass man mit vierzig oder fünfzig noch immer seinen Lebenssinn darin sieht, ständig neue interessante Leute zu treffen. Zumal man meistens ohnehin keine trifft. Sie scheinen immer woanders zu sein, diese »interessanten Leute«, woanders jedenfalls als dort, wo ich gerade war, oder es gab einfach nicht so viele von ihnen in diesem Land. Und wahrscheinlich auch in keinem anderen Land.

Nach einer kleinen Weile sagte Marion: »Ich hatte nur diese eine Schwester. Ich habe sie geliebt, und ich vermisse sie jeden Tag.« Ich sah sie an und dachte daran, mit welcher Wärme sie das Wort Liebe ausgesprochen hatte. Ich glaubte ihr.

Doch dann war da auch noch ein anderes Gefühl im Spiel, das im

Zusammenhang mit Alin mehrfach erwähnt worden war: Neid. In einer Zeitung hatte ich gelesen, dass Neid eine starke Antriebsfeder sein kann, um sogenannte ›körpereigene Belohnungen‹ zu bekommen. Unproduktiver Neid – übrigens ein uraltes Gefühl aus der Wunderkiste der Evolution – bringe das Seelenheil der Menschen durcheinander. Sie nagten an sich selbst, verzehrten und vergifteten sich, zerstörten sich am Ende selbst. Hatte Alin sich auch selbst zerstört?

Dann wandte ich mich wieder Marion Strauß zu.

»Sollen wir uns nicht duzen? Ich heiße Maren!«

»Welcher Zufall. Und ich Marion.«

Sie lächelte. »Gerne.«

****

Wir hatten einen angenehmen Nachmittag miteinander. Ich fühlte mich fast, als sei ich in meiner eigenen Stadt auf Urlaub. Karlsruhe schien plötzlich nur noch schöne Seiten zu besitzen.

Marion Strauß hatte die Gabe, an allem Freude zu finden, sich für alles zu begeistern und in allem etwas Positives zu sehen. Sie hat bestimmt viele Freundinnen, dachte ich. Jemand mit so viel Talent zum Glücklichsein zieht andere Menschen magisch an. Ihre vitale Art aufs Leben zuzugehen erinnerte mich ein wenig an Tristan Viviers. Vielleicht war das die Lebenskunst der Pfälzer.

So wollte sie ein Stück Straßenbahn fahren, nur um zu sehen, wie die Stadt von dort drinnen aussah. Sie kaufte Käse und Weißbrot, und bald darauf saßen wir in dem wenig besuchten Park hinter dem Naturkundemuseum und veranstalteten ein kleines Picknick. Das war, bevor sie zum Theater ging und die Frau an der Kasse in ein langes Gespräch über den Spielplan verwickelte. Ein Mann, der sich später als Regisseur herausstellte, gesellte sich zu uns, und letztendlich endeten wir alle im Café.

Als ich nach Hause kam, fühlte ich mich müde, aber nicht erschöpft, sondern sonderbar erfrischt.

Wäre ich ein Mann, dachte ich, dann könnte ich mich jederzeit in Marion Strauß verlieben.

****

»Heute Abend Friedrichspalast. Eigentlich habe ich keine Lust auf den Trubel. Würde lieber in den Spreewald gehen. Wie ist es dir ergangen? Gruß Dein Melchior«

Ich hätte schon Lust auf den Friedrichspalast, dachte ich. Mit dir.

Doch als das Telefon klingelte, meldete sich nur Elfie. »Ich habe dich angerufen. Du warst nicht da. Wo …«

»Elfie, lass mich doch beschatten, dann weißt du minütlich, wo ich bin.«

»Sei nicht kindisch. Hast du dich mit«, das Wort fiel ihr immer noch schwer, »*unserem* Fall beschäftigt?« »Sozusagen. Ich habe mich mit Alins Schwester getroffen.«

»Und?« »Eine sehr nette Frau. Und gewiss keine Mörderin.« »Ich möchte dich an die Mörder erinnern, die du bereits kennen gelernt hast. Wer davon sah aus wie einer, der Leute umbringt?«

»Keiner«, gab ich zu. »Aber diesmal täusche ich mich nicht. Marion Strauß ist eine ganz Liebe. Eine, die ihre Kinder erzieht, die ihr Haus in Ordnung hält und es daneben noch geschafft hat, nicht zu einem Dummchen am Herd zu werden. Sie ist vielseitig interessiert, offen und tolerant.«

»Lass die Kirche mal im Dorf, Maren.« Elfie klang beinahe neidisch. So wie Alin neidisch gewesen war? Aber wäre sie dann nicht die falsche Tote? Hätte es dann nicht die glücklichere Schwester treffen sollen?

»Es gibt jedenfalls keinen Grund, warum Marion ihre Schwester umgebracht haben sollte. Und es gibt keine Verbindung zu Hiltrud Binder. Allerdings haben wir ja immer noch keinerlei Beweise dafür, dass die Fälle zusammenhängen.«

Am anderen Ende der Leitung vernahm ich ein auffälliges Zögern.

»Oder gibt es etwa doch einen Anhaltspunkt?«

Schweigen.

»Elfie …«

Schweigen. Dann: »Also gut. Die Spurensicherung hatte in beiden Fällen einen ziemlich harten Job. Sie haben erstaunlicherweise eine Menge Spuren bei beiden gefunden, die verwertbar waren. Beide Wohnungen wurden wahrscheinlich vom Täter mit Handschuhen durchsucht. Man entdeckte entsprechende Spuren, die darauf schließen lassen. Es gab in beiden Wohnungen etliche schwache jüngere Fußabdrücke auf den Teppichen und auch neuere Fingerabdrücke, die mit der Infrarotkamera sichtbar gemacht werden konnten, doch die stammten von verschiedenen Leuten. Alin hatte eine Putzfrau, es gab den Fensterputzer, der in der besagten Woche die Balkonaußenfront reinigte, und sie hatte den Mineralwassermann sowie den Tiefkühldienst in der Wohnung. Außerdem hatte sie oft Besuch. Bekannte. Ihre Schwester und ihr Neffe waren da. Die Nichte hatte sie aufgesucht und sich Ohrringe für die Konfirmation geliehen. Diese Fuß-, Finger- und Haarspuren der Verwandtschaft konnten die Kollegen teilweise überprüfen. Bei Hiltrud ist der Fall noch schwieriger: Als Gerlinde noch bei ihr lebte, empfing sie einmal in der Woche Nachhilfeschüler in der Wohnung. Deshalb waren an den Bücherregalen eine Unzahl Fremdabdrücke sowie Haare zu finden.«

Im Hintergrund von Elfies Telefon donnerte ein hupendes Auto vorbei. Ein Motorrad. Ein Laster. Als es wieder ruhig war, sprach sie weiter: »Wenn die Leute wüssten, wie viele ungewünschte Fingerabdrücke in ihren Wohnungen nach ihrer Ermordung gefunden werden, würden sie alle ihre Putzfrauen entlassen.«

»Wo bist *du* denn? Auf der Autobahn?« »Nein, einfach nur in Karlsruhe unterwegs, aber dieser Lärm macht mich ganz verrückt. Ich kann nicht meinen ganzen Urlaub in dieser Großstadthölle verbringen. Ich brauche etwas Ruhe, bevor ich mich wieder an den Schreibtisch setzen kann.«

Karlsruhe mit seinem behäbigen badischen Charme war mir bisher eigentlich nicht als lärmende Großstadthölle aufgefallen. Aber bitte! Mir reichte der Friede, den ich unten am Rhein fand, wenn die Schiffe vorüberglitten, oder die Stille im Oberwald auf den zahllosen schattigen Wegen, die ihn durchschnitten, oder die Ruhe an der Alb, wo ich mich fühlte wie in Bayern an einem Gebirgsflüsschen. Ich kehrte zu Elfies letzten Worten zurück.

»Warum betonst du das Wort *Haare* so eigenartig?« Elfie setzte ihr Schweigen wie eine Schachfigur ein. Diese Schachfigur sollte mich jetzt dazu bringen weiterzufragen, woraufhin wieder eine Belehrung fällig würde. Ich versuchte zu warten.

»Es wurden in den Wohnungen Haare gefunden, die identisch waren.«

»Die gleichen Haare? Bei *beiden* Frauen?« Ich schwieg atemlos.

»Ja. Die meisten Menschen ahnen nicht, wie viele Haare sie verlieren.«

Ich dachte an den Fliesenboden in meinem Badezimmer. »Doch, ich weiß es.« »Du hast immer noch genug«, kam es mürrisch zurück. Elfie mit ihrem glatten blonden Haar hatte zu meiner Freude schon manchen begehrlichen Blick auf meine dichten Locken geworfen.

»Zwei, drei vereinzelte Haare waren identisch. Gefunden wurden sie damals an einer sehr schwer zugänglichen Stelle unter einer Regalwand bei Alin Niedermeyer. Und ein identisches Haar fand sich jetzt bei Hiltrud unter den Fußpedalen des Klaviers. Das heißt aber nicht, dass dort jemand herumgekrochen ist, sondern kann auch bedeuten, dass es bei einer Reinigungsaktion irgendwann einmal dorthin geweht wurde. Unsere Leute haben einen Spezialsauger, der mikroskopisch alle Spuren dieser Art erfasst, die sich in einer Wohnung finden. Denen entgeht keine Hautschuppe.«

»Gut. Und warum hat man dieses Haar im Archiv – oder wie nennt man das bei euch – aufbewahrt? Längere Zeit nach Alins Tod? War irgendwas Besonderes daran?«

Jetzt vibrierte Elfies Schweigen vor Triumphgefühlen. Endlich verkündete sie: »Das kann man so sagen. Es handelte sich nämlich um ein Perückenhaar. Man kann das am Haaransatz erkennen. Vermutlich eine Herrenperücke, denn es fanden sich ganz schwache Spuren von Rasierwasser daran. Ganz genau ließ sich das natürlich nicht sagen. Es waren keine Hautreste oder Schuppen an dem Haar, leider. Die Herkunft der Perücke hat sich bisher nicht ermitteln lassen. Das wird sehr schwer werden, wenn nicht unmöglich. Es handelt sich um ein älteres Modell, soweit die Laboranalysen zeigen. Vermutlich zwanzig Jahre alt. Aus Echthaar. Genanalyse wäre möglich, bringt aber nichts, denn es gibt unzählige Perückenmacher in diesem Land. Oder im Ausland. Und außerdem – der Mörder hätte sich die Perücke kaum aus seinen eigenen Haaren machen lassen.«

Ich brauchte eine ganze Weile, bis ich das begriffen hatte. Ein Perückenhaar. Das heißt, der Mörder oder die Mörderin hatte sich ihrem oder seinem Opfer vielleicht mit einer falschen Haartracht genähert. Was für ein schauriger Gedanke. Ein Mann oder eine Frau, die eine Perücke trug, war fast so unheimlich wie jemand mit einer

Maske. In meinem Kopf spukte die alte Edgar-Wallace-Verfilmung herum, wo dieser Typ am Schreibtisch im Londoner Hafen irgendwann mal eine Haut vom Gesicht zieht und ein ganz anderes Antlitz kommt darunter zum Vorschein.

Vor meinem geistigen Auge, welches prächtig entwickelt ist, sah ich, wie Alin einen Liebhaber erwartete und Hiltrud vielleicht einen Freund oder einen Bekannten. Wie sie ihm die Tür öffneten. Und wie der blonde Mann mit dem dichten Haar langsam die Perücke abzog und sich darunter ein pockennarbiger Schädel entblößte.

»Welche Farbe …«, jetzt zitterte meine Stimme wirklich, »welche Farbe hatte das Haar?«

»Es war dunkel.« Soweit zu meinen Fantasien.

8. Kapitel

Elfie ließ mich mit meinen Ängsten vor perückentragenden Männern alleine.

Wir verabredeten uns allerdings für den kommenden Morgen zum Frühstück im Emaille, einer gemütlichen Kneipe mitten in der Stadt. Dann machte ich mich zurecht, um zum Stammtisch der Kul2r-Leute zu gehen.

Als ich in meinem Badezimmer stand, welchem ich mangels Zeit, Lust und Geld zum richtigen Renovieren jedes Jahr ein anderes Gesicht durch neue Farben zu geben versuche – derzeit waren es gelbe Handtücher, gelbe Seifenschale, Zahnputzbecher, Aufbewahrungsboxen und gelbe Badematten sowie einige gelbe Plastikblumen (letztere waren sogar bei Matthias, dem Liebhaber nachempfundener Welten, auf Wohlwollen gestoßen: »*Endlich ein Raum, in dem man sich wohlfühlt!*«) – sann ich weiter über die Perücke nach. Und versuchte, so logisch zu denken, wie es mein Mathelehrer im Gymnasium vergeblich von mir gefordert hatte: »*Nein, Maren, diese Zahl ist nicht richtig, auch wenn sie in deinen Augen schöner aussieht. Du sollst mit Zahlen rechnen, nicht dekorieren …*« Ich versuchte also, die Fakten noch einmal zusammenzufassen.

Die Frauen waren getötet, aber nicht vergewaltigt worden. Kein Raubmord. Der Täter hatte sie an einem öffentlichen aber gewissermaßen anonymen Ort umgebracht. Alin an einem sakralen Ort. Hiltrud mit dem »Sakrileg« im Schoß.

Das gab ihm die nötige Zeit, jeweils mit ihrem Schlüssel in ihre Wohnung zu fahren. Vermutlich mit einer Perücke. Hatte er die Perücke getragen, weil er sie davor öfters in ihrer Wohnung aufgesucht hatte und in ihrer Wohngegend zuvor gesehen worden war?

Ich dachte zurück an den Mann mit dem Dackel. Und an seine kurze Bemerkung über einen Mann mit Zopf, der Hiltrud besucht hatte und mit dem sie sich gestritten hatte. Andere Haarfarbe, vielleicht eine Brille mit Fensterglas, und schon hatte man einen anderen Menschen. Ein langhaariger Mann fällt schließlich auf. Hatte er eine Kurzhaarperücke getragen? Kompliziert …

Diese beiden Todesfälle entglitten meinen Gedanken immer wieder. Es wurde wirklich Zeit, dass meine neuen Ahnenforschungsaufträge begannen. Die ganzen vagen Gedanken, die vielen scheinbar sinnlosen Gespräche, begannen mir auf die Nerven zu gehen. Elfie war nicht nur wenig kooperativ, sie war zudem sowieso offiziell raus aus dem Fall und ich damit eigentlich auch. Warum ließ ich die Sache nicht auf sich beruhen und überließ die Arbeit Frau Ix? Diese Mordfälle ließen mir einfach keine Ruhe …

Einem spontanen Entschluss folgend, packte ich Nessie und wir gingen zu Consuela, um bei ihr Hilfe zu suchen. Ich berichtete ihr von *Perücke,* wie ich den potentiellen Mörder zweier Frauen lapidar nannte. Sie hörte mir aufmerksam zu, während sie ihren umsatzfördernden Sphinxblick auf mich richtete. Dann rollten ihre starken Konsonanten. »Hast auch anders herum gedacht? Nehmen wir mal an, der Mann – vorausgesetzt es ist ein Mann – hatte die Frauen schon vorher besucht. Er könnte sie auch immer mit Perücke besucht haben!« Und beugte sich wieder über ihre Arbeit.

Da sie gerade keine Kundschaft hatte, war Consuela damit beschäftigt, einen spanischen Fächer sorgfältig mit Nadel und Faden zu reparieren. Es war ein eigenartiger Anblick, wie sie da saß: Ihre langen, schwarz-rot gesträhnten Haare fielen ihr über das scharf gezeichnete Gesicht, und ihr Rock bauschte sich um ihre Beine.

»Consuela, leg mir die Karten. Bitte. Ganz kurz nur, die kleine Variante, die mit den sechs Karten.«

Consuela schüttelte wenig begeistert den Kopf. »Bin nicht in Stimmung, tut mir Leid, Maren. Kommt nix bei raus. Aber eins kann ich dir sagen: Hab meine Gedanken schon auf deinen neuen Fall gelenkt. Nur soviel: Diesmal musst du bei *ihm* suchen. Und ob er antwortet, weiß man nicht.«

Ich folgte ihrem aufgerichteten Finger und sah nach oben. »Herr Beinreiss?« Der schrullige Kerl mit der Weinflaschensammlung, der über ihr wohnte?

»Nein, viel weiter oben. Gott.«

»Was willst du damit sagen? Ich habe schon Mühe, überhaupt an Gott zu glauben. Wie sollte er mir da weiterhelfen? Consuela, wo ist der entscheidende Hinweis? Beide Wohnungen wurden durchsucht. Was hat der Mörder mitgenommen? Warum wird es von niemand vermisst? Und warum«, jetzt kam mir zumindest ein neuer Gedanke,

»warum hat es nicht ausgereicht, die Wohnungen zu durchsuchen? Irgendwann. Wie ein Einbrecher. Warum musste man sie umbringen? Sie besaßen etwas, aber es reichte nicht, es zu zerstören. Weil es außerdem noch in ihrem Kopf war, und weil es auch da noch Schaden anrichten konnte. Sie wussten etwas. Und beide wussten das Gleiche.«

Consuela betrachtete mich nachdenklich. »Maren, mehr kann ich dir nicht sagen. Du musst dich auf den Weg zu Gott machen und dort suchen.«

****

Grundsätzlich mag ich Stammtische eigentlich nicht allzu gerne. Sie haben etwas Freiwillig-Unfreiwilliges. Es scheint alles so locker, jeder ist gleich, jeder ist frei, sich mit jedem zu unterhalten. Doch schon nach kürzester Zeit kristallisiert sich eine Person heraus, die anführt, um die sich ein Grüppchen schart und wegen der man den Stammtisch verschiebt, ausfallen lässt oder erst gar nicht kommt, sofern sie nicht da ist. Auch kann es trotz der verordneten Freiwilligkeit Probleme geben, wenn man nicht erscheint, wenn bestimmte Dinge diskutiert werden oder Freizeitaktivitäten geplant werden. Schnell wird man dann zum nach Neuigkeiten hechelnden Außenseiter der Gruppe, der man ursprünglich nur lose angehören wollte.

Trotzdem musste ich mich überwinden und zum Stammtisch der Kul2r-Leute gehen. Aus professionellen Gründen sozusagen.

Der Standort Gutenbergplatz und dort das »Gutenberg« selbst behagten mir dabei auch nicht; denn so schön der Markt und der Platz auch ist, so hat er für mich doch den Makel eines Treffpunktes für jene Schickis und Mickis, die es nicht bis nach Baden-Baden geschafft haben.

Und so ähnlich war es dann auch. Sechs Personen waren anwesend. Vier Frauen und zwei Männer, einer davon kein Geringerer als der seltsame Paul, geziert mit einem Seidenhalstuch, der mich mit einem gekonnt warmherzigen Blick umfing, in dem sehr viel Berechnung lag, wie ich fand. Alles an ihm schien aufgesetzt. Vielleicht auch seine Liebe zur Kultur. Wahrscheinlich hatte er zu Hause ein nachgemachtes Bildchen von Rembrandt, in das er hasserfüllt kleine Nadeln stieß, um seinen Frust abzureagieren.

Er stand auf, reichte mir eine weiche Hand und hielt sie unnötig lange fest. »Hallo, Franziska, das ist schön, dass du zu unserem kleinen Stammtisch kommst.« Leise fügte er mit einem gespielt drohenden Unterton an: »obwohl du noch gar keine Fahrt mit uns unternommen hast.« Dann hob er die Stimme: »Attention, Mesdames et Messieurs, ich bitte darum, die hitzigen Dispute über Gott und die Welt mal kurz zu unterbrechen. Ich möchte euch Franziska vorstellen. Ein hoffentlich neues Mitglied bei uns, und ich darf sagen – ein höchst erfreulicher Neuzugang. Wir sind gespannt, bei welcher kunsthistorisch interessanten Fahrt wir sie das erste Mal näher kennen lernen dürfen. Franziska, das hier ist die Astrid, genannt Astra.«

Ein Kichern von der Dürren mit rabenschwarz eingefärbtem Schnittlauchhaar und Designerklamotten. »Hier die Sonja, genannt Sonny.« Eine kleine Mollige mit weichem dunkelblondem Haar und hübschem Gesicht, die gut daran getan hätte, auf das Blümchen-T-Shirt zu verzichten – oder es zumindest eine Nummer größer zu wählen. »Die Gerlinde, genannt Linde.« Jetzt schaute ich genauer hin. Linde, Hiltruds Freundin, glich einer wandelnden Trauerweide. Blond, blass, klein, mit miesepetrigem Gesicht. Es gehörte nicht viel Fantasie dazu, sich vorzustellen, dass Hiltrud in diesem Kreis Hilde genannt worden war.

»Setz dich zu uns und sag uns deine Meinung zu Chagall. Es wird bald eine Ausstellung in Baden-Baden geben, und wir sind noch unschlüssig: Sollen wir hinfahren oder sollen wir nicht? Einige von uns mögen einfach seine Blautöne nicht. Was meinst du?« Letzteres betonte er gespielt verführerisch. Und sah mir in die Augen. Mit männlich-schmachtenden Kuhaugen.

Ich betrachtete ihn mit Kennerblick, lebte ich doch auch vom Wohlwollen der Kundschaft. Paul wollte verkaufen – sonst nichts. »Oh, ich habe meine erste Fahrt schon fest eingeplant.« Nur weg von Chagalls Blautönen! »Ist beispielsweise diese Woche noch ein Platz frei für die Fahrt nach …«

»… Mannheim? Technikmuseum und Sternwarte, hinterher bisschen einkaufen, was?« Paul wurde lockerer. Er betrachtete mich mit noch mehr Wohlwollen und suchte wieder meinen Blick. »Klar, du.«

»Ich dachte eigentlich mehr an die Tagesfahrt nach Speyer.«

Paul lächelte selbstgefällig und strich sich das Haar aus dem

Gesicht. »Speyer? Noch besser. Da mache ich die Reiseleitung. Darauf müssen wir ein schönes Glas Rotwein trinken, nicht wahr?« Er prostete mir schelmisch zu. Von der anderen Seite des Tisches musterten mich Sonny und Astra misstrauisch. Neben ihnen, so erfuhr ich jetzt, saß Hermann, für dessen Namen offenbar bisher keine Abkürzung mit »i« oder »a« gefunden worden war, ein hagerer, knochiger Typ mit asketischem Gesicht und militärischem Haarschnitt. Er war mir als »Dr. Technisch« vorgestellt worden. Mit abschätziger Gleichgültigkeit betrachtete er mich. Seine kalten Augen wanderten über meine Figur, als untersuche er eine Maschine.

Anders die Renate, genannt Reni das Füchschen, eine kokette, schlanke Hübsche, die mich mit kühler Ironie musterte. Und also Linde, die meine Ankunft mit einem eigenartigen Gesichtsausdruck zur Kenntnis nahm. War es Ablehnung? Oder etwa Besorgnis?

Das Gespräch wucherte vor sich hin wie an Stammtischen üblich. Dr. Technisch berichtete, er habe heute 250 Flugzeuge am Himmel über Karlsruhe gezählt. Jeden Tag zähle er und fertige eine Statistik an, die er dem Verkehrsminister überreichen wolle. Komischer Typ. Linde versuchte ihn abzulenken und bot ihm diskret unter dem Tisch aus einer Tupperschüssel ein Zucchinischiffchen an. Die seien gestern vom Abendessen übrig geblieben, und es sei eine Schande, sie wegzuwerfen. »Zucchini esse ich nicht«, fertigte er sie ab, »das ist kein Männergemüse.«

»Ich finde Zucchini sehr männlich!«, erwiderte Linde trotzig und lief plötzlich rot an.

Astra und Sonny arbeiteten in einer Werbeagentur. Allerdings seriös, wie sie vorauseilend versicherten. Sogar für die Kirche hätten sie schon gearbeitet. Offenbar nicht für jeden eine Empfehlung. Dr. Technisch zog verächtlich die Mundwinkel nach unten. Reni organisierte Koch-Events mit mittelalterlichen Rezepten, war aber eigentlich ausgebildete Ökotrophologin. Dr. Technisch war erwartungsgemäß Techniker. An der Uni. »Ich konstruiere Roboter«, verkündete er. »Ihr werdet alle sehen: Eines Tages ersetzen meine Roboter sogar Ehemänner.« Ein unfrohes, stummes Lachen schüttelte ihn, während er chirurgisch genau alle Reaktionen um ihn herum beobachtete.

Ich widerstand der Versuchung, lebhaftes Interesse an dem Prototyp dieses Roboters anzumelden, obwohl der wahrscheinlich noch mit Fehlern behaftet war. Ein elektronischer Adam sozusagen. Andererseits wollte ich nicht mit einem Haufen Eisen ins Bett.

»Den können sich die modernen Frauen kaufen!«, warf er mit seiner blechernen Stimme provozierend in die Runde. »Dann kriegen alle einen ab und können ihn programmieren, wie sie wollen.«

Paul schien peinlich berührt von diesem Niveauverlust. Er zwang seine Stirn in tadelnde Falten.

»Das haben unsere schönen Damen hier nicht nötig. Außerdem pflegen wir gemeinsame kulturelle Interessen, und dabei wird uns ein Roboter kaum dienlich sein. Die Figuren, die wir bewundern, sind meist alt und aus Stein.«

»Dr. Technisch, was du immer denkst«, zirpte Sonny dazwischen, »*so* anspruchsvoll sind wir doch gar nicht. Uns reichen die Exemplare aus Fleisch und Blut.« Dabei lächelte sie Dr. Technisch tapfer an. Er ignorierte sie. »Maschinen können uns alle ersetzen«, fuhr er stur fort, »beispielsweise in der Krankenpflege. Es gibt bereits geheime Experimente in Altenheimen, wo Roboter den Demenzkranken Wasser reichen und ihre Betten aufschütteln. Die merken das ja sowieso nicht mehr ... und dann kann man sogar ...«

»Nicht wieder die Gottesdiskussion, bitte«, mahnte Paul. »Wir wissen doch, dass sich manche daran stören. Und wir wollten doch diese Sachen nicht an die große Glocke hängen, auch nicht in deinem eigenen Interesse, nicht wahr? In unserer Gruppe schätzen wir die christlichen Grundwerte. Auch, wenn wir natürlich offen für Neues sind.«

Dr. Technisch schwieg verstockt.

Sie waren alle um die fünfundvierzig – außer Paul, der zweifellos älter war. Auch Reni mochte etwas älter sein. Außer Linde waren sie allesamt fast krampfhaft um Attraktivität bemüht, achteten ganz offensichtlich auf ihre Figuren und kauften bestimmt nicht bei Karstadt ein. Wiederum außer Linde rauchten sie alle.

»Hat jemand am nächsten Montag Lust auf Kino?« Reni sah erwartungsvoll in die Runde. Dr. Technisch scannte meine Miene ab, dann schüttelte er kurz nach mir den Kopf. »Kino ist mir zu teuer. In drei Monaten schaue ich mir die Filme auf meinem Plasmafernseher an.«

Sonny hatte Lust, wusste aber nicht, ob ihr Yogalehrer am Montag noch krank sein würde. »Sonst geht's nicht, sorry.« Linde musste

Hefte korrigieren. »Hoffentlich sind bald Ferien«, seufzte sie, ohne dass sich jemand dafür besonders interessiert hätte. »So vier Wochen Arbeit am Stück sind schon hart.«

Paul strich sich über das dunkle Haar, das am Scheitel ein klein wenig ausdünnte, und blähte die Nüstern wie ein Opernsänger vor dem Auftritt. Seine Stimme nahm den belehrenden, salbungsvollen Ton an, den er offenbar mit Gesprächen über Kultur verband. »Ihr müsst euch unbedingt die Lichtkunstausstellung im ZKM anschauen. Sehr retrospektiv und sehr imaginativ. Ich hatte total gute Gefühle dabei. Die hatte so etwas Heiteres, Unbeschwertes. Viele der Exponate waren aus den 50er Jahren. Und meine Elvis-Jeans waren ganz glücklich, dass sie mal wieder Ausgang hatten.«

»Wie wir?«, lachte Astra. »Alte Schachteln, was?« Alle lachten, nur Paul nicht.

»Und was machst du beruflich, Franziska?«, fragte Reni, das Füchschen.

»Ratet mal«, erwiderte ich neckisch, weil mich die Frage unvorbereitet traf. Warum hatte ich mir nicht vorher etwas ausgedacht? Zur Detektivin fehlten mir noch ein paar Meter.

»Lehrerin ist sie nicht. Dazu sieht sie nicht frustriert genug aus.« Das kam von Sonny. Linde verzog das Gesicht.

»Reich geschieden.« Astra betrachtete die Armee ihrer Ringe an ihren braunen Fingern. »Schließ nicht von dir auf andere«, sagte Paul mit seiner Stammtischstimme und strich wie scherzhaft über ihren Oberarm. Ich hätte wetten können, er traf sich mit ihr auch privat. Ein merkwürdiger Mann. Wie ein abgehalfterter Schauspieler. Was mochte er wohl die vielen Jahre gemacht haben, seit er angeblich studiert hatte? Und wie lange führte er den Laden wohl schon?

»Nein, ich – ich illustriere Kinderbücher«, sagte ich hastig. Wieso denn das, Maren Mainhardt? Kaum zu glauben! Du, die du nicht mal ein Haus malen kannst, das nicht einsturzgefährdet ist. Oder einen Hund. Deine Hunde sehen aus wie Mäuse. Nur dass deine Mäuse nicht wie Mäuse aussehen, sondern wie Regenwürmer mit Ohren.

»Freiberuflich«, fügte ich hinzu, und dann sicherheitshalber: »Unter verschiedenen Künstlernamen.«

»Ich habe eine Nichte«, sagte Dr. Technisch und starrte mich forschend an, »die liest sehr viel. Wie ist denn dein Künstlername?«

»Verschiedene. Fantasienamen. Für die Kinder eben, damit sie sich was darunter vorstellen können. Zum Beispiel Pünktchen Fingerhut.« Bravo, Maren, dachte ich.

»Wie reizend!«, sagte Paul jetzt warm und klebrig. Er sah mir noch tiefer in die Augen. »Pünktchen Fingerhut. Ein so sprechender Name. Er kommt mir vor wie aus meiner Kindheit.« Mir auch, dachte ich.

»Ja«, sagte ich inbrünstig und kam mir so einfältig vor wie noch nie. Während Melchior in Berlin mit anderen Kripobeamten der Topebene neueste gentechnische und bioforensische Ermittlungsmethoden diskutierte, mit denen man Mördern das Handwerk legen konnte, die einen Ort vor zehn Jahren einmal betreten hatten und dabei eine Hautschuppe verloren hatten, begab sich Pünktchen Fingerhut am Stammtisch der alten Schachteln auf Mörderjagd. Ich trank meinen Rotwein aus.

»Ja, so was, schon so spät ... Also, ich muss jetzt wirklich gehen. Habe noch etwas zu arbeiten. Man sieht sich am Bahnhof für die Speyerfahrt.«

»Mach's gut, du«, sagte Paul, »und falls du uns nicht findest: Wir haben eine gelbe Fahne dabei. Die Fähnchen begleiten uns immer auf unsere Fahrten: Gelb heißt Kirche, Kunst und Geschichte. Rot: Moderne Kunst. Blau: Architektur ... Also wenn du bitte bei deiner Kleidung ein wenig darauf achten möchtest, dass wir in einen Dom gehen, ja?«

»Klar, mache ich. Wie die Nonnen ...«

Stille kehrte plötzlich ein an dem ohnehin nicht allzu fröhlichen Tisch.

»Nana«, bemerkte Sonny und versuchte, Lindes Blick zu meiden. Dr. Technisch, der ungefähr so sensibel wie seine Roboter zu sein schien, gab ein scheppperndes Geräusch von sich. »Nonnen und Ex-Nonnen leben mitunter gefährlich.«

Die anderen ignorierten ihn.

»Paul, wenn es warm wird, wirst du aber mit Samtkragen und Hut ganz schön schwitzen«, sagte Reni ironisch, »und außerdem – in den Speyrer Dom durfte kürzlich sogar meine Freundin mit ihrer jungen Katze auf dem Arm rein. Als einer sie darauf angesprochen hat, sagte die doch einfach: ›Was dagegen? Ist auch ein Geschöpf Gottes.‹«

»Ich finde diese Verkleiderei unnötig. Man glaubt dir auch, dass du was von Kultur verstehst, wenn du nicht angezogen bist wie ein Renaissancemensch«, verkündete Astra und ließ ein teures Armband mit echten Steinen im Licht der Kneipenlampe schimmern. Paul quittierte es mit einem missmutigen Blick. Konnte schon sein, dass sie sich privat mit Paul traf, aber echte Liebe war es sicher nicht. Vielleicht bestand sein ganzes Leben aus diesem anstrengenden »So-tun-als-ob«.

»Ich geh besser auch mal nach Hause«, stellte Linde fest, nachdem sie einen verbitterten Blick auf ihre Armbanduhr geworfen hatte. »Morgen früh geht die ewige Tretmühle wieder los. Bist du mit dem Auto da, Franziska? Nein? Dann kann ich ein Stück mit dir gehen, ja, Franziska? Alleine laufe ich nicht gerne. Aber ich muss jetzt wirklich los.« Niemand hielt sie auf. Umständlich löste sie sich von ihrem Sitzplatz auf der Bank. »Dieses frühe Aufstehen, tagein tagaus.«

»Ich wollte, ich wäre Lehrer. Freitag um zwölf ist Schluss. Und nur Ferien im Kalender. Lediglich die Kinder stören das idyllische Bild«, äußerte Dr. Technisch wenig originell und lachte sein schepperndes Lachen. »Die könnte man doch auch durch Roboter ersetzen.«

Ich betrachtete ihn genau. Eine unerfreuliche Erscheinung. Versteckte sich an der Uni hinter seinen technischen Geräten und steuerte seine Gefühle wie ein Roboter.

Es war mild draußen. Ich hatte das Fahrrad genommen. Als ich mich nach unten beugte, um das Schloss aufzuschließen, umrundete Linde mich mit Leidensmiene. »Also, ich fahre abends nicht mehr mit dem Rad. Nur noch mit dem Auto. Und wenn ich ein Glas getrunken habe, leiste ich mir ein Taxi. Das ist sonst zu gefährlich – alles.« Linde schien die Gabe zu haben, das gesamte Leben als Jammertal zu sehen.

»Na, *ein* Glas.« »Ich bin Beamtin, das muss ich dir jetzt hiermit mitteilen«, eröffnete mir Linde, so als habe sie mir gerade die Formel für Coca-Cola verraten. »Da schauen sie genauer hin. Aber das meine ich nicht. Ich sag dir jetzt was, Franziska. Die Frau, die da umgebracht worden ist, im Bad, das war meine Bekannte. Eine gute Bekannte sogar.«

Ich sah sie fragend an. Verunsichert in ihrem fehlschlagenden Triumph fuhr sie eifrig fort: »Du hast doch bestimmt davon gelesen, oder? So lange ist es noch nicht her.«

Arme Linde, dachte ich. Jetzt hatte der Hauch der Berühmtheit sie einmal gestreift, aber wie flüchtig war dieses Gefühl. Die Zeit würde über die Umstände von Hildes Tod ebenso Gras wachsen lassen wie auf ihrem Grab auf dem Friedhof.

Mir war klar, dass ich für Linde eine dankbarere Gesprächspartnerin sein musste, wollte ich von ihr möglichst viele Informationen haben. »Waas?«, heuchelte ich deshalb so erschrocken, als sei ich erst jetzt aus dem Schock der Erkenntnis erwacht. Jemand, der sich Namen wie Pünktchen Fingerhut ausdenken kann, meistert auch das mühelos.

»Ja, wir kennen uns von Kul2r. Und haben ab und zu auch alleine was miteinander unternommen. Als es mir nicht so gut ging, habe ich sogar mal vorübergehend bei ihr gewohnt. Sie hat mir dann den Tipp mit Baden-Baden gegeben. Jetzt habe ich eine Stelle dort in einer halbstaatlichen Schule.«

Linde schwieg einen Moment. »Hilde kannte den Direktor. Eigentlich sollte ich ihr dankbar sein, aber es gefällt mir nicht so gut dort. Viel Druck von den Eltern und von oben.«

»Wart ihr also gut befreundet?«

»Ach, ja, was heißt gut. Hilde war eine Einzelgängerin, und sie hatte sehr viele Interessen. Wenn sie beschäftigt war, dann war ich abgeschrieben. Aber das ist ja mehr oder weniger normal. Auch meine anderen Freundinnen vergessen mich, wenn sie wieder einen Partner haben. Immerhin – sie war zuverlässig, was man heutzutage nicht von allen Leuten sagen kann. Wie oft bin ich schon stehen gelassen worden? Oder einfach vergessen? Frauen sind sich selbst nichts wert, das ist unser Problem. Nein, es war auch ganz angenehm, mit ihr was zu unternehmen. Sie wusste viel, war sehr belesen. Und hat sich immer vorher informiert. Einfach nur in eine Kirche reingehen, das gab's bei ihr nicht. Da wurde vorher gelesen und studiert. Sie war sehr korrekt. Und gründlich. Konnte so ein Kreuz fotografieren und sich noch tagelang Gedanken darüber machen. Ich weiß noch, dass sie mindestens fünfmal in der Teniers-Ausstellung in der Kunsthalle war. Sie behauptete, er habe die Hunde nachträglich draufgemalt, denn die seien schlecht proportioniert.«

Linde seufzte. Ich dachte an Nessie. Sie war auch schlecht proportioniert. Zu klein.

»Sparsam und ordentlich war sie, das lag ihr im Blut. Gut organisiert.« Linde schnaufte ein wenig nach ihrem langen Monolog.

»Ist sie denn viel in Kirchen gegangen?«

»Natürlich«, erwiderte Linde beinahe entrüstet, »sie kam ja aus der Kirche. Du musst wissen, sie war früher für einige Zeit Nonne gewesen. Deshalb fand ich den Scherz von Dr. Technisch vorhin sehr unpassend.« Linde atmete wieder schwer. »Aber sie war auch durchaus an moderner Kunst interessiert. Nur keine zerlaufenen Spiegeleier auf Leinwand, wie sie immer sagte. Es sollte schon authentisch und echt sein. Gute wertvolle Kunst eben. Da verstand sie keinen Spaß.« Linde zog die Schultern hoch. Mich beschlich immer mehr das vage Gefühl, dass ich diese Hiltrud nicht besonders sympathisch gefunden hätte.

»Hilde war gründlich. Wenn sie sich zum Beispiel vornahm, sagen wir, sich mit Russland zu beschäftigen, dann ging sie in russische Theaterstücke, las russische Bücher, hörte russische Musik. In letzter Zeit hat sie aber mehr von Spiritualität und Gottesfindung und so gesprochen. Den Jakobsweg wollte sie noch einmal machen – irgendwie mit Schweigetagen kombiniert – und sie war in Cluny für ein meditatives Frauenwochenende. Im Kloster Hornbach ›Malen mit Bach‹. Und in Alpirsbach hat sie einen Kochkurs für Frauen gemacht, die nach Rezepten Hildegards von Bingen kochen wollen.« Linde seufzte ergeben. »Was sollen wir denn auch sonst unternehmen an den Wochenenden? Ich meine, wir können doch nicht immer nur warten, dass jemand anruft, oder?«

Das konnte ich aus vollem Herzen bestätigen. Das SMS-Postfach meines Handys hatte sich nämlich offenbar eine Schweigeauszeit genommen. Möglicherweise war aber auch die Mobilfunkverbindung zwischen Berlin und Karlsruhe gestört, so dass man keine Nachrichten senden konnte. Melchior würde das doch nicht einfach vergessen. Er meldete sich eigentlich fast jeden Tag. Zumindest seit wir wieder versuchten, ein Paar zu sein. Elfie hatte das gleiche Handy wie ich. Ich musste sie fragen, ob sie auch Probleme mit dem Empfang hatte.

Linde presste die Lippen zusammen wie jemand, der tapfer einem grauenhaften Schicksal gegenübersteht. Nickte: »Ja, und dann geht jemand hin und bringt sie um. Ich meine, sie war immerhin früher mal eine Nonne. So etwas macht man doch nicht. Das ist – wie ein

Verbrechen an Gott, oder nicht? Wir haben einfach zu viele Menschen in unserem Land, denen diese Werte nichts mehr bedeuten.«

Ich räusperte mich. »Vielleicht wusste ihr Mörder gar nicht, dass sie eine ehemalige Nonne war? Oder hat sie jedem davon erzählt?«

»Also hier die von unserem Stammtisch, ihre Kollegen und auch die Schüler, die wussten es alle.«

Ich dachte eine Weile darüber nach. Alles an dem Tod von Hiltrud Binder war eigenartig, seltsam und ungreifbar. Ebenso wie die Verbindung zu Alin, für die es nach wie vor keinen konkreten Anhaltspunkt gab – außer jenen rätselhaften Perückenhaaren ... Spielte das alles überhaupt eine Rolle? Ich dachte an die bekannte Anekdote von dem Mann, der seinen verlorenen Schlüssel unter der Laterne sucht und nicht dort, wo er ihn verloren hat – mit der Begründung: »Hier ist es hell.«

Von der Seite betrachtete ich Linde, wie sie neben mir herschlich. Leicht vornüber gebeugt, eine Spur zu dick, mit verbiestert herabhängenden Mundwinkeln. Das Leben hatte sie um das Glück betrogen, auf das sie vielleicht als kleines Mädchen gehofft hatte. So wie wir alle.

Nur werden manche mit dem Betrug besser fertig. Plötzlich gab sie sich einen Ruck und richtete sich ein wenig auf.

»Jetzt verrat ich dir etwas. Hilde war, na ja, sie war manchmal ziemlich hinterhältig. Und nachtragend. Eine spitze Zunge hatte sie auch. Ich hab mich manchmal nicht so wohl gefühlt bei ihr zu Hause. Einmal hat sie eine zu hohe Telefonrechnung gehabt. Sie wurde sehr wütend mit mir und sprach davon, ein Schloss an dem Apparat anbringen zu lassen. Ich habe ihr versichert, dass ich nicht telefoniert hatte, und trotzdem hat sie die Telekom-Leute angerufen. Die mussten alles noch mal überprüfen, jedes Gespräch nachweisen. Doch es war alles korrekt. Zum Schluss hat sich herausgestellt, dass der Paul ... Als er mal alleine im Zimmer war ...«

Linde merkte, dass sie zuviel gesagt hatte. Sie brach mittendrin ab.

»Paul hat euch also ab und zu besucht?«, ließ ich angelegentlich fallen. Wäre ich jetzt zu neugierig, würde sie dicht machen wie eine dieser Blumen, die ihre Blüte schließen, wenn man sie berührt.

Linde nickte ergeben. »Ja, er war ein- oder zweimal da. Meistens nach kürzeren Tagesfahrten, wenn er sie nach Hause gebracht hat.

Ich war ja nicht immer dabei. Sie haben dann Tee getrunken, und ich habe mich zurückgezogen. Hilde wollte es so. Die beiden haben sich aber nur unterhalten. Diskutiert. Ich habe gelegentlich gehört, wie sie richtig in Fahrt kamen. Aber sonst … Ich meine, sie waren zwar etwa gleichaltrig, aber da war nichts. Nichts mit Liebe. So war Hilde nicht. Er hätte vielleicht mehr gewollt, aber sie nicht. Hilde war sich ja schon immer selbst genug. So penibel, wie sie war, hätte sie es auch schwer gehabt mit einem anderen Menschen.« Ein bitterer Unterton schlich sich in Lindes Stimme.

Hast du sie vielleicht umgebracht? Hast du einmal im Leben zurückgetreten, als *du* getreten wurdest? Doch was war dann mit Alin Niedermeyer, die Linde ja wohl nicht gekannt hatte? Und außerdem – dann würde sie mir wohl kaum mit so schlecht verhohlener Abneigung von ihrer angeblichen Freundin erzählen.

»Naja«, sagte Linde, »nun kannst du sie nicht mehr kennen lernen! Nach Speyer wäre sie sicher wieder mitgefahren.«

Ich horchte auf. »Wieso wieder nach Speyer? Hatte sie dort Freunde?«

»Das nicht, soweit ich weiß. Aber der Jakobsweg hat sie sehr interessiert. Wir waren mit Paul mehrmals in Speyer. So habe ich die Hilde ja auch kennen gelernt. Speyer ist eines von Pauls Spezialgebieten. Und immer lohnend. Die Sonderausstellungen, das Historische Museum. Er macht das sehr gut. Man fühlt sich wie in alte Zeiten zurückversetzt.«

Linde lächelte, in ihre Erinnerung vertieft. »Er hat seinen Stock mit dem Knauf dabei gehabt, so wie im 15. Jahrhundert, und wenn wir nicht zugehört haben, hat er immer mit diesem Stock auf den Boden geklopft. Wie zur Zeit der Reichstage, wenn die Zuhörer unaufmerksam waren. Das macht er gern, sich so ein bisschen einstellen auf die Zeit. Ich finde, in ihm steckt schon ein Schauspieler.« Sie seufzte angesichts des unerreichbaren Paul, der an ihr keinerlei Interesse zeigte. »›Auf euch aufzupassen ist schwerer als junge Hunde zu hüten‹, hat er immer gesagt. Die Hilde ist natürlich auch nur zu gerne ihre eigenen Wege gegangen. Wenn wir essen waren, dann hat sie sich oft von der Gruppe abgesetzt und ist noch alleine herumgelaufen. In Straßburg hat sie sich sogar mal verlaufen, und wir mussten alle warten.«

»Das bezweifle ich«, murmelte ich in mich hinein. In Gedanken war ich noch bei Pauls jungen Hunden. Er kannte Nessie nicht.

Linde verstand meine Worte falsch. »Doch, doch. Und im Historischen Museum in Speyer hat sie sich sogar den Chef der Mittelalterabteilung herausgefischt. Da war Paul ein bisschen sauer. ›Reicht dir nicht, was ich dir erklären kann?‹, hat er gefragt.« Linde nickte sich wieder selbst zu.

Dann kickte sie ein Steinchen zur Seite. »Es ist einfach schrecklich. Sie war bestimmt kein schlechter Mensch. Hat mich doch bei sich wohnen lassen. Gut, wie gesagt, ein bisschen sehr penibel war sie schon. Also, wenn ich im Bad was verstellt habe oder ihr geheiligtes Traubenkernölshampoo benutzt habe … na ja, aber alles in allem war sie sehr gut und hilfreich.« Es war, als wollte Linde rückwirkend noch alles ungesagt machen, was ihr entschlüpft war. Vielleicht hatte sie Angst, eine tote Nonne hatte bessere Verbindungen zu jenen Institutionen, die einem auch nach dem Ableben noch das Leben schwer machen konnten.

»Aber einen Grund muss es für ihren Tod geben. Einfach so bringt man doch nicht einen Menschen um. War denn da nicht doch jemand, mit dem sie Streit hatte in letzter Zeit? Ein Schüler vielleicht?«

»Du fragst ja fast schon wie die Polizei«, murrte Linde. »Nein, da war nichts. Aber es ist schon eigenartig. Da wird sie ausgerechnet in einem öffentlichen Bad umgebracht. Es hätte auch andere Gelegenheiten gegeben. Zumal sie so leichtfertig war. Abends ist sie noch ganz allein spazieren gegangen. Im Dunkeln. An der Alb oder im Oberwald. Das macht man doch nicht, habe ich gesagt. ›Ich lasse mich nicht einengen, nur weil ich eine Frau bin‹, hat sie geantwortet. Und dann hat sie behauptet: ›Ich habe meine Kämpfe schon ausgefochten, aber mit jemandem weiter oben. Menschen machen mir keine Angst mehr.‹ Aber abends alleine in der Gegend herumrennen, das macht man doch nicht, oder?«

Ich schüttelte entschieden den Kopf.

»Da war sie beispielsweise in diesem schmuddeligen Antiquariat und hat Bücher gekauft oder auch hingebracht. Einmal habe ich draußen gewartet. Der Typ, der in dem Laden arbeitet, hat einen Bart, der das ganze Gesicht überwuchert. Ist das überhaupt erlaubt?

Ich meine, wie kann man ein Ausweispapier überprüfen, wenn man das Gesicht nicht sieht, hm?«

Ich fuhr zusammen. Bei aller Schauspielkunst – aber jetzt wäre ich fast aus der Rolle gefallen. Da hätten wir also den Mörder: Theo und kein anderer. Ich musste sofort morgen früh zu ihm gehen. Warum hatte er mir nicht gesagt, dass er die Tote gekannt hatte?

»Der wird sie ja nicht bis nach Hause verfolgt haben. Oder kannte er ihren Namen?«

»Wohl kaum. Den sagte sie nicht jedem. Das machen wir Lehrer prinzipiell nicht. Wir sind leicht erpressbar, und dann trifft man ja auch immer wieder Eltern, und die wollen immer was … Auskünfte über ihre Kinder, ach.« Wieder Klagen. Linde brauchte sich nicht vor der Hölle zu fürchten. Sie hatte ihr Jammertal schon auf Erden.

Aber Theo war wenigstens wieder aus dem Spiel.

Die Polizei hatte kein Bild des Opfers veröffentlicht. Er konnte also nicht wissen, wer sie war. Ob er sich an sie erinnerte?

»Manche«, fuhr Linde fort, »geben auch bei Gruppen wie Kul2r nicht gern ihren richtigen Namen an. Als hätten sie was zu verbergen. So war Hiltrud nicht. Lieber sagte sie gar nichts, als etwas Falsches. Sowieso … wer sich einen falschen Namen zulegt, mit dem stimmt etwas nicht. Findest du nicht auch, Franziska?«

»Absolut!«, bestätigte ich mit voller Inbrunst. »Gehst du auch mit zu dem Ausflug nach Speyer am Wochenende?«

»Ich weiß nicht«, meinte Linde unschlüssig. »Meinst du, ich soll wieder mitfahren? In Speyer und Umgebung war ich ja schön öfter.« Sie zögerte. »Ich habe mich Kul2r vor drei Jahren angeschlossen, weil ein damaliger Kollege von mir meinte, man trifft dort interessante Menschen. Mein Kollege ist inzwischen verheiratet. Und man lernt ja auch wirklich außergewöhnliche … doch, der Paul, der …« Sie brach ab. »Und Dr. Technisch ist nicht mein Typ. Obwohl er die Hilde ganz interessant fand, glaube ich. ›Endlich mal eine vernünftige Frau, die handelt und nicht nur vom Handeln quatscht‹, hat er gesagt. Am Anfang. Aber hinterher haben sie sich dann nur noch gestritten.«

»Wegen was denn?«

»Über Gott!«

»Ein passendes Thema, um sich mit einer ehemaligen Nonne zu

streiten!« »Ja, nicht wahr? Dr. Technisch hat in seiner Freizeit am Institut eine Maschine konstruiert, die Gott ersetzen soll. Oder zumindest die Bibel. Man sagt etwas, zum Beispiel: ›Unser Nachbar hat schon wieder ein neues Auto‹, und die Maschine antwortet mit dem entsprechenden Gebot aus den zehn Geboten. Etwa so: ›Du sollst nicht begehren deines Nachbarn Hab und Gut.‹ Oder du fängst einen Bibelspruch an und die Maschine spricht ihn zu Ende. Das Gerät ist mit einem Spracherkennungsprogramm und einem Sensor für bestimmte Worte ausgestattet. Hilde fand, das sei Gotteslästerung. Und Verschwendung öffentlicher Forschungsgelder.«

»Und Dr. Technisch?« »Der sagte, bald würde er auch eine Frau konstruieren. Mit drei Händen, damit sie besser Wäsche aufhängen könnte.«

Arschloch, dachte ich.

»Er ist halt ein Mann.« Linde lächelte verzeihend. »Das reicht nicht als Entschuldigung!«, sagte ich. »Und ein Techniker«, schloss Linde ihren Gedankengang ab, der von keinerlei feministischem Geist gestört wurde. Dann beschloss sie: »Ich kann ja vielleicht doch noch mal mitfahren. Thema ist diesmal ›Alltagsleben im Mittelalter‹. Das könnte ganz interessant sein.« Ich ließ ihr Zeit, ihren einsamen Monolog fortzusetzen.

»Ich denke dabei an Hilde. Sie mochte Speyer wirklich. Wie gesagt, das Historische Museum und die Sonderausstellungen, da hat sie sich keine entgehen lassen. Und sie hat genau beobachtet, ob das Niveau auch gehalten wurde.«

Langsam beschlich mich das Gefühl, in Hildereminiszenzen zu ersticken. Wahrscheinlich war sie nur deshalb aus dem Kloster ausgeschieden, weil das Kreuz schief gehangen hatte. Auch in diesem Punkt konnte ich keinerlei Gemeinsamkeiten mit der koketten Alin Niedermeyer erkennen, der wohl mehr an materiellen denn an spirituellen Werten gelegen hatte.

»Ruf mich doch einfach an, wenn du auch mitfährst. Hier, meine Nummer. Aber ich stehe nicht im Telefonbuch, und ich melde mich nur mit Hallo«, warnte ich vorsorglich. Sie sah mich misstrauisch an. »Aus Sicherheitsgründen!«, fügte ich geheimnisvoll hinzu. Linde nickte. Das konnte sie sehr gut verstehen.

9. Kapitel

»*Habe angerufen, aber du warst nicht da. Unruhiges Leben nicht gut für den Hund. Pass auf dich auf. Dein Melchior. Nur noch drei Tage. Und danach? Ich bin ziemlich ausgelaugt.*«

Ich las die E-Mail und verstand sie nicht.

Was bedeutete »und danach«? Bevor er nach Berlin gefahren war, hatte er mir gesagt, er wolle ein paar Tage ausspannen: »Wenn du willst, kannst du nachkommen.« Ich war zu stolz gewesen, darauf einzugehen. Leider konnte dieser Stolz nicht verhindern, dass ich Melchior vermisste. Er hingegen schien auf meine Gesellschaft keinen großen Wert zu legen … Wie viele Gläser Rotwein braucht man, um Zweifel zu verscheuchen, die zu stark sind, um sich einfach verjagen zu lassen?

Um mich abzulenken, rief ich mir den vergangenen Abend noch einmal in Erinnerung.

Bei dem Singlestammtisch hatte ich eigentlich zunächst einmal nichts Neues erfahren. Zu viele Frauen, nett anzusehen, saßen um einen Tisch herum mit zu wenigen Männern, die irgendwie seltsam waren. Der undurchsichtige Paul mochte sich für einen gut aussehenden Herrn im frühen Rentenalter halten, war mir aber zu schleimig, und Dr. Technisch hätte mühelos bei einem James-Bond-Film den Bösewicht spielen können. Jedenfalls empfahl er sich weder für kulturelle Zwiegespräche noch für andere Zweisamkeiten, und geizig war er offenbar auch. Selbst wenn Alin Niedermeyer ebenfalls Mitglied in Pauls Gruppe gewesen wäre – so wie man sie mir beschrieben hatte, wäre sie bei diesen Leuten nicht auf ihre Kosten gekommen. Dennoch: Eine feste Gruppe um Paul war regelmäßig nach Speyer gefahren. Und Alin hatte in Speyer gelebt. Das konnte ein Zufall sein. Oder auch nicht. Wenn sich nun Alin und Hiltrud dort begegnet waren …? Sicher hatte die Polizei das überprüft. Vielleicht hatte man Linde nach der toten Alin befragt; davon war auszugehen, nachdem man Haare derselben Perücke in den Wohnungen beider Opfer gefunden hatte. Was aber, wenn Linde Alins Namen gar nicht gekannt hatte? Moment mal …! Wir hatten doch vorhin erst darüber gesprochen – über falsche Namen …

Ich sprang auf und rief Linde an. Sie meldete sich sofort, was zwei mögliche Rückschlüsse zuließ: Entweder saß sie ständig neben dem Telefon, in der Hoffnung, jemand rief an, oder sie hatte eine sehr kleine Wohnung.

Wieder falsch. »Hallo Franziska, ich war gerade am Telefon, weil ich mit meiner Mutter gesprochen habe.« Bravo, Miss Marple aus der Südstadt.

»Was gibt's denn noch? Franziska?« »Wie?« Ich reagierte nicht sofort. »*Franziska*?« »Ach, so, ja klar. Sag mal, du hast vorhin erzählt, du bist schon seit drei Jahren bei Kul2r …«

»Ja, und?«, antwortete Linde und ließ offen, ob sie auf die lange Zeit stolz war oder ob es ihr peinlich war, dass sie in Sachen Partner immer noch nicht fündig geworden war, bei all der gemeinsam genossenen Kultur.

»Ihr wart doch so oft in Speyer. War bei einem eurer Kulturausflüge dorthin mal eine sehr kleine, drahtige, schwarzhaarige Frau dabei? Aus Speyer? Immer schick angezogen, ziemlich kokett, einem Flirt nicht abgeneigt. Pfälzischer Akzent. Kannte sich mit Antiquitäten aus.«

Linde kicherte. »Wenn ich nicht wüsste, dass es nicht sein kann, würde ich meinen, du sprichst von der Frau, die dieses Café in Speyer hatte.«

Ich starrte den Hörer an, als sei er Linde selbst. »Du kennst ihr Café also? Das Café ›Alles Altes‹?«

»Ja, wir sind früher gelegentlich dorthin gegangen, wenn wir einen Ausflug in die Pfalz gemacht haben. Dort konnte man auch Kleinigkeiten und Andenken kaufen, und sie gab Rabatt für Kul2r. Sie hatte auch teurere Sachen. Echte kleine Schmuckstücke. Für die, die mehr Geld anlegen wollten. »

Das war es also. Hier war die Verbindung der beiden toten Frauen. Der Cafébesitzerin Alin und der ehemaligen Nonne Hilde.

»Linde – weißt du, ob sich Hilde und diese Frau Niedermeyer näher kannten?« »Niedermeyer? Ist das der Name der Besitzerin? Also ich glaube es nicht. Hilde war anfangs nie im Café dabei, sie ging lieber eigene Wege. Dem Paul hat das nicht so gefallen, aber so war sie halt, die Hilde. Später war sie sicher mal mit dabei, aber da konnte sie die Cafébesitzerin ja nicht mehr treffen …«

»Warum?« Ich war gespannt, was jetzt käme. »Sie ist tot. Seit einiger Zeit schon.«

Eine Pause am anderen Ende der Leitung. Dann, als sei ihr jetzt erst klar geworden, was sie da gesagt hatte, fügte sie mit einem fast kindlichen Erstaunen an: »Stimmt, die ist *auch* tot!«

****

»Du hast das Opfer aus dem Vierordtbad gekannt, Theo. Weißt du das eigentlich?«

»Was?« Theo hielt eine Bibel in den Fingern, blies den Staub vom Buchrücken und wog sie nachdenklich in der Hand. Nessies Gesicht verschwand vorübergehend im Staub, sie nieste graziös. »Verstaubt, aber nicht alt. Zu irgendeiner Konfirmation gekauft und wahrscheinlich niemals angerührt. Kann ich höchstens zwei Euro dafür nehmen. Mehr zahlt keiner für eine neue Bibel.«

»Du hast die Frau aus dem Bad gekannt. Die Frau, die ermordet wurde! Theo, sie war eine Kundin von dir!« »Da siehst du mal wieder. Meine Kunden stammen aus allen Bevölkerungsschichten. Tot oder lebendig.« »Ich finde das eigentlich nicht witzig.«

Theo seufzte, griff hinter sich und reichte Nessie eine Knabberstange aus Büffelhaut, die sie gnädig zwischen die blitzend weißen Zähne nahm. »Maren, ich vermisse keine meiner sehr regelmäßigen Kundinnen. Wer also war sie? Wie hieß sie, und woher weißt du, dass sie bei mir im Laden war?«

»Ab und zu hat sie dir sogar Bücher gebracht. Eine gewisse Hiltrud Binder.« »Ach, nein. Frau Binder! *Das* ist die Tote aus dem Vierordtbad? Wie hätte ich denn darauf kommen sollen? Du hast mir ja ihren Namen nicht verraten.«

»Theo – du erinnerst dich? Erzähl'!«

»Ja, und es stimmt, sie hat mir ab und zu Bücher gebracht. Unterrichtsstoffe oder auch englische Taschenbücher. In denen stand immer sehr säuberlich ihr Name. Und sie wollte sie nicht verrechnet haben. Bei mir hat sie meistens Reiseführer gekauft. Warte mal, zuletzt …«, Theo führte eine vorsintflutliche, also handschriftliche Kartei, in der die Absatzbewegungen seiner Stammkunden verzeichnet waren, »zuletzt hat sie mir ›Weisheiten aus dem Christentum‹, die ›Pfälzer Jakobswege‹, ›Perlen der Stille – Kloster Hirsau und die Wahrheiten der Mönche‹, ›Heilkräuter aus der Klosterküche‹, ›Romanische Kirchen rund um Obernai‹ und ›Straßburg: Eine Stadt, ein Münster, eine Legende‹ gebracht. Sind alle wieder verkauft. Bis auf die ›Stillen Perlen‹. Die wollte bisher keiner so recht auflesen.«

Theo kicherte in sich hinein.

»Und, erinnerst du dich an sie? Als Mensch, meine ich.«

Theo zauste sich den Bart, der ihn laut Linde zum verdächtigen Subjekt machte. »Kaum. War eine typische ältliche Lehrerin. Aber recht gebildet. Hatte schon viele Reisen gemacht. Kannte sich ganz gut aus mit Kunst und Kultur. Übermäßig sympathisch war sie mir nicht. Aber so unangenehm, dass ich sie hätte umbringen wollen, nun auch wieder nicht.«

»Irgendwie auf Kontakte aus? Männerkontakte?« Ich dachte an Paul.

»Nicht, dass ich wüsste. Muss aber nicht an ihrem Alter gelegen haben. Ich habe eine Kundin, die hat jetzt mit 71 das erste Mal geheiratet, weil sie endlich nicht mehr Hering heißen wollte. ›Auf meinem Grabstein wird jetzt Bollig stehen‹, hat sie mir erzählt. Ist das besser, was meinst du, Maren?«

»Zumindest ein originelles Motiv zum Heiraten. Gott sei dank ist Mainhardt ein guter Name. Kein Grund, ihn wegzuheiraten.«

Er schüttelte den Kopf. »Kein Wunder, dass du nicht weiterkommst mit deinem Freiburger Kommissar, wenn du so borstig bist, Maren.« Ich fühlte einen Stich. Er hatte vielleicht Recht.

Theo fuhr fort: »Nein, ich denke, diese Hilde führte durchaus ein ausgefülltes Leben. Hatte vielfältige Hobbys. Interessierte sich sehr für Geschichte und Kunst. Doch sie pflegte noch andere Interessen. Ich erinnere mich, dass sie sich ein Gitarrenbuch zum Selbststudium und einen Französischführer für die Reise mitgenommen hat. Das waren wohl ihre nächsten Ziele: Gitarre lernen und Französisch noch dazu.«

Ich seufzte. Es blieb unbefriedigend. Wie bei einer Zwiebel versuchte ich, vom Bild der beiden Frauen Schicht um Schicht abzulösen, um etwas zu finden, das einen Mord rechtfertigte. Doch ich stieß nur auf normale Bürgerlichkeit. Hobbys. Shoppen. Mal eine harmlose Männergeschichte. Es gab einfach nichts Ungewöhnliches.

Vorausgesetzt, diejenigen, mit denen ich gesprochen hatte, hatten mir die Wahrheit gesagt …

****

Elfie schien nicht besonders beeindruckt von dem, was ich herausgefunden hatte. Allzu viel war es ja auch nicht gewesen. Zwar gab es eine Verbindung zwischen Alin und Kul2r, aber keinen Hinweis, dass sich die beiden Opfer gekannt hatten. Es war jedoch möglich, dass jemand aus der Singlegruppe zu beiden näheren Kontakt gehabt hatte. Nur – hätte die Polizei das nicht längst herausgefunden? Seufzend fasste ich abermals zusammen: »Hilde war eine korrekte, tüchtige Lehrerin mit bissigem Altjungfernhumor. Und Alin gab die neidische, spätkokette Tante, die sich durch Erbschleicherei einen Vorteil gegenüber ihrer finanziell ohnehin benachteiligten Schwester sicherte. Beide hatten Kontakt mit Kul2r. Vielleicht hatten beide einen Flirt mit Paul, dem Verführer in den besten Jahren? Aber warum sollte er sie umbringen? Geld? Es wurde doch gar nichts gestohlen. Sexuelle Perversionen? Nicht sehr wahrscheinlich.«

»Und beide Frauen hatten vor ihrem Tod keine regelmäßigen sexuellen Kontakte. So was lässt sich feststellen, ich möchte da nicht ins Detail gehen«, ergänzte Elfie finster. Wahrscheinlich dachten wir beide das Gleiche: Wenn man uns heute umbrächte, würde die Autopsie etwas Ähnliches ergeben, und das würde uns nicht besonders gut gefallen.

Wir saßen bei mir auf dem Balkon. Elfie kraulte Nessie abwesend. Ein seltener Anblick. In ihren Händen hielt sie ein Glas Cola mit Zitrone. Sie klagte über stechendes Kopfweh. Tatsächlich sah sie ein wenig blass aus. »Wieso war die Schwester eigentlich benachteiligt?«, fragte sie und spielte angelegentlich mit ihrer Zitronenscheibe.

»Weil sie nicht so …« Ich stockte. Ja, warum war Marion eigentlich benachteiligt? Alin mochte auf den ersten Blick die schillerndere von den beiden gewesen sein, doch Marion hatte die Gabe, sich Menschen auf Dauer zu Freunden zu machen, die Alin offensichtlich nicht besessen hatte. Zu viele flüchtige Liebhaber. Wie hatte Viviers gesagt: »Geiseln«! Er musste Alin gut gekannt haben. Wie gut eigentlich? Zumindest hatte er sie offenbar durchschaut. Kopfschüttelnd goss ich mir nach.

»Der Fall ergibt für mich keinen Sinn, Elfie.«

Elfie nahm einen großen Schluck. Die Zitronenscheibe klebte an ihren Zähnen. Mühsam brachte sie heraus: »Frau Ix ermittelt übrigens verstärkt in der Satanistenszene. In der ›Kulturruine‹, wo die ewig Schwarzgekleideten ihre Nächte verbringen. Der Roman ›Sakrileg‹ und das Handy im Weihwasserbecken deuten ihrer Meinung nach in diese Richtung. Und schließlich war Hiltrud eine ehemalige Nonne.«

»Zwei so bodenständige Frauen? Einen solchen Zusammenhang kann ich mir nicht vorstellen. Aber auch keinen anderen. Tut mir Leid.«

»Mach dir nichts draus. Das kommt vor. Schließlich ist der Fall Niedermeyer schon zwei Jahre alt. Darf ich kurz auf die Toilette gehen?« »Du weißt ja, wo.«

Nessie blickte skeptisch hinter Elfie her. Ich machte drinnen das Licht aus, als die Falter begannen, ins Zimmer zu flattern. Im Dunkeln piepste das Handy. Eine SMS. Ich drückte auf das Briefchensignal. *»Ich freue mich auch auf die gemeinsamen Tage. Du weißt, ich muss nachdenken. Liebe Grüße, Melchior.«*

Ich lächelte. Also doch. Er wollte seine freien Tage mit mir verbringen. Aber was meinte er mit »nachdenken«? Ich legte das Handy zurück auf den Balkontisch. Während ich noch darüber nachgrübelte, was ich ihm in meiner letzten SMS geschrieben hatte, rauschte drinnen der Wasserhahn. Elfie kam frisch gekämmt und duftend aus meinem Bad.

»So, jetzt muss ich gehen, Maren. Morgen hake ich noch mal bei Bodo nach. Danke für die Cola.« Schnurstracks lief sie zu dem Handy, das ich gerade aus der Hand gelegt hatte, und steckte es ein. »Halt!«, wollte ich noch sagen, doch ich saß wie erstarrt. Sie schnappte sich ihren Mantel, winkte mir einen Gruß zu und ging.

Ich blieb zurück, fassungslos.

Es war *ihr* Handy gewesen! Wir hatten die schnuckeligen Siemens-Handys gemeinsam beim Media Markt zu einem günstigen Tarif gekauft. Elfie bekam ihres sowieso vom Staat bezahlt. Die SMS war nicht für mich, sondern für *sie* bestimmt gewesen.

Und Melchior freute sich auf Tage mit *ihr!*

****

Es tat nicht so weh, wie ich zuerst geglaubt hatte. Im Grunde bestätigte es nur eine Erkenntnis, die schon lange in mir geschlummert hatte. Melchior hatte nie wirklich zu mir gehört. Er gehörte ohnehin nur seinem Beruf, und in seine Welt passte Elfie besser als ich. Wie hatte ich vergessen können, was uns damals vor einem Jahr, bei den Ermittlungen zum Mordfall in Rust, auseinander gebracht hatte?

Wenn ich ehrlich war, wusste ich nicht einmal, ob ich sie um ihn beneiden sollte. Was mich am meisten kränkte, war, dass diese beiden ausgekochten Bullen mich derart hintergingen.

Bei Männern entspricht es dem gängigen Klischee, aber von einer Freundin in dieser Weise betrogen zu werden, das tut weh. Obwohl natürlich zu jedem Fremdgänger rein rechnerisch eine Frau gehört – aber musste es ausgerechnet eine so korrekte Person wie Elfie sein?

Wenn sie mir auch nie allzu nahe gestanden hatte, so hatte ich sie doch gemocht – und ihr vertraut. Ich spürte, wie heiße Wut in mir hoch kroch. Eine Wut, die größer war als mein Schmerz. Oh nein, ich würde ihr ganz gewiss nicht dazu verhelfen, in diesem Fall auch nur eines ihrer betrügerischen Füßchen auf den Boden zu setzen! Sollte die gefürchtete Kollegin Ix sie doch ausbooten! Von mir jedenfalls würde Elfie, die Schlange, keine Informationen mehr bekommen, und wenn der Mörder oder die Mörderin mit einem Geständnis, getippt und in doppelter Ausführung, bei mir vor der Tür erscheinen sollte!

Irgendwie hatte ich es fertig gebracht, ihr Wiedersehen zu sagen, obwohl mir jeder Muskel im Gesicht schmerzte angesichts der verbindlich lächelnden Maske, die ich zu bewahren versucht hatte. Erst als ihr sportlicher Schritt auf der Treppe unten verklungen war, als sie die Haustür aufgerissen und energisch hinter sich zugeschlagen hatte, brach ich in Tränen aus.

Tränen der Wut und Enttäuschung über eine Liebesaffäre, die von Anfang an verkorkst gewesen war. Trotzdem. Ich heulte und heulte. Eine ganze Nacht lang.

****

Obwohl gesellig, bin ich doch kein echter Gruppenmensch. Wenigstens das habe ich mit Matthias und Theo, meinen beiden platonischen Verehrern, gemeinsam.

Theo schätzt Menschen lediglich als Wesen, die an seinen Bücherregalen entlang schlendern, Herz und Geldbeutel weit offen.

Matthias wird in Gruppen jeglicher Art schweigsam und misstrauisch, so als fürchte er, man werde ihn ausnutzen oder man verlocke ihn dazu, Dinge preiszugeben, von denen kein Mensch weiß, ob er sie überhaupt besitzt.

Da seine »Feste« offenbar noch auswärts weilte, hatte er angerufen, um sich zum Frühstück zu verabreden, und registrierte missmutig, dass ich bereits anderweitig verplant war. »Was willst du denn schon wieder in Speyer? Und mit diesen Singleleuten da? Da stimmt doch etwas nicht, Maren. Gib es zu: Du bist noch immer auf Mörderjagd! Du bist doch gar kein Single mehr. So wie ich auch nicht. Was also hast du mit diesen vertrockneten Jungfern und ihrem Museumsfimmel zu tun?«

Ein Stich ging durch Herz und Magen und brachte jene Tränen hervor, die von letzter Nacht noch übrig waren. »Manch einer ist Single und weiß es nicht.«

Matthias schwieg ungläubig ins Telefon.

****

Die neun Leute, die mit mir einen Bildungsausflug nach Speyer unternehmen würden, machten sich keine Gedanken darüber, ob sie Singles waren. Wären sie keine, stünden sie nicht hier, am Bahnhof – fröhlich plaudernd in vernünftiger, praktischer und alles andere als billiger Funktionsbekleidung: Beigefarbene Hosen, leichte Anoraks, falls es doch kühler werden sollte. Zweifellos steckte in jeder Tasche eine Digitalkamera.

Paul war natürlich auch da. Er trug eine blaue Freizeitjacke, darunter allerdings einen Anzug und ein Wams. »Es ist zu warm heute für spätmittelalterliche Kleidung«, scherzte er mit gutturaler Stimme. »Damals war es kälter.« Er hatte eine etwas größere Tasche mit Prospekten und ein, zwei Büchern dabei. Man sah ihm sofort an, dass er der Anführer der Gruppe war.

Im Zug gesellten sich, maßvoll plaudernd, diejenigen zusammen, die bereits miteinander gereist waren. Linde, Paul und ich gerieten in eine Vierersitzgruppe. Eine neue Frau gesellte sich schweigend zu uns. Ihre Blicke taxierten uns genau. Sie war sehr teuer gekleidet, mochte bereits um die Mitte Fünfzig sein und trug zu viele Ringe für eine simple Tagesfahrt nach Speyer. Sie wurde mir als Brigitta, genannt Britta, vorgestellt. »Ihr zweiter Ausflug mit uns. Und ich darf sagen, ein echter Gewinn für die Gruppe!«, sagte Paul. Sein Blick saugte sich an Brittas Halskette fest. Es kehrte Schweigen ein.

»Du bist schon länger allein stehend, Franziska?«, fragte Paul schließlich sanft, so als sei ich Witwe. »Immer mal wieder«, entgegnete ich, der Wahrheit entsprechend – eine Antwort, die ihn nicht so ganz zufrieden stellte. »Wie meinst du das?«, erkundigte sich Linde, und an ihrem Unverständnis wurde deutlich, dass es dieses »immer mal wieder« bei ihr schon lange nicht mehr gegeben hatte. Britta mit der Kette sah kühl und gleichmütig aus dem Fenster. Der Rhein wurde zügig überwunden, wir ratterten Richtung Pfalz.

Der Speyrer Bahnhof empfing uns mit freundlicher, leicht provinziell angehauchter Gemütlichkeit. Überraschend viele Touristen. Auch hier wieder überall Leute in Wandersachen.

»Durch die vielen Jakobstouristen ist hier einiges los«, stellte Paul fest. »Sie wandeln auf friedlichen Wegen, dabei waren die nicht zimperlich früher, wenn sie im Namen des Jakobus loszogen. Der erfolgreiche Schlachtruf *Sancte Jacobe* hat ihm immerhin den Beinamen Maurentöter eingebracht. Nur mit seiner Hilfe haben es die Spanier angeblich geschafft, die Araber aus ihrem Land zu vertreiben.« Jetzt schien Paul in seinem Element.

Man sah die wanderlustigen Pilger intensiv auf Karten starren.

»Sie werden ihren Weg schon finden«, orakelte unser Anführer düster. »Aber in früheren Jahrhunderten, da pflegte man Kindern die Milchstraße am nächtlichen Sternenhimmel zu zeigen: ›Das ist die Straße, die nach Santiago führt.‹«

»Was du alles weißt.« Lindes Bewunderung war echt. Paul forschte in meinem Gesicht. »Nicht jede Frau möchte einen Mann, der viel weiß. Manche steht mehr auf oberflächliche Dinge – ein schickes Auto oder eine Eigentumswohnung im Tessin. Was meinst du dazu, Franziska?«

»Ich hätte nichts gegen einen gebildeten Mann *und* eine Wohnung im Tessin!«

»So was gibt es nicht.« sagte Linde mit tiefster Inbrunst.

Vornehmlich Frauen, aber auch ein paar Herren zogen in langsamen Grüppchen an uns vorüber

»Den Jakobsweg durch die Pfalz«, Paul holte einen farbigen Katalog von Kul2r heraus, »bieten wir übrigens auch an. Manchmal ist es einfacher, nach Gott zu suchen als nach einem irdischen Partner. Langfristig arbeitet mein Bruder an einem Pilgerzyklus: Rom, wo ab dem 8. Jahrhundert schon die Gräber von Paulus und Petrus Pilger anzogen, dann Lourdes, Fatima, Turin mit dem Grabtuch und natürlich Canterbury.«

Sein Bruder, dachte ich, ist der Chef des Ladens. Paul ist nur ein Verwandter, den man durchfüttert und dem selbst nichts gehört. Vielleicht hatte er ein Leben lang mal dieses, mal jenes Geschäft probiert. Immer nach Geld geschielt. Von der Gier nach mehr getrieben. Noch einmal sehen, was geht, bevor es zu spät war.

Mir wurde kalt, obwohl eine nachpfingstliche Sonne Speyer erwärmte.

Linde sah verwirrt aus. Paul lächelte mich eindringlich an. »Manchmal ist er aber auch ganz nah.« »Wer? Gott?«, fragte ich.

»Nein, ein neuer Partner. Dein Pullover gefällt mit, Franziska.« »Danke. Second Hand. ›Jacke wie Hose‹ in der Winterstraße.«

Er schien verwirrt. »Du, das machst du aber mehr aus Spaß, oder, Franziska? Ich meine, du hast das nicht wirklich nötig, oder?« Besorgnis schlich sich in sein Gesicht. Sollte er etwa aufs falsche Pferd gesetzt haben? Obwohl – Britta war ja auch noch da …

****

Dr. Technisch, Linde und ich bildeten ein kleines Grüppchen bei dem Vortrag über das Spätmittelalter, der vor dem Historischen Museum stattfand und in einem Besuch desselben gipfeln sollte.

Ich war schon einmal im Historischen Museum gewesen. Das einzige, was ich davon noch wusste, war der erstaunlich frische Anblick der Haarlocke Konrads II. und seiner Gattin Gisela in einem Glaskasten. Die Namen der beiden hatte ich mir merken können.

Paul holte einen Ordner heraus, räusperte sich, stellte sich in eine dozentenhafte Positur und verlangte schier Unmögliches von uns: »Stellt euch vor, wir sind im Mittelalter.« Eine Suzuki brauste an uns vorbei. »Und stellt euch vor, wir laufen durch diese Stadt, die damals eine bedeutende politische Rolle gespielt hat …« Während ich fröstelnd dastand, rauschten die Weisheiten an mir vorüber: Die Pest, die im 14. Jahrhundert massenhaft Tote verursacht hatte – »Denkt bitte an die ›Bilder von Totentänzen‹, seht euch euer Kind zum Friedhof tragen!« –, die Entwicklung der Klöster zu wichtigen Systemen der Grundherrschaft, der Bau prachtvoller Burgen – »Auch hier in der Pfalz, ich verweise auf Seite 16 unseres Reisekatalogs!« –, die Bedeutung der Flüsse – »auch für die Goldwäscherei, gibt es heute noch in der Nähe von Speyer!« –, die Struktur der Nachbardörfer mit der »uralten Dreifelderwirtschaft«. Ich lernte einiges über den Gartenbau am Oberrhein kennen, was mich schon immer brennend interessiert hatte: »Weißenburger Nüsse und Pfälzer Mandeln sowie Esskastanien wurden bis nach England verschifft.« An dieser Stelle fühlte ich Hunger aufsteigen. Seltsam. Hatte ich doch sonst nie bei Liebeskummer. Was bedeutete das? War der Kummer nicht echt oder war es die Liebe nicht?

»Hanf und Flachs wurden im ganzen Mittelalter angebaut. Die Speyrer Färberröte Krapp war in den mittelalterlichen Tuchstädten durch ihre Qualität hoch begehrt …«

Paul streifte noch das Fischereiwesen, »ein immer schon wichtiger Erwerbszweig«, und kam endlich zum Essen und Trinken. Ich konnte kaum noch stehen und nahm lediglich noch auf, dass der Weinverbrauch früher in gehobenen Schichten 1,3 Liter pro Kopf betragen habe. »Am Tag?«, fragte Dr. Technisch. »Das kann keiner trinken.« Paul fixierte ihn mit seinem unergründlichen Blick. »In welchem Zeitraum steht hier nicht, du.«

Ich sagte trotzig: »Das kann man durchaus schaffen, wenn man sich nur anstrengt. Ich komme gleich wieder. Ich gehe nur mal kurz den Pro-Kopf-Verbrauch auf mittelalterliches Niveau heben.«

»Willst du nicht bleiben und weiter zuhören? Wir haben nachher noch ausreichend Zeit zur freien Verfügung, Franziska.« Der übliche tiefe Blick. Seufzend verzichtete ich. Bei der mittelalterlichen Karte von Martin Waldseemüller über das Oberrheingebiet – »der hat übrigens bereits 1511 eine detaillierte Karte von den Jakobswegen innerhalb der wichtigsten Durchzugsländer angefertigt, liegt heute im Tiroler Landesmuseum« – sowie den »ausgelassenen Schützenfesten im Mittelalter« schlief ich stehend ein, um erst wieder zum Leben zu erwachen, als das Thema Skulpturen behandelt wurde.

»Zum Schluss noch ein Wort zu den bildhauerischen Techniken im Spätmittelalter. Von Straßburg ausgehend, wo der niederländische Bildhauer Gerhaert von Leyden lebte, setzte sich eine neue, psychologische Darstellungsweise der Figuren durch. Seine Nachfolger Nikolaus von Hagenau, Veit Wagner und Hans Wydyz entwickelten diesen Stil weiter und schufen Figuren mit ausdrucksstarken Gesichtern und manchem heiteren Anklang. Man merkt, dass diesseitige Vorgänge stärker in den Vordergrund rückten. Wie wir später an einigen Beispielen im Museum sehen werden, handelt es sich meistens um Holz- oder Steinskulpturen, die in Altarsystemen oder Kanzeln eingebunden waren – manchmal auch als Hausfiguren – was auch durch die zunehmende Zusammenarbeit von Künstlern, Architekten, Schreinern und Kunstschlossern möglich wurde.«

Paul hielt meinen Blick fest, was ein weiteres Entschlafen unmöglich machte. Vor meinem geistigen Auge gaukelte eine eiskalte Cola, oder besser noch: eine helle Weinschorle herum.

Als wir schließlich den Vortrag sowie den Besuch des Historischen Museums hinter uns gebracht hatten und uns die obligatorische Zeit zur freien Verfügung stand, strebte Dr. Technisch energischen Schrittes ins Technikmuseum, eine unsichere Linde im Schlepptau. Ich schlenderte einfach nur so durch die Stadt.

Paul hatte mich nur zögernd ziehen lassen und war mir lange mit seinen undurchschaubaren Blicken gefolgt. Schließlich hatte ich ihn mit Britta im Park verschwinden sehen.

Mein Cousin Christian und seine Familie waren glücklicherweise noch im Urlaub. So schlenderte ich ohne Verpflichtungen durch den sonnendurchfluteten Ort, streifte durch Gässchen, entlang rebenverzierter Haustore, und überquerte eine kleine alte Brücke.

Irgendwann kam ich zu einem schönen Gebäude, das sich durch das Schild an der Tür als Kloster offenbarte.

Ein heiterer Ort, nicht wie andere Klöster, die oft eher abweisend wirkten. Ich trat in den Hof ein, schaute mich um. Näherte mich der Pforte.

»Guten Tag, möchten Sie ins Kloster?« Eine freundliche Nonne winkte mich von der Pforte aus herein. Eine etwas doppeldeutige

Frage. Dennoch, es fiel mir schwer, einer Nonne etwas abzuschlagen. Flüchtig dachte ich, dass Linde Recht hatte. Es gehörte schon besonders viel Kälte dazu, eine Nonne zu erwürgen – und sei es auch nur eine ehemalige. Bei dem Wort »Kälte« fiel mir ohne triftigen Grund Dr. Technisch ein. Ich verwarf den Gedanken – er mochte ja wahrlich seltsam sein, aber das machte ihn noch nicht zum Mörder – und folgte der Ordensfrau in das kühle Innere des Gebäudes.

»Unser Kloster geht aufs Mittelalter zurück und wird noch immer von uns Dominikanerinnen geführt. Besser gesagt: wieder. Nach der Zerstörung im Jahr 1689 haben wir es zum Anfang des 19. Jahrhunderts wieder erwerben können. Es ist mehrmals in seiner Geschichte zerstört worden, seit wir es im 13. Jahrhundert zur Ausübung unseres Glaubens geschenkt bekamen, aber man kann eben die Wahrheit nicht mutwillig zerstören. Sie lebt fort. Und sei es nur in der Erinnerung der Menschen, die von ihr sprechen, die sie einmal gesehen haben und das Bild weitertragen.«

Ich sah mich um, hörte zu, erfreute mich an dem gelassenen Gesichtsausdruck der Nonne, die nicht viel älter war als jene hektisch auf Vergnügungssuche befindlichen Damen des Singlekreises, und wanderte in Gedanken zu den Rätseln meiner eigenen Existenz. Und damit zu Melchior, Elfie und ihrer beider Betrug. Verdrängte den Gedanken, dachte flüchtig und ohne besonderen Grund an Tristan Viviers und dann an Hilde. Sie hatte im Kloster keinen Frieden gefunden. Vielleicht war sie einfach zu neugierig gewesen.

Meine Gedanken schweiften ab. Dabei hätte ich den Worten der Frau im dunklen fließenden Habit nur ausreichend Beachtung schenken müssen und hätte einen Baustein zur Lösung meiner Fälle in den Händen gehalten.

»Hier bei uns hat auch Edith Stein gelebt, möchten Sie ihr Zimmer sehen?«

Edith Stein? Die freundliche Nonne nahm meine Unkenntnis milde auf.

»Oh, Sie haben gewiss von ihr gehört. Eine Jüdin, zum Katholizismus bekehrt, die von den Nazis umgebracht wurde. Doch sie hatte für sich den wahren Glauben gefunden. Da hat man keine Angst mehr vor dem Tod.«

Ob Hilde auch so gedacht hatte? Als sich die Hände um ihre

Kehle schlossen und sie in einem vielleicht vertrauten Gesicht plötzlich ihren Henker erkannte, wie mochte sie sich da gefühlt haben? Und Alin? In der Stille einer Kirche? Im Schutz einer Krypta!

Ich wurde in ein einfaches Zimmer geleitet. An der Wand ein Kreuz. »Hier konnte sie stundenlang sitzen und mit dem Herrn sprechen. Es gibt Vertrauen, im Haus ein Zeichen der Liebe zu haben.« Hier hatte jemand den Sinn seiner Existenz gefunden.

Mein Herz dachte an Melchior. Ich spürte, dass es mir nicht so einfach gemacht wurde.

****

Später traf sich die Gruppe wieder vor dem Dom. Ein sehr ernsthafter älterer Mann ermahnte uns, den Frieden des Ortes zu wahren und die Hüte abzunehmen. Mürrisch nahm Dr. Technisch seine Kappe ab und enthüllte seinen militärischen Haarschnitt mit den kurzen Stoppeln, die verschwitzt von seinem Kopf abstanden. Paul wandelte mit schleichenden Schritten auf und ab. Er schien unzufrieden, und das warme, verführerische Lächeln, das er den weiblichen Mitgliedern der Tour schenkte, wirkte gezwungen.

Linde nestelte an ihrem Halstuch herum.

»Der Speyrer Dom …«

Auch die nun folgenden Weisheiten über den Dom von und zu Speyer glitten an mir vorüber. Ich hatte in meinem Leben schon viele Kirchen besichtigt und die Baugeschichten der Gotteshäuser von Köln, Orleans, Reims und London flossen in meiner Erinnerung zu einem bunten Gemisch an Apsiden, Säulen, Fresken, Kreuzgrat- und anderen Gewölben, Rosetten und Fenstern, Altären, Orgeln, Langhäusern, Schiffen und Gurtbögen zusammen.

Was mich wirklich interessierte, war die Krypta, denn sie war für mich so etwas wie die Seele einer Kirche.

Zunächst mussten wir die Vorkrypta passieren und ein Relief betrachten, das die bestatteten Kaiser und Könige zeigte. Große Namen rauschten an mir vorüber: Da gab es neben dem ursprünglichen Konrad den einen oder anderen Heinrich, aber auch Philipp, Rudolf und einen Adolf.

Gemeinsam und leise murmelnd – zweimal nutzte Paul eine Ecke oder eine Stufe, um mir stützend um die Hüfte zu greifen – betraten wir den hallenartigen, durch viele Säulen unterteilten Raum mit den berühmten Kaisergräbern. Mit Unbehagen dachte ich an die Frauenleiche, die in einer anderen, weitaus bescheideneren Krypta unweit von hier gelegen hatte.

»Wir befinden uns in der 1041 geweihten Krypta, welche zur ersten Bauphase des Domes gehört …« Auch hier kamen wieder die unvermeidlichen Sandsteinsäulen – 20 Freisäulen, 36 Halbsäulen und 14 Viertelsäulen – zum Tragen. Und romanische Würfelkapitelle. Ich wusste nicht, was Würfelkapitelle waren, aber ich mochte nicht fragen, nachdem alle anderen Teilnehmer der Gruppe so taten, als gehörten sie ebenso wie auch das »Mittelschiff vor der Vierung« zu ihrem Wortschatz wie das täglich Brot. Immerhin fand ich es bemerkenswert, dass neben den Kaisern auch drei Kaiserinnen und vier stinknormale Könige in der Gruft lagen. Paul rief feierlich: »Obwohl sich der Sohn Konrads II. im Jahre 1052 beschwerte, die Grabstätte seiner Eltern sei zu klein und zu eng, ist es doch die bedeutendste Grablege im deutschen Raum, und er selbst wurde später auch nicht nobler gebettet als seine Eltern. Ihr seht also: Beschwerden über die Unterbringung gab es schon vor 1000 Jahren.«

Alle lachten pflichtschuldig, doch ich erschauerte. Grablege. Ins Grab gelegt. Hinter einem Altar! Die arme Alin.

»Dies hier ist der älteste der Herrscher, welche hier unten ihre letzte Ruhestätte gefunden haben. Hier in der mittleren Bogenöffnung könnt ihr sein Grab sehen. Wir wissen nicht, wo Konrad II. genau geboren wurde, aber es wird um 990 gewesen sein. Er war der erste Salier. Er war gleichzeitig auch König von Italien, und aufgrund der Verwandtschaft seiner Frau Gisela war er auch König von Burgund …« Das Schicksal Konrads des II., der mit seinem Hofstaat überall in Deutschland unterwegs gewesen und letztendlich 1039 an Pfingsten an den Spätfolgen einer Epidemie, vielleicht aber auch an Gicht gestorben war, zog an uns, die wir schon leicht müde waren, vorüber. Aus irgendeinem Grund schrieb Linde die ganze Zeit mit.

Leise murmelnd notierte sie sich eifrig selbst so unappetitliche Dinge, wie dass man des Kaisers Organe entnommen und in der Utrechter Martinskirche beigesetzt hatte. Der einbalsamierte Körper war dann den Rhein herabgereist, wo sich seine Untertanen von ihm verabschiedet hatten, und war schließlich im Neubau des Speyrer Doms gelandet.

»Warum schreibst du das alles mit?«, wisperte ich Linde zu, nachdem sich Paul einem weiteren Kaiser unter der nächsten Steinplatte zuwandte.

»Ich führe Reisetagebuch«, flüsterte Linde zurück, »für den Unterricht und für mich. Man kann sich, wenn man alt ist, genau an alles erinnern. Vergisst nichts. Viele Lehrer machen das.«

Mir kam ein Gedanke. Vorsichtig erkundigte ich mich: »Hilde auch?« »Natürlich. Die Idee habe ich sogar von Hilde. Sie war sehr gründlich.«

Der Tross bildungshungriger Karlsruher Singles zog weiter durch die Speyrer Geschichte. Paul schritt gemessen und würdevoll wie ein Bräutigam an den Altar und blieb dabei möglichst an meiner Seite. »Heute Abend gehen wir noch in ein landestypisches Restaurant«, verhieß er mir. Landestypisch. Das hörte sich an, als seien wir in Togo.

»Ich komme leider nicht mit. Ich habe eine Verabredung. Ich kenne ein paar Leute in Speyer. Sorry.« Er sah mich tadelnd an. »Sorry, du!«, fügte ich, dem Sprachduktus der Gruppe folgend, sicherheitshalber noch an.

»Das ist eigentlich nicht üblich, du«, meinte er, und sein »du« hörte sich beinahe drohend an. »Wir wollen uns doch alle kennen lernen. Uns näherkommen. Diese Reisen sind auch dafür geschaffen, einen … neuen Inhalt im Leben zu finden, vielleicht auch einen Partner.«

»Ich stehe nicht auf Frauen, Paul. An Männern bleibt nur Dr. Technisch, und der ist nicht mein Typ«, erklärte ich etwas schärfer. Ich kann es nicht leiden, wenn man meine Freiheit einschränkt.

»Es gibt ja noch einen weiteren Mann in der Gruppe«, raunte er. Als ich immer noch nicht wunschgemäß reagierte, fügte er an: »Und wenn es auf dem Berg schon weiß ist, kann es im Tal durchaus noch grünen.«

Wie er meinte er denn das? Ehrlich gesagt wollte ich es lieber gar nicht wissen. So süß wie möglich lächelte ich ihn an. »Es gibt ja noch mehr Ausflüge, nicht wahr, Paul – du.«

****

Marions Haus und das Heim ihrer Familie lagen in der Herdstraße, von der ich dank meiner mehrfachen Führungen durch Speyer nunmehr wusste, dass sie zu den ältesten Straßen Speyers gehörte. Die Häuschen dort stammten noch aus der Zeit vor der Zerstörung der Stadt im 17. Jahrhundert.

Die Herdstraße befand sich in unmittelbarer Nähe zum Dom, und die Gebäude – so hatte man mir erklärt – standen auf mittelalterlichen und zum Teil sogar auf römischen Fundamenten.

Ich liebe solche alten Häuser. Mir kommt es vor, als sei der Geist der vielen Generationen, die in einem solchen Haus gelebt und gelacht haben, die dort geliebt haben und die in ihm gestorben sind, noch spürbar.

Marion, warm und herzlich wie immer, strahlend vor Aktivität und Lebensfreude, öffnete mir die Tür. »Maren, schön, dass du uns besuchst. Aber ich bin dir ein wenig böse. Du kannst Speyer mit uns kennen lernen. Dazu brauchst du doch keine Reisegruppe!« Sie drohte mir freundlich mit einem Finger und sah dabei alles andere als bedrohlich aus. »Meinen Mann musst du entschuldigen. Er muss arbeiten. So ist es, mit einem Politiker verheiratet zu sein. Er ist leider selten zu Hause.«

Bernd sortierte irgendwelche alten Zeitschriften, indem er einige zur Seite legte, andere auf den Boden stapelte. »Du hast ja uns als Erinnerung an ihn, nicht wahr Mama?« Er begrüßte mich mit der offenen und freundlichen Art, die ihm eigen war. »Hallo, Frau Mainhardt. Was machen Sie schon wieder in Speyer? Lässt die Stadt Sie also doch nicht mehr los?«

»Das ist wahr.« Marion bezog sich wohl noch auf den ersten Satz ihres Sohnes. »Ich habe drei Kinder, die mich daran erinnern, dass es einen Ehemann in der Familie gibt.«

Ich sah mich um. Gab es wenigstens eine Fotografie des fernen Ehemanns? An der Wand hing tatsächlich das allgemein übliche Familienbild. Marion lächelnd in der Mitte. Hinter ihr stand ihr Mann, der groß und gut aussehend war. Er hatte die Hände auf die Schultern seiner beiden Töchter gelegt. Doch er wirkte auf dem Foto seltsam distanziert, und sein Lächeln war gekünstelt, nicht herzlich wie das seiner Frau.

Die beiden Töchter kannte ich ja bereits. Ich hatte sie in Christians Haus getroffen und spontan gemocht. Die Ältere war sehr schlank, mit sensiblem Gesicht. Die Kleinere war Marion wie aus dem Gesicht geschnitten. Beide hatten mich ebenso höflich wie ihre Mutter begrüßt. Sie saßen kurze Zeit bei uns, bevor sich die eine mit einem MP3-Player und die andere mit einem Buch ins Innere des verschachtelten Hauses zurückzog.

Das Haus war alt, sehr alt, und ziemlich klein für eine fünfköpfige Familie, wie ich fand, aber schön renoviert sowie geschmackvoll und gemütlich eingerichtet. Bilder – »Ich male ein wenig, aber ohne jedes Talent!« –, viele Bücher, CDs und sogar noch alte Schallplatten.

Man sah, dass hier lebensfrohe Menschen wohnten.

»Bernd und die Große haben ihre Zimmer unten«, erklärte Marion und streichelte eine schwarze Katze. Ich fragte mich, ob es Alins Katze war. »Aber Bernds Zimmer sieht sowieso mehr aus wie eine Abteilung der Unibibliothek. Er ist bald fertig mit seiner Promotion, und dann hoffe ich, dass aus dem Keller ein Partykeller wird, wie wir es ursprünglich geplant hatten.«

Ich wurde auch in diesen unteren Bereich des Hauses geführt, in dem es kühler war. Durch die kleinen Fensterchen drang nur wenig vom Grün des Gartens ins Haus. Es roch ein wenig nach Keller, und ich vermutete, dass die Fundamente des Hauses richtig alt waren, also noch aus dem Mittelalter stammten. »Wir leben seit unzähligen Generationen in diesem Haus. Gott sei Dank gab es neben verträumten Künstlern und Schreibern, so wie Bernd einer ist, auch ein paar praktischere Leute. Sonst wäre alles längst eingestürzt.«

Man hatte versucht, den Keller dem mittelalterlichen Bild der Straße anzugleichen. Der Kellergang war mit Bögen abgestützt, die wahrscheinlich nur Dekor waren und nicht wirklich trugen, aber würdig aussahen. In die Wände waren Nischen eingelassen, in denen Madonnenfiguren verschiedener Stilrichtungen standen, alt wirkende Skulpturen und einige sehr moderne Stücke.

»Die Figuren stammen meistens von meiner Schwester. Diese hier hat die Hand verloren und sie konnte sie nicht mehr verkaufen. Alin hat sie dann großzügigerweise meiner Tochter zur Konfirmation geschenkt, obwohl wir als Protestanten keine Anhänger von Marienfiguren sind. Inzwischen haben wir trotzdem eine kleine Sammlung, mehr aus kunstgeschichtlichem Interesse. Auch wenn die Figuren nicht wertvoll sind.«

Bernd sagte nichts dazu. Er erlaubte einen kurzen Blick in sein mit Büchern vollgestopftes Zimmer, doch er war sichtlich froh, dass wir nicht zu ihm hineingingen. Aber er war höflich, und genau wie bei den anderen Kindern hatte ich den Eindruck, dass er seiner Mutter sehr nahe stand.

»Habt ihr selbst umgebaut?«

»Nein, das war ein Bautrupp aus Polen. Sehr geschickte Handwerker. Auf Restaurierung alter Häuser spezialisiert. Empfehlung von einer anderen Familie hier in der Straße, und auch Alin hatte wohl schon von ihnen gehört. Ihre Putzfrau ist aus Polen und hat die Leute ursprünglich nach Speyer vermittelt.« Bernd lief rot an. »Mama. Das ist doch nichts …«

Marion lachte. »Bernd, ich weiß, du hast Angst, man könnte denken, wir haben die Leute schwarz arbeiten lassen. Dein Vater hat eine öffentliche Position und kann sich so etwas nicht leisten. Aber es war alles in Ordnung. Wir haben ihnen Tariflohn bezahlt. Außerdem hat es uns sowieso nichts gekostet, denn Alin hat die Rechnung überprüft und überraschenderweise auch selbst beglichen. Wir haben sie nicht mal zu Gesicht bekommen. Also keine Sorge, Bernd! Wir sind nicht wie die anderen, die billige Arbeitskräfte ausnützen!«

»Nun ja, das alles interessiert Frau Mainhardt sicher nicht.«

Es war klar, Bernd war sehr sensibel und das Thema ihm sichtlich unangenehm. Marion blickte ihren Sohn zärtlich an. Die beiden sahen sich äußerlich nicht besonders ähnlich, aber sie glichen einander sehr im Wesen.

»Ich war Alin sehr dankbar, dass sie die Sache in die Hand genommen hat, während wir alle nicht da waren. Auf Urlaub und auf Studienreise.«

Wir gingen wieder nach oben. »Bernd schreibt seine Doktorarbeit über religiöse Feste im Mittelalter am Oberrhein, am Beispiel von Speyer. Fronleichnam, Osterspiele, Fastnacht«, wisperte mir Marion zu. »Glaubst du, dieses Zimmer wird je zum Partykeller werden wie geplant?« Sie stupste mich vertraulich lächelnd in die Seite. »Wir lieben unsere Heimatstadt, aber keiner von unserer Sippe hat dieser Liebe bisher mit so viel Worten Ausdruck verliehen wie mein Herr Sohn.«

Später gab es Erdbeerkuchen, und als es klingelte und Tristan kam, war keiner überrascht. Ich auch nicht. Er gab jedem der anwesenden weiblichen Wesen einen Kuss – auch mir. Seine Wange fühlte sich warm und kratzig an. Er roch nach Rasierwasser und ein klein wenig nach Rauch. Vielleicht auch nach Wein.

»Was führt dich zu uns?« Marion, offenbar gewohnt, jederzeit viele unerwartete Gäste zu bewirten – eine der Fähigkeiten, um die ich sie beneidete, denn ich flatterte in solchen Momenten immer aufgeregt wie ein Huhn umher – stellte eine Kaffeetasse auf, schnitt ein weiteres Stück Kuchen ab und setzte sich mit selbstverständlicher Gelassenheit zu uns.

Ich fühlte mich in dieser Familie wohl. Zugehörig. Man plauderte über Ereignisse in Speyer und über die Jakobswanderung, die Tristan zu führen beabsichtigte – Bernd würde mitgehen. »Ohne mich. Ich bin zu faul«, lachte Marion und wandte sich dem Thema der Nibelungenfestspiele in Worms zu.

»Die Nibelungen haben mich immer fasziniert«, sagte Marion, »und ich glaube, das habe ich an meine Kinder weitergegeben.«

Ich freute mich. In den wichtigen Dingen des Lebens schienen wir uns ähnlich zu sein. Mit Elfie hatte ich eine Freundin verloren. Vielleicht hatte ich jetzt eine neue gewonnen. In diesem Kreis erschien mir sogar mein Liebeskummer vorübergehend weniger schlimm.

Es wurde ein heiterer Nachmittag. Ich bedauerte, dass ich mich für die Heimfahrt irgendwann von Marion und ihrer Familie lösen musste. Zum zweiten Mal dachte ich jetzt an das Wort Familie, doch Tristan Viviers war eigentlich nur ein Freund des Hauses. Andererseits hatte ich die ganze Zeit das unbestimmte Gefühl, als hätte ihn mehr als nur eine Jugendbekanntschaft mit Alin verbunden. Wenn er von ihr sprach, waren eindeutig Emotionen im Spiel.

Mit einem merkwürdigen Gefühl wandte ich mich zum Gehen. »Ich komme mit!«, sagte Tristan. »Ich bringe dich zum Treffpunkt.«

»Das ist nicht nötig.« Mein neuester Verdacht, dass wieder einmal ein Mann, den ich interessant fand, bloß charmant zu mir war, ließ mich kühler werden. Wenn ich das noch oft erlebte, wurde ich am Ende auch noch eine neidische alte Ziege.

Marion verabschiedete mich herzlich. »Jetzt, wo sie weg ist, kann ich das letzte Stück Kuchen haben?«, hörte ich die jüngste Tochter fragen, und das machte mich noch eine Spur unglücklicher. Auch wenn es nicht böse gemeint war. *Jetzt, wo sie weg ist …*

Viviers hatte es sich nicht nehmen lassen, mich zu begleiten, und lief mit ausholenden Schritten neben mir her. Mitten in meine Gedanken hinein sagte er: »Ich wollte dir übrigens noch erzählen, dass sich zwei Leute aus Karlsruhe angemeldet haben für meine Tour ›Pfälzischer Jakobsweg‹. Du kannst dich also gerne auch anschließen.«

»Warum erzählst du mir das?«

Er wandte sich um und sah mich an. »Ich dachte, du kennst sie vielleicht. Die Namen kamen mir von dem Mordfall in Rust bekannt vor. Es sind Polizisten. Elfie Kohlschröter und Melchior Oberst.« Der Stich traf mich mitten ins Herz, denn er kam unvorbereitet. Andererseits – warum wunderte ich mich denn eigentlich noch? Ich hatte doch gewusst, dass die beiden ihre Zeit heimlich miteinander verbrachten – hinter meinem Rücken.

Und nun gingen sie ausgerechnet zusammen auf den Jakobsweg. Das war also das ganze Gerede von innerer Ruhe. Lächerlich. Sie wollten keine innere Ruhe finden – sondern einander. Ich war bloß im Weg. Und so war es von Anfang an gewesen.

Ich spürte Tristans forschenden Blick. Ahnte er, was in mir vorging?

»Ich ruf dich morgen mal an, Maren.« Er beugte sich vor und gab mir nochmals einen Kuss. Es war kein erotischer Kuss, eher ein tröstender. Aber ich fand darin keinen Trost.

Paul war von meinem Auftritt wenig begeistert.

»Es ist nicht üblich, dass man sich auf den Ausflügen von Kul2r absondert, um andere Männer zu treffen und zu küssen. Wer war denn das? Also, Franziska, bitte nicht missverstehen, aber wir müssen noch mal darüber nachdenken, ob du wirklich zu uns in die Gruppe passt.«

»Wer war denn das?«, flüsterte Linde interessiert. »Hast du den jetzt einfach so in Speyer getroffen? Kam mir irgendwie bekannt vor.«

»Ja, Linde«, entgegnete ich bissig, »außerhalb des Technikmuseums kann man die erstaunlichsten Entdeckungen machen. Vielleicht wärest du auch lieber deiner eigenen Spur gefolgt.«

»Vielleicht«, murrte Linde und warf einen Seitenblick auf Dr. Technisch. Dann, hoffnungsfroh: »Aber wir hatten auch ziemlich viel Spaß.«

Dr. Technisch reagierte nicht. Er hatte vermutlich die ganze Zeit nicht auf Linde geachtet, las stattdessen in einer Broschüre, die er gratis im Museum mitgenommen hatte.

Die Rückfahrt verlief still. Speyer hatte die Gruppe nicht weitergebracht. Die zwei alleinstehenden Männer hatten sich hauptsächlich für die Flugzeuge interessiert. Die Frauen hatten wieder ein paar Kirchen und Museen mehr gesehen. Einen Vortrag übers Spätmittelalter gehört. Im Historischen Museum Vitrinen mit Figuren, Kreuzen, Altarbildern, Kronen, Thronen und Zeptern betrachtet. Näher war man sich dabei nicht gekommen.

Paul musterte mich mit kühlen Blicken, und als er die gedruckten Ankündigungen für die nächsten Freizeitaktionen verteilte, überging er mich einfach. Um so herzlicher überreichte er sie Britta. Ich sagte nichts. Was sollte ich hier?

Ich fühlte noch Tristans Kuss auf meiner Haut. Seine Bartstoppeln. Und den festen Griff seiner Hand. Doch selbst wenn er frei sein sollte – ich war es noch nicht. Es war zu früh.

10. Kapitel

Nessie freute sich, als ich zurück war. Aufgeregt tanzte sie um mich herum und holte einen großen Knochen unter einem Sofakissen hervor, um ihn mir zu zeigen.

»Danke, Consuela«, sagte ich. »Du willst mir immer noch nicht die Karten legen, nicht wahr?« Consuela schüttelte den Kopf. Sie erwartete heute keine Kunden mehr und trug deshalb Jeans und ein T-Shirt. Die Haare hatte sie zu einem dicken schwarzroten Knoten zusammengebunden.

»Neue Frisur?« »Ich werde jetzt immer einen Knoten tragen. Eine Klientin hat gesagt, ein Knoten wirkt so geheimnisvoll und traditionell. Man hat nicht mehr viele Zopfe oder Knöten heute, oder? Ich lasse ihn – es ist wie eine Verkleidung, und mein Auftritt ist dann wirkungsvoller.«

Abwesend hörte ich ihr zu, korrigierte »Knöten« nur mechanisch zu »Knoten«.

»Nein«, sagte sie schließlich und schüttelte noch einmal den Kopf. »Nein. Ich kann dir nur immer wieder das Gleiche sagen. Gott lässt sich nicht ins Handwerk pfuschen.«

»Aber wieso Gott? Zwei Frauen sind umgebracht worden. Und bestimmt nicht von Gott. Höchstens von einem, der sich dafür hält. Vielleicht war es einer der kulturbeflissenen Singles von Kul2r. Damit hat Gott nichts zu tun.«

»Mehr kann ich dir nicht sagen. Suche auf Gottes Spuren – und sei vorsichtig!«

****

Es war mir bis jetzt gelungen, Melchiors und Elfies gemeinsam verübten Verrat möglichst zu verdrängen. Stolz hatte ich mir vorgenommen, mir nichts anmerken zu lassen, weder ihr noch ihm gegenüber. Ich würde sie mit meinem Wissen über ihr Verhältnis zu gegebener Zeit überraschen. Es ihnen irgendwie heimzahlen und dann meinen Triumph kalt genießen.

Doch so etwas mögen andere zustande bringen – ich kann es nicht.

Kaum war ich mit Nessie ein paar Minuten alleine in meiner Wohnung, da überfiel mich schon die Einsamkeit. Schmerzende Kälte. Und so würde es bleiben.

Nicht dass Elfie eine sehr nahe Freundin war, aber sie war doch eine Gefährtin gewesen. Und mit meinem Liebhaber hatte ich auch noch diese Gefährtin verloren. Alles schien mir ins Wanken geraten. Ich dachte an Christian und Doris in Speyer, an ihre wohlgeordnete Welt, die mir manchmal langweilig erschien, die ihnen aber so viel Sicherheit gab. Doris wusste zumindest, mit wem sie am nächsten Sonntag frühstücken würde und am übernächsten …

Hilde war wahrscheinlich auch einsam gewesen, seit sie das Kloster verlassen hatte. Irgendwie musste sie damit zurechtgekommen sein, all die Jahre, ohne neidisch zu werden so wie Alin. Oder hatte sie ein Ventil in ihrer Boshaftigkeit gesucht, sie, die – wie hatte Theo gesagt? – »Soldatin Christi«? Hatte sie sich vielleicht zur Tugendwächterin entwickelt, die anderen allzu lästig geworden war?

In diesem Augenblick klingelte das Telefon. Es war Theo.

»Maren?«, fragte er wie jedes Mal, so als sei er überrascht, wer sich unter meiner Nummer meldete. Wahrscheinlich misstraute er dem Telefon.

»Ja, Theo. So spät noch? Ich bin gerade erst nach Hause gekommen. Ich war in Speyer und bin ziemlich kaputt. Entschuldige, aber ich bin nicht im Sprechmodus.«

»Sprechmodus? Komm zu mir in den Laden, und du wirst gleich wieder munter. Ich muss dir etwas zeigen.« »Keine Neuerwerbungen heute mehr, bitte. Hast du nicht schon geschlossen?«

»Es ist keine Neuerwerbung«, kam es durch die Leitung, und Theos Stimme zitterte vor innerer Aufregung – etwas, das bei ihm selten vorkam. »Im Gegenteil sozusagen. Ich bin sicher, dass es dich interessieren wird. Du musst natürlich sofort damit zu deiner Freundin Kohlschröter gehen. Soviel musst du mir versprechen.«

Nessie war hoch erfreut, noch einen weiteren Spaziergang geboten zu bekommen. Und das, obwohl Frauchen bereits die Schuhe von sich geschleudert hatte. Für den klugen Hund das sicherste Zeichen, dass erst einmal Ruhe einkehren würde.

Theo erwartete mich an der Ladentür. Sein Bart war gesträubt.

Er blinzelte in den Rest Abendsonne, der noch über die Südstadtdächer lugte. Die Sonne sah er nur höchst selten, obwohl er angeblich unter Consuelas Einfluss ein- oder zweimal an der Alb spazieren gegangen war.

»Hallo, Maren. Wie war es in Speyer, einem der bevorzugten Wohnorte Gottes?« »Ein netter Platz. Was hast du herausgefunden?«

Er bat mich und, mit weniger begeisterter Miene, auch meinen Hund hinein ins Dunkel seines Ladens. Ein junges Mädchen in Schläppchen hielt ein reichlich zerfleddertes Buch in der Hand. »Is' das gut?«

Theo warf einen Blick darauf. Elizabeth von Arnim, *Die preußische Ehe*. Er schüttelte den Kopf. »Kenn ich nicht.« Theo hasste es, so etwas zugeben zu müssen, aber seit auch Frauen Bücher schrieben, hatte er den Überblick verloren.

»Ich kenne es aber«, sagte ich zu dem jungen Mädchen nicht ganz wahrheitsgemäß – schließlich hatte ich bisher bloß von Marion davon gehört. »Es ist toll.«

»Echt?« »Ganz echt. Und sehr geistreich. Es geht um Ehefrauen und deren Männer, ums Kinderkriegen und vor allem ums Keine-Kinder-Kriegen.«

»Dann nehme ich es«, entschied sie spontan, »Sie müssen es wissen. In Ihrem Alter.«

»Ja«, seufzte ich, »ich muss es ja wissen.«

Ganze 50 Cent wechselten den Besitzer. Und wir blieben alleine zurück.

»Also, was ist los, Theo? Worum geht es?«

»Um deine Leiche.«

»Um welche?« – »Na um Frau Binder. Die aus dem Schwimmbad – meine ehemalige Kundin.«

»Und? Was ist passiert?«

»Ein Kunde, ganz alter Mann, hat eine seltsame Eigenschaft: Er kauft bei mir Secondhandbücher und bringt sie dann, wenn er sie gelesen hat, wieder zurück. Er will kein Geld dafür. Ich fürchte, er betrachtet mich als seinen Sozialfall und die Rückgabe als Spende. Gestern hat er verschiedene Bücher über Speyer, den Jakobsweg und das Mittelalter zurückgebracht. Stell dir vor: Einige davon stammten ursprünglich zufällig von Hiltrud Binder. Ihr Name stand vorne drin.

Und in einem hat er etwas entdeckt, auf das er meinte, mich aufmerksam machen zu müssen.«

»Auf was?«

»Hier. Aber du musst mir versprechen, dass du es der Polizei weitergibst! Ich würde es ja selbst tun, aber da ich deinen Drang kenne, Herrn Oberst zu imponieren, überlasse ich diese Heldentat dir.« Wenn er wüsste, dachte ich.

Theo reichte mir zwei Papiere. »Es scheinen Farbausdrucke von digital aufgenommenen Fotos zu sein.«

Ich starrte die beiden Bilder an. Das Motiv war ähnlich. Leicht von oben fotografiert, zeigten die Fotos nichts anderes als eine Baustelle.

Schotter. Steine, eine Mauer, ein Gang im Hintergrund. Ein altes Gemäuer. Auf dem einen Bild war ein Handwerker zu sehen, in einem Blaumann, mit der Zigarette in der Hand. Neben ihm stand eine Stufenleiter mit einer staubigen Flasche Bier.

»Das sind Fotos von einer Baustelle, nichts anderes«, meinte ich verblüfft. »Vielleicht ein Umbau?« »Ja, das habe ich zuerst auch gedacht, aber schau mal genau hin. Hier ist etwas im Hintergrund.«

Auf dem von Spinnweben überzogenen Mauerwerk, halb verdeckt von Steinen, die nur noch von alten, morsch aussehenden Brettern gehalten wurden, stand in einer Art Nische eine kleine, ebenfalls von Spinnweben bedeckte Figur. Nein, es waren eigentlich zwei Figuren. Neben der ersten kniete oder saß noch eine zweite Gestalt. Man konnte sie beide nur undeutlich erkennen. Mir schien, als schimmere etwas wie Gold.

»Hast du eine Lupe?« »Wenn ich die nicht besäße, hätte ich den falschen Beruf«, lächelte Theo. »Hier. Marke extrastark.«

Die große Figur war ein typischer Heiliger. Wallendes Gewand. In den Händen hielt er etwas Längliches. Es sah fast aus wie ein Baguette. Ja, es konnte ein Brot sein. Ich untersuchte die kleinere Figur mit der Lupe. Ein gedrungenes, bärtiges Männlein mit einem Wanderstab in der Hand, ein Kreuz auf dem Gewand. Neben ihm schien etwas zu baumeln. Vielleicht eine Flasche.

»Ein Pilger?«

»Sieh dieses Zeichen hier«, meinte Theo und ließ den Strahl seiner kleinen Taschenlampe über die Gestalt gleiten. »Die obligatorische Muschel! Das ist nicht irgendein Pilger. Das ist ein Jakobspilger. Und er erhält Essen aus der Hand des Mannes mit dem Gewand.«

»Wahrscheinlich. Theo, was soll das alles? Glaubst du, das sind Hiltruds Bilder? Und wenn schon – sie hat halt irgendeine Pilgerfigur fotografiert. Vielleicht in einem Museum, das gerade renoviert wurde.«

Theo sah mich vielsagend an. Wenn er noch länger mit Consuela zusammenkam, würde er noch zum Wahrsager mutieren. »Sieht das für dich nach einem Museum aus?«

»Nein, die Szene wirkt wie in einem Gewölbe. Einer Gruft.«

Ich ging näher an das Bild heran.

»Da, im Hintergrund ist eine Tür. Und das dort könnte ein Schrank sein. Also, mit anderen Worten: Dies ist das Bild eines Zimmers. Oder einer Kirche. Es könnte ein Nebenraum sein, hinter dem Altar. Es fällt Licht von außen herein. Man hat vielleicht einen Durchbruch nach draußen unternommen ... Oder es wurde durch die offene Tür fotografiert. Aber ... die Figur sieht wertvoll aus. Es ist nicht gerade angemessen, sie in dem Baudreck stehen zu lassen. Man würde sie vorher wegstellen, in Sicherheit bringen.«

Theo wiegte den Kopf. »Das kann man nicht sagen. Die Figur kann auch ganz wertlos sein. Kitsch vom Flohmarkt.«

»Dafür stand sie aber schon eine ganze Weile in dem Keller dort. Sie ist, schau mal hier, regelrecht verwachsen mit der Wand durch die Spinnweben und die Staubmatten. Nein, die stand da lange. Sehr lange.«

Theo legte die Fotos zur Seite.

»Was bedeutet das? Eigentlich nichts«, stellte ich fest und fasste zusammen: »Gut, Elfie hat mir erzählt, dass Hiltrud Binder eine Digitalkamera besaß. Nehmen wir also an, Hiltrud hat Fotos gemacht. Von einer Baustelle, einer Kirchenrenovierung oder einer Ausgrabung. Wir wissen, dass sie viel gereist ist und sich sehr für Kirchen und Kulturgut interessierte. Diese Figur kann sie überall und nirgends aufgenommen haben.«

»Diese Fotos sind nur Papierabzüge. Ob man die digitalen Originaldateien gefunden hat?«

»Sie hatte viele Urlaubsfotos. Das hat mir Elfie erzählt. Was sollte an diesen Ausdrucken Besonderes sein?«

»Du hast *das* noch nicht gesehen!« Theo warf mir einen bedeutungsschweren Blick zu, als er eines der Papiere umdrehte. Sichtlich genoss er die Situation.

Mit einer schwungvoll-energischen Handschrift waren auf der Rückseite des Fotos ein paar Worte notiert: »Speyer, 2004. Unbedingt nachhaken!«

»Unglaublich!«, sagte ich. »Unglaublich. Und rätselhaft.«

An der Vordertür erschien noch ein später Kunde. Theo wedelte ihn mit einer ungehaltenen Geste nach draußen. Nessie bellte, als hätte sie das Hausrecht.

Ich sagte langsam, jedes Wort einzeln abwägend: »Hiltruds Wohnung ist durchwühlt worden. Der Mörder hat die Festplatte ihres Computers geklaut, das wissen wir – und auch die Speicherkarte ihrer Digitalkamera. Nehmen wir also an, jemand hat diese Fotos bei ihr gesucht und auch gefunden – und wusste nicht, dass sie Ausdrucke davon hatte. Die sie irgendwo in ein Buch legte, das sie dir später brachte. In welchem Buch lagen sie? ›Pfälzer Jakobswege‹. Also, dieses Foto ist auf einer Station des Pfälzer Jakobswegs aufgenommen worden. Da gehe ich jede Wette ein. Hilde war eine gründliche Frau. Sie hat gewiss gewusst, was sie wohin steckte. Vermutlich hat sie die Kopien deshalb aufbewahrt.«

Ich wies auf die Notiz auf der Rückseite des Bildes und fuhr fort: »Die Frage ist nur: Warum wollte sie ›unbedingt nachhaken‹? Hat sie es getan? Und was wollte sie wissen? Vielleicht weiß ihre Freundin Linde etwas darüber. Sie hat mir erzählt, Hilde hatte wieder eine Pilgerreise geplant.«

»Kurz vor ihrem Tod also?« »Genau.

Und wann sind diese Fotos aufgenommen worden?«

»2004. Das steht ja hier!«

»Im Jahr von Alins Tod!«

Wir sahen uns an.

»Maren, du musst diese Fotos deiner Freundin Elfie zeigen und sie informieren. So unwahrscheinlich es sein mag: Vielleicht haben sie tatsächliche eine Bedeutung für den Mordfall.«

»Natürlich«, erwiderte ich. Dann traten Tränen in meine Augen, von denen ich nicht wollte, dass Nessie sie sah. Sie mochte nicht, dass ich traurig war. Ich war ihr Alphatier, und das hatte nicht traurig, sondern stark zu sein.

Theo gab mir die Fotos in gutem Glauben, doch ich hatte ihn belogen.

Ich fürchtete, er war lange genug mit Consuela befreundet, um es zu ahnen.

****

Elfie, die Schlange, sollte natürlich nichts erfahren. Ich würde alleine versuchen, den Sinn der Notiz auf dem Foto herauszufinden, und mein Wissen dann Frau Ix zuspielen.

Als ob Elfie es geahnt hätte, war eine Bitte um Rückruf auf meinem Anrufbeantworter.

»Falls du es heute Abend nicht mehr schaffst, ich bin dann drei, vier Tage unterwegs. Ein bisschen ausspannen. Sollte es was Neues geben, Handys sind ja – fast – immer verfügbar.«

Und passenderweise kam die zweite Nachricht gleich hinterher: »Habe beschlossen, mir noch ein paar Tage die Gegend anzuschauen. Kleine Auszeit. Ich hoffe, Du verstehst das. Ich melde mich … Liebe Grüße Melchior.«

Wenigstens hatte der Feigling darauf verzichtet, »dein Melchior« zu heucheln, während er mit Elfie auf dem Pfälzer Jakobsweg unterwegs war. Sie hatten mich beide angelogen – wie lange betrogen sie mich schon? Tränen rollten dick und warm meine Wangen herunter und rannen salzig in meinen Mund. Ich fühlte mich wie ein verlassenes Kind. Einfach nur traurig.

Als Strohwitwer Matthias später anrief, hörte er sofort, dass etwas nicht stimmte, und saß bereits Minuten später in seinem Auto, um herbeizueilen und mich zu trösten.

Nicht zum ersten Mal dachte ich, dass Freunde die besseren Männer sind als Liebhaber.

»Du weißt, ich war von Anfang an skeptisch«, teilte er mir mit und brachte mir einen Tee aus der Küche. »Ich hab den Mann doch tatsächlich mal auf eine Hausratsversicherung angesprochen. Für seine Klitsche da in Freiburg. Schließlich hat er diese zwei Burgunderuhren da, noch aus der Zeit seiner Ehe mit der Französin, und eine Wohnung, in der solche Objekte hängen, ist nun mal automatisch mehr wert. Ist die Wohnung leer, braucht man auch keine

Hausratversicherung. So einfach ist das. Aber er wollte nicht. Zu kniepig. Seine Töchter leben in Frankreich, also war da nicht mal eine Ausbildungsversicherung drin. Lebensversicherung haben die sowieso bei der Polizei, glaube ich, also blieb nur der Hausrat. Tiere lebten ja keine im Haushalt.«

Bevor sich Matthias vollkommen im Gestrüpp seiner Versicherungspolicen verlor, nippte ich an meinem Tee und schluchzte probeweise auf, um mich wieder in Erinnerung zu bringen.

»Jetzt auf zu neuen Ufern!« Er klopfte mir aufs Knie. »Ich bin ja derzeit vergeben – also so gut wie jedenfalls. Aber – ich hätte da einen Freund, der eine Generalagentur in Offenburg hat. Der wäre noch zu haben. Läuft gut.« »Wer? Der Mann?« »Nein, die Agentur. Spitzenabschlüsse!« »Lass gut sein, Matthias. Man kann auch ein Leben ohne Männer führen. Ich habe ja Nessie. Und meine Arbeit.«

Nessie hörte ihren Namen, hob das Köpfchen, klopfte bestätigend mit dem Schwanz auf den Boden und ließ ihn dann wieder auf ihre dekorativ ausgestreckten Hinterpfoten fallen.

»Schön, dass du dich noch daran erinnerst. Dein Geld verdienst du mit Stammbäumen und nicht mit Mörderjagden. Die Polizei wird für diese Arbeit bezahlt, und der Steuerzahler stattet sie, weiß Gott, mit teurer Technik aus. Du kannst sowieso nichts tun außer Nachdenken.«

»Stimmt!«, antwortete ich, »stimmt haargenau!«

****

Ich hatte Tristan gebeten, mich am Europaplatz zu treffen. Da ich wusste, dass er ohnehin einmal in der Woche in Karlsruhe war, schien es mir kein zu großes Opfer. Er begrüßte mich mit einem Kuss, der wieder eine Sekunde zu lang dauerte.

»Du bist hübsch wie immer, Maren!«, sagte er. »Aber du siehst nicht gerade glücklich aus. Wer oder was ist dafür verantwortlich?« Als ich nur das Gesicht verzog, fuhr er ein wenig ernster fort: »Warum werde ich den Verdacht nicht los, es hängt mit deinen zwei Polizisten zusammen? Also, verrate mir, soll ich sie auf dem Weg morgen in einen Bach werfen? Oder eine Schlucht hinabstürzen lassen?«

Obwohl er dabei lachte, lief mir doch plötzlich ein Schauer über den Rücken. Ich hatte in der Vergangenheit nur zu deutlich erleben müssen, dass es ganz normale Menschen sein konnten, die zu Mördern wurden, ohne dass ihre Umwelt es bemerkt hatte.

»Komm, wir trinken eine Tasse Kaffee. Ich werde versuchen, dich aufzuheitern. Und ich kann dir versprechen: Deine beiden Nichtmehr-Freunde werden am Ende ganz schöne Blasen an den Füßen haben. Allein am ersten Tag stehen ihnen 25 Kilometer von Speyer nach Neustadt ins Haus.«

»Es sind Bullen«, sagte ich finster, »die sind das Marschieren gewohnt.«

»Am zweiten Tag gehen wir vom Naturfreundehaus Heidenbrunnental nach Elmstein, und am dritten Tag von Elmstein zum Naturfreundehaus Finsterbrunnertal. Da wird es dann etwas schluchtiger. Fast dreißig Kilometer. Da bleibt nicht viel Luft zum Flirten übrig.«

»Lassen wir das«, meinte ich, plötzlich der Gedanken an Melchior überdrüssig. Er zuckte mit den Achseln.

»Tristan, ich möchte dir etwas zeigen. Kannst du mit diesem Bild etwas anfangen?«

Ich holte eines der beiden inzwischen ziemlich zerknitterten Papiere heraus. Vorsichtshalber hatte ich sie in eine dieser genialen Plastikhüllen gesteckt, die einem immer vorgaukeln, man hätte überall Ordnung. Das zweite Foto mit dem Handwerker im Hintergrund zeigte ich ihm nicht. Die Figuren waren darauf sowieso nicht zu sehen.

Tristan lächelte sein verschmitztes, jungenhaftes Lachen voller Charme. »Ohne Brille geht fast nichts mehr.« Er hielt das Papier ein Stück weit von sich weg, betrachtete es, schob es dichter vor seine Augen.

»Das ist eine dieser vielen Heiligenfiguren, die überall auf den Jakobswegen zu finden sind, und sie steht vielleicht in einem dieser Schuppen, die die Leute eigens verfallen lassen, damit sie authentisch aussehen.« »Hast du diese Figur schon einmal gesehen?«

Er atmete tief ein und aus, als seufze er. »Seit ich lebe, sehe ich Jakobsfiguren. Obwohl … in letzter Zeit haben sie wirklich extrem zugenommen, weil ja auch die Pilger zugenommen haben. Der Weg nach Santiago ist bekanntlich weit, und unterwegs werden überall Figuren verkauft.«

»Ist dies eine Figur aus dem deutschen Kulturraum? Kann man

das am Stil nicht genauer definieren?« »Doch, doch. Vielleicht«, meinte Tristan und betrachtete die Figur noch einmal genauer. »Es könnte eine deutsche Figur sein, das sieht man an der Kleidung und an dem typischen Gesichtsschnitt des Knienden. Möglicherweise Süddeutschland. Aber ich bin sicher, dass sie nachgemacht ist.«

»Warum?« »Das Gesicht des Pilgers ist zu grob und schematisiert und das Lächeln eher dümmlich. Früher hat man die Jakobspilger mit mehr Respekt dargestellt. Und diese angedeutete Rebe hier zu seinen Füßen hat man sowieso erst im 20. Jahrhundert auf Bildern über pfälzische Jakobswanderer eingeführt.«

Ich betrachtete den knienden Mann noch einmal genauer, soweit ich ihn überhaupt erkennen konnte. Tristan hatte Recht. Er sah ein wenig töricht aus. Im Mittelalter hätte man vor einem Menschen, der eine solche Fahrt im Namen Gottes auf sich nahm, sicher mehr Respekt gezeigt. Dennoch.

Tristan sah mir in die Augen. »Es ist interessant, mit was du dich so beschäftigst. Hat das Bild mit deiner Arbeit zu tun? Wo hast du es denn her?«

Ich überlegte ganz kurz, ob ich ihm die Wahrheit sagen sollte. Ich mochte ihn. Ich mochte ihn sogar sehr. Aber konnte ich ihm auch vertrauen? Andererseits – wenn ich seine Hilfe nicht wollte, warum war ich dann hier? Also gab ich mir einen Ruck: »Von Hiltrud Binder. Der Ermordeten aus dem Vierordtbad.«

Tristan holte scharf Luft. »Wie kommst du jetzt an diese Bilder? Woher hast du die?«

Sofort dachte ich: Es war ein Fehler, ihn zu fragen. Wahrscheinlich ging ich ihm mit meiner Mörderjagd auf die Nerven – so wie allen anderen auch. Oder sollte er … Schnell verwarf ich meinen zweiten Gedanken wieder. Ein wenig zu schnippisch sagte ich: »Wenn es nur unbedeutender Pilgertrödel ist, dann spielt es keine Rolle, woher ich diese Bilder habe, oder?«

Tristan lächelte schwach. »Das stimmt. Und da du dieses Bild mir zeigst und nicht der Polizei, nehme ich an, dass du selbst nicht weißt, was es zu bedeuten hat. Leider kann ich dir nicht weiterhelfen. Ehrlich gesagt kann ich mir auch nicht vorstellen, dass deine Freunde bei der Kripo etwas damit anfangen können. Selbst die Polizei kann nicht alles ermitteln, wenn die Tote selbst nichts mehr preisgibt.«

»Richtig. Und die Lebenden scheinen auch nichts preisgeben zu wollen.«

Er ging nicht darauf ein. Frostige Stille breitete sich aus. Fast war ich froh, als Nessie anfing, zu nörgeln und zu maulen. Seit ich wieder in Sachen Mord unterwegs war, kam sie nicht sehr oft zu richtig langen und ruhigen Spaziergängen. Sie musste in Kneipen oder Cafés unter Tischen herumsitzen, Stimmen und Gesprächen lauschen – genau wie ich musste sie den Eindruck gewinnen, dass eigentlich nichts passierte und nichts voranging.

Im Gegenteil – alles ging schief.

****

Vielleicht hatte Hilde nichts mehr preisgeben können oder preisgeben wollen, aber ihre unscheinbare Freundin Linde brannte offenbar darauf, etwas loszuwerden.

Innerhalb von wenigen Stunden hatte sie mir zwei SMS geschrieben und mich jeweils gebeten, sie anzurufen. Den Gefallen tat ich ihr am frühen Abend.

»Können wir uns irgendwo treffen?« Es klang fast flehend. Ich vermutete, dass sie einsam war. Seit es so aussah, als hätte ich in einem Match um die Liebe wieder einmal eins zu null verloren, machten sich philosophische Gedanken in mir breit.

Linde war einsam, weil sie innerlich leer war. Es war zu spüren, dass sie keine echten Interessen hatte, dass sie sich mit der Fernbedienung in der Hand des Abends durch deutsche und amerikanische Liebesfilme hangelte und mehr an den dargestellten Emotionen anderer Leute teilhatte als an ihren eigenen. Linde war eine, die sich anschloss, sie war nicht der Typ, der etwas schuf, an das sich andere anschließen konnten. Sie war blass und farblos, aber nicht nur äußerlich, sondern auch in ihrer Seele.

Ich stellte fest, dass ich einfach keine Lust mehr hatte, auch nur eine einzige Karlsruher Kneipe zu beleben. Zumindest heute nicht mehr. Ich wollte meine Aufträge vorbereiten, meine Unterlagen sortieren, vielleicht nach dem Stand der Karstadtaktien schauen, zu deren Erwerb mich Matthias verführt hatte. An Melchior denken und ein bisschen heulen. An Elfie denken und dabei das Messer wetzen.

»Linde, du kannst kurz zu mir kommen, wenn du magst. Ich möchte heute Abend nirgendwo mehr hin, sorry.« Sie nahm das Angebot an und erschien eine Stunde später bei mir auf der Treppe. Ich war ihr entgegengegangen und hatte – albern genug – mein Türschild mit einem umgekehrt an die Hauswand gelehnten Besen zugestellt, damit sie den Namensschwindel Mainhardt – Schönegg nicht durchschaute.

Tat sie auch nicht. »Hallo, Franziska!«, keuchte sie mir entgegen. Sie war ordentlich angezogen, trug auf dem Gesicht ein schiefes Lächeln und eine Schwimmkerze in der Hand.

»Als kleines Mitbringsel«, sagte sie, so als hätte ich sie zum Essen gebeten. »Ach, der Hund ist süß! Ich hätte ja auch gerne ein Haustier, aber in meiner Wohnanlage darf man keines halten.«

»Dann würde ich die Wohnanlage wechseln. Wenn ich wirklich eines wollte, meine ich.« »Das kann ich nicht. Ich besitze jetzt eine Eigentumswohnung. Seit ich wieder eine Stelle habe, hat die Bank es mir erlaubt. Nett hast du es hier! Danke, ich nehme ein Wasser. Hast du eins ohne Kohlensäure? Danke, Franziska.« Sie blickte sich neugierig um. »Sag mal, hast du vielleicht doch einen Freund?« Linde hatte ein Foto von Melchior entdeckt, das meine Vernichtungsaktion vom Vorabend überlebt hatte. »Sieht gut aus. Seid ihr fest?« Es hörte sich an wie *»Hast du ihn fest? Festgenagelt …«*

»Nein, es ist sowieso aus. Hat nichts bedeutet. Nicht wirklich.« Linde nickte befriedigt: »Ja, es ist nicht leicht, heutzutage eine Partnerschaft aufzubauen. Und dann die Frage: Will man einen, der einen versorgt oder will man einen für die – Leidenschaft.« Sie senkte die Stimme. »Du verstehst schon.«

»Beides zusammen ist verhältnismäßig schwer aufzutreiben.« »Da hast du Recht. Ich habe es sogar im Internet versucht. Nichts.«

Ich schenkte mir ein Glas Rotwein ein. »Wie sieht's denn aus mit der Trefferquote bei den Ausflügen von Kul2r?« Linde verzog das Gesicht. »Da fahren meistens ja doch nur Frauen mit. Und wenn mal ein Mann dabei ist, ist er schnell weg.« Nur Frauen, dachte ich. Und die Männer sind *schnell weg,* wie der erste Spargel auf dem Markt. Schrecklich. Ich hatte das alles so satt.

»A propos, das wollte ich dir noch sagen: Der Typ, mit dem du an den Treffpunkt kamst kürzlich, da in Speyer. Also, den habe ich auch mal mit Hilde zusammen gesehen. Ist noch gar nicht so lange her. Ich meine …«, sie biss sich auf die Lippen. Dann sah sie mich sensationslüstern an.

»Tristan?« »Weiß ich, wie der heißt? Jedenfalls habe ich die beiden in diesem Café in Speyer gesehen. Ich war mit ihr drüben, weil wir uns die Sonderausstellung im Historischen Museum noch ein zweites Mal ansehen wollten, und wie üblich hat sie ihre Alleingänge gemacht. Später haben wir uns im Café ›Alles Altes‹ verabredet. Als ich kam, saß sie schon da – mit diesem Typ. Ich habe sie später gefragt, ob sie einen neuen Verehrer hat. Doch sie hat nur gelacht und gesagt, eher ein *Interessent*. Komisches Wort. Ich wollte dich nur warnen. Scheint auch mal wieder so einer, der auf vielen Hochzeiten unterwegs ist.«

»Danke, danke für die Warnung. Hat sie ihn öfters getroffen?«

»Weiß ich nicht«, murrte Linde. »Hilde hat sich ab und zu mit Leuten getroffen, von denen ich nichts wusste. Sie war ja schon Mitte sechzig, da kennt man vielleicht mehr Leute.« Das Letztere klang hoffnungsvoll. Ich ahnte es schon: Wenn man Linde zur Freundin hatte, dann klammerte sie sich fest.

Ich dachte an Marion, die so ziemlich genau das Gegenteil war. Die klammerte nicht. Die gab einfach nur. Und wartete ab, ob etwas zurückkam. Sie war einfach nur für alle da. Ohne zu werten oder zu urteilen. Ruhig, freundlich, offen und intelligent. Ich fragte mich plötzlich, ob sie der Grund dafür war, dass Tristan nicht noch einmal geheiratet hatte, sondern in den letzten Jahren anscheinend in zahlreichen kurzlebigen Affären sein Heil gesucht hatte. Ursprünglich hatte ich gedacht, da sei etwas mit Alin gewesen, doch nun war ich mir nicht mehr so sicher.

Wie gut war wohl Marions Ehe in Wirklichkeit? Die Abwesenheit ihres Mannes schien längst Routine. Und welche Rolle hatte eigentlich Alin in dieser ganzen Struktur gespielt?

Ich konnte es nicht wissen, aber nach dem, was mir Linde eben erzählt hatte, war eines sicher: Es gab ein weiteres Bindeglied zwischen den beiden ermordeten Frauen.

Tristan Viviers.

Was hatte ihn, der Alin gut gekannt hatte, mit Hilde Binder aus Karlsruhe verbunden? Und warum hatte er mir, als ich ihm Hildes

Foto von der Pilgerfigur gezeigt hatte, verschwiegen, dass er sie gekannt hatte?

Ich fröstelte. Wenn ich ihn darauf ansprach, würde er mir wohl kaum die Wahrheit sagen. Clever war er. Und schnell. Wenn man Verschweigen mit Lügen gleichsetzte, dann hatte er mindestens einmal gelogen und würde es vielleicht auch in Bezug auf andere Dinge tun. Zum Beispiel, wenn es um eine kleine, unbedeutende Jakobspilgerfigur ging …

Laut fragte ich: »Kannte sich Hilde gut aus in Kunstgeschichte?« Ich kannte die Antwort längst, doch ich wollte Linde zum Plaudern ermutigen.

»Ja, sehr.« Linde, die sich durch mein langes Schweigen bereits vor der Tür gesehen hatte, hielt mir ihr Glas auffordernd hin. Zögernd goss ich es ihr noch einmal halb voll.

»Sie war sehr gründlich. Wenn sie sich für etwas interessierte, dann hat sie nachgelesen und genauestens recherchiert. Manche Informationen hat sie gerne in ihren Unterricht mit eingebaut, als sie noch im Dienst war.« Linde seufzte einmal mehr. »Bei mir geht das nicht. Ich bin nur an einer Grundschule, und das ist aus zwei Gründen furchtbar.« In Lindes Leben war sowieso alles furchtbar.

»Wieso denn?«

»Die Kinder sind so klein und …« Ich ahnte es, noch ehe sie es aussprach: »Es gibt kaum Männer im Kollegium.«

Dann nestelte sie an ihrer Tasche herum. »Hier, ich habe dir mal ein paar Fotos von den Unternehmungen der letzten Jahre mitgebracht, die wir mit Kul2r gemacht haben. Nur, damit du dir vorstellen kannst, wie es war, als sie noch gelebt hat. Die Astra, die Reni und die Sonny sind immer noch dabei. Wie ich ja sagte – die Männer wechseln öfter.«

Ich sah die Fotos flüchtig durch. Männer und Frauen vor Kirchen, Museen, auf Brücken und in alten Gassen. Baden-Baden. Straßburg. Sogar Ludwigsburg. Ja, das musste Ludwigsburg sein. »Blühendes Barock«, bestätigte Linde abgeklärt.

Da stand Paul vor einem kleinen Pavillon, er mochte zwei Jahre jünger sein, und deutete auf irgendetwas. Er war mir halb zugewandt. Mein Herz blieb fast stehen. Was war das hinter ihm? Auf seiner Schulter?

Ein Zopf. Ein dunkler Zopf.

»Was ist das, Linde? Hatte Paul etwa mal langes Haar?« »Ach, früher hat er manchmal aus Spaß einen falschen Zopf getragen. Oder so ein grobes Hemd aus Leinen. Er will doch immer, dass wir uns alles genau vorstellen können – die Zeiten früher und wie die Menschen aussahen. Die Pilger beispielsweise. In letzter Zeit hat er ihn aber nicht mehr getragen. Vielleicht hat er ihn verloren. Oder gewaschen.« Jetzt kicherte sie beinahe ein bisschen.

Ein falscher Zopf! Ich dachte an den Rentner, der berichtet hatte, ein großer Mann mit Zopf habe Hilde besucht. Und sie habe ihn abgefertigt … Paul war nicht groß, doch der Rentner war winzig klein gewesen. Ihm musste selbst Paul groß erschienen sein. Einstein hatte also Recht – alles war relativ.

»Hat er dieses Ding auch im Alltag angehabt?« »Das weiß ich nicht. Paul ist ziemlich eitel und hat ein bisschen dünnes Haar. Ich glaube«, sie kicherte wie ein Mädchen, »er hat sich so etwas machen lassen, wie nennt man das? Implantat? Nein: Haartransplantation! Neue Haare eingepflanzt. Da kann er sich jetzt mit dem eigenen Haar eine passende Frisur machen.«

Ich wartete ab. »Also, der Zopf war eher für die Führungen. Aber wenn er eine von uns nach Hause gebracht hat oder mal abgeholt, dann hat er ihn manchmal noch angelassen. Hat ihn amüsiert, wie die Leute darauf reagiert haben. Es steht ihm aber gut. Er ist irgendwie der Typ dafür, findest du nicht?«

»Ja«, antwortete ich kurz.

»Jedenfalls passt das Kulturelle besser zu ihm als diese Computerschulungen, die er früher gemacht hat. Also, bei Computer kennt er sich aus! Hat er selbst mal erzählt. Er hatte eine eigene Firma, mehrere Firmen sogar, aber die Großen haben ihn kaputtgemacht.« Raunend fügte Linde an: »Microsoft – du verstehst!«

Paul, das unschuldige Opfer von Bill Gates. Ich konnte mir seinen Lebenslauf gut vorstellen. Mal hier, mal da etwas gemacht. Nicht in die Rentenkasse einbezahlt, dafür sich mit windigen Ideen selbstständig gemacht. Sich als erstes ein großes Gehalt ausbezahlt und Karten mit »Geschäftsführer« drucken lassen.

Eigentlich traurig.

****

Drei Seufzer später war Linde endlich draußen. Nessie, erleichtert, dass die Phase, in der sie »lieb« zu sein hatte, vorbei schien, schüttelte ihren grauen zerrupften Spielzeugesel hin und her, in den Augen mörderischen Triumph.

Ich fühlte mich ähnlich wie sie. Es gab endlich eine Beute. Ich konnte sie zwar nicht schütteln, aber in Gedanken genoss ich auch schon meinen eiskalten Triumph.

Der Mann mit dem Zopf war also Paul gewesen. Der Mann, von dem der unbekannte Hundefreund keinen guten Eindruck gehabt und der sich mit Hilde gestritten hatte.

Er hatte ein Haarteil getragen. Und war damit auch bei Alin in der Wohnung gewesen. Paul, der ewig Erfolglose, der die besten Jahre längst hinter sich gelassen hatte, war das Verbindungsglied zwischen den beiden Frauen! Mein Herz klopfte so laut, dass ich es als Dröhnen im Ohr hörte. Paul als Pilger verkleidet ... Eine erwürgte Frau in einer Pilgerkirche ... Und das Motiv?

Paul kannte sich in Kunst und bei Computern aus. Natürlich ein reiner Zufall.

****

Ich hetzte zu meinem Schreibtisch, um meine Unterlagen zu durchforsten. Nervös suchte ich nach der Telefonnummer der netten jungen Kunsthistorikerin, die ich manchmal zur Grabsteinproblematik heranzog. Petra Friedrich stammte aus der ehemaligen DDR, und zwar aus Ostberlin. Sie war klein, blond, forsch und lustig.

»Was gibt's? Wieder ein Steinchen für die Gebeinchen?« Im Hintergrund hörte ich ihren wenige Wochen alten Sohn röhren. Ich hatte sie kürzlich mit ihm in der Stadt gesehen und war erstaunt gewesen, wie eine so zarte Frau wie Petra so ein Trumm von Kind hervorbringen konnte.

»Ich würde dir gerne ein Bild zeigen. Ein Bild von einem Jakobspilger. Was mich interessiert, ist ...«, ich zögerte, »keine offizielle Expertise. Diesmal gibt es keinen Auftraggeber. Ich muss selbst zahlen. Also keine Expertise, sondern nur deine Meinung.« »Gegen ein Frühstück? Junge Mütter haben alles Mögliche zu verschenken, aber keine Zeit.«

»Treffen wir uns in der ›Kippe‹? Morgen früh?« »›Kippe‹! Zehn Uhr!«

Nachdem ich die Tagesthemen ertragen hatte, ging ich ins Bett. Vor meinem Auge stand Paul. Paul, der nicht mehr jung war und von seinem Bruder abhängig. Gefällige Gesichtszüge und schwere Augenlider, unter denen er falsche schwärmerische Blicke aus kleinen unruhigen Augen auf seine Opfer richtete. Und der von sich selbst dachte, er sei unwiderstehlich. Paul, ein Mörder?

Ich dachte an Alin Niedermeyer, die ehrgeizig und profitgierig gewesen war. Und vermutlich auf wohlhabende Männer mit dicken Geldbeuteln scharf gewesen war, die diese bereitwillig für sie öffneten. Alin war sicher nicht leicht zu täuschen gewesen. Blender erkennen einander.

Ein Fall für Paul mit seinem angestaubten Charme? Irgendwie glaubte ich nicht daran. Doch die Perückenhaare in den Wohnungen der Opfer waren nicht wegzudiskutieren. Die Polizei mochte jetzt überprüft haben, wer von den Leuten im Umfeld der Hiltrud Binder eine Perücke trug, doch Paul benutzte den falschen Zopf längst nicht mehr. Und damals bei Alin hatte man dem falschen Haar nicht genug Bedeutung beigemessen und war der Sache wohl nicht weiter nachgegangen. Und selbst wenn – wer dachte schon daran, nach einem Haarteil zu fragen, das nur gelegentlich zum Spaß verwendet wurde? Besser gesagt: Als Teil einer Verkleidung. Eines Jakobspilger-Kostüms …

Vielleicht gab es neue Antworten morgen in der »Kippe«. Seufzend dachte ich an meinen schwindenden Kontostand. Dies war offenbar ein Fall, der nur in Gaststätten zu lösen war.

****

Die »Kippe« ist ein studentisches Lokal, in dem man für wenige Euro frühstücken oder zu Mittag essen kann. Alte Emaillewerbeschilder zieren den dunklen, lauten Raum mit der langen Theke. Oft ist es so voll, dass nur der unbeliebte Zweiertisch mit Hocker in der Nähe der Toilette frei ist.

Wir hatten Glück und konnten draußen im Biergarten sitzen. Noch war keine Wespenzeit.

»›Französisches Frühstück‹ für dich?«, fragte ich. »Bei mir tut es heute das ›Kleine Frühstück‹. Keine Verwendung für ein Kondom.« »Was ist mit diesem Kripomenschen? Ich dachte, ihr versucht es noch einmal miteinander?« »Sieht schlecht aus. Er ist auf dem Jakobsweg, um sich selbst zu finden. Zusammen mit Fräulein Kohlschröter.«

»Wenn er da nur mal nicht auf dem Holzweg ist. In der Sprache der Pilger gesprochen.« Ihr Mitgefühl tat mir gut. »Holzweg! Du kennst dich also aus?«

»Jakobsweg ist doch zur Zeit *der* Trend! Ich habe gelesen, dass zwanzigtausend Menschen pro Jahr der ›Sehnsucht nach der Stille‹ folgen. Und das in einer möglichst heiteren Gruppe. Mit Abendunterhaltung. Ein religiöser Club Med. Nicht mein Ding.«

Ich nickte zustimmend. »Und kulturhistorisch?« »War das eine Riesenbewegung. Ein Hype, würden Yuppies heute dazu sagen.« Petra grinste. »Und das im Mittelalter. Die Entdeckung der Knochen jenes Fischers aus Galiläa, der mit seinem Bruder zusammen zu den Jüngern Jesu gehört hatte und als erster den Märtyrertod gestorben war, löste 700 Jahre nach seinem Tod einen regelrechten Boom aus. Man rief ihn sogar als ›Retter Spaniens‹ aus. Und da damals das Alltagsleben viel tiefer von Religion durchdrungen war, schossen die Heiligenfiguren – oft auch sogenannte Hausfiguren – wie Pilze aus dem Boden. Die Kirchen und Herbergen, die Feldkirchlein, die Häuserecken – alles am sogenannten Frankenweg nach Santiago entlang zierte sich mit dem Jakob – entweder als kämpferischer Maurenbezwinger oder als mildtätiger Pilgervater mit ehrwürdig-hilfsbereitem Ausdruck dargestellt. Mantel mit Muschelhut, Pilgertasche, langer Wanderstab und Flasche, Evangelienbuch.« Jetzt war Petra sichtlich in ihrem Element. »Es gibt da schon tolle Statuen darunter, teilweise auch in ganz entlegenen Gebieten, so wie im Chiemgau diejenige von ›Rabenden‹. Auch ziemliche Berühmtheiten wie der gute alte Riemenschneider haben sich den Mann aus Spanien zum Motiv genommen, so wie natürlich auch Dürer, Grünewald und Vischer. Figuren, Tafeln, Glasmalereien – überall, im Schongau, in München, Rothenburg und sogar hier in der Nähe, in Heidelberg. Wer was auf sich hielt, hat sich mit Hammer und Meißel am Jakobus vergriffen. Es wimmelt von Jakobsfiguren, die zu den schönsten Werken unter der mittelalterlichen Plastik gehören. Und die Wunderlegenden, die überall kursierten, schenkten nicht nur den Pilgern Trost, die auf langen Strecken vor sich hinschwitzten, immer gefährdet, ausgeraubt zu werden, sie schufen auch neue Motive …«

»Wunderlegenden?« Ich wusste nicht viel von der mir fremden Welt derer, die des Glaubens wegen reisten. Das wurde mir immer deutlicher.

»Ja, klar. Es gibt unzählige Wunder rund um den Jakobsweg, das bleibt doch nicht aus. Vom bekanntesten habe ich in einem Seminar an der Uni gehört – ›Legenden in der Kunst des Mittelalters‹ – meine Güte, war der Dozent gut aussehend.«

Ich musste lachen.

»Diese Zeit mit ihrem Aberglauben können wir uns heute nicht mehr richtig vorstellen. Der Mönch Caesarius von Heisterbach hat von so einem Wunder berichtet: Ein deutscher Pilger wurde wegen angeblichen Diebstahls von einem räuberischen Herbergswirt angeklagt und zum Tode verurteilt. Am Galgen wurde er vom Heiligen Jakobus gestützt. Schließlich wurde er vom Richter begnadigt, als von dessen Tafel weiße gebratene Hühner aufflogen. In der Kirche dort erinnern noch heute weiße Hühner an dieses Wunder …«

Ich spürte, wie mein Magen knurrte. Gebratene Hühner sah ich lieber auf dem Teller liegen als in Kapellen herumfliegen.

»Es gibt darüber hinaus einen herrlichen Jakobsaltar der Nürnberger Schule, so Anfang des 16. Jahrhunderts würde ich aus der Erinnerung sagen, der zeigt, wie Jakobus einen unschuldig gehenkten Knaben, der mit seinen Oldies zusammen nach Compostela gepilgert war, rettete. Sehr schön.«

So ein Gedächtnis hätte ich gerne.

»Mancherlei Jakobskunststücke, wenn ich das mal so respektlos sagen darf, wurden erst spät entdeckt. 1903 wurde tatsächlich in Überlingen am Bodensee ein Zyklus von 12 Wandbildern der Jakobslegende aufgefunden. Wunderdarstellungen gibt es immer wieder: Zum Tod durch den Strang Verurteilte, die von Jakob gerettet wurden – besonders in Tirol findet sich dieses Motiv. Ich durfte mal im Britischen Museum die sogenannte ›Fegfeuer Vision‹ sehen, eine wertvolle Handschrift aus dem 12. Jahrhundert. Im Handschriftenkurs …« Sie hing ihren Erinnerungen nach, wahrscheinlich dachte sie diesmal an einen gut aussehenden Handschriftenexperten. »Von dieser von einem Zeitgenossen aufgezeichneten Geschichte gibt es nur ein einziges Exemplar. Die Episode stammt sogar indirekt aus der Pfalz: Der edle Heinrich von Ahorn, Bruder von einem Bischof aus Worms – der Name will mir jetzt nicht einfallen – hatte versprochen, eine Wallfahrt zu machen und verspürte dann wohl keine Lust mehr dazu. Die Folge: Er wurde krank und an einen qualvollen Ort entrückt.« Ich sah Petra fragend an. Sie lachte. »So drückte man sich damals eben aus, Maren. Jakobus hat ihn durch die Unterwelt geleitet, direkt durch das Fegefeuer, was er gesund überstand, und hat ihn anschließend auch noch geheilt. Danach blieb ihm nichts anderes übrig, als doch noch nach Compostela zu fahren.«

Ich wurde langsam ungeduldig.

»Okay, Petra, und was sagst du dazu?« Ich schob ihr die Bilder hin, die Theo in Hildes Buch gefunden hatte.

Petra holte eine professionell aussehende Lupe heraus. So eine für Kunsthistorikerinnen. Sie betrachtete das Bild viel länger als Tristan, der so schnell zu seinem negativen Urteil gekommen war. Verdächtig schnell.

»Ohne das Original gesehen zu haben, ist es schwer, aber ich würde sagen: 16. Jahrhundert. Im ausgehenden Mittelalter klang übrigens der Jakobswanderwahn ein wenig ab. Da mag auch der Protestantismus dazu beigetragen haben. Also, ja: 16. Jahrhundert. »

»Woran erkennst du das?«

»Das Ganze ist offenbar aus Holz geschnitzt. War damals gängig für Hausfiguren. Da scheint ein wenig abgeblätterter Goldrest an dem Mantelsaum des Heiligen Jakobus. Und dann der Wanderstab hier – er ist einer Rebe nachempfunden. Je später die Entstehungszeit, je sparsamer das Gold, und die Rebe am Jakobusstab kennt man erst seit dem 15. Jahrhundert für den Pfälzer Raum. Dann die Ausführung des Gewandes, Knitterfaltenstil genannt: Es weist auf die Schule von Gerhaert von Leyden hin – im weitesten Sinne. Er hat übrigens das Steinkruzifix in der Peter-und-Paul-Pfarrkirche in Baden-Baden gestaltet.«

Ich klopfte sachte auf die Bilder, bevor Petra zu weit abschweifte.

»Das Gesicht ist bereits stark individualisiert. Der leicht törichte Gesichtsausdruck des knienden Pilgers, der Brot von Jakobus empfängt, lässt auf die Abschwächung der Pilgerverehrung im 16. Jahrhundert schließen, als mehr und mehr Gesindel unterwegs war und man die Wallfahrer oftmals als Hohlköpfe verspottet hat. Davor wurden sie mehr als verehrungswürdige Heilige gezeigt.«

Ich nickte.

»Ich würde sagen, diese Statue hat in einer Herberge auf dem Pilgerweg gestanden. Die Weinrebe und das Brot sind in diesem Jahrhundert sehr oft in diesem Zusammenhang verwendet worden. Datierung wie gesagt Anfang oder Mitte 16. Jahrhundert. Sicher heute sehr wertvoll. In welchem Museum steht das gute Stück?«

»Ich weiß es nicht. Diese Bilder sind alles, was ich von der Figur habe.« Petra schüttelte den Kopf. »Sie ist sehr hübsch. Schade, dass du nicht weißt, wo sie sich befindet. Denn im Pfälzer Raum sind nicht viele solcher alten Pilgersymbole erhalten geblieben. Versuche doch, es herauszufinden. Wenn sie nicht zu weit weg ist, würde ich sie mir gerne mal anschauen. Dann könnte ich sie auch besser beurteilen. Was ich gesagt habe, ist natürlich nur mein oberflächlicher Eindruck, denn auf dem Bild kann ich nicht genug erkennen. Insofern hat meine Analyse keinen Wert – vor Gericht oder irgendwo.«

Sie sah mich neugierig an, als warte sie auf weitere Informationen, doch ich wollte meine Gedanken vorerst für mich behalten und erwiderte nur: »Das versteht sich. Möchtest du noch etwas trinken?«

»Nein, ich muss heim. Mann und Kind schreien nach Essen.« Bei dem Wort »Essen« streckte sich Nessie und sah mich mit abgeklärtem Gesichtsausdruck an. »Hast du bald alle Kneipen durch?«, schien sie zu fragen. Bald, antwortete ich im Stillen.

Aber was hatte es zu bedeuten, was mir Petra gesagt hatte?

Eine Statue. Eine Pilgerstatue. Hilde mochte sie irgendwo gesehen und fotografiert haben, wie es ihre Gewohnheit war. Dann hatte sie Ausdrucke gemacht und sie in ihr Buch über den Pfälzer Jakobsweg gelegt. Für sie war irgendetwas bedeutend gewesen an dieser Figur, wie ihre Notiz auf der Rückseite des Bildes bewies. »Nachhaken!« – Was hatte es damit auf sich? Konnte es sein, dass jemand in ihrer Wohnung und in ihren Reiseunterlagen nach etwas gesucht hatte, das mit diesen Bildern in Verbindung stand? Hatte der Unbekannte nach den Originalaufnahmen dieser Ausdrucke hier gesucht? Und hatte er sie gefunden? Dazu passte, dass ihre Festplatte gestohlen und ihre Kamera zerstört worden war.

Und Alin – konnte auch sie etwas damit zu tun gehabt haben?

»Speyer, 2004« hatte Hilde auf dem Foto notiert – Alins Todesjahr … Und sie hatte mit Antiquitäten gehandelt.

Hatte auch sie die Bilder dieser Statue besessen? Ihre Wohnung war ebenfalls durchsucht worden. Auch den Schreibtisch mit ihren Geschäfts- und Bankunterlagen hatte man durchwühlt. Doch keine Kamera zerstört, keine Festplatte geklaut.

Alle Kriminalromane, die ich jemals gelesen hatte, kamen mir in den Sinn. Meistens kam den Detektiven die alles entscheidende Idee, während sie sich ganz normalen Alltagstätigkeiten widmeten. Ich radelte also – Nessie im Korb wie eine Königin thronend – am Scheck-In Supermarkt vorbei. Im gleichmäßigen Lauf der Räder kreisten auch meine Gedanken: Paul-Kunst-Geld. Paul-Kunst-Geld … An einer Ampel musste ich halten. Paul-Kunst-Geld … Eine geldgierige Alin und ein Haarteil … Zwei Ampelphasen ließ ich verstreichen, bis ich es hatte.

Die blasse, ältere Frau neben mir beobachtete mich, wie es Rot wurde und Grün und wieder Rot. Schließlich tippte sie mir auf den Arm, deutete auf die Ampel und sagte: »Bei Ihnen geht es aber früh los.« Abwesend sah ich ihr nach, wie sie auf die andere Straßenseite eilte, zu dem Bäcker, der »Gutes vom Vortag« zum halben Preis anpries.

Paul, der getarnte Loser, verbarg hinter seiner Kulturorganisation ein breit angelegtes Kunstdiebstahl-Netz. Vielleicht waren ihm zuerst Alin und später Hiltrud Binder auf die Schliche gekommen. Und deshalb mussten sie sterben!

Wieder fröstelte ich. Sah ich Gespenster? Und wo, zum Teufel, war Melchior, um mir jetzt zuzuhören? Ich sehnte mich auf einmal nach einem vertrauten Gesicht. Ich musste in Ruhe meine Gedanken sortieren. Und so beschloss ich, Matthias und Theo und all die anderen zu besuchen.

Zuerst Matthias. Nessie und Herbert hatten mittlerweile entgegen alle Erwartungen eine vollkommen untypische und mir höchst suspekte Zuneigung zueinander entwickelt. Sie sollten wie Hund und Katze sein, benahmen sich aber wie Freund und Freundin. »Siehst du?«, sagte Matthias, wies auf unsere beiden Tiere und machte sich höchst umständlich für einen Spaziergang an der Alb fertig. Zu meinem Entsetzen setzte er am Schluss der Aktion sogar einen Hut auf. »So hätte es mit uns auch sein können. Eine gute, ehrliche Ehe. Wo man sich aufeinander verlassen kann. Nicht deine flatterhaften Männerbekanntschaften. Eine kluge Frau zieht immer den Mann aus guter Familie mit soliden Berufsaussichten dem bunten Schmetterling mit Casanova-Allüren vor. Und wenn sie es nicht selbst weiß, dann sagen es ihr ihre Freunde.«

»Ja. Kluge Frauen. Ich bin nicht klug, und ich habe nicht die richtigen Freunde«, entgegnete ich schnippisch. Die Beschreibung »Bunter Schmetterling« passte nicht gerade auf Melchior. Da schon eher auf Tristan Viviers … Nessie näherte sich einem Neufundländer und bellte ihn aggressiv an. Als der Besitzer sich bückte und die Leine des Riesenviehs löste, rannte sie entsetzt davon und versteckte sich hinter meinem Rücken. »Katzen sind da ganz anders. Mann gegen Mann. Sie stellen sich dem Feind.« Ich musste lächeln. Worte wie »Mann gegen Mann« hörten sich aus Matthias' Mund seltsam an.

Ich musste schon wieder an die beiden Ermordeten denken. Hatte sich auch Alin dem Mörder gestellt? In der schmalen Krypta war wenig Raum zum Verstecken gewesen. Ihr Mörder musste ihr entgegengetreten sein. Sie mit der Mordabsicht konfrontiert haben. Vielleicht hatte er noch mit ihr gesprochen. Das wussten wir nicht. Hilde hatte ihren Mörder vermutlich gar nicht gesehen – oder erst im letzten Moment, als es zu spät war. Hatte er von ihr etwas anderes gewollt als von Alin? Auch deren Wohnung war durchsucht worden, aber dennoch spürte ich, dass es da einen Unterschied gab.

Matthias und ich wandelten wie ein langweiliges altes Ehepaar an der belebten Alb entlang. Nessies Abenteuerdrang wurde durch dauernde Ermahnungen wie »Vorsicht, Fahrrad!« oder »Nein, Nessie! Das Eis gehört dem Kind da.« gebremst.

»Hättest *du* eigentlich Lust, den Jakobsweg nach Santiago zu laufen?« Ich musste Matthias eigentlich gut genug kennen, um eine solche Frage nicht zu stellen. »Nein. Dieser Pilgerkult ist eine einzige Geschäftemacherei«, kam es denn auch prompt, während er einem kleinen ordentlichen Mädchen mit Zöpfchen in einem Dirndl wohlgefällig zulächelte. »Eine Methode, Touristen in eine strukturschwache Region zu locken. Wie ich dir bereits sagte, habe ich mir erlaubt, mich auch ein wenig zu informieren. Es gibt nach wie vor keine stichhaltigen Beweise dafür, dass …«, zu meinem Entsetzen holte Matthias jetzt sogar einen Zettel heraus und las wieder diese komplizierten

Namen vor, die mir Elfie schon einmal präsentiert hatte, »... Jakobus, Sohn des Zebedäus und Bruder des durchaus bekannteren Apostels Johannes, jemals in Spanien weilte – weder lebend noch tot.«

So ähnlich hatte auch Elfie gesprochen. Vielleicht würden die beiden gut zueinander passen. Es schien plötzlich eine Menge Männer zu geben, die besser zu Elfie passten als zu mir.

»Doch seine Gebeine sind gefunden worden. Das haben wir auf unserer Kulturfahrt nach Speyer jedenfalls gelernt.«

Matthias strich einem türkischen Kind über den Kopf, um mir ein weiteres Mal seine Weltläufigkeit zu beweisen. Der Blick des verblüfften Kindes wanderte zu Matthias' merkwürdigem Hut, und der Kleine fing an zu heulen. Der Vater warf uns scharfe Blicke zu.

»Wie gesagt, ich durfte mich auch ein wenig umhören. Um 820 fand ein Eremit in einer römisch-suebischen Nekropole in der Nähe von Iria Flavia die Gebeine deines Jakobus. Wunderbare Lichterscheinungen sollen das ganze Spektakel begleitet haben. Ich bin vielleicht zu kritisch, aber Dinge, die im 9. Jahrhundert passiert sind, glaube ich erst, wenn ich einen Beweis sehe. Diese Knochen beispielsweise: nett und ordentlich mit C14-Methode und DNA-Analyse untersucht. Vorher glaube ich es nicht. Es ist wie bei Shakespeare: Unter diesem und jenem Baum könnte er gesessen haben und dieses oder jenes Stück könnte er geschrieben haben – wenn er überhaupt schreiben konnte, was ich bezweifle. Für mich und viele andere, die ich kenne, ist ein touristischer Ort erst interessant, wenn es einen soliden Beweis für seine Bedeutung gibt.«

Ich schwieg. Sinnlos, Matthias bekehren zu wollen. Er war einer, der nur glaubte, was man anfassen konnte. »Ich denke, es ärgert dich, dass dann das Bier teurer wird? Wie in Rothenburg?«

»Das muss alles in einem vernünftigen Verhältnis zueinander stehen«, sagte er. Das sagte er immer bei solchen Anlässen.

Gut. Doch beim Jakobsweg ging es um eine spirituelle Erfahrung. Die fand vor allem im eigenen Innern statt. Ich dachte daran, dass ein kleines pfälzisches Stück gemeinsamer Erfahrung nunmehr meinem Exfreund und meiner Exfreundin und neuen Feindin zukam, und hasste diesen Jakobus mitsamt all seinen alten Knochen.

****

Wir waren noch in die Pizzeria in Rüppurr gegangen, wo ich mich überwunden hatte, einen Salatteller zu bestellen – was nicht bedeutete, dass ich ihn auch essen konnte. Wenn ich Liebeskummer habe, kann ich normalerweise nichts essen.

Das Gespräch dümpelte vor sich hin. Matthias blickte alle fünf Minuten auf sein Handy und hielt es so ins Licht, als habe er eine SMS bekommen, welche nur durch günstigeren Lichteinfall lesbar war. Nessie lag leise schnarchend quer über meinen Füßen und heizte diese unerträglich an. Schließlich überfiel Matthias Sehnsucht nach Herbert – von dem ich zuverlässig wusste, dass er sich umgekehrt nicht das Geringste aus Matthias' besorgter Anwesenheit machte.

Inzwischen war es dunkel geworden. Laue Abende sind furchtbar, wenn man alleine und verlassen ist. Kalte Abende allerdings auch. Ich lenkte mein Fahrrad in Richtung Südstadt, passierte die Eisenbahnunterführung und drückte die meist offenstehende Tür zu meinem Haus auf, schob das Fahrrad durch den Gang bis in den ruhigen, unbeleuchteten Hinterhof, wo es sicherer stand als auf der Straße. Die Südstadt war zwar besser als ihr Ruf, doch man musste die Dinge ja nicht herausfordern. Ich beugte mich vor und schloss das Rad ab.

Dann merkte ich, dass etwas nicht stimmte. Ich hörte die Schritte nicht, ich spürte nur, dass sich die Atmosphäre um mich herum veränderte.

Jemand stand dicht hinter mir und atmete mir in den Nacken. Dann, noch ehe ich mich umdrehen konnte, schlossen sich zwei warme, verschwitzte Hände wie Eisenklammern um meinen Hals. Ich keuchte, versuche zu schlucken – es ging nicht.

Meine Ohren rauschten. Todesangst legte sich wie ein Ring um mein Herz. Ich würgte, hustete und spürte, wie der Boden unter mir seltsam weich wurde. Instinktiv, mit letzter Kraft, holte ich mit dem Ellbogen aus und rammte sie der Gestalt hinter mir in den Leib. Mein Angreifer keuchte. Ein Stoß warmer Luft traf mich und die Hände ließen mich los.

Ein Mörder hätte weiter zugedrückt. Ich fuhr herum. Vor mir stand Paul. Paul Prater.

Schwitzend, mit beinahe lächerlich wirkendem fanatischem Gesichtsausdruck. Er keuchte stoßweise. Klar, er war nicht mehr der Jüngste, und sportlich war er auch nicht.

»Was soll das?«, schrie ich schrill krächzend. Seltsamerweise hatte ich keine Angst mehr, ich zitterte nur noch vor Wut.

Er schwieg zuerst, vor allem deshalb, weil er auch zitterte. Was mich allerdings mehr beunruhigte, war, dass in unserem Hinterhof keine Lichter in den Fenstern aufflammten, wie in den amerikanischen Filmen, wenn eine schöne Frau bedroht wird. Kein Mensch hatte sich für meinen Todeskampf interessiert.

»Ich habe dir zweimal auf den Anrufbeantworter gesprochen«, sagte er böse, »ich will meinen Liebesbrief zurück.« Ich massierte meinen Hals.

»Deinen Liebesbrief? Welchen Liebesbrief«

»Na welchen Brief! Franziska, ich habe ihn in deinen Briefkasten eingeworfen. Deine Telefonnummer habe ich aus dem Telefonbuch. Ich habe dir zweimal gesagt, dass ich ihn wiederhaben will. Diese neue Frau in unserer Gruppe, die Britta, du hast sie ja gesehen. Sie ist Witwe und sehr eifersüchtig, und sie will wissen, ob ich schon mal an einer anderen Teilnehmerin interessiert war, also ob da schon mal was ausgetauscht wurde …«

»Du kannst Britta beruhigen: Von ausgetauscht kann keinerlei Rede sein. Für mich bist du ein kulturell halbgebildeter Schwächling. Und selbst wenn die anderen bereit sind, das zu übersehen, mir bist du außerdem viel zu alt. Ich bin erst …«, ich räusperte mich, »noch nicht mal vierzig. Sag mir nur eins: Was sollte *das* eben?«

Er richtete sich auf und tat plötzlich selbstbewusst. »Viele der Damen, mit denen ich reise, schätzen reife Herren. Das war eine Warnung, sonst nichts. Du hast mich provoziert. Ich hätte gerne meinen Brief zurück.«

Ich wusste immer noch nichts von einem Liebesbrief. Dann dämmerte mir, warum: Das idiotische Schreiben musste bei meiner Nachbarin, dieser ewig verschlafenen Franziska gelandet sein! Und die hatte es vermutlich weggeworfen, so wie sie ihre Finanzamtsbescheide, die Nachrichten von dem Amt für Öffentliche Ordnung und die Briefe von ihrer Mutter wegwarf.

Ich tastete immer noch an meinem Hals herum. Wenn ich mir schon einmal einen Namen auslieh, kostete es mich beinahe das Leben. Mal wieder typisch. Und kein Melchior weit und breit, um mich zu retten. So wie damals, als wir schon beinahe ein Paar geworden waren … Schon wieder traten mir Tränen des Selbstmitleids in die Augen.

Paul hatte sich mittlerweile wieder gefasst und sah jetzt ein wenig verlegen aus. Er wirkte wie ein Kind, dem urplötzlich klar wird, dass es gerade etwas Verbotenes getan hat. Zugleich hatte er noch nie so alt ausgesehen wie in diesem Augenblick.

Und obwohl er gerade versucht hatte, mir den Hals umzudrehen, war ich weniger denn je überzeugt davon, dass er ein Mörder war. So stellte sich doch kein Doppelmörder an! Paul mochte verrückt sein, aber war er wirklich gefährlich?

»Ich rufe jetzt die Polizei, dann kannst du deine reiche Wittfrau vergessen. Vielleicht besucht sie dich im Knast Bruchsal. Der Kraichgau soll auch sehr hübsch für kulturelle Tagesausflüge sein.« »Nein, mach das nicht!« Er sah verängstig aus. »Franziska, diese Frau, sie …«

»Sie soll dein bequemes Leben zwischen Café, ›Jacques' Weindepot‹ und dem einen oder anderen Stündchen am Computer finanzieren!« Ich betrachtete ihn emotionslos. »Ich habe keinen Brief von dir bekommen, aber das spielt jetzt keine Rolle. Erzähle mir lieber etwas über dein Verhältnis zu Hilde. Hast du ihr auch Briefe geschrieben? Hast du es bei ihr auch versucht? Ich weiß, dass du sie besucht hast. Und dass ihr euch gestritten habt.«

»Hilde? Was hast du denn mit Hilde zu tun?« Jetzt trat endlich ein echtes Gefühl in Pauls Gesicht: Ehrliche Bestürzung. Er lehnte sich erschöpft an den Mauervorsprung. Für einen echten Mörder hatte er ganz eindeutig nicht die Konstitution.

»Das war keine Frau für mich, die Hilde!«, brachte er hervor. »So eine Hundertprozentige. Typisch Lehrerin. Dauernd hat sie irgendwas aufgedeckt. Auch in Speyer. Sie wollte dort zur Zeitung gehen. Irgendwas fragen. Sich mal wieder beschweren. Irgendwas an die Öffentlichkeit zerren. Was weiß ich.«

»Über was wollte sie sich beschweren?«

Abneigung gegen die ihm anvertraute Klientel, ohne die er nicht leben konnte, verzerrte Pauls sonst so verbindliche Züge. »Ich sag doch – typische Lehrerin. Wie die meisten, die bei uns mitfahren. Du kannst dir gar nicht vorstellen, was das für Erbsenzähler sind! Und wie die sich wichtig machen. Alles besser wissen und überall irgendwas wittern, worüber sie sich beschweren können. Die Hilde war da auch nicht anders. Bigott und falsch. Ich dachte immer, Nonnen seien freundlich. Und mildtätig. Aber sie war wohl schon zu lange draußen.«

»Worum ging es denn bei dieser Beschwerde in Speyer?«

Paul winkte ab: »Um irgendeinen vermeintlichen Kunstdiebstahl. Sie hatte da was gewittert, meinte sie. Die witterte doch überall was!«

Vor meinem geistigen Auge setzte sich ein Puzzle zu einem Bild zusammen. Noch war es reine Spekulation: Alin war im Kunsthandel tätig. Gemeinsam mit Hilde, die sie vielleicht im Café kennen gelernt hatte, hatte sie einen Kunstdiebstahl aufgedeckt. Deshalb hatten beide Frauen sterben müssen ... Was hatte Paul eben noch gesagt? Ein Wort blitzte in meiner Wahrnehmung auf: Zeitung!

Tristan Viviers hatte beide Frauen gekannt, und er arbeitete bei der Zeitung. Es gefiel mir gar nicht, welche Verbindungen sich da auftaten. Ich wandte mich wieder Paul zu, der sich seine Hände massierte und mich dabei vorwurfsvoll ansah.

»Wie gut hast du Alin Niedermeyer gekannt?« Paul riss erstaunt die Augen auf. Dann blickte er trotzig – wie Nessie, wenn sie etwas streng Verbotenes angestellt hatte. Ich hatte das Gefühl, er log nicht, als er sagte: »Nicht gut. Die hatte kein Interesse. Weder an mir noch an Kultur. Das war eine ganz Kalte.«

Meistens umschreiben Kerle dieser Kategorie Frauen als »kalt«, die sich nicht für sie erwärmen können. Bei Alin mochte die Beschreibung vielleicht sogar zugetroffen haben.

»Was hast du dann bei ihr in der Wohnung gemacht?« Er sah mich an, als sei ich ein Geist. Und legte jegliche kulturelle Beflissenheit ab. »Woher weißt du das? Bist du eigentlich bei den Bullen, oder was?« Ich zuckte die Achseln. Er wand sich. Was jetzt kam, war ihm peinlich.

»Ich war zweimal bei dieser Frau in der Wohnung.« »Und wieso das, wenn du sie doch angeblich kaum kanntest?« »Abrechnen.«

»Abrechnen?« Jetzt wusste ich endlich, wie ein Mensch aussieht, der sich windet wie ein Wurm. »Die hat halt von den Leuten in der Gruppe ein bisschen mehr verlangt, für den Pilgerschnickschnack und das Mittelalterzeugs. Und was dabei rauskam, das haben wir ...«

»Geteilt?« Er nickte.

»Und Hilde? Wusste sie auch davon?« Paul zuckte zusammen. »Bewahre! Dann würde ich den Laden nicht mehr führen.«

Ich seufzte, als ich mich immer noch zittrig zum Gehen wandte. »Tja, das hat sich ja dann wohl erledigt mit den kleinen Geschäftchen. Schließlich ist Alin bekanntlich seit Jahren tot. Um an Geld zu kommen, muss jetzt die Witwe herhalten.«

Pauls Glotzaugen hatten alles Schmachtende endgültig aufgegeben und zwinkerten in hilfloser Berechnung. »Glaub mir: Ich hatte mich auch gefragt, ob da etwas nicht stimmte. Ehrlich. Ich hatte beide Frauen gekannt, und beide sind jetzt tot. Aber ich habe damit nichts zu tun. Und von unserer Gruppe auch keiner. Ich meine, wer macht denn so etwas? Unsere Linde hatte schon Spannungen mit der Hilde, aber sie wird doch nicht hingehen und andere Frauen umbringen, oder?« Er biss sich auf die Unterlippe.

»Warum nicht?«, fragte ich, »Warum eigentlich nicht?« Verbitterung diktierten mir diese Worte. Vorausgesetzt, Paul sagte die Wahrheit, dann war meine Spur dahin. Die Perückenhaare hatten offensichtlich ihm gehört, und sie waren der einzige sichere Anhaltspunkt einer Verbindung der Frauen gewesen.

Außer ihrer Bekanntschaft mit Tristan Viviers. Und dieser Gedanke gefiel mir gar nicht.

****

Es sprach für Marion, dass sie erst um elf Uhr am anderen Morgen anrief.

»Ich wollte dich nicht zu früh stören. Jeder hat seinen eigenen Tagesrhythmus, und eines weiß ich: Wenn meine Kinder alle aus dem Haus sind, werde ich den ganzen Tag nur im Bett bleiben, meine Bücher und meine Musik um mich herum, Schokolade, Chips und Rotwein und zwanzig DVDs mit meinen Lieblingsfilmen. Ein Fest der Schlampigkeit. Bernd muss übrigens heute in die Landesbibliothek. Seine letzte Chance. Er bricht morgen mit Tristan zu dieser Dreitagestour auf, und danach hat er auch wenig Zeit. Und er ist tatsächlich bereit, seine alte Mutter mit dem Auto mitzunehmen, damit sie sich mit dir in Karlsruhe treffen kann.«

»Landesbibliothek ist gut«, erwiderte ich und betrachtete trübe das Rotweinglas von gestern Abend. Einen kleinen Rest hatte ich drin gelassen. Eine Motte drehte sich tot im Kreis darin.

»Ich liebe die Landesbibliothek. Es gibt keinen Ort, an dem ich so gut nachdenken kann. Für mich ist es dort wie in einer Kirche. Ein beinahe meditativer Ort.«

»Das verstehe ich. Du könntest eine Zwillingsschwester meines Sohnes sein. Also, Bernd muss Bücher abgeben und natürlich wieder neue Bücher holen. Um eins?«

****

Offenbar hatte ihr Sohn mehr Bücher zurückgebracht, als er entliehen hatte. Lediglich zwei schmale Bände hielt er unter dem Arm: ›Das städtische Zunftwesen und die Osterspiele‹. Den Titel des zweiten konnte ich nicht lesen. Ich betrachtete ihn heimlich von der Seite. Bernd war eine seltene Mischung von ernsthaft-intelligent und attraktiv. Er hatte erstaunlich viel Charme im Blick und wenn ich allein sah, mit welcher Zuneigung er seine Mutter betrachtete, dann fühlte ich einen Stich des Neides auf die Frau, in die er sich einmal verlieben würde. Ernsthaft verlieben. »Ich glaube, ich lasse euch beide alleine. Vielleicht wollt ihr über andere Themen sprechen als über die Zeremonie des Pfingstochsenschmückens im 15. Jahrhundert? Ich werde mich hier ins Café setzen und mich mit so spannenden Themen wie dem Schülerleben im Mittelalter beschäftigen.« »Wie war denn das Schülerleben im Mittelalter?« Typisch Marion. Sie interessierte sich für alles. Sie verströmte so viel Leben, weil sie alles an sich heran ließ.

Bernd verzog das Gesicht. »Kein Spaß. War natürlich alles streng kirchlich organisiert. Früher wurde man am 12. März, am Gregoriustag, eingeschult – und nicht etwa bequem nach den großen Ferien wie heute. Und was lernten die armen Bürgerskinder in ihren großen Klassen mit Kindern aller Altersstufen? Nur den sterbenslangweiligen Kirchenkalender auswendig. Bibelverse, Gebete, Lieder, aber keine Diskussion über die Bibel. Und das alles nur in Latein. Wer deutsch sprach, wurde bestraft. Aber, wie gesagt ...« Marion unterbrach ihn: »Nein, nein, du kommst mit, mein Sohn. Kein Pfingstochse, wenn wir schon mal in Karlsruhe sind. Für Frauengespräche ist später noch Zeit, denn Maren und ich, wir bleiben Freundinnen, glaube ich.«

Ich nickte und lächelte. Ich konnte mir nichts vorstellen, was zwischen mich und Marion treten konnte, obwohl wir uns erst so kurz kannten. Aber es gibt auch zwischen Frauen so etwas wie Sympathie auf den ersten Blick. Und außerdem: Was sollte schon passieren? Sie hatte einen Mann, den ich wahrscheinlich niemals kennen lernen würde, und ich hatte keinen mehr, den mir irgendeine Freundin stehlen konnte. Marion würde so etwas sowieso nicht tun.

Inzwischen waren wir zum Schloss geschlendert und setzten uns in das beinahe südlich anmutende Café gegenüber dem Bundesverfassungsgericht. Karlsruhe zeigte sich von seiner besten Seite. Ich versuchte, die im Zweierpack hin- und herpatrouillierenden Polizisten zu übersehen, die die Idylle etwas störten. Nessie legte sich unter den Tisch. Sie war beleidigt. Mindestens zehn Minuten hatte sie im Auto warten müssen, während ich in der Bibliothek gewesen war.

»Marion, ich muss dich etwas fragen – und Bernd, sei mir nicht böse, aber du behältst das für dich, bitte, ja?« Er sah mich fragend an. Ich kam mir dumm vor. Und zuckte entschuldigend mit den Achseln. »Nicht, dass ich dir nicht traue Bernd, aber immerhin machst du dieses Praktikum bei der Zeitung.«

Er lächelte und wehrte ab: »Ich bin eigentlich sowieso fertig mit meinem Praktikum. Und privat ist privat. Ich habe auch ein paar Freunde, bei denen es das eine oder andere gibt, das ich nicht unbedingt auf die Titelseite der ›Rheinpfalz‹ bringen würde.«

Ich nickte. Man konnte ihm glauben.

»Hat deine Schwester Alin jemals etwas von einem Kunstraub erzählt?« Das Erstaunen in ihren Gesichtern war echt. Nur dass ich einen Ausdruck der Wachsamkeit in Bernds Augen wahrnahm, während Marion nur verblüfft aussah. Offensichtlich war er trotz seiner sanften Ausstrahlung ein Beschützertyp. Und die Tote war immerhin seine Tante gewesen, auch wenn sie ihm vielleicht nicht allzu nahe gestanden hatte.

»Kunstraub?«, fragte Bernd. Dann lächelte er fast ein wenig. Ein merkwürdig vertrautes Lächeln, das mich wohl an die Herzlichkeit seiner Mutter erinnern mochte. Die Schöpfung oder wer auch immer hatte ausreichend Charme über diese Familie gegossen.

»Meine Tante Alin war zwar kräftig an der Vermarktung von Speyer beteiligt. Das heißt, sie hatte die beiden Apartments gekauft und in Ferienwohnungen umgewandelt, und sie betrieb den Laden mit dem Café in der Stadt. Sie sah die Dinge unter merkantilen Gesichtspunkten und hatte meistens nur Kitsch oder Nostalgiekram in ihren Regalen. Wie das Puppenstubenzeug …«

»Dem wir immerhin Marens Bekanntschaft verdanken«, unterbrach seine Mutter ihn, »und sprich bitte nicht abfällig von deiner Tante, Bernd. Sie hatte vielleicht wenig mit Kunst im Sinn, obwohl sie ein Gespür dafür hatte. Hat ihr Talent da vielleicht verschleudert. Sie mochte glitzernde Sachen. Schmuck. Uhren. Und sie war schon als Kind eine gute Verkäuferin.« Die Heiterkeit des Mittags drohte zu verblassen, und ich bereute fast, das Thema angeschnitten zu haben.

»Mama nimmt ihre Schwester immer in Schutz, auch wenn sie alles andere als ein Engel war. Sie verkaufte den Krempel jedenfalls viel zu teuer und hatte nichts dagegen, Leute übers Ohr zu hauen. Für sie war die Vergangenheit von Speyer nur eine Bank, die es auszurauben galt. Also mit echter Kunst, die es sich zu stehlen lohnte, hatte unsere Tante bestimmt nichts im Sinn. Wie kommen Sie überhaupt darauf?«

Ich griff in meine Tasche und wollte ihnen Hildes Fotos zeigen, doch in der Eile und angesichts der Aufregung am Abend zuvor hatte ich doch tatsächlich vergessen, sie einzustecken. Die Pilgerstatue stattdessen zu beschreiben, schien mir nutzlos. Bernd hatte Recht: Wie kam ich überhaupt darauf, dass sie mit Alin in Verbindung stehen könnte?

So antwortete ich nur: »Später.« Und bestellte mir einen Eiskaffee.

****

»Ein Kunstdiebstahl?« Theo schüttelte den Kopf. Er hatte Tee zubereitet und Brötchen gekauft. Jetzt wartete er auf Consuela. »Diese Statue? Maren, das musst du auf jeden Fall der Polizei sagen. Du hast ja keine Mittel und Wege, den Verbleib dieser Figurengruppe ausfindig zu machen.«

Nessie legte sich zufrieden schnaufend in eine Ecke des Antiquariats. Sie liebte den Geruch von alten Büchern.

Ich wusste, dass er Recht hatte. Aber noch sträubte ich mich dagegen. Mit Elfie wollte ich nicht sprechen. Und um Frau Ix zu überzeugen, musste ich mehr in der Hand haben. »Fassen wir mal zusammen und spekulieren wir dabei ein wenig: Hilde hat vielleicht während irgendeines Aufenthaltes in Speyer diese Statue fotografiert. Jemand wollte diese Fotos unbedingt haben. Alin hat vielleicht auch von der Figur Wind bekommen. Vielleicht hatte sie ebenfalls Fotos davon. Sie war offenbar kein allzu edler Charakter. Wo Hilde vielleicht kunsthistorisch interessiert gewesen war, hatte sie versucht, einen Vorteil für sich zu suchen. Erpressung? Vielleicht hatte sie versucht, Kapital aus ihrer Entdeckung zu schlagen, und hatte irgendwann die Schraube zu fest angezogen. Und aus einem Dieb oder einem Hehler ist ein Mörder geworden.«

Theo schüttelte den haarigen Kopf. »Unlogisch. Warum würde dieser Mensch Hilde erst Jahre später auspusten?«

»Auspusten? Theo!« Er zuckte die Achseln. »Hab gerade eine vollständige Sammlung Raymond Chandler ’reinbekommen.«

»Vielleicht hat Hilde nach den Jahren doch noch etwas abhaben wollen von dem Kuchen?« »Hat sie denn Geld gebraucht?« Ich dachte an alles, was mir Linde über ihre Freundin erzählt hatte. »Glaube ich nicht. Sie war Lehrerin, bezog jetzt Rente. Soweit ich weiß, hatte sie einen eher bescheidenen Lebensstil.«

Theo seufzte. »Wie ich dich kenne, wirst du noch mal nach Speyer fahren. Hoffentlich zum letzten Mal. Ich weiß zwar nicht, was du dort zu finden hoffst, aber …«

Die Türglocke ging, und Consuela kam herein. Obwohl der Sommer gerade erst zaghaft begonnen hatte, war sie bereits dunkelbraun. Ich vermutete, die Bräune wurde künstlich herbeigeführt. Denn spanische Kartenlegerinnen sind in der Vorstellung der Leute nun mal dunkelhaarig und gebräunt.

»Consuela …« »Immer die gleiche Antwort, Maren«, meinte sie und sah mich ernst an. »Suche Gott auf, und du hast deine Lösung. Wenn du sie haben willst.«

»Wie kann ich Gott suchen und einen Bösewicht finden?« Consuela kraulte Nessie, die sich wieder einmal riesig freute, sie wiederzusehen.

»Vielleicht suchst du gar keinen Bösewicht«, erklärte sie ohne die Spur eines Lächelns.

11. Kapitel

Am Tourismus-Office in Speyer herrschte Ruhe. Die Frau an der Kasse, eine handfeste Pfälzerin, zählte ihr Geld etwas leichtsinnig vor meinen Augen. Ab und zu legte sie kopfschüttelnd eine Münze zur Seite.

»Die Leute versuchen doch immer wieder, mir einen Pfennig als Cent anzudrehen. Ich finde, sie hätten keine Ein-Cent-Münzen prägen sollen.« Vorwurfsvoll saß sie da in ihrem freundlichen Gehäuse, umgeben von Broschüren, Büchlein, Postkarten, ausgelegten Wanderkarten und Speyerdevotionalien der verschiedensten Art. »Worum geht's? Stadtplan?«

»Nein, danke. Ich hätte gerne eine Information zum Jakobsweg.«

»Da haben wir mehrere Bücher, und in letzter Zeit gab es auch einige Neuerscheinungen. Sogar einen Speyerkrimi hätte ich da.«

»Danke. Kein Bedarf. Aber der Jakobsweg interessiert mich. Der Pfälzer Jakobsweg.« »Durch die Pfalz verliefen einst zwei Jakobswege, die von Historikern jetzt rekonstruiert und die vom Pfälzerwaldverein mit dem Zeichen der Muschel gekennzeichnet wurden.«

»Hat man in Speyer denn konkrete Hinweise auf den Jakobsweg gefunden?«, hakte ich nach in Erinnerung an das, was Tristan mir erzählt hatte. Der Blick der Mitarbeiterin wurde zurückhaltend. »Man findet immer das eine oder andere.«

»Zum Beispiel eine Pilgerfigur?«

Das war nicht ihr Lieblingsthema. Skeptisch musterte sie mich. »Reicht Ihnen denn die Pilgerfigur nicht, die auf der Maximilianstraße steht?«

»Doch, natürlich. Natürlich.« Hier war nichts mehr zu holen. Mir kam eine andere Idee. »Gibt es noch mittelalterliche Baureste in Speyer? Häuser oder kleine Kirchen, die vollkommen erhalten sind? Gewölbekeller von offiziellen Gebäuden?«

»Seit der Zerstörung im Jahre 1689 ist nicht mehr viel da. Natürlich steht das eine oder andere Haus noch auf historischen Fundamenten. Man hat die Bausubstanz natürlich mitbenutzt, wenn noch eine vorhanden war. Schon aus finanziellen Gründen. Früher hatten die Leute keine Baukredite.« Sie sah mich mürrisch an. Es war klar, dass sie das Gespräch beenden wollte.

Auf dem Platz vor dem Dom setzte ich mich auf eine Bank, beobachtete das Treiben vor dem Portal, das Kommen und Gehen der Touristengruppen, und stellte mir die Szenerie vor, als im Mittelalter Pilger durch diese Stadt gezogen waren.

Sie hatten Essen und Trinken und Unterkunft gebraucht. Ihnen Herberge zu gewähren, gehörte zu den moralischen Verpflichtungen der christlichen Stadtbewohner. Pilger wurden an den Pforten mit einem Segensspruch begrüßt, bekamen Nahrung und Schlafstatt, wenn sie sich nicht mit durchgereichtem Essen zufrieden gaben. Maximal drei Tage durften sie bleiben, dann hieß es weiterziehen. So viel hatten wir ja in den Vorträgen schon gelernt.

Freilich wurden sie nicht an jeder Tür willkommen geheißen. Woran also erkannte man ein Haus, in dem Pilger etwas essen, sich den Staub von den Schuhen klopfen konnten? Und woran erkannte man ein Haus, in dem Herberge gewährt wurde? Eine sichere Unterkunft hatte sich vielleicht herumgesprochen, wurde weiterempfohlen, und gewiss hatte es ein Zeichen an der Tür gegeben. Vielleicht die berühmte Muschel der Jakobsjünger. Das waren alles Vermutungen, aber irgendwie passten sie zu dem, was ich über den Jakobsweg gelernt hatte.

Vielleicht hatte drinnen oder auch draußen, an der Hauswand oder an einer Mauer eine Figur auf den Zweck des Hauses hingewiesen. Ein Jakobspilger, gemäß dem Stil der Zeit gearbeitet. Eine Hausfigur, welche die Speisung der Bedürftigen zeigte.

Zum Beispiel jene Figur, die auf Hiltruds Foto abgebildet war.

Später hatte man die Figur retten können, im Keller, in den unterirdischen Fundamenten der Altstadt, vor den Feuern der Franzosen – und dort war sie vergessen worden.

Dann war sie wieder aufgetaucht. Irgendwo. Und – so kombinierte ich weiter – war weiterverkauft worden. Nicht an ein staatliches Museum, die bekanntlich knapp bei Kasse waren und mittlerweile lieber ihre eigenen Kunstwerke verscherbelten, sondern in private Hände. Vielleicht nach Japan oder in die USA, wo viel Geld für echtes deutsches Mittelalter gezahlt wurde. Auf jeden Fall war sie nicht da gelandet, wo sie hätte landen sollen – beispielsweise im Historischen Museum in Speyer. Jedermann zugänglich. Jedermann zur Erbauung. Stattdessen war sie der Profitgier irgendeiner Person zum Opfer gefallen.

Und hier kam, nach meiner Theorie, Hilde ins Spiel, die religiöse Gegenstände gerne da sah, wo sie hingehörten. Sie galt ja gemeinhin als eine sehr konsequente und unbestechliche Person. Keine Bücher ohne Leihschein, keine guten Noten ohne Leistung. Keine Telefonate auf ihre Kosten. Und der Garten wurde ordentlich bestellt. Von Linde. Als Mietanteil.

Und Alin? Die hatte ebenfalls von dem Diebstahl gewusst oder irgendwie davon erfahren, denn Speyer und Speyrer Kunst waren schließlich ihr heimatliches Jagdrevier. Im Unterschied zu Hilde ging es ihr nicht um den Standort der Statue, nicht ums Prinzip, sondern um Geld. Vielleicht hatte sie den Bogen überspannt, und anstatt reich zu werden, war sie umgebracht worden. Genau wie Hilde.

Aber warum erst zwei Jahre später? Es blieb unklar. Eines hingegen schien klar: Hilde hatte sich im Zuge ihrer Vorbereitungen für ihren zweiten Gang auf dem Jakobsweg in Speyer nach der Figur erkundigt. »Nachhaken!« – so stand es auf ihrem Fotoausdruck. Aber wo? Im Museum? Hatte sie dort nach der Figur gefragt? Und was hatte sie unternommen, als sie die Skulptur nirgends entdecken konnte?

Sie sei angeblich einem Kunstdiebstahl auf der Spur gewesen, hatte Paul gesagt. Wenn es tatsächlich so gewesen war, dann hatte sie vielleicht keine eindeutigen Beweise dafür gehabt, denn sonst wäre sie sicher zur Polizei gegangen. Aber sie konnte es dennoch nicht lassen, sich einzumischen. Und an wen konnte sie sich wenden, wenn nicht an die zuständigen Behörden? Paul hatte es angedeutet: An die Presse.

Und wem war sie in der Zeitungsredaktion begegnet? Tristan. Tristan Viviers.

****

Die Redaktion der Speyrer Zeitung war klein und befand sich auf einer Ebene mit der Anzeigenabteilung. Sie war eine Regionalredaktion der ›Rheinpfalz‹. Unbehelligt konnte ich durch die Gänge laufen. An den Türen Namensschilder. Ich tastete mich durch.

Das Büro von Viviers war nicht besetzt.

»Der Kollege ist für ein paar Tage weg«, gab ein rundlicher kleiner Mann mit keckem Schnauzbärtchen, frohgemutem Gesichtsausdruck und Locken wie ein Erzengelchen bereitwillig Auskunft. »Ein Stuhl? Kaffee? Was wollen Sie denn von unserem Lebemann?«

»Lebemann?« »Viviers klingt wie ›vivre‹, und das heißt nun mal ›Leben‹.« Er lachte erstaunlich glockenhell, wie ein Chorknabe.

Blitzschnell mussten jetzt wieder Lügen her. Ob auf kurzen oder langen Beinen – egal.

»Eine Freundin von mir war vor einiger Zeit hier. Aus Karlsruhe. Eine Lehrerin. Es ging um ein Kunstwerk, das in Speyer gefunden wurde und …«

»Davon weiß ich nichts. Ich dachte, alle Kunstwerke in unserer schönen Domstadt seien schon längst gefunden.« Und kicherte wohltönend.

»Es könnte sich um etwas handeln, das in Zusammenhang mit dem Jakobsweg steht.«

»Ach, der unbezahlbare Jakobsweg. Herrliche Belebung unseres Tourismus. Da wandern sie hin, die Sinnsuchenden, in Shorts und Regencape, und finden statt Gott nur andere Sinnsuchende in Shorts und Regencape. Nichts für mich. Ich finde meinen Sinn abends beim Wein.« »Das eine schließt das andere nicht aus.«

»Da haben Sie Recht. Also, diese Frau war bei Tristan? Unser erster Mann für Speyer, die einzigartige Stadt am Rhein. Wenn sie hübsch war, hat er sie am Ende abgeschleppt.«

Oder umgebracht, dachte ich. Aber warum?

»Aber wart mal.« Der Cherubim hatte beschlossen, auch lebemannhafte Züge anzunehmen und wechselte zum »Du«. »Ich frag mal, ob Saistous was weiß. Natalia, wo ist Saistous?«

Die junge Frau, die eben einen Putzwagen am Büro vorbei schob, zuckte die Schultern.

Ich sah ihn fragend an: »Saistous?« Er grinste. »Wir sind hier multikulturell. Noch putzen Polinnen wie Natalia unsere Büros, aber wenn es denen mal genauso gut geht wie uns – oder besser – was dann? Und unsere Sekretärin ist Französin. Aus Scheibenhardt, dem Ort mit den zwei Nationalitäten. Wenn sie ihre Freundin im Nachbarhaus besucht, wechselt sie Sprache und Grenze. Und wir nennen sie ›Sais-tous‹, weil sie alles weiß.«

Saistous stellte sich als blasse Frau um die vierzig mit hellbraunen Rehaugen und einem langen Kinn heraus. »Ja, ich kann mich erinnern. Da hat mal eine Frau aus Karlsruhe angerufen. Den Namen weiß ich nicht mehr. Sie wollte Tristan sprechen. Sie habe ihn bereits in Speyer getroffen und über die Sache informiert, um die es gehe. Der hatte aber keine Zeit für sie und konnte nicht mit ihr sprechen. Wir hatten gerade Wochenkonferenz, und die Herren Redakteure, Volontäre und die Redaktionssekretärin waren schon im Besprechungsraum. Ich weiß nicht, was er mit ihr ausgemacht hat. Ziemlich eifrige Person. Sie schien mir am Telefon irgendwie aufgebracht.«

»Wann war das?«, fragte ich hastig. »Lassen Sie mich überlegen … Einige Wochen wird's schon her sein. Müssen Sie das so genau wissen?«

Ich schluckte und schüttelte den Kopf. Ein Kreis begann sich zu schließen. »War eigentlich danach mal jemand von der Polizei hier?«

»Polizei? Wieso? Wegen einer Anruferin? Solche Anrufe haben wir ständig. War mit der Frau was nicht in Ordnung? Die hörte sich eigentlich ziemlich bieder an.«

Hildes Schicksal war hier offenbar unbekannt. Und die Kripo war nicht auf diese Vorkommnisse gestoßen, weil man sich nicht die Zeit genommen hatte, Hildes Aktivitäten auf ihren Reisen genauer zu untersuchen. Außerdem wusste die Polizei wahrscheinlich gar nichts von dem Vorfall, da sie ja die Fotos niemals gesehen hatte, die mir durch Theo zufällig in die Hände gefallen waren. Ein ungutes Gefühl beschlich mich. Zurückhalten von Beweismaterial war das, was ich da tat. Das war strafbar. Und ich erlaubte damit einem Mörder, wer auch immer es wirklich war, frei herumzulaufen. Vielleicht noch mehr Frauen in mittleren Jahren umzubringen.

»Danke, nein, nein. Alles in Ordnung.«

Der fröhliche Engel ließ mich ungern ziehen. Er war eigentlich sehr nett, aber wer wusste schon, wie er aussah, wenn er die Locken bändigte und den Ohrring abnahm. Vielleicht erschien darunter ein Bäuerlein aus der Hinterpfalz. Vielleicht auch nicht. Aber im Moment hatte ich nicht die Muße, es herauszufinden.

****

Wenn ich schon in Speyer war, wäre es geradezu ein Frevel gewesen, Marion nicht zu besuchen.

Die Fenster ihres kleinen Häuschens standen offen, Blumen blühten in bunten Kübeln auf dem Fensterbrett, auf den Treppenstufen hockte eine Katze wie ein Sack und sah mich wenig gastfreundlich an, bevor sie sich hochmütig zum Gehen wandte.

Marion umarmte mich. »Maren, du bist wieder in Speyer? Das ist aber eine Überraschung! Besuchst du deinen Cousin? Ach, nein, der ist ja im Urlaub.« Sie lief zu dem alten Küchenschrank mit den Kacheln, der mich an meine Kindheit erinnerte. »Kaffee? Hier, Kuchen – selbstgebacken. Er sieht nicht gut aus, schmeckt aber.« Die Mädchen verlagerten ihre Hausaufgaben, an denen sie offenbar im Beisein ihrer Mama gearbeitet hatten, wortlos ins Nachbarzimmer.

»Was machst du bei uns in der Pfalz? Nächstes Mal musst du anrufen. Übernachtest du bei uns? Das wäre wunderbar.« Warum sollte ich eigentlich nicht übernachten? Zu Hause wartete auf mich nur eine leere Wohnung auf mich. Nessie war glücklich bei Consuela, und meinen Bonsai hatte ich gestern gegossen. »Okay!«

Marion freute sich wirklich. Eines der Mädchen bot sich sofort an, irgendwelche Übernachtungssachen zu holen. Was für eine offene, gastfreundliche Familie. Kein Wunder, dass Tristan Viviers hier anscheinend wie ein Familienmitglied aus und ein ging. Ich konnte nur hoffen, dass man hier nicht einem Mörder das Gastrecht gewährte … Ich schämte mich für meinen Gedanken. Marion und Viviers kannten sich lange. Und sie sah aus wie jemand, der Menschenkenntnis besaß. Und wenn sie selbst beteiligt war? Nein, das war unmöglich. Nicht Marion.

»Morgen kommt doch tatsächlich mein Mann! Schade, gerade jetzt wo Bernd nicht da ist. Er hat viel zu wenig Kontakt mit seinem Vater. Eigentlich immer schon gehabt. Rüdiger war eben ständig weg und mit seiner Karriere beschäftigt. Deshalb gab es häufig Spannungen zwischen den beiden.« Sie sah traurig aus, als sie das sagte. Schon wusste ich, dass Marion und ich in einem ganz wichtigen Punkt unterschiedlich waren: Sie liebte die Harmonie, ich hingegen suche die Klärung im Streit.

»Verstehen sich die Mädchen besser mit ihrem Vater?« »Ja«, gab sie zu, führte den Punkt aber nicht weiter aus. Mich wunderte das nicht. Lange Jahre der Kindheit hatte ich meine Mutter als Störenfried zwischen meinem Vater und mir angesehen.

Später saßen wir im Garten, der Marions Wunsch nach Harmonie wiedergab. Büsche wiegten sich im Wind und Mohnblumen neigten die abendlich geschlossenen Köpfe zu Boden. Der Jasmin begann zu blühen und zu duften. Nach langer Zeit kam ich das erste Mal zur Ruhe und damit kam auch die Sehnsucht. Nach warmen Sommern und nach der Geborgenheit der Kindheit. Nach dicken Bettdecken. Milch. Erdbeeren. Nach Besuch von der Oma und dem Geruch von Nivea. Nach Zeiten, als alles noch einfacher schien.

Ich dachte an Melchior und daran, dass wieder eine Hoffnung auf ein Leben mit einem Mann – vielleicht sogar mit einer Familie – in Trümmern lag. Mit aller Kraft musste ich die Tränen unterdrücken.

Als es dunkelte und kühler wurde, holte mir Marion ohne große Worte eine Strickjacke und legte sich selbst ein Tuch um die Schultern. Mit der für sie typischen gelassenen Lebensfreude brachte sie eine Flasche Sekt und öffnete sie mit einigem Geschick. »Das lernt man, wenn man im Alltag oft auf sich gestellt ist«, lächelte sie.

»Ich bin auch viel alleine und kann es trotzdem nicht. Wahrscheinlich bin ich deshalb beim Rotwein gelandet.« Wir lachten.

»Es ist nicht einfach, Single um die vierzig zu sein, Marion. Wenn du Freunde haben willst, musst du dich darum bemühen. Einer Familie schneien sie einfach ins Haus. Zumindest habe ich immer diesen Eindruck.«

»Es hat alles zwei Seiten. Um Rüdiger beneiden mich viele Frauen. Er ist treu und zuverlässig, er ruft an, er kommt heim so oft er es schafft, und es geht uns finanziell gut. Wir sind abgesichert, wie man so schön sagt. Dafür hat er gesorgt. Ausbildungsversicherungen. Für Bernd und die Mädchen, Sparbücher.« Sie nahm einen Schluck. »Bernd durfte studieren. Aber man muss auch viele Kompromisse machen, und die wenigsten Ehen haben noch etwas von der Leidenschaft der ersten Liebe.«

Bernd *durfte* studieren. Eine eigenartige Wortwahl. Eigentlich heute selbstverständlich, dachte ich plötzlich, warum sagt sie das also? Für den Sohn eines Juristen und Politikers.

»Hat dich Alin auch beneidet?«

»Um Rüdiger? Das weiß ich nicht, glaube ich aber nicht. Er ist nicht ihr Typ. Alin mochte Männer, die ein bisschen draufgängerisch waren. Lustiger. Mein Rüdiger ist eher spröde.«

Draufgängerischer? Das alles rief Erinnerungen und Gedanken in mir hervor. In meinem Kopf, durch den Sekt beflügelt, stellten sich Zusammenhänge her. Doch ich konnte sie nicht greifen. Ich spürte nur, dass hier etwas nicht stimmte.

»Zeig mir doch ein paar Fotos von euch! Von früher!«, bat ich.

»Ach, ich bin dumm!«, rief sie aus und sprang so behände auf, wie man es einer Frau ihrer Statur gar nicht zugetraut hätte. »Natürlich. Du bist ja schließlich Ahnenforscherin. Bilder sind für dich ganz wichtig, nicht wahr?« Erstaunt, wie gut sie mich verstand, nickte ich.

Marion lief fort und holte einen Stapel Alben und einige Umschläge sowie allerlei anderen Krimskrams.

»Das wollte ich eigentlich gar nicht mitbringen, aber es lag bei den Alben dabei. Mein Gott, Rüdigers Abiturzeugnis. Und das erste Bild, das Bernd mir zum Muttertag gemalt hat. Rate mal was: das Altpörtel! Leider sieht es aus wie der schiefe Turm von Pisa. Und hier, in dieser Alufolie, der erste Zahn meiner jüngsten Tochter. Oh je. Meine armen Erben, die das alles einmal ausräumen müssen.« Sie legte stapelweise Sachen zur Seite.

»Der Gedanke macht mich auch oft traurig«, sagte ich vorsichtig. »Wenn du keine Nachkommen hast, wer wird lieblos all die Sachen sortieren, die dir einmal wichtig waren? Letzthin kam ich bei uns im Stadtviertel Rüppurr an einem Altenheim vorbei. Für den Sperrmüll hatten sie alles Mögliche herausgestellt von den alten Leutchen, die da wohnen. Auch ein kaputter Rollstuhl war dabei.« Ich schluckte. Normalerweise vertraute ich solche Gedanken niemandem an. »Er sah gespenstisch aus, wie er da so schief stand am Wegesrand. So unbewohnt. Und plötzlich sah ich mich selbst in diesem Rollstuhl sitzen. In ein paar Jahren nur.«

Marion lachte nicht. Sie sah mich ernst an. »Das ist es doch, was ich immer sage: Unser Ende wird einsam sein, egal, wo wir sind und wer um uns herum ist. Glaubst du, meine Kinder möchten meine alten Schallplatten mit Händelkonzerten?«

»Wer hat Alins Wohnung ausgeräumt?« »Wir«, antwortete Marion gelassen, »wer denn sonst?«

»Alins Ende war grausam.« »Ja, das war es.« Eine Weile herrschte Schweigen.

Dann begann ich vorsichtig: »Marion, meinst du nicht, es war der Endpunkt einer Entwicklung, die da«, ich deutete auf die Alben, »bereits begann?«

»Wir sprechen von meiner Schwester. Niemand hat so ein Ende verdient.« Ihre Zurechtweisung traf mich zu Recht.

»Nein, das stimmt. Entschuldige, aber ich muss immer wieder daran denken. Diese Frau in Karlsruhe – sie war ganz anders und trotzdem wurde sie auf eine ganz ähnliche Weise getötet wie deine Schwester. Ich werde den Gedanken nicht los, dass es da einen Zusammenhang geben könnte.«

Marion ignorierte meinen Einwurf und sagte ruhig: »Ich denke jeden Tag an sie. Ihre Sachen sind bei uns auf dem Speicher. Familiensachen hatte sie im Safe. Die Polizei hat sie nach Alins Tod zuerst durchgeschaut und uns dann diskret gebracht. Die Kinder wissen nichts davon. Dass sie im Haus sind, meine ich. Ich habe es nicht fertig gebracht, sie wegzuwerfen, und so habe ich sie zu unseren Dokumenten gelegt. Sie war ja sehr erfinderisch, was die Aufbewahrung von Unterlagen anging. Ein Einbrecher hätte seine liebe Not gehabt, bei ihr etwas zu finden.« Sie lächelte. »Früher hatte sie alles unter unseren Barbiepuppensachen versteckt. Wenn ich das erzähle, kichern meine Mädchen immer. Die meisten Püppchen gehörten natürlich Alin. Sie war ein echter Barbiefan.«

»Hat die Polizei etwas gefunden in den Unterlagen deiner Schwester?« »Nein«, erwiderte Marion, »nichts. ›Keine Erkenntnisse‹, nennen sie das.« Sie seufzte, und dann öffnete sie die Alben.

Wir sahen eine normale Familie. Zwei Schwestern, Mutter und Vater. Alin war kleiner als ihre Schwester gewesen. Auf den Bildern legte sie meistens den Kopf kokett zur Seite. Mir schien, als betrachte sie ihre Umwelt mit einem tiefen Silberblick. Soweit man auf den

Farbfotos erkennen konnte, hatte sie dunkles Haar gehabt und helle blaue Augen. Wie ein aufmerksamer junger Wolf. Oder eine Wölfin. Auf einem der Fotos waren Cousins und Cousinen dabei. Manchmal Freunde. Ein Hund, ein Rehkitz. Besuch im Zoo.

Genauer betrachtete ich Marions und Alins Mutter. Es war offensichtlich, dass Alin ihrer Mutter ähnlicher gewesen war als Marion. Auf den meisten Fotos zeigte sie einen wachsamen Gesichtsausdruck, der zwischen Stolz auf ihre attraktive Tochter und Angespanntheit schwankte.

Wahrscheinlich, dachte ich ohne jegliche eigene Erfahrung auf diesem Gebiet, war es so wie die Frau meines Cousins sagte: Obwohl wir im 21. Jahrhundert leben, ist man als Mutter doch froh, wenn die Tochter einen einigermaßen ordentlichen Ehemann gefunden hat. Meine arme Mutter. Wahrscheinlich machte sie sich Sorgen um mich. Was ich ihr von Melchior erzählt hatte, hatte ihr sicher gut gefallen. Immerhin ging er einem ordentlichen Beruf mit regelmäßigem Gehalt nach. Sie würde enttäuscht sein …

Ich verdrängte den Gedanken und konzentrierte mich wieder auf die Fotos.

Ich glaubte nicht, dass ich Alin sonderlich gemocht hätte. Während die kleine, die heranwachsende und die erwachsene Marion – ob mit oder ohne Zähne – immer herzlich und geradezu weltumspannend lächelte, wirkte Alin bemüht und ihr Lächeln falsch. Auf einem der Fotos waren auch junge Männer zu sehen, in Badehosen an einem Weiher. Offenbar grillte man Fische.

»Das war in Frankreich drüben. Da haben wir geangelt, das heißt die Männer und Alin haben geangelt. Hinterher wurde gegrillt. Ich mag das Angeln nicht sehr. Tiere töten ist nicht meine Sache.« Einer der jungen Männer kam mir bekannt vor. Er stand siegesgewiss neben einem kleinen Motorrad, Alin lehnte sich an ihn und er hatte seinen Arm um Marion gelegt. Alle lachten. Ich runzelte die Stirn.

»Das ist Tristan. Du kennst ihn ja. Er war früher oft mit uns zusammen. Er ist auch heute noch ein guter Freund des Hauses.« Ich war sicher, sein Anblick kam mir auch noch aus einem anderen Grund bekannt vor, doch ich kam nicht darauf, wieso. Ausgerechnet jetzt ließ mich mein Ahnenforscherinnenblick im Stich. Ich sah nur, dass er reichlich ausgeflippt aussah, mit langem Haar und einer Gitarre in der einen und einer Rotweinflasche in der anderen Hand.

»Ja, er war ziemlich verrückt früher, der Tristan«, erzählte Marion mit ihrer weichen Sommerabendstimme, »hat das Gymnasium geschmissen, und gelegentlich gab es Ärger mit der Polizei. Wenn uns einer zu nahe trat, konnte er schnell aufbrausen, und dann war er nicht gerade zimperlich. Erst war er politisch links, machte Rockmusik in einer Band, dann wurde er Nihilist und ging schwarz gekleidet durch die Stadt, seinen Sartre in der Hand. Er trank zuviel und hat das Auto seiner Tante in den Graben gefahren …« Sie lachte. »Aber es ist ja doch noch was aus ihm geworden.«

Die Fotoserie wanderte weiter an mir vorbei.

Dann öffnete Marion ein neues Kästchen. »Unterlagen Umbau 2004« stand darauf. Etliche Fotos und Papiere, Zeichnungen und Notizen flatterten darin herum. Sie kramte nach den Bildern. »So, das ist das Haus, das wir geerbt haben. Im Urzustand.«

Ein schlichtes kleines Häuschen in einem Gässchen. Noch ohne den für Marion so typischen Blumenschmuck überall. Man sah die Familie beim Gartenanlegen, bei verschiedenen Feiern, manchmal mit Ehemann Rüdiger, manchmal mit Freunden, und immer wieder mit Tristan. Hier brachte er Bernd das Gitarrespielen bei. Dort sah man das neue Auto, lachende Gesichter. Alin in einem Sportwagen, auch lachend.

Und dann wieder der Garten. Erdarbeiten. Aushub. Der Keller …

»Hier – unsere Arbeiten am Keller. Partykeller. Das Computerzimmer für die Kinder.«

Und da erkannte ich ihn. Der Raum auf dem Foto. Marions Keller. Den Raum selbst hätte ich sicher nicht wiedererkannt, aber den Arbeiter, der sich müde, aber stolz auf seinen Spaten stützte – dessen Gesicht hatte ich mir eingeprägt. Ich hielt die Luft an und sah genauer hin. Dreck und Erde und altes Mauerwerk. Andere Fotos folgten rasch. Marion blätterte sie beiläufig vor meinen Augen durch. Ich versuchte so schnell wie möglich alle Details zu erfassen. Alles Mögliche sah ich auf den Bildern. Nur nirgends eine Jakobsstatue. Kein kniender Pilger. Nichts.

Nirgends.

Ich wollte fragen, doch irgendetwas hielt mich davon ab. Was würde ich hören? Was wollte ich hören? Was, wenn ich mich irrte? So schwieg ich. Und erstes Misstrauen keimte auf.

****

In der Nacht tat ich etwas absolut Unmögliches: Ich schlief nicht, ich wartete. Aus meinem Gästezimmer schlich ich mich dann in den Raum, aus dem Marion die Unterlagen und die Alben geholt hatte. Die Umbauunterlagen waren schnell wieder gefunden. Marion hatte alles ordentlich beschriftet. Die Fotos, da waren sie. Pläne. Skizzen. Zwei Rechnungen für Material. Ein Kostenvoranschlag eines Elektrikers. Die Rechnung einer Heizungsfirma. Ganz unten versteckt lag ein billiger brauner Umschlag, der aussah wie die Umschläge, die man früher in der DDR verwendet hatte. Die nie richtig klebten und sich so wie Packpapier anfühlten.

Ich fühlte die altbekannte Spannung aufsteigen. Vorsichtig öffnete ich den Umschlag. Ein Stück Papier. Offensichtlich eine Liste: links Worte, rechts daneben Zahlen: 1,5, 2 oder 5 …

Ich hätte sie liebend gerne gelesen, diese Liste, doch sie war in einer mir unverständlichen Sprache geschrieben. Mühsam und leise formten meine Lippen die Buchstaben zu Worten, um am Klang die Natur der Sprache zu erraten.

Polnisch. Beinahe war ich mir sicher. Ich hatte während des Studiums eine polnische Freundin gehabt und von ihr ein paar Worte gelernt. Über zwei, drei Ausdrücke war ich nicht hinausgekommen, aber geblieben war mir, dass ich ein paar Laute aneinanderfügen und aussprechen konnte. Ich starrte auf den Zettel, und mir fiel spontan Raika ein, die einige Zeit in Krakau gelebt hatte und daher recht gut Polnisch sprach. Schnell steckte ich Umschlag und Liste unter mein Hemd und räumte die anderen Sachen zurück. Dann schlich ich wieder ins Gästezimmer. Tastete nach meinem Handy. Es war Verrat an Marion, doch ich konnte nicht anders.

Raika arbeitet nachts. Unter Alkoholeinwirkung. Anders könnte sie nicht diese entsetzlichen Stücke für bayerische Volksbühnen schreiben, behauptet sie.

Nach zweimaligem Läuten nahm sie ab und sagte ungehalten:

»Ja? Wer stört?« Dabei rollte sie das »r« auf vielversprechende Weise.

»Ich bin es, Maren. Raika, entschuldige, ich mach es kurz. Nein, ich bin nicht zu Hause. Kannst du mir helfen? Ich habe hier ein paar polnische Worte. Wenn ich sie dir jetzt vorlese, kannst du sie mir dann übersetzen? Es ist wirklich wichtig!«

Raika wurde misstrauisch. »Maren, hast du wieder einen neuen Auftrag? Aber es hat nicht wieder etwas mit der Polizei zu tun, oder? Lass die doch ihre Untaten alleine aufklären. Bei uns zu Hause in Rumänien hätte niemand der Polizei geholfen!«

»Bitte. Es ist wichtig! Ich … lade dich auch ein.« »Wohin?« Meine Güte. Ihre Tochter Ana, die einem nicht einmal zulächelte, ohne dass man ihr dafür ein Eis spendieren musste, war wirklich nicht weit vom Stamm gefallen.

»Sushi? Erbprinzenstraße? Drei Teller.« Immer noch Schweigen. »Okay. Drei. Die teuren. Mit dem grauen Rand.« Der Deal war gemacht.

»Also lies!«, forderte Raika.

Langsam, radebrechend las ich die Worte vor und versuchte dabei, mich tief in die polnische Volksseele einzufühlen: »Prssszzzz …« »Das heißt, glaube ich, Fußboden.«

Weitere mühselige Laute folgten. »Fenster- … Fenstereinbau.« Dann: »Wand einziehen«, »Leitungen legen – sag mal, willst du dich über mich lustig machen? Oder schulst du um auf Betonfacharbeiterin und verdingst dich zukünftig in Polen? Ich wusste nicht, dass dein hiesiger Stundenlohn *so* mies ist.«

Zwei weitere Worte folgten: »Tür einbauen.« Dann … »Entfernung von Figur. Abtransport mit … wie heißt das bei euch? Kleinlaster?«

Mir stockte der Atem. »Raika, lass. Es reicht. Ich glaube, ich habe, was ich wollte.«

»Maren«, kam es mahnend über den Äther, »komm nach Hause. Hör mit dem Mörderjagen auf!«

»Ich komme bald«, versprach ich tonlos und legte auf. Vielleicht hatte sie es gar nicht mehr gehört. Die Liste in Reichweite, legte ich mich still auf mein Bett und dachte nach. Noch einmal draufschauen. Die Liste war datiert. 2004.

Ich schaute auf die Worte, die auf dem Umschlag mit etwas ungelenker Schrift standen: Herr und Frau Strauß. Die Auftraggeber. Die in Urlaub gewesen waren, als die Arbeiten erledigt wurden. Alin hatte die Rechnung stellvertretend in Empfang genommen und sie großzügig bezahlt. Als Geschenk für die Familie. Die Rechnung hatte sie ihrer Schwester Marion nie gezeigt. Weil man ja nicht breit tritt, was ein Geschenk gekostet hat … Natürlich waren das alles Spekulationen, doch ich begann undeutlich eine Szenerie vor mir zu sehen.

Alin hatte die Bauarbeiten im Haus ihrer Schwester freundlicherweise betreut, als die ganze Familie in Urlaub gewesen war. Dabei war eine uralte Statue gefunden worden. Da sie mit Antiquitäten handelte, hatte sie deren Wert sofort erkannt. Sie hatte die Figur entfernen und zu sich in den Laden bringen lassen. Wahrscheinlich irgendwo eine Expertise erstellen lassen. Es gibt Hehler, die so etwas auch machen, ohne viel zu fragen. Dann hatte sie das alte, wertvolle Stück verkauft. Auch für gestohlene Dinge dieser Art gab es einen Markt, auf dem sich Haifische tummelten, die keine Moral hatten. Damit der Vorgang aus der Rechnung nicht hervorging, hatte sie diese großzügig bezahlt und dann verschwinden lassen. Erst nach Alins Tod war sie in Marions Besitz übergegangen, und ihre Schwester hatte sie ungelesen zu den entsprechenden Unterlagen gelegt. Warum hätte sie eine polnische Liste übersetzen lassen sollen? Marion hatte Alin vertraut …

Und Hilde? Woher hatte sie die Bilder von der Figur gehabt? Und warum hatte sie sterben müssen, nachdem Alin, die Drahtzieherin des Diebstahls, doch längst tot war?

Darauf gab es nur eine Antwort: Alin hatte einen Komplizen gehabt. Einen skrupellosen Kerl, der den Profit allein einstreichen wollte. Der seine Mitwisserin eiskalt aus dem Weg geräumt hatte, als sie ihm unbequem geworden war. Alin war eine anstrengende Frau gewesen, das hatte Tristan mir erzählt …

Hilde musste die Pläne des Mörders durchkreuzt haben, indem sie unvorhergesehen aufgetaucht war und unbequeme Fragen gestellt hatte. Darum musste auch sie sterben. Aber mit wem hatte sie vor ihrem Tod über die Statue gesprochen? Wer hatte davon gewusst, dass sie einem Kunstraub auf der Spur gewesen war?

Tristan. Tristan Viviers.

Ich versuchte, meine Gedanken zu bündeln und in logische Bahnen zu lenken. Tristan hatte Alin respektiert, aber nicht besonders gemocht. Das hatte er zumindest behauptet. Alin selbst hingegen … Ich dachte an das Jugendfoto, auf dem sie sich an ihn gelehnt hatte. Waren die beiden heimlich ein Paar gewesen? War er deshalb Stammgast bei der Familie Strauß geworden, wo auch Alin häufig anzutreffen war?

Was wusste ich alles über Tristan Viviers? Er schien historische Kunstgegenstände aufrichtig zu lieben – aber seine moralischen Wertmaßstäbe waren sicher nicht sonderlich hoch. Marion hatte ja erzählt, dass er in seiner Jugend häufiger mit dem Gesetz in Konflikt geraten war.

Und: Er hatte mich belogen. Ich dachte an seine sonderbare Reaktion auf Hildes Foto von der Figur, das ich ihm gezeigt hatte. Er hatte etwas zu verbergen, kein Zweifel. Welchen Grund hätte er denn sonst haben sollen, den Wert der Statue zu verheimlichen? Die Bilder in meiner Hand mussten ein Schock für ihn gewesen sein …

Mir kam ein sehr unangenehmer Gedanke: War nun etwa auch ich in Gefahr?

Der Mörder hatte bereits ein zweites Mal zugeschlagen – um seine Spur zu verwischen und sich zu retten. Wie in Macbeth. Das Böse entwickelt eine eigene Dramaturgie.

****

Unausgeschlafen und deprimiert fand mich Marion beim Frühstück.

»Was möchtest du heute machen, Maren? Oder willst du zurück? Du bleibst doch, bis mein Mann kommt, oder?«

Ich hatte keine Lust, Marions Mann zu sehen. Hätte er sich mehr um seine Frau, seine Familie und sein Haus gekümmert, wäre das alles möglicherweise nicht passiert. Wenn der Keller renoviert wird, fährt man doch nicht in Urlaub, dachte ich in geradezu hilfloser Ungerechtigkeit.

Während der langen schlaflosen Nacht war mir eines klar geworden: Ich durfte meine Entdeckung nicht mehr für mich behalten. Aber an Kommissarin Ix konnte ich mich schlecht wenden, wir kannten uns nicht einmal persönlich. So schwer es mir fiel: Ich musste meinen Stolz vergessen und mit Melchior reden – oder mit Elfie.

»Wo sind denn Bernd und Tristan inzwischen auf ihrer Jakobstour?«

Marion stand auf und warf einen Blick auf den Zeitplan, der an den Küchenschrank aus Weichholz geheftet war. »Heute sind sie vom Naturfreundehaus Heidenbrunnental bis nach Elmstein unterwegs. Gegen fünf heute Nachmittag dürften sie in Elmstein sein. Willst du dorthin? Ich kann leider nicht mit, Maren. Ich muss noch einkaufen, und meine Große hat Ballett. Willst du dorthin?« Ihre Augen forschten in meinem Gesicht.

»Ich denke, ich muss sowieso alleine gehen. Ich muss zu ihrer nächsten Station«, sagte ich langsam. Und dann: »Ich habe dort etwas zu erledigen. Aber … ich muss dir etwas sagen, Marion. Du darfst mir nicht böse sein. Es hat …«

»Ach, Maren.« Sie lächelte und umarmte mich dann. Ihr Oberkörper war so weich wie ein Kissen. Dann hielt sie mich ein Stück von sich weg. »Im Gegensatz zu dir bin ich doch eine alte Frau. Oder sagen wir: Ein bisschen abgeklärter durch zwei, drei Dinge. Ich habe es schon die ganze Zeit gesehen und gemerkt. Du und Tristan. Da ist was zwischen euch. Er mag dich, du gefällst ihm. Deine witzige und lebendige Art. Maren – genieße es! Das Leben und das Lieben macht Spaß mit ihm. Also wegen mir musst du dir keine Sorgen machen. Früher einmal, vielleicht, als wir alle jung waren … Aber das ist lange vorbei. Wir konnten irgendwie nicht zusammenkommen.«

»An wem lag es?«, fragte ich vorsichtig. Sie hob die Schultern. »Ach, an allem. An mir, unserer Umwelt, den Umständen. Ein Leben an Tristans Seite sah damals aus wie eine einzige Achterbahn. Und meine Mutter hat gesagt: ›Er arbeitet nicht, er taugt nichts, er ist nun mal ein halber Franzose. Und er wird dich eines Tages sowieso betrügen.‹«

Sie lächelte. »Nichts davon lässt sich rückwirkend beweisen.« Vielleicht doch, dachte ich traurig, aber ich bin froh, dass du es nicht weißt. Noch nicht.

Dann dachte ich an Melchior, der so gar nichts Leichtfüßiges hatte. Und dessen Beruf nun wirklich an Solidität nichts zu wünschen übrig ließ. »Es betrügen einen auch andere, von denen es keine Schwiegermutter der Welt jemals erwarten würde.« Aber, fügte ich in Gedanken hinzu, sie begehen wenigstens keinen Mord.

»Wahrscheinlich hast du Recht.«

Alles hier lief verkehrt. Marion, die mir vertraute, war der Meinung, ich folgte dem Jakobsweg ein Stück, um Tristan zu sehen – aus Liebe. In Wahrheit wollte ich zu Melchior, der mich betrog – um ihm zu sagen, dass Tristan vielleicht etwas mit einem Mord zu tun hatte. Würde Melchior mir glauben? Warum musste ich mich überhaupt einmischen, und ausgerechnet Elfie, der falschen Schlange, die Arbeit abnehmen? Ich hatte das alles so satt! Dies war mein letzter Mordfall, schwor ich mir, und wenn mir die Todesopfer die Tür einrennen würden, erstochen, mit ihren Köpfen unter dem Arm und die Lösung direkt in der kalten Hand.

»Jedenfalls muss ich dorthin, wo sie sind. So bald wie möglich.«

Und doch ging ich nicht auf den Jakobsweg. Jedenfalls nicht sofort. Denn in diesem Augenblick piepste mein Handy leise, aber eindringlich. Zu meiner großen Überraschung erwartete mich eine SMS, mit der ich ganz bestimmt nicht gerechnet hatte. Von Linde.

»*Sie haben Dr. Technisch verhaftet! Ich habe es von Paul. Kannst du kommen?*«

Ich starrte Marion an.

»Etwas Wichtiges?« »Könnte sein.« »Gehst du also jetzt doch nicht auf den Jakobsweg?«

Ich umarmte sie spontan. Seltsam, wo ich sie erst so kurz kannte. Elfie hatte ich noch nie umarmt, und wir kannten uns schon drei Mordfälle lang. Ich bin sowieso keine, die jedem, dem sie zweimal »Guten Morgen« gesagt hat, beim dritten Wiedersehen sofort diese unsäglichen französischen Bussis auf die Wangen haucht. Ich kann lebenslänglich mit jemand beste Freundin sein, ohne sie jemals umarmt zu haben.

»Vielleicht ist es nicht mehr nötig, Marion.« »Du sprichst in Rätseln, aber du wirst es mir eines Tages erklären.« Marion breitete die Hände aus. »Aber geh. Meinen Segen hast du. Und solltest du die Gruppe wirklich treffen, grüße bitte meinen Herrn Sohn.«

»Übermorgen sind sie ja schon wieder da.« »Ja.« Sie schenkte sich seufzend noch eine Tasse Kaffee ein. »Nächstes Jahr will er ganz bis nach Santiago. Speyer – Santiago. Zweitausendfünfhundert Kilometer Richtung Seligkeit. Besser ich stelle mich darauf ein, einen historischen Wandervogel als Sohn zu haben.«

Schon wieder piepste mein Handy. Marions jüngere Tochter steckte den Kopf durch die Tür. »Ich kriege auch viele SMS«, verkündete sie. »Das walte Gott«, stöhnte Marion. »Sie sitzen im Schwimmbad und simsen sich auf das Nachbarhandtuch, wie schön die Sonne scheint. Verrückt.«

Die zweite SMS ließ mir das Herz klopfen. Vor Aufregung, Hilflosigkeit und Wut.

»Mordfall Binder wohl geklärt. Schade für uns. Setz dich mal mit Bodo in Verbindung. Er weiß Bescheid. Bis bald. In Frieden. Elfie«

In Frieden. Das glaubte ich wohl, dass sie jetzt ihren Frieden gefunden hatte. Hatte sie doch endlich erreicht, was sie immer schon gewollt hatte. Und das auf meine Kosten.

****

Rheinbrücke. Im Hintergrund Karlsruhe.

Ich fahre nicht gerne über die Rheinbrücke. Immer, wenn ich auf ihrem höchsten Punkt bin und den unter dem Beton glitzernden Rhein überquere, habe ich kurz das Gefühl der Ausweglosigkeit. Wenn jetzt etwas passiert. Wenn dich nun ein LKW bedrängt. Wenn jetzt ein Unfall mit Großbrand, ein Stau, ein Angriff von oben kommt, ist man zwischen Luft und Wasser gefangen. Beides keine Elemente, denen ich traue. Ich halte es mehr mit dem festen Boden.

Meine Gedanken kreisten um Dr. Technischs überraschende Verhaftung. Ich versuchte, mich damit abzufinden, dass ich diesmal offenbar mit energischen Schritten in genau die falsche Richtung gewandert war.

War Tristan doch unschuldig? Und ich damit außer Gefahr?

Statt Erleichterung fühlte ich nur neue Zweifel. Vielleicht lag das an Elfies SMS.

Voller Selbstspott verzog ich den Mund, was mich zwei Jahre älter aussehen ließ, wie ich im Rückspiegel feststellte. Gereift. So gereift, dass mich sogar Melchior auf seine spirituelle Tour hätte mitnehmen können. Vielleicht hatte ich mich nicht richtig angestrengt, die passende Partnerin für ihn abzugeben? Hätte ich ihm mehr entgegenkommen sollen? Länger mit ihm schweigen sollen? Weniger Kneipe und Freunde, mehr Kerzenlicht und Musik von Bach?

Irgendwann enden auch Rheinbrücken. Und die tröstlichen befestigten Straßen der Stadt begannen. Die meinten es gut mit mir und schenkten mir ausnahmsweise sogar direkt vor meiner Haustür einen Parkplatz.

Die Läden waren halb geschlossen. Es war kühl, still und so friedlich in meiner Wohnung, als lebe dort niemand mehr. Linde meldete sich gleich beim ersten Läuten. Ihre Stimme zitterte. »Franziska, kann ich gleich zu dir kommen?«

»Von mir aus, aber ich habe nicht viel Zeit.«

»Aber das betrifft dich doch auch! Du hast ihn doch auch gekannt. Einen – Killer ... so was erlebt man nicht alle Tage.« Aus ihrem Mund hörte sich das Wort »Killer« irgendwie unpassend an.

»Ich schon.«

»Was? Mit so etwas scherzt man nicht.« Da hatte Linde Recht.

»Also komm. Aber bitte nur kurz. Ich habe noch einiges zu erledigen.«

Ich riss den Küchenbalkon auf, um frische Luft hereinzulassen. Drüben stand Consuela auf ihrem Balkon, neben ihr Nessie, die aufgeregt mit dem Schwanz auf den Boden schlug, als sie mich sah.

»Wie geht es unserem Hund?« »Bestens. Er wartet darauf, dass du wieder mehr Zeit für ihn hast. Hunde brauchen beide Eltern. So sagt ihr doch in diesem Land, oder?«

»Bald«, rief ich, »bald habe ich mehr Zeit, als mir lieb ist. Hast du Neuigkeiten für mich? Was sagen die Karten? Consuela, vergiss mich nicht!«

Unter uns wurde ein Fenster zugemacht. Nicht jeder schätzte unsere Gespräche über den Hof. Nicht einmal in der Südstadt, in der es insgesamt etwas toleranter und südländischer zugeht als im Rest der Residenzstadt.

»Immer noch das Gleiche. Ich will seinen Namen nicht über den Hof schreien, aber du weißt, wo du die Lösung suchen musst.« »Wir *haben* die Lösung. Die Polizei ...«

Jetzt öffnete sich das Fenster wieder. Polizei, das war immer ein interessantes Wort.

»Dann ist ja alles gut.« Consuela lachte amüsiert – oder war es ungläubig? – und winkte mir abschließend zu.

Wenig später saß eine krampfhaft um Betroffenheit bemühte Linde bei mir in der Küche. Ihr sonst eher blasses Gesicht glühte an verschiedenen Stellen, und ihre bisher leicht gebeugte Gestalt hatte an Spannkraft gewonnen. »Wer hätte das gedacht? Wer hätte das nur gedacht?« Ich hatte mittlerweile um Rückruf von Kripoassistent Bodo Gutenberg gebeten, der noch nicht erfolgt war, und betrachtete die schniefende Linde mit wenig Sympathie.

Sie war einen Moment lang glücklich. In ihrem Leben war endlich wieder etwas passiert. Etwas höchst Aufregendes, auch wenn sie – wie so oft – auch diesmal nur am Rande stand. Eine blasse Frau, immer am Rand. Eigentlich auch ein Stoff, aus dem Mörderinnen gemacht sind, aber Linde war raus aus dem Spiel, und der verschrobene Dr. Technisch war drin. Ich erinnerte mich an seine starken Hände und an den fanatischen Glanz in seinen Augen. Zuzutrauen wäre es ihm. Jemand, der Gott maschinell ersetzen will, mordet auch in einer Krypta.

Linde atmete immer noch in kurzen Stößen. »Du, der Paul hat mich angerufen. Heute Morgen, ganz früh, war die Kriminalpolizei bei Dr. Technisch und hat ihn aufs Revier mitgenommen. Eigentlich hätten sie das ganz und gar unauffällig gehandhabt, aber er hat im Treppenhaus natürlich Zeter und Mordio geschrien. ›Polizeistaat!‹, und er werde sich beschweren …«

»Weißt du irgendwas über die Gründe? Wie kommt die Polizei aus einmal auf Dr. Technisch?«

Linde schniefte wieder. Triumph funkelte urplötzlich in ihren Augen. »Das weiß ich nicht. Irgendein neues Verdachtsmoment sei aufgetaucht. Paul weiß wahrscheinlich mehr. Aber mal ganz ehrlich. Er war ja auch ein wenig seltsam, dieser Mann. Immer diese Flugzeugzählerei! Und dauernd hat er sich über irgendwas beschwert. Zucchini – kein Männergemüse!« Linde erregte sich noch in der Rückschau. »Natürlich war er hinter uns allen her. Und keine wollte ihn so richtig haben. Wusstest du, dass er hustet, wenn er aufgeregt ist?«

Ich bezweifelte, dass der unschöne Dr. Technisch hinter Linde her gewesen war. Deshalb jetzt ihr später Triumph. Der arme Kerl konnte zumindest im Moment nicht widersprechen.

»Nein. Aber das alles macht ihn doch noch nicht zum Mörder, Linde.«

In diesem Augenblick läutete mein Telefon. Der ewige Assistent Bodo war am anderen Ende der Leitung. »Schön, dass Sie anrufen. Geben Sie mir zwei Minuten. Ich rufe zurück.« »Gerne!«, erwiderte er.

Seit unserem ersten gemeinsamen Fall, der uns alle nach Maulbronn geführt hatte, kannten wir uns, und aus dem ursprünglichen Misstrauen war so etwas wie friedliche und sogar freundliche Koexistenz geworden.

Ich wollte die blasse Scheinfreundin von Hilde jetzt nur noch loswerden. Doch sie saß auf ihrem Stuhl, als werde sie dafür bezahlt. »Also, Linde, es war nett, dass du vorbeigekommen bist. Wir bleiben in Kontakt, ja?« »Aber das müssen wir auch, nicht wahr? Wir sollten jetzt zusammenhalten. Nicht, dass sie ihn wieder freilassen. Mangel an Beweisen und ein günstiges psychologisches Gutachten. Man kennt das ja. Kaum sind sie eine Stunde in Freiheit, begehen solche Menschen sofort den nächsten Mord …«

»Dann schließ gut hinter dir ab, Linde. Man sieht sich bei Gelegenheit.« Schreckliche Person. Doch sie war noch nicht fertig mit mir.

»Und die Aussagen vor Gericht, die stimmen wir miteinander ab, ja? Was ziehst du an? Ich habe gehört – beim Fernsehen nichts Weißes, nichts Schwarzes, nichts mit Punkten und nichts Gestreiftes.«

»Es reicht, wenn Dr. Technisch etwas Gestreiftes trägt.«

Sie kicherte. »Franziska, du bist wirklich lustig.« Dann wurde ihr Gesichtsausdruck lauernd und leicht gehässig. »Doch leider muss ich dir noch etwas mitteilen. Ich sehe mich gezwungen, der Polizei zu sagen, dass du keineswegs Franziska Schönegg heißt, wie du behauptet hast, sondern Maren Mainhardt. Ich finde, das sollte man wissen, bei der Kripo. Du hast uns recht geschickt getäuscht. Aber wer stellt schon einen Besen direkt vor sein Namensschild, hm?«

»Liebe Linde, man weiß das sehr genau bei der Polizei. Und jetzt auf Wiedersehen.« In der festen Überzeugung, dass ich bei der Kriminalpolizei schon länger auf der Observierungsliste stand, trollte sie sich eilig die Treppe hinunter. Vorbei an der gähnenden und sich die Augen reibenden echten Franziska Schönegg, die gerade wieder die Post entsorgt hatte.

»Ja, liebe Frau Mainhardt. Eigentlich ist die SoKo ja anders besetzt, aber man ist schließlich immer ein Team, oder? Wie bei Olli Kahn, der zu uns gehört, auch wenn er bei der WM – was man so hört – auf der Ersatzbank sitzen muss.« Bodo seufzte. Kahn war Karlsruher. Was für eine Enttäuschung für ihn.

»Ja.«

»Frau Kohlschröter hat mir bereits gesagt, dass Sie mich sprechen möchten. Oder vielmehr, ich soll Sie informieren, was ich natürlich eigentlich nicht darf, aber in Ihrem Fall mache ich eine Ausnahme. Sie werden aber diskret sein, nicht wahr? Sehr diskret. Mit unserer Kollegin Ix ist in dieser Hinsicht nicht zu spaßen. Zumal sie sowieso auf einer ganz anderen Fährte war. Satanisten. Zwei von unseren Leuten waren sogar undercover in der ›Kulturruine‹ bei den Schwarzgekleideten unterwegs.

»Diskret?«, log ich dreist und versuchte mich an einem Witz: »›Diskret‹ ist mein zweiter Vorname.«

»Ach ja? Ich wusste nicht, dass … na ja, es gibt ja auch Kinder, die ›Microsoft‹ heißen.« Nun ja. Neben Bodos Entgegenkommen noch geistreichen Humor zu erwarten, war vielleicht ein bisschen viel verlangt.

»Nachdem wir ja bei dem Mordopfer nichts Relevantes finden konnten, gerieten die Ermittlungen ins Stocken. Einer unserer Praktikanten, ein Abiturient, hat den Fall analysiert, sich die Liste von den persönlichen Gegenständen des Opfers noch mal angesehen, und das Cleverle kam auf die Idee, dass sie vielleicht noch einen zweiten, älteren iPod hatte. Der, den wir gefunden und ausgewertet hatten, war nämlich supermodern und nach Rechnung erst vierzehn Tage alt. Tatsächlich fanden wir bei ihren Sachen im Keller noch einen iPod, den sie dort als Reserve aufgehoben hat. War ein älteres Modell, aber auch von Apple. Also, ich bin kein Appleianer. Die haben eine höchst merkwürdige Rechtepolitik und …«

»Okay, und dann?« Diese kleinen Instrumente, die uns das Leben teurer machen, bieten für Männer offenbar endlosen Gesprächsstoff.

»Der junge Kerl hat sich dann mit dem alten Modell beschäftigt. Auf so einem iPod kann man Adressen speichern, Musik hören – 30 Opern konnte die da abspielen – und auch Fotos speichern, die man mit der Digitalkamera gemacht hat. Und auf diesem iPod fanden sich Fotos von ihr und diesem Hermann Hermann, aufgenommen wahrscheinlich von einem Passanten bei einem Spaziergang im Zoo.«

»Dr. Technisch hieß *Hermann Hermann*?«

»Ja, wieso? Ist doch ein normaler deutscher Name. Und was soll das heißen – Dr. Technisch? Naja, wie dem auch sei – da Herr Hermann ausgesagt hat, seine Beziehung zu dem Mordopfer sei nicht über die gelegentlichen Treffen dieser Singleleutchen hinausgegangen und er habe sie ansonsten kaum gekannt, stand jetzt natürlich das hässliche Wort ›Lüge‹ im Raum.«

Wie schön sich Bodo seit neuestem ausdrückte. Elfie hatte mir irgendwann einmal erzählt, sein Vater sei Hobbyschriftsteller, verfasse Jugendromane, die in einem fiktiven Land namens Lakritzia spielten. Solche Talente und beruflichen Neigungen schienen sich offenbar weiter fortzupflanzen, als man dachte.

»Wir haben ihn dann ein bisschen rangenommen, und irgendwann hat er zugegeben, sich ab und zu mit ihr getroffen zu haben. Warum später nicht mehr, wollten unsere Leute wissen. Er gab schließlich zu, mit ihr einen furchtbaren Streit gehabt zu haben. Kleinere Reibereien gab es wohl auch vor den Augen der Gruppe, aber da muss es noch mal richtig zur Sache gegangen sein, als keiner dabei war. Der komische Kauz hat eine Maschine konstruiert, die Gott simuliert, Bibeltexte aufsagt und so weiter. Und zwar im Institut für Maschinenbautechnik, mit Materialien vom Institut. Frau Binder fand das skandalös – sie war ja schließlich mal Nonne gewesen – und wollte sich beim Rektor beschweren. Sie haben sich wohl getroffen, und Herr Hermann wollte sie umstimmen, aber sie ist hart geblieben. Er sah wohl seine Karriere und seinen Ruf gefährdet.«

Ich dachte mit wenig Bedauern an Dr. Technisch. Welchen Ruf, bitte schön?

»Und er«, fuhr Bodo fort, »er ist gerade dabei, sein Alibi zu versieben. Das gute alte Kino. Kein Zeuge, dafür aber genug Leute, die bestätigen, dass er nie ins Kino ging, weil er sich über die Preise ärgerte. Der Kerl muss geizig wie Dagobert Duck sein. Er habe immer wieder versucht, sich mit ihr zu versöhnen, habe ihr sogar ein Buch über Stabkirchen in Norwegen geschenkt. Die seien nicht so anmaßend wie Kathedralen und außerdem technisch sauber konstruiert.« »Ach.«

»Verschiedene Nachbarn haben sich nach Bildbefragung erinnert, ihn gesehen zu haben. Und an seiner Arbeitsstelle nennt man ihn Dr. Mabuse, weil er immer nur mit seinen Maschinen und Computern beschäftigt ist. Er arbeitet derzeit an einer Tastatur, die in Gaststätten in den Tisch eingearbeitet werden und mit deren Hilfe man sein Essen direkt in der Küche bestellen kann. Deshalb heißt er eben ...«

»Ich habe verstanden. Mabuse!«

»Gut. Soweit sind wir mit ihm also jetzt auch schon gekommen. Ach, und das Vierordtbad kennt er ebenfalls bestens. Wir haben bei ihm eine ermäßigte Zehnerkarte gefunden.«

Ich seufzte. »An der Zehnerkarte kann man doch wahrscheinlich ablesen, wann er das letzte Mal da war?«

»Ist geschehen. Ist geschehen. Nicht am Mordtag. Sagt aber gar nichts. Denn er ist ja eben technisch begabt. Also kennt er solche Speichermöglichkeiten auf Zehnerkarten. Hat sich an dem Tag wahrscheinlich ganz unauffällig eine Tageskarte gezogen.«

Ich dachte an Hermann Hermann, dessen mittelmäßiges Leben wahrscheinlich schon begonnen hatte, als seine Eltern beschlossen hatten, ihm diesen absurden Namen zu geben. Ich war mir sicher: Dr. Technisch oder Dr. Mabuse oder von mir aus auch Hermann Hermann war kein leidenschaftlicher Mensch. Eher ein kleinlicher Erbsenzähler.

»Dieser Hermann Hermann«, sagte ich langsam, »ist ein verschrobener Waldschrat, aber ein Mörder? Nein. Ich denke nicht, dass er es war.«

»Na ja. Denken ist ja nicht verboten«, meinte Bodo versöhnlich und nährte damit neue Hoffnungen in die neue deutsche Beamtenschaft. »Aber wissen Sie, Frau Mainhardt, Mörder sind oft schwache Menschen. Diese Schwächlinge können einen inneren Konflikt nicht aushalten. Nicht verhandeln, reden, überzeugen. Wenn sie in die Enge getrieben werden, rasten sie aus!«, belehrte mich der offenbar über Nacht herangereifte Bodo.

»Mag sein. Aber ich habe eine andere Bitte, Bodo. Sie haben doch diesen Freund bei der Kripo in Mainz. Keine Angst: Ich knüpfe keine geheimen länderüberschreitenden Informationsnetze. Aber könnten Sie …«

Ich formulierte meine Bitte ganz vorsichtig, unsicher, ob ich ihn so etwas fragen durfte.

»Hehler? Chef-Hehler?«, fragte er erstaunt zurück. »Was soll denn das sein? Es gibt Diebe und Hehler. Und Chefs sowie Chefinnen«, das klang verbittert, »aber Chef-Hehler?«

»Bodo, wir haben in unserem Raum doch auch Hehler, die kleine Fische sind und geklaute Radios oder den Ehering der Oma verkaufen, und mächtigere Figuren, die vielleicht sogar in der Schickeria verkehren, und die über alles, aber auch wirklich alles Bescheid wissen. Die den An- und Verkauf kontrollieren. Die sozusagen das Gras auf dem Markt wachsen hören. Könnten Sie diesen Freund bitten, so rasch wie möglich mal in der Szene nachzufragen, ob in den letzten Jahren rund um Speyer eine hölzerne Plastik aufgetaucht ist? Eine religiöse Figurengruppe. Vermutlich 16. Jahrhundert. Aus der Schule eines gewissen Leyden. Darstellung des Heiligen Jakobus sowie eines Jakobspilgers. Aus dem Speyrer Raum. Und an wen sie verkauft wurde?«

»Wie bitte? Warum denn das? Das wird schwer sein, sehr schwer.«

»Könnten Sie es machen, bitte? Es wäre eine große Hilfe.«

Bis er einwilligte, musste ich allen Charme aufbieten sowie schwerstes Geschütz auffahren: »Sie wissen doch, meine Intuitionen haben bisher nicht getäuscht, und auch die Presse und Ihre Vorgesetzten …«

»Aber die Leiterin der SoKo wird nicht …«

»SoKos kommen und gehen. Und Leiter auch. Sowie Leiterinnen, selbst wenn sie Ix heißen. Frau Kohlschröter wird Ihnen alles erklären.« Das war der entscheidende Schlusssatz.

Bodo verabschiedete sich, allerdings ohne mir viele Hoffnungen zu machen.

Und ich packte meine Wandersachen, um am anderen Tag das zu tun, was mir Consuela von Anfang an geraten hatte. Mich auf Gottes Wege zu begeben.

12. Kapitel

»Du willst mit dem Auto auf den Jakobsweg fahren?« Theo schüttelte den Kopf, aber Matthias, der wie so oft zufällig an Theos Laden vorbeigeschlendert war, bis er mich ebenso zufällig sah, nickte wohlgefällig. Autowandern war sowieso sein Lieblingssport, seit er das Boulespielen wegen zu hoher Verletzungsgefahr aufgegeben hatte.

»Ich kann ja schlecht eine Dreitagestour an einem Nachmittag bewältigen. Außerdem würde ich mich hoffnungslos verlaufen.«

Theo stand knarrend und knarzend von seinem Stuhl auf. »Sie haben die Pfälzer Jakobswege jetzt sehr gut ausgeschildert.«

»Ich weiß. Die Pfalz ist ein Wanderland.«

»Die Pfälzer sind tatsächlich große Marschierer. Und nicht nur im eigenen Land. Wusstet ihr, dass es ein Pfälzer war, der die Deutsche Seewarte in Hamburg begründete? Nämlich der Weltreisende und Polarforscher Georg von Neumayer. Einer seiner Schüler war kein Geringerer als der erste Mensch am Südpol, Roald Amundsen.«

»Ich war immer für Scott«, äußerte Matthias störrisch, so als handele es sich um ein noch offenes Rennen oder ein Fußballspiel. »Ich habe sein Tagebuch gelesen. Hat *der* Mann gelitten und gefroren.«

Wenn das alles nicht so ernst gewesen wäre, hätte ich lachen müssen. Ich konnte mir Matthias richtig vorstellen, wie er in seinem warmen Bett lag, umgeben von seinem Aquarium, seinem Kater Herbert und seiner letzten Flasche Bier, und Scotts erfrorene Zehen bedauerte.

»Jedenfalls gefällt mir das alles schon wieder nicht«, sagte Theo griesgrämig. »Du läufst der Polizei und nebenbei auch noch einem Mörder hinterher, und das alles auf dem gottgefälligen Jakobsweg. Früher durfte ein Verbrecher übrigens auf dem Jakobsweg gar nicht verhaftet werden. Er hatte dann sozusagen eine Art Kirchenasyl. Deshalb hat sich auch manches Gelichter auf diesen Wegen herumgetrieben.«

»Das zumindest hat sich nicht geändert«, warf ich sarkastisch ein.

»Also, ich bin immer noch der Überzeugung, dass die beiden Morde nichts miteinander zu tun haben. Es liegen Jahre dazwischen«, mischte sich Matthias trotzig ein. »Du bildest dir das ein, weil du willst, dass es so ist.«

»Beide Frauen sind erdrosselt worden«, erwiderte ich, »und ich könnte mir denken, wieso.«

»Frauen sind nun mal leicht zu erdrosseln. Dünne Hälse!«, kam es von Matthias zurück. »Und nur, weil beide Frauen mit diesen Singlekulturleuten in Verbindung standen … Das sagt doch gar nichts.«

Natürlich glaubte er mir nicht. Matthias wusste ja auch nichts von Alins Kunstraub, dem Hilde auf der Spur gewesen war.

Und er wusste nichts von Tristan Viviers.

Die Rheinbrücke verliert eindeutig ihren Schrecken, wenn man sie häufiger überquerte. Kaum einen Blick warf ich noch nach unten.

Die Pilgergruppe würde heute Abend im Naturfreundehaus Finsterbrunnertal sein. Die vorletzte Herbergsstation auf ihrem kleinen Jakobswegabschnitt. Betrachtete man das Netz der Jakobswege, welches Europa überzog, dann war das Stückchen, das die Gruppe gegangen war, wahrlich nur ein Appetithäppchen. Ob es dafür auch entsprechend weniger Seligkeit und Einsichten gab?

Ich brauste über Land. Richtung Naturfreundehaus. Es ist eine Schande, dachte ich, Gott mit dem Auto zu suchen. Natürlich sollte ich eigentlich dorthin wandern, die Jakobsmuschel um den Hals, um mich als Pilger auszuweisen, und den Stab in der Hand, Besinnlichkeit und Einkehr im Herzen. Doch ich suchte ja nicht Gott, ich suchte einen Mörder.

Die Gruppe, soviel wusste ich, würde heute von ihrem letzten Etappenrast in Elmstein aus 26 Kilometer wandern. Vorbei an Johanniskreuz, wo sie einen kleinen Anstieg zu bewältigen und wo sie vielleicht Mittagspause gemacht hatten, denn es lag auf halber Strecke. Was würden Elfie und Melchior wohl sehen? Johanniskreuz lag – ich hatte mich mit der Energie der Eifersüchtigen informiert – fast 500 Meter hoch. Die beiden waren vorbei gegangen an Trippstadt mit seinen Brunnenstollen und hatten Unterhammer passiert im Anmarsch auf das Naturfreundehaus, wo sie übernachten sollten. Ich würde all das nicht sehen. Kein Gras und keinen frischen Waldgeruch riechen. Keine Bächlein rauschen hören. Sondern ganz unsportlich mit dem Auto kommen. Das Naturfreundehaus Finsterbrunnertal, diese Informationen hatte ich mir im Internet ausgedruckt, befand sich in einem Seitental des Karlstals, durch welches das Flüsschen Moosalb fließt. Ein Blick in die Karte. Bei Trippstadt musste ich Richtung »Altes Forsthaus« ab- und dann am Kanal links einbiegen.

Mit Herzklopfen fuhr ich das Sträßchen entlang. P wie Parkplatz, vielleicht hundert Meter zum Haus. Ein stattliches Gebäude, reich mit Fenstern bestückt, Schutz bietend.

Als ich mich näherte, hörte ich Gitarrenmusik und Gesang. Eine Gruppe junger Leute saß bei dem Haus auf Bänken, nahe einem Kinderspielplatz. Ich vermutete, dass sie auch zu einer Pilgergruppe gehörten und dass sie christliche Lieder intonierten. Sie hörten sich fröhlich und unbekümmert an.

Ein älteres Ehepaar mit einem langgezogenen Dackel vesperte aus Tupperschüsseln, zwei stämmige Frauen betrachteten ihre Füße in Wollsocken. Überall roch es nach Wald und nach Frische. Pfälzerwald. Ich betrat die Kühle des Hauses.

Ein Mann kam auf mich zu. »Sie sind mit dem Auto gekommen?« Verwirrt sah ich ihn an. »Ja, wieso?«

Der Mann bemühte sich, höflich zu bleiben, aber die Kritik war offen in seinem Blick zu lesen. »Es ist nicht Sinn der Naturfreundehäuser, sie mit dem Auto anzusteuern«, erwiderte er knapp. »Früher bekamen diese Leute kein Zimmer.« »Ich will kein Zimmer. Ich werde wieder weggehen. Wegfahren. Ich möchte nur jemanden treffen.«

»Kaffee?«, fragte er jetzt mäßig freundlich. »Es gibt aber nur noch Käsekuchen.«

»Ist die Jakobspilgergruppe aus Speyer noch da?«

Er musterte mich ironisch »Wir haben zwei Gruppen, und beide kommen aus Speyer. Dies hier ist der Weg von Speyer nach Kloster Hornbach.«

»Eine kleine Gruppe. Und ältere, na ja, nicht mehr so ganz junge Leute.«

»Die Gruppe Viviers? Ja, der Rest ist noch da hinten.«

»Was heißt der Rest?«

»Zwei sind mit dem jüngeren der beiden Führer zusammen nach Speyer zurückgefahren. Mit dem Taxi. Diese eine Frau aus Karlsruhe …«, der Wirt sah verständnislos drein, »hatte eine Blase am Fuß. Konnte doch tatsächlich nicht mehr weitergehen. Und ihr

Mann wollte sie wohl nicht alleine zurückfahren lassen.« Ihr Mann. Das tat weh.

Gegen meine Gewohnheit drängte ich an dem Mann vorbei in die Stube, die er als »da hinten« bezeichnet hatte. Sechs Leute saßen um einen Tisch und tranken Kaffee, Tee oder Mineralwasser. Sie waren stilsicher in den typischen Wanderfarben gekleidet: Grün, Braun, Beige. Vermutlich Funktionskleidung. Um ihre Nacken baumelten Jakobsmuscheln … Auf dem Tisch lagen Wanderführer und Führer zum Jakobsweg.

In ihrer Mitte saß Tristan Viviers lässig wie immer mit seiner schlaksigen Figur und seinem ironischen Gesichtsausdruck. Sieht nicht gerade aus wie ein Jakobspilger, dachte ich unwillkürlich. Wie stets unterhielt er sich offenbar lebhaft, doch als er mich sah, stand er auf und kam so langsam auf mich zu, als müsse er sich Schritt für Schritt von der Gruppe lösen.

In seinen leuchtenden Augen, die in dem gebräunten Gesicht dunkler als sonst wirkten, lag Überraschung, aber auch Wachsamkeit. »Maren, was suchst du denn hier? Ist zu Hause etwas passiert?«

Unwillig schossen die Köpfe der anderen Gruppenwanderer nach oben. Sie wollten unter sich bleiben. Sich vier Tage zusammenraufen. Und ihr Führer sollte sich mit ihnen abgeben, nur mit ihnen, und keine anderen Leute treffen.

»Ich …«, was sollte ich sagen? Plötzlich kam mir das alles unwirklich vor. Wie ein Theaterstück. Ein Krimi, in dem hölzerne Figuren schlechte Dialoge abspulen. Am liebsten wäre ich davongelaufen. Aber Tristan fasste mich am Ellbogen.

»Entschuldigt mich einen kleinen Moment. Ich bin gleich wieder da. Bestellt euch noch was zu trinken. Morgen haben wir eine lange Tour vor uns.«

Er führte mich nach draußen vor das Haus. Ich sträubte mich, doch mit einer Hand, die sich wie Eisen um meinen Arm schloss, zog er mich weiter. Richtung Wald, der unweit begann. Warum schreit man nicht einfach in so einer Situation? Man kann nicht. Es geht einfach nicht. Es wäre lächerlich.

Tristan musterte mich spöttisch. »Gehen wir doch ein paar Schritte. Ach, du bist mit dem Auto gekommen? Hätte ich mir ja denken können. Was willst du denn nun eigentlich hier?«

Ich war jetzt vollkommen aus dem Konzept. Elfie und Melchior waren nicht da. Auch Bernd nicht. Für ihn war es besser so. Der arme Junge: Meine Schlussfolgerungen würden ihm den Freund nehmen.

Ich aber hatte mit der Anwesenheit von zwei Kripobeamten gerechnet. Und stand nun ganz allein dem Mann gegenüber, der vielleicht ein Mörder war.

Noch waren wir in der sicheren Nähe des Hauses, doch fast unmerklich begann der Weg in den Wald. Ich blieb stehen, schüttelte seinen Arm ab. »Nein, Tristan, keinen Schritt weiter. Ich mache meine Fehler nicht zweimal. Ich werde nicht mit dir auf diesen Waldweg da gehen.«

»Was denkst du, was ich mit dir im Wald mache?« Seine Augen glitten kurz über mein Gesicht und noch flüchtiger über meinen Körper. Ich versuchte, ihm gerade ins Gesicht zu schauen. Nein, ich konnte nicht einfach davonlaufen. Sich in einer schlaflosen Nacht vorzustellen, ein guter Bekannter sei in Wahrheit ein kaltblütiger Mörder, ist eine Sache. Doch wenn man ihm dann am helllichten Tag im sonnigen Frühlingswald gegenübersteht, sieht alles wieder ganz anders aus.

»Tristan, ich … bin auf ein paar Dinge gestoßen, die ich nicht verstehe. Vielleicht täusche ich mich, und du kannst alles aufklären.« In der Stille klang meine Stimme klar. Selbst ich hörte die Hoffnung aus meinen Worten heraus.

»Es gibt viele Dinge im Leben, die man nicht versteht. Merkst du das jetzt erst? Also, was ist los?« »Tristan, was hattest du mit Hilde zu tun? Mit Hiltrud Binder, die ermordet wurde? Im Vierordtbad in Karlsruhe getötet wurde?« »Nichts!«

»Das stimmt nicht. Du bist mit ihr zusammen gesehen worden. Im Café ›Alles Altes‹. In Alins Café. Warum hast du dich nicht bei der Polizei gemeldet? Du führst eine Wandertour, mit zwei Kriminalbeamten. Eine davon aus Karlsruhe. Warum hast du ihnen nichts davon erzählt?« »Aber, Maren, was hätte ich ihnen denn erzählen sollen? Ich kannte die Frau kaum. Wir haben uns zufällig in meinem Stammcafé getroffen.«

»Das glaube ich dir nicht! Das ist lachhaft.« »Was ist mit dir los, Maren? Was denkst du eigentlich von mir? Normalerweise mag ich Frauen zu gerne, um sie umzubringen.« Er lächelte vielsagend, aber ich spürte, dass sein Charme diesmal nur gespielt war. Er war wachsam. War er schuldig? Und woran?

»Ja, du bist immer charmant und witzig. Komm, wir gehen zurück. Ich denke, ich kenne die Wahrheit. Marion hat mir die Bilder von der Renovierung ihres Kellers gezeigt. Ich habe ihn gleich wiedererkannt: Derselbe Raum wie auf Hildes Bildern. Und du weißt das sehr gut. Ich habe dir das Bild gezeigt, und du hast mich angelogen. Für wie dumm hältst du mich? Man braucht nur nachzudenken. Alin hat die Jakobsfigur ihrer Schwester in deren Abwesenheit von den polnischen Arbeitern abbauen lassen. Sie hat sie dann teuer an irgendwelche Sammler verkauft. Mittelalterkunst ist weltweit sehr begehrt. Sag mir nur eins: Warum hast du mir erzählt, die Figur sei nichts wert? Hast du Alin dabei geholfen, sie loszuwerden?«

Tristan starrte mich an, schüttelte dann ungläubig den Kopf, während ich mich immer mehr in eine hektische Erregung hineinsteigerte. »Wurde sie dir irgendwann unbequem, deine Alin? Es kann nicht allzu riskant gewesen sein, sie umzubringen. Man hat keinen Mörder gefunden, denn es gab kein Motiv. Und zwischen euch gibt es keine Verbindung außer einer scheinbar harmlosen Freundschaft, beinahe familiär. Du konntest dich sicher fühlen.«

»Maren –«, unterbrach mich Tristan, doch ich redete einfach weiter: »Als du nun Jahre später diese Hilde aus Karlsruhe trafst – zufällig oder nicht –, die dir voll selbstgerechter Empörung, von einem Skandal rund um einen Kunstraub in Speyer erzählte und ankündigte, der Sache auf der Spur zu bleiben, da bekamst du natürlich Angst. Hat sie dir auch die Bilder gezeigt? Musstest du sie deshalb aus dem Weg räumen?«

Tristan packte mich an beiden Armen. Es tat weh. »Maren, das alles ist doch völlig absurd! Ob du mir glaubst oder nicht, ich habe diese Pilgerstatue auf deinem Foto zum ersten Mal gesehen. Ja, ich gebe es zu, ich habe erkannt, dass es sich bei der Baustelle auf dem Foto um den Keller von Marion handelte. Und diese Lehrerin da, Hiltrud Binder – es stimmt, sie sprach von einer gestohlenen Statue. Von einem Skandal, der gewiss die Öffentlichkeit interessiere. Es gehe um ein Kunstwerk, das man aus einem Keller entfernt habe, anstatt es der Öffentlichkeit zur Verfügung zu stellen. Sie habe das betreffende Kunstwerk nicht im Historischen Museum gefunden und niemand in der dortigen Mittelalterabteilung könne ihr sagen, wo es sich befinde ... Bilder hat sie mir aber keine gezeigt, und auch Namen hat sie nicht genannt. Sie wollte sich noch einmal mit mir treffen, um mir ausführlicher davon zu berichten, doch daraus wurde nichts – du weißt selbst, warum. Aber *ich* wusste es *nicht*. ›Wieder so eine Wichtigtuerin, die kalte Füße bekommen hat‹, dachte ich. Dass *sie* es gewesen ist, die in Karlsruhe umgebracht wurde, habe ich erst von dir erfahren. Als du mir das Foto gezeigt hast. Und mir ihren Namen genannt hast. Du hast mir einen schönen Schrecken eingejagt.« Er seufzte.

»Das glaube ich dir nicht! Nein, Tristan, so leicht bin ich nicht zu überzeugen. Du hast beide Frauen gekannt. Und du kennst die Krypta in Germersheim gut, da du Führungen auf dem Jakobsweg machst. Du und Bernd, ihr seid ganz besessen vom Jakobsweg in der Pfalz. Du kennst alles. Alle Schlupfwinkel. Und die Stunde, in der dort nichts mehr los ist, den Altar und ...« Ich merkte selbst, wie ich mich immer mehr in meine absurde Argumentation verstrickte. Je länger ich sprach, desto weniger glaubte ich selbst an meine Worte.

Tristan schüttelte den Kopf. »Das ist Unsinn, und du weißt es.«

Ich holte tief Luft. »Tristan, du hast mich angelogen. Wenn das, was ich sage, Unsinn ist – warum hast du mir dann nicht erzählt, dass du Hiltrud kanntest? Sie hat dich sogar in der Redaktion gesucht!«

»Davon weiß ich nichts.«

»Und warum hast du behauptet, die Figur sei nichts wert? Warum bist du, als ich dir das Foto gezeigt hatte, nicht zur Polizei gegangen? Denn im Gegensatz zu mir *wusstest* du, dass Hilde, bevor sie ermordet wurde, einem Kunstraub auf der Spur war! Diese Figur«, ich schrie jetzt beinahe, »hat zwei Frauen das Leben gekostet!«

Jetzt sah Tristan nicht mehr verärgert aus, sondern schuldbewusst. »Ach, Maren«, sagte er, »du weißt nichts und du verstehst nichts. Aber«, er sah mich an, »es kann doch nicht sein, dass du das alles tatsächlich von mir denkst.« Er schüttelte wieder den Kopf.

»Weil es anders keinen Sinn ergibt.«

Tristan lachte bitter. »Und was ergibt deiner Ansicht nach einen Sinn? Ich soll aus dem Haus meiner liebsten Freunde eine Figur gestohlen und verkauft haben? Und Alin, eine alte Bekannte, ermordet haben, weil sie mir dabei half? Und diese Hiltrud Binder, weil ich einmal mit ihr Kaffee getrunken habe? Maren, ich hatte ein bisschen mehr von dir erwartet als *das*!«

Ich auch, dachte ich insgeheim. Mitten im Pfälzer Wald kam ich mir vor wie eine Idiotin.

Mein Handy klingelte. Ich wandte mich ab.

»Hallo, Frau Mainhardt, hier ist Bodo. Bodo von der Kripo. Sie wissen schon?« Wie viele Bodos, dachte er wohl, kannte ich?

»Ja?« »Also, eines muss ich sagen: Mein Kumpel da drüben ist ein Top-Polizist. Er hat sich – undercover, versteht sich – bei *dem* Mann für alle Kunstgeschäfte, die nicht offiziell über den Ladentisch gehen, erkundigt, und der hat alle zehn Finger mit seinen fetten goldenen Ringen ausgestreckt ...«, der Schriftstellersohn drang offenbar immer stärker ans Licht von Bodos Existenz. »Auf dem Markt, den er kontrollieren kann – und der ist wohl beachtlich – kennt er sämtliche internationalen Interessenten für mittelalterliche Kunst. Er legt die Hand dafür ins Feuer, dass innerhalb der letzten zwei Jahre keine Jakobspilgerstatue aus dem Mittelalter aus der Schule dieses Leyden angeboten wurde. Er hält es für nahezu ausgeschlossen, dass sie auf dem Markt verkauft worden ist.«

»Die Statue ist nicht angeboten, nicht verkauft worden? Auch nicht an einschlägige Händler im Ausland? Es gibt einfach keine? Danke, Bodo.«

Ich drehte mich um. Tristan hatte alles gehört, das war klar.

Seine Lippen waren jetzt zusammengepresst. Er schien ernster als vor einer Minute, als ich ihn des Diebstahls und des doppelten Mordes verdächtigt hatte.

Wir sahen uns an. Er atmete tief ein. In seinem Gesicht war ein Ausdruck, den ich nicht deuten konnte. Um uns herum zwitscherten die Vögel. Von Ferne hörte man ein Auto.

»Lass mich bitte einen Moment alleine«, murmelte Tristan. »Keine Sorge, dir entspringt kein Mörder.« Ich sah hilflos zu, wie er fort ging. In den Wald, wo sich seine Gestalt irgendwo zwischen den Bäumen auflöste. Seine großen Schritte waren ungelenk wie die einer Marionette.

»Tristan!« Ich stolperte ein Stück vorwärts. Ein Hund kläffte irgendwo. Jetzt sah ich, dass Tristan telefonierte. Ich wandte mich ab und ging zurück.

Mit klopfendem Herzen wartete ich vor der Tür des Naturfreundehauses. Eine Gruppe Kinder wanderte den Weg hoch, der Durst war ihnen deutlich ins Gesicht geschrieben. Sie trugen die Jakobsmuschel, manche von ihnen auch Kreuze. Ich erinnerte mich an Consuelas Worte. »Gott. Suche Gott auf!«

Als Tristan wiederkam, ahnte ich bereits, wohin wir fahren würden.

Die Gruppe war nicht gerade erfreut, dass auch der zweite Führer sie Knall auf Fall sitzen ließ und mit einem Auto davonfuhr, anstatt weiterzuwandern.

»In diesem Fall will ich mein Geld zurück!«, keifte eine Frau um die sechzig mit langem, ungepflegtem grauen Haar. »Das lasse ich mir nicht gefallen! Uns steht noch ein Tag zu. Ein voller Pilgerwandertag. Also, diese Etappe ist uns empfohlen worden, mit Ihnen als sachkundigem Führer, Herr Viviers.« Sie sprach es deutsch aus, was sich lachhaft anhörte. *Fiffiers.* »Ich bin sehr enttäuscht.«

Die anderen murmelten ebenfalls ihren Protest in ihre Mineralwassergläser hinein und sahen sich ratlos um. Sie konnten einem Leid tun. Sie waren auf dem Weg der inneren Einkehr gewesen. Wollten die Natur und die Kultur des Pilgerns unter fachmännischer Aufsicht erleben und saßen jetzt ohne jegliche Anleitung da, auf sich selbst zurückgeworfen. Möglicherweise, dachte ich, war ich nicht die einzige, die auf dem Holzweg gelandet war.

****

»Darf ich fahren?« Erstaunt blickte ich auf seine ausgestreckte Hand. »Schlüssel?« Das kam jetzt fast herrisch. Ich zögerte. Mein Auto ist alt und nichts mehr wert, aber ebenso wenig wie mein restliches Leben hatte ich mich bisher überwinden können, es jemand anderem auszuliefern.

Tristan deutete mein Zögern falsch und bemerkte kalt: »Ich werfe dich nicht in den Rhein, keine Angst. Und selbst wenn ich dich im Pfälzer Wald aussetze, überlebst du es, denn hier gibt es seit einiger Zeit keine Bären und Wölfe mehr.«

Die Fahrt zurück verlief stumm und grimmig. In mir tobte das Chaos der Fakten, die ich nicht ordnen konnte oder nicht ordnen wollte. Schneller, als mir lieb war, raste Tristan Richtung Speyer, überholte LKWs, die für mich unüberwindliche Hindernisse gewesen wären. Ich klammerte mich am Türgriff fest, sah mich um und versuchte, die Landschaft zu erfassen, doch ich erkannte nichts. Da eine Burg. Kirchturmspitzen, die vorwitzig über Stadtmauern lugten. Blühende Büsche. Egal. Alles war grau. Die Pfalz hatte ihre Lieblichkeit für mich verloren.

Speyer kündigte sich an. Stau. Schleichwege. Endlich Marions Straße.

»Du bleibst bitte hier.« Tristan hatte einen neuen Ton an sich. Verschwunden war der leichtlebige Unterton des charmanten, flirtenden Bohemiens. Des Journalisten, der gewohnt war, mit Worten zu spielen, und der das Leben genoss. Geblieben war ein Mann, der sich einfach nur Sorgen machte.

Er lief ins Haus. Klingelte stürmisch. Eines der Mädchen machte ihm auf. Ich hatte beobachtet, dass er ihnen immer kleine, lustige Komplimente machte, über die sie kicherten, die sie aber sicher gerne hörten. Doch jetzt drängte er sie zur Seite.

Ich fühlte, wie der Klumpen auf meinem Herzen immer schwerer und schwerer wurde, wie die Last einer Schuld, die nicht meine war, an mir nagte. Und ich kam mir dumm, einsam und ausgeschlossen vor, wie ich da in meinem Auto saß, wie eine Spinne in ihrem Netz, in dem sich die falsche Beute verfangen hatte …

Irgendwann öffnete sich die Tür.

Marion Strauß erschien im Türrahmen, hinter ihr der Mann, den ich auf dem Familienfoto gesehen hatte. Schlank, Typ Manager, Goldbrille, sauber gescheitelt. Ihr Ehemann. Sie machte einen Schritt, als wolle sie loslaufen, doch er hielt sie an den Schultern fest.

Sie sah mir direkt in die Augen, durch das Autofenster hindurch, und dann folgte ihr Blick Tristan, der sich verabschiedete, indem er ihr ganz kurz die Hand auf die Schulter legte.

Es stimmte, was Marion zu mir gesagt hatte. Die beiden liebten sich tatsächlich nicht mehr. Oder anders – Tristan liebte sie nicht mehr als Frau. Es war keine Leidenschaft. Nur alte Vertrautheit. Die Blicke, welche die beiden tauschten, waren besorgte Blicke. Sie erinnerten mich an den Blick, den meine Eltern ausgetauscht hatten, wenn ich als Kind krank gewesen war. Die beiden teilten eine gemeinsame Sorge. Sie waren einfach nur – Eltern.

****

Der Parkplatz hinter dem Dom. Inzwischen war es Abend geworden. Kühl. Über den knirschenden Kies der Grünfläche, die den Dom umgab, hetzten wir zum Eingang, seine mächtigen Stützpfeiler umrundend. Der Springbrunnen war ausgeschaltet, und es war still.

»Tristan, was soll das alles? Wo gehen wir hin?«

Er ignorierte mich, und ich lief ihm nach ins Innere des mächtigen Baus. »Tristan –«

Zornig drehte er sich um. »Du weißt es doch, Maren. Du weißt doch alles. Du hast doch wie ein hübsches kleines Trüffelschweinchen alles ausgeschnüffelt. Und kennst all unsere traurigen kleinen Geheimnisse.«

»Das tue ich nicht, Tristan. Wohin gehen wir?« Er sagte nichts. Musste er auch nicht. Das Schild vor uns wies uns den Weg.

Die Krypta: Säulen, Stille, die seit Jahrhunderten herrschte. Dämmeriges Licht. Treppenstufen. Die in den Boden eingelassenen Gräber. Jetzt am Abend war es dort kühl und ruhig. Außer uns war niemand da.

Doch: Vor dem Grab von Kaiser Konrad II. stand Bernd, Marions Sohn. Unbewegt. Und friedlich.

Nein, dies war kein Mordfall, bei dem ich um mein Leben kämpfen musste. Hier kämpfte ich gegen eine andere Bedrohung. Langsam gingen wir auf ihn zu. Durch die kleinen Fenster drang kaum noch Licht nach innen.

»Bernd?« Tristan stand ein paar Schritte von Marions Sohn entfernt, der uns nicht ansah, sondern nur das Grab.

»Bernd, ich weiß Bescheid. Was ist nur geschehen? Warum hast du das getan?«

»Sie hat uns ein Leben lang geschadet«, kam es schließlich klar und deutlich. Die Worte hallten im Raum.

»Mama hat sie die Freunde ausgespannt, sie wegen Kleinigkeiten bei unserer Großmutter angeschwärzt. Das scheinbar wertlose Haus *uns* zugeschustert, sich selbst die Felder geschnappt, von denen sie wusste, dass sie viel Geld brachten. Wofür eigentlich?« Er wandte sich um und sah uns an. »Sie hatte doch niemanden! Ich weiß, Mama macht sich nichts aus Geld – aber das mit der Figur, das war zu viel. Sie ist zu weit gegangen.«

Tristan seufzte und lehnte sich gegen eine der Säulen.

»Und dann – ihr beide.« Bernd sah an mir vorbei zu Tristan. »Das war das Schlimmste. Nicht wegen mir. Aber sie hat damit gedroht, es *ihm* zu sagen«, er zögerte und fügte hinzu: »Sie wollte Rüdiger alles sagen. Von da an würde er mich hassen. Es war auch so schon schwer genug. Vielleicht hat er es längst geahnt. Er war immer irgendwie anders zu mir als zu den Mädchen.«

Ich nickte. Was hatte Marion gesagt? »Bernd durfte studieren!« Mein Blick wanderte von einem zum anderen. Natürlich: Bernd war Tristans Sohn! Tristan und Marions Sohn, der in die Fußstapfen seines leiblichen Vaters trat. Ob bewusst oder unbewusst.

»Sie sprach von einem Brief. Den ihr Mama damals geschrieben hat, als sie mit mir schwanger war. In dem sie von dir erzählt hat. Mama hatte Vertrauen zu ihrer Schwester.«

Bernd lachte höhnisch. »Sie hat den Brief aufgehoben. Und drohte jetzt, ihn zu benutzen. Was wäre denn dann aus unserer Familie geworden? Aus Mamas Ehe?«

Tristan räusperte sich. Irgendwo im Hintergrund erschien eine kleine asiatische Touristin. Ihr rascher Blick schweifte über die Szene und über die Gräber, dann ging sie weiter.

»Warum hat sie das getan?« Wir schwiegen. Bernd gab sich selbst die Antwort: »Sie war einsam. Und sie konnte das nicht haben, was sie wirklich begehrte.«

Ich hatte eine Ahnung, um was es sich handelte, und warf einen raschen Blick auf den immer noch wie erstarrten Tristan, aber ich sagte nichts.

»Alin war eine neidische, geldgierige Hexe!« Jetzt brach der Hass, der die Kraft zum Morden entfesselt hatte, aus ihm hervor. »Aber ich glaube, der Neid auf Mama war noch schlimmer. Alin muss sie gehasst haben. Wo Mama hinkommt, da mögen sie die Menschen. Bei ihr steht das Telefon nicht still. Sie lernt immer neue Leute kennen«, jetzt warf er mir einen Blick zu, »und alle bleiben hängen.« Er lachte freudlos. »Alin hat einmal gesagt, sie sei eine Menschenfängerin. Sie hat es natürlich nicht freundlich gemeint, aber sie hatte doch Recht. Mama kann aus den kleinsten Momenten ein Fest machen.« Seine Augen glitten zu dem Grab vor ihm. »Deshalb mögen die Menschen sie.«

Tristan nickte nur. Bernd sagte tonlos: »Die anderen sind damals in den Urlaub nach Frankreich gefahren. Ich war nicht dabei, weil ich in Marburg an diesem Seminar für Inkunabelkunde teilgenommen hatte ...« Bernd sprach jetzt langsam und deutlich, fast wie für ein Vernehmungsprotokoll.

»Wäre ich zu Hause geblieben, dann wäre das alles nicht passiert. Der Keller sollte umgebaut werden, und diese polnischen Arbeiter, die Alin organisiert hatte, konnten eben nur über den Sommer kommen. Als ich zurückkam, war alles erledigt und der Keller fertig. Die Rechnung bezahlt. Ein großzügiges Geschenk.« Er lachte trocken auf. »Ein böses Geschenk. Woher hätten wir denn wissen sollen, was sich in diesen Wochen abgespielt hatte?«

Hilflos sah er zu Tristan hinüber. »Erst als der Brief kam, merkte ich, das was nicht stimmte. Der Brief von dieser Frau aus Karlsruhe ...«

Sehr vorsichtig fragte ich: »Bernd, was war das für ein Brief? Und warum hat sie euch geschrieben?«

Bernd klopfte verzweifelt an die Säule neben ihm. Sie stand seit 1000 Jahren, sie würde keinen Millimeter nachgeben. Ich wartete, dass er weiter sprach, doch ich konnte mir die Antwort denken.

»Diese Frau – sie war in Speyer unterwegs. Auch in der Herdstraße. Die Luken zum Keller standen offen, eine Betonmischmaschine davor. Drinnen – ein altes Gewölbe. Das sieht schon faszinierend aus.« Kurz blitzte wieder Bernds Speyerbegeisterung auf. »Sie hat sich dieses Gewölbe genauer angeschaut. Dabei hat sie eine alte Pilgerfigur entdeckt, die in der Ecke angebracht war: Jakobus und ein Pilger, den er speist. In den mittelalterlichen Fundamenten unseres eigenen Hauses, die lange zugeschüttet und seither noch niemals geöffnet worden waren. Unter dem Keller, den wir bisher als Kohle- und Kartoffelkeller benutzt hatten. Das muss man sich mal vorstellen! Wo es außer dem Heiligen Jost eigentlich keine richtige Jakobsfigur in Speyer gibt!

Und diese Frau hat Fotos gemacht. Sie hatte den Wert der Figur natürlich sofort erkannt. Genauso wie meine Tante Alin. Die war eine blöde Kuh, aber sie erkannte ein mittelalterliches Werk, wenn sie es sah. Und das nun ausgerechnet in dem Haus, das sie ihrer Schwester hatte zukommen lassen, um selbst den größeren Anteil am Erbe abzusahnen. Es muss Alin furchtbar geärgert haben, dass gerade unser Haus wahrscheinlich eine Herberge während des Mittelalters auf dem Jakobsweg war – vielleicht im Auftrag des Karmelitenklosters, für das unsere Vorfahren bekanntlich gearbeitet haben. Hätte man es renoviert – es wäre ein Schmuckstück geworden. Und die Figur vielleicht berühmt. Vielleicht wäre sie ins Museum gekommen. Oder sogar geblieben, wo sie war. Unser Haus wäre ein Touristenziel geworden! Wie das Fausthaus in Knittlingen!«, jetzt schrie er fast. »Es gibt doch sonst kaum Beweise für den mittelalterlichen Jakobsweg in Speyer! Vielleicht hätten sich bei weiteren Kellerarbeiten noch mehr Spuren gefunden!« Erschöpft hielt Bernd einen Augenblick inne, dann fuhr er ruhiger fort: »Das gönnte sie ihrer Schwester nicht, der sie schon nicht den Mann gönnte, nicht die Kinder und schon gar nicht«, er sah Tristan an, »dich!«

»Weiter!«, befahl Tristan. »Jetzt will ich alles wissen!«

»Ich war wieder zu Hause, bevor die anderen aus Frankreich zurückkamen. Natürlich hatte ich den Auftrag, die angesammelte Post zu öffnen. Darunter war das Schreiben von einer Frau Binder aus Karlsruhe, die sich beschwerte. Sie habe in unserem Keller eine alte Figur fotografiert. Anderntags sei sie noch einmal erschienen, sei auch eingelassen worden, und man habe ihr auch erlaubt, den Keller zu betreten, der gerade von der Dame des Hauses –«, Bernd lachte ironisch, »sie hat tatsächlich *Dame* gesagt! – saubergemacht wurde. Doch als sie ihr Anliegen formulierte, sei sie schnell und unwirsch des Hauses verwiesen worden. Sie habe aber genau sehen können, dass die Figur verschwunden gewesen sei. Ihrer Meinung nach gehöre die Plastik, die zweifellos ein wertvoller Kunstgegenstand sei, der Allgemeinheit. Man müsse sie der Öffentlichkeit zugänglich machen, daher halte sie es für ihre Pflicht, ihren Verbleib zu verfolgen. Sie verdächtigte uns – uns, die Familie Strauß! – wir wollten uns durch einen Privatverkauf an der Figur bereichern.«

Tristan nickte.

»Ich habe Alin zu Hause und im Café angerufen, doch sie war

nicht da. Shoppen gegangen nach Karlsruhe. Ich war so wütend. Habe sie auf dem Handy angerufen und um ein Gespräch gebeten. Sie habe keine Zeit. Schließlich hat sie eingewilligt, sich mit mir auf halber Strecke in Germersheim zu treffen. Die Kirche war mein Vorschlag. Ich kannte sie ja von unseren Führungen. Alin kannte sich nicht aus in Germersheim, aber die Kirche findet man immer. Es ist eine Wallfahrtskirche. Das schien mir ein passender Treffpunkt. Sie sollte zu Kreuze kriechen!«

»Wie hat sie reagiert?« Meine Frage klang seltsam banal, doch sie musste sein. Wäre Alin anders gewesen, so würde sie noch leben.

»Ich habe sie gefragt, was der Brief von Frau Binder zu bedeuten habe. Und wo die besagte Figur sei. Ob sie sie etwa tatsächlich verkauft habe. Sie hat gelacht und gesagt: ›Mein lieber Bernd, was soll das heißen, verkauft? Wer hätte das hässliche Ding denn gewollt? Ich habe sie abreißen lassen! Sie ist längst Kleinholz. Dabei hätte sie eigentlich gut zu euch gepasst, diese alberne Figur. So albern wie eure ganze Familie. Obwohl du ja gar nicht zur Familie gehörst, streng genommen!‹«

Tristan hörte ausdruckslos zu. Ich wagte kaum zu atmen.

»Dann hat sie mir alles erzählt. Triumphierend. Dass ich dein Sohn bin, dass sie Briefe als Beweise zu Hause habe und jederzeit unser ›Puppenhäuschen‹ zerstören könne. Ich solle doch froh sein, dass sie nur diese blöde Figur vernichtet habe. Mit dem, was sie in ihren Händen habe, könne sie unsere ganze Familie vernichten.« Er atmete tief ein und fügte hinzu: »Dann ist es passiert.«

Schweigen.

»Es war leichter, als ich je für möglich gehalten hatte. Aber trotzdem – ich hätte es hier, in *unserer* Gruft in Speyer, niemals tun können. Es wäre«, jetzt zeigte er ein Lächeln, das alle Unschuld verloren hatte, »ein Sakrileg gewesen. So wie das, was sie getan hat, ein Sakrileg war.«

Ich betrachtete den gut aussehenden jungen Mann. Ich konnte seine Wut, seine Angst verstehen. Aber deshalb zum Mörder zu werden … So etwas passierte doch nicht einfach. Schlechter Charakter? Oder Demütigungen in der Kindheit?

Von irgendwo klangen Schritte. Dann war es wieder still.

Bernd sprach jetzt stockend: »Keinem hat sie gefehlt. Keinem hat ihr Tod wirklich Leid getan. Also.« Er sah uns an, als erwarte er einen Kommentar von uns. »Ich dachte, es sei vorbei. Ich ignorierte den Brief dieser Frau. Doch dann rief sie an und erkundigte sich nach der Figur. Was hätte ich ihr sagen sollen? Ich habe ihr etwas vorgelogen. Die Figur werde restauriert. Das könne Jahre dauern. Wer hätte denn ahnen können, dass sie wiederkommen würde? Nach zwei Jahren rief sie noch einmal an. Erinnerte sich an meinen Namen und verlangte nach mir. Diesmal wollte sie mir nicht mehr glauben. Beschuldigte mich, die Figur verkauft zu haben. Sie habe die Fotos noch auf dem Computer. Und sie werde die Sache in die Öffentlichkeit bringen. Dieser Fund gehöre in ein Museum. Die hat sich da richtig reingesteigert.«

Tristan nickte wieder.

»Ich habe Frau Binder in Karlsruhe getroffen. Von dem Brief kannte ich ja ihre Adresse. Habe vor ihrem Haus gewartet, bis sie raus kam. Wollte ihr alles erklären, doch sie hat mich eiskalt abgefertigt. Sie habe keine Zeit; ›Junger Mann, ich werde Ihnen ganz genau sagen, was ich mache: Erst Einkaufen, und dann gehe ich schwimmen ins Vierordtbad, dann in die Sauna und mich aufwärmen …‹, und sie werde wegen mir ihre Gewohnheiten bestimmt nicht ändern. Das habe sie noch nie getan. Schließlich habe sie sich ihre Knochen lange genug in kalten Räumen kaputt gemacht. Morgen aber werde sie der Sache erneut nachgehen.«

Ihre Zeit im Kloster, dachte ich.

Bernd fuhr fort. Er schien froh, alles erzählen zu können, doch er erzählte es nicht mir. Er sprach nur mit seinem Vater. »Ich bat sie um Geduld, doch sie ließ nicht mit sich reden. Die Presse sei bereits so gut wie eingeschaltet, an die Stadtverwaltung, das Denkmalamt und an die Polizei in Speyer wollte sie sich ebenfalls wenden.«

Tristans Gesichtsausdruck war grimmig, als fühlte er einen Schmerz kommen und sei entschlossen, nicht zu schreien. Bernd schüttelte immer wieder ungläubig den Kopf.

»Ich hab erst Angst gekriegt. Panik. Und dann wurde ich wütend. Sagte ihr, sie werde das bereuen. ›Wollen Sie mich etwa bedrohen?‹ hat sie gefragt. Und mich einfach stehen lassen. Ich hab mich so hilflos gefühlt. Und einen solchen Hass auf die Frau gekriegt! Ich hasste sie noch mehr als Alin, die an allem Schuld war. Alin hatte die Figur zerstört, und nun drohte mir diese Frau deshalb mit der Polizei. Ich musste doch irgendwas tun! Also war ich im Kaufhaus und habe mir eine Badehose und ein Handtuch gekauft. Und dünne Handschuhe aus Plastik. Ich wusste selbst nicht, wollte ich noch mal mit ihr reden oder …«, er unterbrach sich und fuhr fort: »Dort lag auf einem Verkaufstisch der Roman ›Sakrileg‹ herum. Das schien mir passend, und so habe ich den auch mitgenommen. Eine Sporttasche habe ich immer im Auto. Das Vierordtbad kannte ich. Ich war schon mehrmals da gewesen.«

Tristans Miene war wie versteinert.

»Es war Glück. Sie lag da ganz alleine. Es war niemand sonst in dem Raum. Ich habe mich über sie gebeugt … Es ging irgendwie ganz schnell und lautlos. Wie bei Alin auch. Sie sah aus, als ob sie schliefe. Ich habe ihr das Buch in den Schoß gelegt und das Armband mit dem Schließfachschlüssel abgenommen. So kam ich an ihren Wohnungsschlüssel. Und dann bin ich in die Wohnung und habe ihre Sachen durchsucht. Aber ich habe keine Ausdrucke von den Bildern gefunden. Auch nicht in ihren Rucksäcken oder in den Fotoalben. Weil ich nicht wusste, wie viel Zeit ich hatte, habe ich einfach die Festplatte von ihrem Computer mitgenommen. Gott sei Dank hat mich im Haus niemand gesehen.« Jetzt klang er fast triumphierend. Nur hatte er Pech gehabt: Dass in dem Buch, das sie zu Theo ins Antiquariat gebracht hatte, Fotoausdrucke von der Pilgerfigur lagen, hatte er nicht wissen können.

Etwas hätte mir auffallen sollen, dachte ich. Ein Puzzlesteinchen. Die Dame aus dem Vierordtbad mit den Löckchen und dem Nudelsalat hat von »jungen Männern« gesprochen, die am Tag des Mordes im Bad gewesen seien. Darüber hatte ich mich noch gewundert, weil ich bei meinem Besuch im Bad zur gleichen Tageszeit nur ältere Herren gesehen hatte.

Bernd war dort gewesen. Sie hatte ihn gesehen.

Hilflos sah Bernd uns an. »Sie war keine nette Frau. Ich habe dann später gehört, sie sei früher eine Nonne gewesen. Das wusste ich nicht. Vielleicht hätte ich es dann nicht getan. Aber sie hätte die Spur dieser Jakobsfigur verfolgt, bis sie rausgefunden hätte, was passiert war. Und dann hätte sie vielleicht auch die Sache mit Alin rausgefunden.«

Die Logik eines Mörders.

»Und das konnte ich doch nicht zulassen, oder?«

»Du hast dich sicher gefühlt.« Jetzt sprach Tristan seinen Sohn zum ersten Mal direkt an. Seine Stimme, sonst warm und voll Leben, war tonlos. »Niemand konnte dich mit einer kulturbeflissenen Lehrerin aus Karlsruhe in Verbindung bringen.«

»Nein«, erwiderte Bernd. Und dann mit Galgenhumor: »Du hast mir als Kind immer viele Krimis mitgebracht. Weißt du noch?« Schweigen senkte sich auf uns und die uralten Hallen.

Es war alles gesagt.

Bernd war ein Mörder – aber ein Mörder, um den es einem Leid tat.

Die Schritte, die hinter uns verklungen waren, kamen nun näher. Ich wusste auch ohne hinzusehen, dass es Marion war.

Sie beachtete mich nicht, ging nur auf ihren Sohn zu. Dann umarmte sie ihn. »Komm, Bernd«, sagte sie leise, aber bestimmt, »wir gehen zur Polizei. Ich sorge dafür, dass du Bücher bekommst und deine Doktorarbeit beenden kannst. Dein Vater wird dir helfen.« Vielleicht war jetzt etwas ausgesprochen worden, auf das Tristan und vielleicht auch Bernd ein Leben lang gewartet hatten.

Bernd sah von einem zum anderen. Ein hilfloses Grinsen wanderte über sein Gesicht, das plötzlich sehr kindlich wirkte. »Ich könnte ja zum Domnapf rennen.«

Tristan lächelte. Ich erinnerte mich an die Inschrift und begriff. »Zufluchtsort der Schuldigen«.

»Die Zeiten haben sich geändert, Bernd!«, sagte Tristan sanft. »Komm!« Das kam noch einmal von Marion. »Er soll mitgehen«, flüsterte Bernd und wies auf Tristan: »Die ganze Familie.«

»Geht vor«, sagte Tristan kurz. »Ich möchte noch ein paar Worte mit Maren sprechen.«

Und wandte sich mir zu.

13. Kapitel

Als ich über die Rheinbrücke zurück nach Karlsruhe fuhr, hätte ich am liebsten das Lenkrad herumgerissen und wäre in den Fluss gefahren. Ausgerechnet jetzt hatte ich keine Angst. Mir stand Schlimmeres vor Augen.

Vielleicht, so hatte Tristan gesagt, habe er einen entscheidenden Fehler gemacht, weil er es niemals habe darauf ankommen lassen. Weil er nicht ausreichend um Marion gekämpft hatte, damals, sich nicht gegen ihre Mutter und gegen ihre Schwester gestellt hatte. »Mit Marion und mir, das war irgendwie verkorkst von Anfang an. Ihre Mutter war sehr ehrgeizig mit ihren Töchtern. Alin sollte Karriere machen, die ruhigere Marion gut heiraten. Da war ich, ohne Job und mit hingeworfenem Abitur und schlechtem Ruf, im Weg. Der Politikersohn Rüdiger, Jurastudent, passte da schon besser. Als wir uns noch einmal getroffen haben, kurz vor der Hochzeit, ist es passiert. Es stimmt: Bernd ist mein Sohn. Marion zuliebe und auch ihm zuliebe haben wir es geheimgehalten. Alin war Marions Vertraute. Nur ihr hat sie es gesagt, ausgerechnet ihr. Die dann alles zerstört hat.«

Ja, dachte ich, so ist es. Durch ihren Tod hat sie es endlich geschafft, das Familienidyll ihrer Schwester kaputtzumachen.

»Ich habe trotzdem versucht, mich um ihn zu kümmern. Auf meine Weise. Ihn als sogenannter ›Freund der Familie‹ immer begleitet. Habe ihm das Praktikum besorgt. Ihm bei seiner Doktorarbeit so viel wie möglich geholfen. Aber offenbar habe ich einen Fehler gemacht. Er hat meine Liebe zu Speyer und zur Heimatgeschichte geerbt, aber er nahm die Dinge zu ernst. Als Alin diese Statue zerstören ließ und zugleich drohte, seine Familie zu zerstören, hat sie auch so etwas wie einen Traum in ihm zerstört. Das konnte Bernd nicht ertragen. Ja, diese Frau war eine Zerstörerin.«

Ich hatte dazu nichts mehr gesagt. Ich sah Tristan nur an und spürte Mitleid, Verständnis – und Zärtlichkeit. Ungeschickt versuchte ich ihn zu umarmen, doch er wich mir aus.

»Du siehst nicht in mein Herz, Maren«, sagte er.

****

Ich sah in niemandes Herz, kannte ich doch mein eigenes nicht. Melchior hatte mir keine weitere Chance gegeben, sondern war mit meiner Freundin auf den Jakobsweg gezogen, um mit ihr dort nach etwas zu suchen, das er mit mir nicht finden konnte.

Der andere Mann, den ich kennen gelernt, der mich zum Lachen gebracht hatte, verabscheute mich nun, da ich seinen Sohn ins Gefängnis gebracht hatte. Nachdem ich ihn zunächst selbst für einen Mörder gehalten hatte.

Was machte ich bloß mit meinem Leben?

Zweimal sah ich Melchiors Nummer auf dem Display meines Handys, zweimal drückte ich ihn weg. Ebenso eine E-Mail, die ich ungelesen löschte. Und als ein Brief kam, zerriss ich den zugeklebten Umschlag zu Konfetti. Ich wollte keinen Abschiedsbrief. Ich wollte auch keine Erklärung. Wenn er es ausspräche, mir die Gründe nannte, würde alles vielleicht noch schlimmer. So konnte ich mir wenigstens meine eigenen Vorstellungen machen – über eine Elfie, die ihn mit vorgehaltener Waffe zur Liebe zwang.

Nachdem die Morde nun aufgeklärt waren, waren meine Gedanken nicht mehr beschäftigt und der Schmerz um den Verlust traf mich mit voller Härte. Es kamen die alten Mittel gegen Kummer aller Art zur Anwendung, doch keines half: Rotwein. Telefon ausstöpseln. Haare nicht waschen. Consuela zwingen, mir die Karten so zu legen, dass alles möglichst schwarz aussah (»*Siehst du*!«). Nessies Fell mit Tränen benetzen. Matthias als Spießer beschimpfen. Theo fragen, ob er Literatur zum Freitod hatte. Keine Zeitung lesen. Wieder Rotwein. Und der Versuch, mit dem Rauchen anzufangen. Meine Mutter anrufen und ihr mitteilen, sie sei schuld. »*Du hast mich nie geliebt!*«

Nichts half.

Auch nicht, dass Bodo Gutenberg sich irgendwie mit einer SMS zu mir durchkämpfte und mir seinen Respekt für meine Intuition im Fall Vierordtbad bekundete. Als Bernd mit seinen Eltern zur Polizei gegangen war, um sein Geständnis zu machen, musste einer von ihnen meinen Namen erwähnt haben.

Widerstrebend rief ich Bodo zurück. »Der junge Mann wird jetzt wegen zweifachen Mordes angeklagt. Schade um ihn. Keine mildernden Umstände: Er war zum Tatzeitpunkt nicht einmal betrunken, sie lassen nämlich keine angeheiterten Personen ins Vierordtbad. Zu gefährlich. Es könnte ein Unglück passieren.«

Das klang wie Hohn. Hilde war die nüchternste Person gewesen, die man sich vorstellen konnte – und doch hatte sie ihren Besuch im Schwimmbad nicht überlebt. Aber sie war immerhin in dem Glauben gestorben, Recht zu haben.

Als ich mich langsam ins Leben zurück kämpfte, stellte ich zumindest fest, dass meine Beteiligung an der Aufklärung der beiden Morde von der Öffentlichkeit unbemerkt geblieben war.

Abgesehen von Bodo – und Elfie.

Und ausgerechnet die klingelte eines Tages bei mir an der Tür. Wie immer. Forsch. Und als ob nichts gewesen wäre, eilte sie die Treppe hinauf. In frohes Hellgrün gewandet. Schwingender Rock. Beine gebräunter als sonst, hellgrünes T-Shirt, passende Accessoires.

»Darf ich reinkommen? Nein? Ich bin nicht mehr im Urlaub. Ich besorge mir einen Durchsuchungsbefehl. Also, warum nicht gleich … ja, Nessie, ist ja gut. Guter Hund.«

Nessie glaubte ihr nicht, dass es sich lohnte, ein guter Hund zu sein, und sah argwöhnisch an Elfies grasgrüner Erscheinung hoch. Ich bot ihr keinen Stuhl an. Sie setzte sich trotzdem und warf ihre grüne Tasche energisch auf den Tisch.

»Hör mal, Maren, wir machen uns Gedanken um dich. Was ist los? Die Sache mit dem Vierordtbad und Speyer ist doch nun abgeschlossen. Ich meine, diesmal hast du zwar nur die Idee beigesteuert, und der junge Bursche da hat sich freiwillig gestellt«, sie seufzte, »und wenigstens haben wir dich diesmal nicht retten müssen – diese Jakobsfigurengeschichte da ist ja unglaublich! Zu schade: Speyer hat eine Statue weniger zum Vorzeigen –, aber *du* kannst dich freuen, immerhin warst du mal wieder als einzige auf der richtigen Spur. Warum also meldest du dich nicht?«

»*Wir!*«, sagte ich aggressiv. »*Wir* machen uns Gedanken, ja?«

Nessie knurrte. Sie war jetzt viel bei mir zu Hause, beäugte jede meiner Regungen aufmerksam. Und wenn ich aggressiv wurde, knurrte sie vorsichtshalber. Sich beim Rudelchef beliebt machen, nennt man das.

»Ja, wir. Melchior sagt, du meldest dich nicht. Er ruft dich ständig an, von Freiburg aus. Kann frühestens am Wochenende nach Karlsruhe kommen.«

»Dein Melchior braucht überhaupt nicht mehr zu kommen.«

»Warum nicht? Was ist los? Und es ist nicht *mein* Melchior.«

Ich lehnte mich an meinen alten Echtholzküchenschrank und klebte fast daran fest, so lange hatte ich in meiner Küche nicht mehr geputzt. »Elfie, ich glaube diese Unverfrorenheit einfach nicht. Du hast Urlaub. Ziehst mich ins Vertrauen, und ich helfe dir bei einem Fall, damit du gut dastehst und dich nicht eine andere Kripotussi aussticht in der Gunst deiner Altvorderen. Und was machst du? Nutzt die freie Zeit, um dir meinen Freund, auf den du immer schon aus warst, zu greifen und mit ihm eine zünftige Hüttenwanderung zu machen. Hinter meinem Rücken! Aber, und das habe ich ihm heute in einem eindeutigen Brief auch geschrieben, ich will ihn sowieso nicht mehr. Auch ich habe mich verliebt. In einen anderen. Einen wertvolleren Menschen.« In diesem Punkt war ich mir zwar nicht so sicher, aber es hörte sich gut an.

Elfie schüttelte den – im Gegensatz zu dem meinen – perfekt gepflegten Haarschopf. »Maren, du hast da offensichtlich was falsch verstanden …«

»Und wie, bitteschön, sollte ich eure romantische Jakobstour sonst verstehen?«

Elfie seufzte. »Also gut. Melchior war doch in Berlin. Dort hat er unaufhörlich Anrufe bekommen. Ein echtes Problem, Maren. Eine seiner Töchter will zu ihm ziehen. Du weißt, die Mädchen haben bisher in Paris bei ihrer Mutter gewohnt. Die hat aber jetzt einen neuen Freund, irgendeinen Heini aus dem Filmgeschäft, und angeblich lungert der immer vor der Badezimmertür herum, wenn sich die Kleine duscht. Die Mutter sagt, es sei harmlos, aber das Mädchen ist durcheinander. Mit 16 Jahren kein Wunder. Sie überlegt, zu Melchior zu ziehen. Er war sich unklar, wie sich das auf eure Beziehung auswirken würde. Die war ja auch so schon kompliziert genug. Ich meine«, Elfie schluckte. Es fiel ihr offensichtlich nicht leicht, über dieses Thema zu reden. »Ihr wolltet es doch noch einmal miteinander versuchen. Jedenfalls wollte Melchior das. Und du hast mehrfach gesagt, auf halbwüchsige Stieftöchter legtest du herzlich wenig Wert. Melchior sagt, er hat einfach Ruhe und Besinnung gebraucht. Klarheit.

Du weißt, dass der Jakobsweg ein Weg zur Einsicht in die eigenen Gedanken ist.«

»Aber warum hat Melchior nicht … Warum musstet ausgerechnet ihr beide zusammen … Und warum heimlich?«

Elfie seufzte und gestand – vielleicht zum ersten Mal in ihrem Leben: »Maren, das war meine Idee. Und ja, es war wohl ein Fehler. Aber sei ehrlich, Maren«, echtes Bedauern klang in ihrer Stimme mit, »hättest du ihn in Ruhe die Wanderung machen lassen, wenn du es gewusst hättest? Er brauchte diese Auszeit. Und Maren – Melchior und ich sind Kollegen. Freunde. Nichts weiter.« Sie sagte es mit solchem Nachdruck, als müsse sie sich selbst davon überzeugen.

Ein hässliches Glucksen entrang sich meiner Kehle.

Die Welt schien auf einmal voller Stiefväter zu sein.

Epilog

Wenn mich Jahre später jene Enkel, die ich wahrscheinlich nicht haben werde, fragen sollten, was eine Koinzidenz ist, und ich sage ihnen: »Ein zufälliges Zusammentreffen von Ereignissen«, dann kann es sein, dass sie nach einem Beispiel verlangen. Rein zufällig hätte ich eines auf Lager.

Am gleichen Tag nämlich, als Elfie mir alles erklärt hatte, hatte Melchior meinen Brief erhalten und sich natürlich nicht mehr gemeldet. Er ist stolz, das war vorher bekannt.

Als das Telefon läutete, glaubte ich deshalb nicht wirklich, dass er es war. Ich sollte Recht behalten.

Stattdessen war es Tristan.

»Maren, ich will ehrlich sein: Ich hatte eigentlich nicht vor, mich bei dir zu melden. Marion hat mich darum gebeten. Sie selbst hat im Moment nicht die Kraft dazu, aber sie lässt dir ausrichten, es ginge ihr den Umständen entsprechend gut. Sie ist trotz allem froh, dass die Sache vorbei ist. Es war ein harter Schlag für die Familie. Aber – sie ist dir nicht böse. Marion hat ein großes Herz, weißt du. Sie«, er räusperte sich und fuhr fort, »sie sagte, dir läge sehr viel an mir. Maren, falls das stimmt, tut es mir leid, aber – ich glaube nicht, dass es Sinn macht, dass wir uns wiedersehen. Nicht, weil du zur Überführung meines Sohnes beigetragen hast … Nein. Aber dass du mich tatsächlich für einen Mörder gehalten hast, das kann ich nicht vergessen.«

»Aber das war nur eine Minute lang«, antwortete ich leise.

Seine Antwort kam ebenso leise: »Es war eine Minute zuviel.«

G.BRAUN BUCHVERLAG

Karlsruhe
www.gbraun-buchverlag.de

Titelgestaltung: Steffen Harms
Satz: Barbara Herrmann, Freiburg
Lektorat: Patricia Keßler
Druck: CPI – Ebner & Spiegel, Ulm

ISBN 978-3-7650-8357-0

Eva Klingler:
BLUTRACHE
Ein badischer Krimi

272 Seiten
ISBN 978-3-7650-8336-5

Mord im Europa-Park – und wieder steckt die Karlsruher Ahnenforscherin Maren Mainhardt plötzlich mitten im Geschehen. Denn Maren wittert einen Zusammenhang zwischen dem Mord und einem New Yorker Schiffsunglück im Jahre 1904, bei dem über 1000 deutsche Einwanderer ihr Leben ließen.
Doch die Polizei schenkt ihrer Theorie keinen Glauben. Während der attraktive Freiburger Kommissar Melchior Oberst den Mörder unter den Mitarbeitern des Europa-Parks sucht, taucht Maren tiefer in die Geschichte der Einwanderermetropole New York ein – und in die Familiengeschichte des Opfers.
Dann liegt der Einzige, der Maren glaubte, tot im Europa-Park.
Beinahe will sie aufgeben, da entdeckt sie durch Zufall den entscheidenden Hinweis. Ein Wettlauf gegen die Zeit beginnt – auf Leben und Tod. Denn die Polizei glaubt ihr nicht, und der Mörder ist ihr schon dicht auf den Fersen...